„Mit leichtem Herzen und frei von aller Last sprang er nun fort, bis er daheim bei seiner Mutter war.“

Hans im Glück – Märchen, Gebrüder Grimm

Der Erbe

…und die Glücksritter

Historischer Roman

Parabel über die Leichtigkeit des Seins

Von

Sybille A. Schmadalla

Begegnung mit Uma

Das Flugzeug war in Stockholm Arlanda gelandet. Hans Glück war die Gänge bis zur Gepäckausgabe im Pulk der übrigen Passagiere mitgetrabt hatte seinen Trolley vom Band gehoben, den Ausgang ‚nothing to declare' passiert und suchte jetzt einen Autoverleih. Parker Grand hatte ihm eine Adresse in Kapellskär bei Stockholm genannt. Umas Mutter stammte aus diesem Ort. Anfang der 1960iger war sie mit Uma zurück nach Schweden. Ob Uma dort noch wohnte?

„Please sign here" sagte die junge Frau und tippte mit dem Zeigefinger auf eine Zeile am Ende des Formulars, mit der andern Hand reichte sie ihm einen Kugelschreiber. Sie legte seinen Führerschein und die Kreditkarte auf die Theke, trennte den Durchschreibesatz auf, faltete Papierbögen, stopfte alles in ein Art längliches Kuvert und reichte dies zusammen mit dem Wagenschlüssel zu ihm herüber. Routiniert, wie eine Bandansage spulte sie den hundertmal gesagten Text ab: „Please follow the signs ‚Car deck'. You will find your car at parking lot level three. It's a Volvo S 60 in silver; license plate number is on the key, so you can't miss it. Please remember to fill up the gas, when you are returning the car." Erneutes Lächeln „Have a nice trip, Sir"

Er nickte, steckte die Schlüssel ein und machte sich auf den Weg. Im Fahrzeug musste er mit dem Navigationssystem etwas experimentieren, er wählte das deutsche Flaggensymbol, dann war das Navi umgestellt. Da er keine vollständige Adresse hatte, tippte er den Ort ein. Jetzt erschienen Kappelskär und die gesamte Route auf der einen Seite des Bildschirms und die ersten 100 m aus dem Parkhaus auf der anderen Seite. Auf Deutsch ertönte die Ansage „Fahren Sie nach der Ausfahrt die nächste links, Richtung Norrtälje".

Er war müde. Es ging kein direkter Flug von Fairbanks oder Nome in Alaska, er musste über Chicago nach Stockholm fliegen. Er hatte jetzt fast 16 Stunden in Fliegern und auf Flughäfen verbracht. Im Flugzeug hatte er zwar geschlafen, aber es steckte ihm auch die Zeitverschiebung in den Knochen. Der Flughafen lag 45 km außerhalb Stockholms und nördlich der Stadt. Die Landschaft ähnelte den Weiten Alaskas, allerdings gab es deutlich mehr Besiedlung als in Alaska, für europäische Verhältnisse eher eine geringe. Weite Wälder gesprenkelt mit ersten gelben und roten Farbtupfern des Herbstes, weiße Birkenstämme leuchteten, dazwischen einige blaue Seen. Das Navi zeigte 75 km und etwas mehr als eine Stunde Fahrzeit, Europastraße E18, keine Autobahn. Am Straßenrand ein weißes Schild „MAX“: Er verstand, dass er an der nächsten Ausfahrt einen Burgerladen ansteuern konnte. Er hielt und kaufte einen Hamburger, Pommes und den größten Kaffeebecher, den es gab, und zahlte mit Kreditkarte, denn Schwedenkronen hatte er nicht gewechselt.

Am späteren Nachmittag erreichte er Kappelskär, die gut ausgebaute Europastraße endete quasi in einem Hafen, um genau zu sein in einem Fährterminal. Gigantisch breite Straßen, aber weit und breit kein Ort. Wegweiser mit Abfahrtszeiten, Brücken mit Anzeige des Zielortes, er las Paldiski-Estland und sah etliche Fahrspuren auf denen viele riesige LKWs, einige Wohnmobile und PKWs und zwei einsame Motoradfahrer auf Abfertigung warteten. Naantali (Finnland), Turku (Finnland), Marienhamn (Aland) stand auf den Brücken, dahinter Molen und Anleger, die auf Schiffe warteten, die am Abend ihre Fracht anlandeten, Autos und LKWs entluden, um sofort wieder beladen zu werden und am gleichen Abend wieder in See zu stechen. Männer mit Schutzwesten in rot oder gelb mit Leuchtstreifen. Gelbe Schutzhelme thronten auf Köpfen, es wurde in Walkie Talkies gesprochen und mit Handzeichen Fahrzeuge in Spuren gewiesen. Darüber das Surren von Hafenkränen, die Ladung hoben, ein Schwimmbagger im

Meer, Lotsenboote dümpelten an der Mole, ein Feuerschiff lag vertäut.

Kapellskär schien nur aus dem Hafen zu bestehen. Er fuhr zu einem der Männer, ließ die Scheibe herunter und erkundigte sich, wo es denn in den Ort ginge. Der Mann gab Auskunft, offenbar war Hans nicht der erste, der hier gelandet war. Tatsächlich lag der Ort hinter dem Hafen. Er folgte der Beschreibung, fand den Weg in einen kleinen Ort, wenige Häuser entlang der Straße. ICA prangte an einer Fassade, der Dorfladen. An der Kasse saß eine Frau vielleicht Mitte dreißig, Haare in rot. Hier erkundigte er sich nach Uma Dalsberg. Zwei Kolleginnen kamen dazu, als sie seine auf Englisch formulierte Frage hörten. Hier kannte jeder jeden, denn alle schienen Bescheid zu wissen. Die Rothaarige gab sofort Auskunft, nannte ihm eine Adresse, und als sie ahnte, dass er sie nicht verstand, schrieb sie ihm die Adresse auf einen Zettel – währenddessen die Kolleginnen ihn beäugten. Uma Dalsberg lebte im alten Hafen.

Anbatsvägen 18 tippte er ins Navi, 1,8 km trennten ihn nur noch von seinem Ziel! Vor Monaten hatte seine Suche begonnen. War er hier jetzt wirklich richtig? Sein ganzes Leben war auf den Kopf gestellt worden. Ja, er selbst war ein anderer geworden. Bedauerte er das? Nein, er wollte nichts missen! Und jetzt war er gespannt auf Uma Dalsberg.

Der alte Hafen wirkte verlassen, marode. Verwitterte Bohlen markierten ehemalige Lagerstätten. Abblätternde Farbe an zusammengesunkenen Holzhallen, halbhohes Gras, Blumen, vom Wind bewegt. Eisenbahnschienen voller Geröll. Er hielt vor einer großen Halle, die teils aus Ziegeln und teils aus Holz bestand. Hölzerne Schiebetore oben und unten auf Eisenrollen gelagert, versetzt dahinter ein Ziegelvorbau im Stil der 50iger Jahre, halbrund mit Flachdach und umlaufender Fensterfront. Ein Steg führte zum Wasser, Felsformationen, flächige Steine, glattpoliert von den Muränen der Eiszeit führten zu einem steinigen Strand.

Er hatte den Motor abgestellt. Stille – Sonnenschein glitzerte auf Wellen, die flach aufliefen und im Rückzug ein Geräusch im Kies verursachten, der sich im Rhythmus der Wellen bewegte - hin und her. Eine Brise wiegte vertrocknete Schilfhalme.

Aus der Halle klang Popmusik. Er stieg aus. Parker Grand hatte ihm gesagt, dass Parkers und James Halbschwester Uma Dalsberg einige Jahre älter war als er. Wo mochte hier eine ältere Frau mit über sechzig Jahren leben? Weit und breit gab es kein Holzhäuschen. Er beschloss, in der Halle bei den Arbeitern nachzufragen. Zweifelsohne war das hier eine Werft oder ein Reparaturbetrieb.

Am Rolltor angekommen blickte er in die Halle. Zu seiner Überraschung standen überall Leinwände, am hinteren Ende ein Bild 3 x 5 m, das nichts anderes zeigte als den Ausschnitt einer blühenden Sommerwiese. Grüns wurden von roten Klatschmohnblüten zum Leuchten gebracht, oder war es umgekehrt? Gelbe, weiße, bläuliche und violette Blüten wechselten mit Gräsern in grünen, gelblichen und bräunlichen Tönen. Großformatige Bilder, die Moose, Wasser, Wellen, Steine, Baumrinden oder andere Motive aus der Natur wie mit der Lupe vergrößert zeigten.

Der Boden der Halle war über und über bedeckt mit alten Teppichbodenresten, vielfältige Muster, vielfarbige Versatzstücke. Die Flicken mäanderten über die Weite der Fläche des Raumes. Vor seinen Füßen lief die Schiene des Rolltors, und dahinter war Steinboden, die Schichten von den Teppichbodenresten sollten wohl die Kälte des Bodens mildern. Im hinteren Teil gab es eine Küchenzeile und ein

Sofa, flankiert von einem Ohrenbackensessel und einem Beistelltisch voller Kaffeebecher und Gläser.

Eine Bewegung hatte sofort seine Aufmerksamkeit auf sich gezogen. In der Halle schaukelte eine Gestalt in einem ehemals weißen Overall, der hunderte Farbspuren trug. Die Schaukel war mit Seilen an der Hallendecke befestigt. Der Overall ließ ihn an Krimiserien denken, wenn die Spurensicherung unterwegs war.

Die Gestalt hielt eine Spritze, wie er sie aus der Gartenarbeit kannte, um Schädlinge zu bekämpfen, und immer wenn sie sich mit der Schaukel auf die Leinwand zu bewegte, setzte sie einen Sprühnebel aus zartem Grau auf die gewaltigen, farbigen Flächen, die er als Herbstwald interpretierte. Aufsteigender Abendnebel oder abziehender Morgennebel? Verhüllung oder Enthüllung des strahlenden Herbstes? Er stand im Tor, die späte Nachmittagssonne wärmte seinen Rücken und zeichnete einen langen Schatten auf den mäandernden Teppichen.

Der weiße Irrwisch sprang von der Schaukel, offenbar war Hans bemerkt worden. Mit einer Handbewegung wurden Kapuze und Schutzbrille vom Kopf gezogen, die Spritze unter den Arm geklemmt. Ein munteres „Heido“ erschallte, gefolgt von ein paar schwedischen Worten, die er nicht verstand. Ein mit viel grau durchsetzter Kurzhaarwuschelkopf war unter der Kapuze hervorgekommen. Eine ältere Frau. Die Haare standen entlang einiger Wirbel in alle Richtungen ab. Lachfalten um zwei flinke Augen, großer Mund, große Nase, heller Teint. Sie hatte Ähnlichkeit mit Parker Grand, fiel ihm auf.

„Sorry I don‘t speak Swedish“ erwiderte er ihren Gruß.„Are you an art dealer?” erwiderte sie mit Hoffnung in der Stimme. Klar konnte sie problemlos auf Englisch umstellen, schließlich war sie in Alaska aufgewachsen, einige Jahre dort zur Schule gegangen.

„Are you Uma Dalsberg?“

Sie nickte „Yes“ mit einem Schmunzeln „Indeed it‘s me“.

Aber so sah doch keine Frau in den Sechzigern in seiner Vorstellung aus! Nichts hatte die Frau von einer Oma! Sie war ein Energiebündel und offenbar die Künstlerin. Die beiden Halbbrüder hatten nichts über sie gewusst, außer dass sie mit der Mutter Anfang der sechziger Jahre wieder nach Kapellskär in Schweden zurückgegangen war.

Eine drahtige Person, die nun eine einladende Handbewegung machte. Er trat näher und verneinte erst einmal, ja – bedauerte fast, kein Kunsthändler zu sein und auch kein Sammler. Er stand in dieser Halle, deren Dach mit Plexiglasscheiben ausgestattet worden war, so dass ein gleichförmiges, milchiges Licht den Raum erhellte.

Überall sah er Keramikschalen mit Äpfeln, Pflaumen, Birnen – manche schon etwas schrumpelig, gemischt mit Haselnüssen, Walnüssen und deren Schalenresten.

Sie sammelte offenbar Objekte der Natur. Wurzeln, Steine in verschiedenen Größen und Farben, ausgeblichenes hölzernes Strandgut, das die Maserung geradezu dreidimensional zeigte, vertrocknete Pilze, Moose, Äste, ein ganzes Regal mit Muscheln in allen Größen und Formen, jede ein Unikat. Ein Sammelsurium von Texturen, Farben.

Es erinnerte ihn daran, dass er als Kind auch ein Schatzkästchen gehabt hatte, ein altes Holzkästchen. Es hatte Fächer gehabt und einen herausnehmbaren Einsatz mit abgeschabten Samt. Glasmurmeln und die blau schillernde Feder eines Eichelhähers hatte er darin verwahrt. Einen schönen glatten, schwarzen Stein, den er am Flussufer gefunden hatte, sowie das ausgeblichene Schneckenhaus einer Weinbergschnecke. Er erinnerte sich sogar noch daran, wie sich die Dinge anfühlten, wie sie rochen. Natürlich nicht zu vergleichen mit dieser Sammlung - aber er fühlte ein bisschen Nähe zu der Sammlerin hier. Er verstand, wie man Dinge wegen der ihnen innewohnenden Schönheit um ihrer selbst willen lieben konnte. Sie mit eigenen Augen sehen, wertschätzen konnte.

„Uma Dalsberg“ bekräftigte sie und unterbrach seinen Gedankengang.

„Hans Glück from Germany“ erwiderte er und streckte die Hand vor.

Sie lachte „Oh …“, und nach einer Pause folgte „Oh, aus Deutschland, mein Vater war auch aus Deutschland, er war ein Bayer!” sagte sie mit einem amerikanisch-schwedischen Akzent auf Deutsch. „Leider habe ich ihn nie gekannt!“. Sie machte eine Pause. „Deutsch hatte ich ein paar Jahre in der Schule“.

„Ich bin wegen ihres Vaters gekommen.”

Er erntete einen erstaunten Blick, etwas ungläubig wiederholte sie im schwedischen Singsang „Wegen meines Vaters sind sie hier?”

„Ja, das ist eine lange Geschichte“.

„Es muss ja sehr wichtig sein, wenn sie deswegen extra nach Schweden kommen. Wie haben Sie mich denn überhaupt gefunden?“ Sie unterbrach sich. „Ich mach‘ uns erst einmal einen Kaffee mit Kanelbulla!“ und wies mit einer Geste auf das Sofa im hinteren Teil des Ateliers.

Sie machte sich an der Küchenzeile zu schaffen, es gab eine Mikrowelle, in der die Zimtschnecken zum Aufbacken verschwanden. Routiniert befüllte sie die achteckige Espressomaschine mit Wasser und Kaffeepulver, verschraubte wohl zum tausendsten Male das Ober- mit dem Unterteil, drehte den Gasherd an. Sie stellte die Kanne direkt in die Flamme.

Er beobachtete sie: Das also war die Tochter von Bart Grand, respektive von Bartholomäus Grandauer, seine Nachfahrin. War er am Ende seiner Suche? Hoffentlich erwies sie sich als eine würdigere Erbin - anders als die Halbbrüder. Er wollte sein altes Leben wieder zurück! Das Erbe und die damit einhergehende Verantwortung an die echten Nachfahren geben. Eine Künstlerin ... seine Gedanken wurden unterbrochen.

Ein zischendes Geräusch, begleitet vom Kaffeeduft, verriet, dass es jetzt frischen Kaffee gäbe. Ein leises ‚Pling‘

von der Mikrowelle, und sofort wanderte der Teller mit duftenden, warmen Zimtschnecken auf den Tisch.

Uma holte vom Regal zwei Kaffeebecher. „Milch, Zucker?“ „Nein, danke. Schwarz, wie die Sünde.“

Sie wiederholte mit ihrem schwedischen-amerikanischen Akzent „Schwarz, wie die Sünde.“ und knautschte sich in den Ohrenbackensessel. „Jetzt können wir reden.“ Sie streifte die Schuhe ab, es zeigten sich ehemals weiße Socken. Sie zog die Beine unter sich, saß bequem und signalisierte ihm ihre Bereitschaft zuzuhören, sich auf seine Geschichte einzulassen.

Er begann mit einer Frage „Was wissen Sie denn über Ihren Vater?“ Uma pustete in den Kaffeebecher, den sie mit beiden Händen hielt, während ihre Augen ihn über den Rand hinweg musterten. Ihr Blick wanderte zur Hallendecke, als ob dort eine Antwort stünde, sie dachte nach.

„Meine Mutter hat diesen Mann sehr geliebt. Er kam aus Bayern. Ich habe ihn nie kennengelernt.“ Der Duft des Zimtgebäcks lenkte ihren Blick auf den Teller, sie nahm eines der warmen Gebäckstücke und biss genussvoll rein, schluckte und fuhr fort: „Meine Mutter hieß Greta, sie war freie Fotografin und hat für internationale Magazine gearbeitet, oft für das Time Magazin in New York oder National Geographic, in den 40iger Jahren. Sie war eine sehr gefragte Fotografin. Mein Vater hieß Bart Grand, aber eigentlich hieß er Bartholomäus Grandauer. Er war irgendwie vor den Nazis geflohen, er war kein Jude, ich glaube er war Politiker. Auf jeden Fall musste er weg von Deutschland und lebte zuerst in New York. Dort begegneten sie sich. Sie hatten eine heftige Liebesbeziehung, aber sie trennten sich. Mein Vater ging nach San Francisco und hat dort eine Irin geheiratet. Sie zogen später nach Alaska, und dort hat ihn meine Mutter zufällig wiedergetroffen. Sie war für eine Reportage dort, irgendwas über den Goldrausch um 1896. Soweit ich weiß, habe ich Halbgeschwister, und seine Ehefrau war wohl sehr eifersüchtig. Meine Mutter Greta war eine unabhängige Frau, aber die beiden – also mein Vater und sie – haben ihre Affäre wieder aufgenommen, es war eine große Liebe. Sie hat mal erzählt, dass er mit ihr nach Schweden gehen wollte, er wollte die Scheidung. Damals unerhört! Bevor er das aber alles tun konnte, ist er auf der Straße tot umgefallen – einfach so. 1946. Sie hat mir erzählt, dass er nicht wusste, dass sie mit mir schwanger war."

Es entstand ein Moment der Stille. „Die Witwe hat ihr verboten auf die Beerdigung zu gehen. Meine Mutter hat noch einige Jahre in Nome gelebt, Alaska erinnerte sie immer an Schweden. Eine ledige Frau mit einem Kind! Sie blieb unabhängig und sie hat viele gutbezahle Aufträge für Fotoreportagen und Serien gehabt. Oft hat sie für National Geographic, Time Magazin gearbeitet, aber nicht nur, sondern auch für andere, internationale Magazine - Reportagen über die Natur, Alaska, das Eismeer und so. Sie war richtig bekannt. Ich bin in Nome in den Kindergarten und später zur Schule gegangen. Als mein Großvater in Schweden starb, ist meine Mutter mit mir hierher zurück." Sie verlagerte ihr Gewicht, aß den Rest des Zimtgebäcks. Mit Stolz in der Stimme stellte sie fest: „Also meine Mutter hat tolle Serien fotografiert. Eine hieß ‚Gesichter des Nordens', Inuit, die Bewohner Nomes und der Wälder, Goldgräber, Farmer, Fischer und Jäger – alles schwarz/weiß. Soll ich Ihnen die Bilder mal zeigen?"

Bevor er antworten konnte, sprang sie auf, kramte in einem der Regale, zog einen Karton mit Metallecken raus und drehte sich triumphierend zu ihm um. Ehe er sich versah, hielt er ein Portrait eines Trappers mit windgegerbten Gesicht unter einer dichten Fellmütze in der Hand. Stolze Männer in Fellen blickten aus mandelförmigen Augen unbewegt in die Kamera. Jäger in Booten. Faltige Gesichter, wind- und wettergegerbt, die den Betrachter mit Blicken aus dunklen Augen ins Visier nahmen. Eine junge

Ureinwohnerin, ein herzförmiges Gesicht rundherum gerahmt von langhaarigem Wolfspelz.

Es waren zeitlos schöne Bilder, Menschenwürde strahlte aus jedem Portrait. Schneeschuhe und Fallen lehnten an vom schneeverwehten dunklen, schrundigen Bohlen einer Hütte. Eiskristalle glitzerten über tiefen Wassern, und schwere Schürzen aus Eis hingen über felsigen Abgründen. Nahaufnahmen, Landschaftsaufnahmen, Detailaufnahmen – eine hochinteressante Mischung in schwarz-weiß. Im Karton lagen auch die Negative. Bräunliche, schmale Streifen, brüchig in ihrer Konsistenz, verwahrt im knisternden, milchig-weißen Papier mit Einschüben in der Breite der Streifen. Jeder sorgfältig beschriftet. Braunfleckige Kontaktbögen zeigten die Gesichter im Miniformat.

„Ich habe noch ihre Liebesbriefe – also seine an sie." Mit einem bedauerndem Unterton fuhr sie fort „Über meinen Vater weiß ich so gut wie nichts!

Seinen Namen und die Liebesbriefe, und es gibt einen Karton vergilbter Fotos bei den Liebesbriefen – mehr habe ich nicht." Unvermittelt lachte sie halblaut auf, griff sich an die Nase „ … und ich denke, die habe ich von ihm …", aus den braunen Augen blitzte der Schalk, der ihr im Nacken saß. Sie hatte eindeutig Humor.

Sie zog einen weiteren ehemals gelben, vergilbten Karton mit einem alten Markenlogo der Firma Kodak aus dem Regal. DIN A4, hob den Deckel ab, obenauf lagen wild durcheinander Fotos von einem Mann. Passfotos, Profilfotos, Vollportraits, mehrere Ganzkörperaufnahmen, natürliche Posen und inszenierte. Mit Pfeife oder in die ferne schweifendem Blick, Brille auf der Stirn. Es gab auch die Bilder, die intime Momente, scheinbar Unbeobachtetes festhielten. So lag er schlafend im Gewühl des Bettes, in die Zeitung vertieft lesend oder mit eingeseiftem Oberkörper, die Augen geschlossen beim Duschen. Alle Bilder zeigten denselben jungen Mann: Blond, sehr amerikanisch im Haarschnitt und Outfit, so sah er also aus - Bartholomäus Grandauer.

Bart Grand, der Mann, dessen Geschichte Hans besser kannte als Barts eigene Kinder.

Hans hatte sich keine Vorstellung von ihm gemacht, denn in den Tagebuchkladden waren keine Fotos gewesen.

Uma reichte ihm ein Bild, welches ein Paar am Strand zeigte, ein weiteres Foto beim Picknick im Central Park, dann eines welches die beiden lächelnd, händchenhaltend vor einem Kettenkarusell zeigte. Hans drehte das Bild um, sah eine ihm nicht vertraute Handschrift ‚14.8.1942 - Coney

Island‘. Unter dem Packen der Bilder lagen Briefe – die Liebesbriefe.

Hans schoss erneut durch den Kopf, dass er so viel mehr über Umas Vater wusste, als sie, seine Tochter! Und wenn sie erst wüsste, was er so alles im Gepäck hatte … Er beschloss, ihr die Tagebücher zu überlassen, sie konnte Deutsch, also würde sie die Kladden lesen. Hans mochte sie, ihre ganze Art.

Uma legt den Kopf etwas schief: „Aber jetzt sind sie dran. Was wissen sie von meinem Vater? Warum haben sie mich gesucht?“

Hans wusste im ersten Moment nicht, wo anzufangen sei, aber dann begann er einfach ganz von vorne, als der Erbenermittler bei ihm geklingelt hatte.

Hans im Glück

Hans Glück fuhr an einem Sonntag mit seinem nicht mehr ganz taufrischem Ford Transit, seinem Firmenwagen, von Essen Karnap nach Grafing bei München. Auf dem Beifahrersitz stand eine Tasche, gut gefüllt mit verschiedenen Käse-, Wurst- und Schinkenbrötchen, alle sorgfältig verpackt in Frischhaltefolie, ein Päckchen Wienerwürstchen verschweißt und eine Thermoskanne Kaffee. So gerüstet ging es nun Richtung München. Laut Navi würde er fast sechs Stunden unterwegs sein – sofern er keine Pause machte oder im Stau steckte. Er rechnete eher mit sieben bis acht Stunden. Zeit, seinen Gedanken freien Lauf zu lassen. Das Radio spielte die neuestens Popsongs, er hörte gar nicht wirklich zu.

Hans Glück, hatte seinen Namen schon immer abgeschmackt und peinlich gefunden. Hans im Glück – unzählige Sprüche hatte er sich in der Schule anhören müssen: ‚Na, da hat der Hans aber kein Glück gehabt in der Mathearbeit' oder ‚Das Glück ist mit den Doofen' oder ‚Hans, tauschst du dein Schulbrot gegen meinen Stein?'. Seine Mutter hatte ihm das Märchen ungezählte Male vorgelesen, sie fand den Schluss so schön: „Befreit von aller

Last, wanderte Hans mit leichtem Herzen heim zur Mutter“. Was das bedeuten sollte, hatte er nie verstanden.

Es gab nur noch wenige Glücks in Deutschland. In der Nazizeit galt „Glück“ als jüdischer Nachname. Tatsächlich stammte der Name aus dem Mittelalter, was nachweislich dokumentiert war. Trotz aller Nachweise war seine Familie verfolgt worden. So verschwanden die zwei kleinen Pünktchen über dem ‚ü‘ im Namen während der Nazizeit, da hieß man Gluck, das war mehr als achtzig Jahre her. Die Großmutter hatte nach dem Krieg darauf bestanden die beiden Pünktchen wieder einzuführen, zwei unschuldige kleine Pünktchen als Manifest der eigenen Unschuld und Verfolgung. Der Name - das war eine große Sache.

Als Jugendlicher hatte er die Auskunft angerufen, ob es Personen mit dem Nachnamen ‚Hitler‘ in Westdeutschland gäbe, es gab keinen. In der DDR lebte ein Hitler – Romano-Lukas Hitler. Alle anderen hatten wohlweißlich ihren Nachnamen geändert. Name als Symbol. Er musste schmunzeln bei dem Gedanken, wie die wohl nun hießen? Welche Namen die wohl gewählt hatten? Harmlose, urdeutsche Allerweltsnamen? Müller, Maier, Bauer, Huber, Schmidt oder Schulze, oder etwa jüdisch klingende, um keinerlei Verdacht aufkommen zu lassen? Goldstein, Rosenzweig oder Wiesenthal?

Aber jetzt war er Hans *im* Glück! Zum ersten Mal passten Name und Märchen zusammen, denn er hatte völlig unerwartet geerbt, fühlte sich reich.

Hans hing seinen Gedanken nach. Sein Navigationsgerät im Auto zeigte 655 km, eventuell würde er übernachten müssen.

Vor einigen Wochen hatte er einen Anruf erhalten von einem Erbenermittler. Er war völlig überrascht gewesen, denn nach seiner Kenntnis hatte er keine Verwandten mehr nach dem Tod seiner Mutter. Er war ein Einzelkind, geliebt, verwöhnt, verhätschelt von seiner Mutter und seiner Großmutter. Sein Vater war früh verstorben.

Ein Amadeus Glück, geboren am 15.11.1915 in Grafing bei München, war am 5.3.2015 ebenda verstorben im Alter von knapp 100 Jahren. Der Erbenermittler machte die letzten lebenden Verwandten ausfindig. Hans war verblüfft und erfreut, aber auch misstrauisch gewesen, denn der Erbenermittler arbeitete nicht für Gotteslohn. Vorsichtig, wie er war hatte Hans erst einmal vermutet, dass es sich um eine Abzocke handelte. Der Mann war aber seriös, fuhr extra von München nach Essen, um ihm Dokumente vorzulegen, ohne jedoch zu viele Details preiszugeben. Herr Allmann – so hieß der Erbenermittler – erklärte ihm, dass er parallel einen weiteren ‚Pfad' prüfe, aber er gehe davon aus, dass er nicht, wie so häufig in anderen Fällen, mit zwanzig, dreißig oder mehr Personen teilen müsse. Fänden sich keine Erben, wäre das Vermögen an den Freistaat Bayern gefallen. Das Honorar war erst fällig nach Überschreibung des Vermögens, z. B. durch Ausstellung des Erbscheins, der Erbenermittler bekäme satte 20%. Hans hatte da – ganz der geschäftstüchtige Handwerker, der er war – nachverhandelt: 15,5%. Der Vertrag wurde unterzeichnet. Herr Allmann nannte den Namen des Verstorbenen: Amadeus Glück. Nie gehört. Der Verstorbene war über drei Ecken verwandt, er sah die Urkunden und Dokumente, irgendwie ein Großonkel, soweit er das verstanden hatte. Der hinterließ eine Jugendstilvilla mit Nebengebäuden, Baujahr 1912. Ein Haus auf einem 2500 qm Grundstück in der Nähe des Stadtkerns von Grafing bei München! Herr Allmann erklärte, dass der Grund allein an die zwei Million Euro wert war. Der Erbenermittler meinte lapidar, das Haus könne Hans abreißen und das Grundstück als Bauland verkaufen oder selbst zwei Dreispänner draufstellen. Er könnte jedes dieser Reihenhäuser für ca. 700.000 Euro verkaufen, also 4,2 Mio. abzüglich der Baukosten.

Das war besser als der Goldklumpen im Märchen! Herr Allmann erklärte ihm, dass bei Immobilien nach Erbschaftssteuerrecht nicht der Verkehrswert zählte, sondern die Steuer nach dem Einheitswert von 1964 berechnet würde. Hans war jetzt Millionär. Man plauderte noch etwas. Herr Allmann erwähnte, dass seine längste Suche fast sechs Jahre gedauert hatte, die Suche nach Hans eine relativ kurze gewesen war.

Als Hans die Türe hinter Herrn Allmann schloss, fiel sein Blick auf den Flurspiegel.

Er sah sein Spiegelbild, er fragte sich was sich wohl ändern würde? Er beäugte sich aufmerksam, dachte an sein jetziges Leben:

Hans war 52 Jahre ‚jung', ledig. 1,88 groß, wog 103 kg. Er sei halt ein bisschen ‚fest', wie Frau Prohaska immer meinte, pummelig passte besser. Sein volles mittelblondes Haar war durchzogen von ersten grauen Fäden, sein Teint leicht gebräunt. Nach landläufiger Meinung sah er einigermaßen gut aus und hatte Schlag bei den Frauen. Aber die, die ihn genommen hätten, wollte er nicht, und die, für die er sich erwärmt hätte, wollten ihn nicht. So war er Junggeselle geblieben und jetzt auf einen Schlag eine gute Partie. So musste sich ein Lottogewinner fühlen, dachte er.

Als Handwerker musste er einfach zu viel arbeiten, das mochten die Frauen nicht, für die er sich interessierte. Vielleicht lag es auch an seinen kleinen Marotten: Er sah samstags immer die Sportschau. Er versäumte keine. Er mochte weder Gemüse und noch Obst, aß lieber Currywurst mit Pommes. Nie hatte er eine seiner Flammen großartig ausgeführt, das lag ihm nicht. Pommes rot-weiß, ein kühles Bierchen – das reichte. Sein Leben war geregelt und überschaubar. Um 8 Uhr Arbeitsbeginn und um 17.30 Uhr Feierabend, alle drei Wochen Wochenendbereitschaft.

Er hatte Klempner gelernt, im Volksmund ‚Gas-Wasser-Scheiße' genannt, was seine Heirat-chancen auch nicht gerade erhöhte. Jetzt hatte er einen kleinen Handwerksbetrieb mit zwei Angestellten. Erika Prohaska machte die Buchhaltung, bediente das Telefon und kümmerte sich um das Büro. Sie war die gute Seele, Mitte fünfzig.

Er und Martin Kersheimer fuhren im Blaumann zu den Kunden. Martin war Mitte vierzig und gehörte quasi zum Betriebsinventar. Er war Klempnergeselle, wortkarg, zuverlässig, aber unscheinbar. Jemand der nicht viel Aufhebens um seine Person machte. Das kleine Unternehmen gab allen drei ein vernünftiges Auskommen.

Hans ging dienstags in den Männergesangsverein ‚Liederzirkel 1899 Essen-Karnap', um mit seinem Bass, den Liedern die nötige Tiefe zu verleihen. Freitags trafen sie sich alle im Brunswick zum Bowlen. Den Handwerkerstammtisch oder Treffen der IHK besuchte er gelegentlich. Er arbeitete viel, und in Urlaub fuhr er nach Holland, das war nicht weit. Er hatte eine Bekannte, die Elfriede hieß - ‚dat Fried'schen' wie er sie nannte. Sie betrieb ein Büdchen in Altenessen. Mit ihr hatte er gelegentlich Sex, und manchmal fuhr sie mit ihm in Urlaub. Er war zufrieden mit seinem Leben.

Und nun fuhr er nach Grafing und hing seinen Gedanken nach. Keinem der Dreien hatte er davon erzählt, erst wollte er sich das Ganze mal ansehen. Er hatte nur gesagt, dass er zur Beerdigung eines entfernten Verwandten fahren würde.

Was man mit so viel Geld alles anfangen konnte?!

Amadeus Glück war fast 100 Jahre alt geworden. Amadeus Glück aus Oberbayern. Hans versuchte sich eine

Kindheit im krachledernen Oberbayern mit Xaver, Blasi, Anderl oder Hiasl als Spielkameraden vorzustellen. Wie war denn sein Rufname damals gewesen? „Ame?“ oder „De-us-al“? Er musste laut lachen bei diesem Gedanken. Der von Gott Geliebte, das bedeutete der Vorname, das hatte er extra nachgesehen. Amadeus Glück – der von Gott Geliebte Glück.

Amadeus Glück war schon beerdigt, aber das wusste außer ihm ja keiner. Fried‘schen hatte ihm extra ein kleines Bukett besorgt. Zwei weiße Lilien und eine rosafarbene Cala, gebunden mit Gräsern, das wollte er auf dem Grafinger Friedhof seinem unbekannten Verwandten und nun Gönner zur Ehre und zum Dank niederlegen.

Vorher würde er noch das Büro des Erbenermittlers in München aufsuchen, den Vertrag dazu hatte er schon unterzeichnet.

So wie er geschätzt hatte, traf er nach gut sechs Stunden Fahrt in München ein. Er hatte alle Brötchen verzehrt, die Thermoskanne Kaffee geleert. Da er frühmorgens aufgebrochen war, war es jetzt kurz nach 13 Uhr, als die Autobahn in den Mittleren Ring überging. Das Navi dirigierte ihn durch den Englischen Garten. Zu seinem Erstaunen war München eine grüne Stadt: Es blühte überall,

Vöglein zwitscherten, als er in die Pienzenauer Straße einbog, die ganz nahe an der Isar entlang führte.

Der Erbenermittler residierte nobel. Er überreichte ihm weitere Fotos der alten Jugendstilvilla. Teilweise umrankt von Efeu sah sie renovierungsbedürftig aus. „Wie gesagt, das Haus müssten sie abreißen, aber das große Grundstück in Zentrumslage der Kleinstadt Grafing – S-Bahn Anbindung - also das ist was wert!“ meinte Herr Allmann über seine Kaffeetasse hinweg.

Hans sah sich den Packen Fotografien genauer an: Ein schönes Haus, fand er. Es gab unter dem roten Dach auf der Giebelwand einen Hausspruch:

Die Welt mit ihrem Gram und Glücke
Will ich, ein Pilger, frohbereit
Betreten nur wie eine Brücke
Zu dir, Herr, übern Strom der Zeit.

Der Garten sah verwildert aus. Efeu hatte sich um Bäume gewunden, diese fast verschlungen, schwankende, meterhohe Inseln von Grashalmen im Vorgarten. Es gab einen Pavillon im hinteren Grundstücksteil, man sah ihn hinter den Birken, und noch weiter hinten stand ein kleines, braunes Gebäude – vielleicht ein Stall? Das Haus war ehemals in einem warmen Gelb gestrichen worden, nun verwittert zu einem ockerfarbenen Ton. Es hatte Sprossenfenster in grün, einen Erker, darüber ein braunrotes Dach. Es strahlte friedliche Gelassenheit aus. Ein Zaun aus Holzlatten, das Weiß der Farbe war in langen Streifen abgeblättert, darunter lugte das verwitterte Grau des Holzes hervor. Jede Latte schloss oben mit einem kleinen Element in Blattform ab. Hans musste überlegen, es erinnerte ihn an etwas … Spielkarten! So sah Pik aus. Ein ehemals schöner Garten mit hohen Birken und einer riesigen Rotbuche. Hans gefiel das Haus, er steckte die Bilder in den Umschlag zurück, bedankte sich beim Erbenermittler und verließ das Büro. Zuvor musste er noch eine Erklärung unterzeichnen, dass er die Schlüssel erhalten habe. Er stieg ins Auto, gab die Adresse ins Navi ein. Von München fuhr er fast ein Stunde durch unzählige Vororte nach Grafing voll Vorfreude gespannt auf das Haus.

Grafing war eine nette kleine Stadt mit einem von alten Häusern gesäumten Marktplatz. Es gab einen Wildbräu und ein Gasthaus namens Grandauer, so wie man sich Bayern eben vorstellt. Zwiebelturm und Blumenkästen mit üppig gedeihenden roten Geranien, eine Pracht. Er war durch die hügelige Voralpenlandschaft gefahren, die aber schon sehr zersiedelt war. Die Sogwirkung der Großstadt hatte einen ähnlichen Städtebrei wie in Nordrhein-Westfalen entstehen lassen. Aber eben im bayerischen Landhausstil.

Am Marktplatz bog er zweimal ab, und sogleich ertönte die weiche aber distanzierte Frauenstimme seines Navis: „Sie haben ihr Ziel erreicht!“.

Er stand vor der Villa. Die Schlüssel vom Erbenermittler in der Tasche. Morgen musste er zuerst zum Nachlassgericht, dort konnte er den Erbschein abholen. Es war Frühling, in den Bäumen zwitscherten die Vögel. Die Villa sah ihm gelassen entgegen. Er schloss auf, und die Pforte sprang mit dem typischen Quietschen lange nicht mehr geölter Türscharniere auf. Er betrat den Garten. Ein kleiner Sandweg mit Inseln von Moos führte zum Haus und gab Zeugnis davon, dass der alte Herr die letzten Jahre wohl nicht mehr in der Lage gewesen war, dem Garten viel Pflege zukommen zu lassen.

Er stieg drei flache Stufen hoch, stand auf einer Art Vorplatz vor der Eingangstür, die eine ovale Öffnung hatte, gefüllt von einem kleinen Gitter in der Mitte, dahinter Glas und dahinter ehemals weiße Spitze. Hier schien die Zeit stehengeblieben zu sein. Auch hier das leise Quietschen ungeölter Türangeln, als er den Schlüssel im Schloss gedreht hatte und die Klinke niederdrückte. Die Luft wirkte abgestanden, das Haus war lange nicht gelüftet worden. Es roch nicht unangenehm, aber das Haus hatte einen Geruch. Vorsichtig trat er über die Schwelle. Jacken und Mäntel und ein abgeschabter Hut hingen an der Garderobe, ein Stock lehnte im Schirmständer, es wirkte alles so, als ob der Eigentümer jederzeit wiederkäme vom Einkaufen oder vom Arzt. Amadeus Glück hätte jederzeit durch die Türe treten können, stattdessen lag er nun kalt und steif auf dem Grafinger Friedhof. Hans spürte ein unbestimmtes Bedauern, nie hatte er Amadeus kennengelernt, und nun war es zu spät dafür.

Neugierig wie ein Kind auf Entdeckungsreise sah er, noch unschlüssig im Flur stehend, in eine Küche der fünfziger Jahre, wenn nicht noch älter.

Er ging durch den Flur ins Wohnzimmer. Die Versatzstücke der Vergangenheit reihten sich. Manifestierte Erinnerungen in Geschirr, Deckchen, Polstermöbel, eine monströse Schrankwand der siebziger Jahre. Dazwischen eine technologische Neuerung, ein riesiger Flachbildschirm, verbunden mit Kopfhörern, die an einer langen Verkabelung zum ebenso riesigen, britischen Ledersessel quasi den Weg wiesen. Eine altmodische Brille lag auf dem Tisch. Im Aschenbecher ruhte eine halbgerauchte Zigarre.

Amadeus Glück schwebte noch in diesem Zimmer, obwohl er schon solange tot war. Es gab mehrere Zimmer im Untergeschoss. Als nächstes betrat er eine Art Gästezimmer, daneben ein winziges Bad, gefliest im moosgrün der sechziger oder siebziger Jahre und einem senfgelben Waschbecken, darüber ein kreisrunder Spiegel flankiert von zwei kleinen Kugellampen mit mattiertem Schirm, ein senfgelbes WC – ein Schick, der lange schon der Vergangenheit angehörte. Er öffnete die nächste Tür, ein achteckiges Holzschild kennzeichnete es als ‚Büro'. Er blieb verdutzt stehen: Der ganze Raum bestand quasi aus riesigen, umlaufenden Regalen, unterbrochen von einem Sprossenfenster und einem seitlichen Durchgang, der den Blick auf weitere Regale in einem angrenzenden Raum freigab. In den Regalen standen feinsäuberlich aufgereiht Ordner. Alle beschriftet mit einer steilen, akkuraten Handschrift. Im Nebenraum standen ebenfalls Regale entlang der Wand, und einige Regale standen frei im Raum, es erinnerte ihn an eine Bibliothek. Er betrat den Raum. Es begann tatsächlich mit 1942! Pro Jahr standen Ordner, Mal mehr Mal weniger. Die Beschriftung lauteten Einnahmen, Ausgaben, Bankbelege, Steuer und Sonstiges, darunter immer die Jahreszahlen. Die Ordner gingen tatsächlich bis 2015, der alte Mann hatte bis zum Schluss akribisch seine

Buchhaltung - oder was immer das war - geführt. Dreiundsiebzig Jahre feinsäuberlich dokumentiert.

Hans überschlug für sich, dass in diesen beiden Räumen hunderte Ordner standen - er wusste sofort, was immer er je suchen würde: Hier würde er es finden!

Im ersten Zimmer, stand vor den Regalen ein gewaltiger Schreibtisch der dreißiger Jahre, Eiche dunkel gebeizt, mit Löwenfüßen. Auf dem Schreibtisch eine alte Rechenmaschine mit Papierstreifen, daneben eine kleine Schreibtischlampe mit gläsernem Schirm in grün, dahinter ein alter Stuhl mit einem Sitzkeil als Polster. Der Schreibtisch stand vor einem großen Sprossenfenster, und er, der in der Türe stand, blickte in den Garten, in dem die Zweige einer großen Trauerweide leise im Wind schwankten. Quasi ein Stillleben gerahmt von Ordnern. Schreibtisch und Stuhl ließen aber denjenigen, der dort arbeitete, nur zur Tür oder auf die gefüllten Regale blicken. Der Schreibtisch war penibel aufgeräumt. Ein Schreiblock, auf dem ein billiger Kugelschreiber lag, sonst nichts. Daneben eine Ablageschale mit Büroklammern, ein Locher, ein Hefter und die Rechenmaschine.

Hans ließ den Blick schweifen über den Kanon der Ordner. Es gab Jahre, da waren die Ordnerrücken blau, rot oder gelb, die meisten jedoch grau. Hans schüttelte den Kopf und schloss die Tür ganz leise, so als ob er niemanden stören wollte.

Hans wunderte sich: War Amadeus ein Beamter gewesen? Ein kleinkarierter Erbsenzähler? Aber dazu passte die vorgefundene normale Unordnung im übrigen Hause nicht.

Er stieg mit diesen Gedanken die abgetretene, breite Holztreppe hinauf, setzte seine Entdeckungsreise im Haus fort. Das Geländer, geziert von zwei Säulen, die ein stilisierter Löwenkopf am jeweiligen Ende unten und oben schmückte. Die Stufen knarzten. Im Obergeschoß gab es neben der Treppe eine Tür. Das Schlafzimmer mit einem Bett, einem großen Kleiderschrank mit Spiegeleinsatz, einem Stuhl. Auf dem Nachttisch der fünfziger Jahre wartete ein bäuchlings liegendes, aufgeschlagenes Buch auf seinen betagten Leser. Die kleine Leselampe, geziert von einem mattierten Glasschirm in Form einer Glockenblume, stand pflichtbewusst daneben, davor ein Glas mit einem dünnen Staubfilm.

Hans öffnete die Tür zu einem kleinen Raum mit einer Balkontür, die den Blick in den schönen, weitläufigen Garten freigab. In diesem Zimmer standen unzählige

Gegenstände, gesammelt, aufbewahrt oder abgestellt. Krempel. Altersschwache Gartenstühle. Kartons mit Büchern. Ein zusammenklappbares Bett mit Matratze. Mehrere altersschwache Reisekoffer. Eine Gießkanne.

Hans wandte sich um, ließ seinen Blick über das Sammelsurium schweifen: Der völlige Gegensatz zum akkuraten Büro!

Sedimentschichten eines Lebens: Die ältesten Sachen standen ganz hinten an der Wand, Reihe um Reihe, Jahr für Jahr stapelten sich die Dinge die Amadeus nie mehr in die Hand genommen hatte, aber zu schade fand, sie wegzuwerfen. Sein Blick fiel nun auf einen großen rechteckigen Gegenstand, der verhüllt in Schichten von Bettlaken oder Bettbezügen, mit Klebeband fixiert an der Wand lehnte, davor unzählige Kisten, Kartons usw. Er räumte den Plunder beiseite, hob das ziemlich große Rechteck heraus. Ein Bild, das hatte er sich schon gedacht, er fühlte durch die Tuchschichten den Rahmen.

Es staubte. Im Sonnenlicht des späten Nachmittags tanzten die Partikel. Vorsichtig löste er das Klebeband, welches über die Jahre seine Fähigkeiten nahezu vollständig eingebüßt hatte – er musste nur zupfen, und in Fetzen fiel das Band ab. Sofort gab die Stoffhülle nach, sackte zu

Boden. Staub wirbelte auf. Gab Teile von Farbe frei, kräftiges kornblumenblau. Es traf ihn ein Blick aus graugrünen Augen, umrandet von langen schwarzen Wimpern. Den Körper halb gedreht, den Kopf ihm zugewandt, über die nackte, rosige Schulter blickend, warf ihm eine dunkelhaarige Schönheit einen unergründlichen Blick aus eben diesen graugrünen Augen zu. Ein Blick, der ihn auf eine Art und Weise berührte, die er gar nicht beschreiben konnte.

Ob er nun stundenlang oder minutenlang so gestanden hatte, versunken in dieses Bildnis, konnte er nicht sagen. Hans, der Pragmatische, der von Kunst keinen blassen Schimmer hatte, er, der nie in ein Museum, eine Ausstellung oder ins Theater ging: Er war aufs Tiefste berührt.

Wer war diese Frau, die so distanziert den Blick des Betrachters erwiderte? Das lose herabgesunkene, seidene Oberteil eines Kleides, dessen Stoff sich um die schmale Taille bauschte, in einem tiefen, glänzenden, den Schimmer des seidigen Materials wiedergebenden Blau. Dieses fantastische Blau spielte von nachtblau in den Tiefen des Faltenwurfes, über royalblau bis in ein strahlendes Weiss, wo der Schimmer des Lichts die weichen Verformungen der Falten in der Seide nachzeichnete. Die untere Körperhälfte des sitzenden Halbaktes war von diesem Stoff verborgen, es blitzte weiße Spitze von einem Hemdchen, das ebenso herabgesunken war. Dieses strahlende Blau ließ den hellen, rosigen Teint der Haut noch zarter erscheinen. Sanft wölbte sich ein mädchenhafter Bauch, langgliedrige, schlanke Hände bedeckten knospende Brüste. Eine kleine Goldkette mit einem Stein aus Lapislazuli als Anhänger, schmückte einen edlen, langen Hals. Darüber ein offenes, junges, ebenmäßiges Gesicht, geschwungene schwarze Bögen der Augenbrauen. Eine füllige Lockenpracht in kastanienbraun war gebändigt, hochgesteckt in einen kleinen Dutt, der von einer Perlmuttspange gehalten wurde, die durch die Lockenpracht schimmerte und oben auf dem Kopf thronte, während weich und rund die Fülle der Haare bogenförmig die Kontur des Kopfes umspielten.

Eine Frau, die sich gerade dem Liebhaber enthüllte? Eine Frau, die – sich zum Bade entkleidend – überrascht wurde? Die halbe Drehung des Oberkörpers, der Blick über die rosige Schulter, die Hände, die schützend die Brüste bedeckten.

Das Gesicht faszinierte ihn, vielmehr der Ausdruck des Gesichts. Sie war jung, sehr jung, sie hatte eine prägnante Nase, einen offenen, unerschrockenen Blick, hohe

Wangenknochen, kleine Ohren, verziert mit zarten Perlenohrsteckern. Sie sah aus dem Gemälde heraus ihn direkt an, egal wie und wo er sich im Raum bewegte, das machte es unheimlich. Sie war so unglaublich schön! Das Blau, der virtuos wiedergegebene Faltenwurfs, das Schimmern der Seide, das Filigrane der Spitze, der brillante Lüster, der Perlenohrstecker, die Feinheit der Haut, die weichen Flächen der Arme, feingliedrige Hände, die die Brüste schützend bedeckten … Er verstand nichts von Kunst, aber das hier war gut, das war große Kunst, das verstand sogar er als Laie.

Wieso war dieses Kunstwerk in der Rumpelkammer versteckt? Warum hing es nicht im Wohnzimmer? Wer hatte es gemalt? Wer war die Schöne?

Er war aufgewühlt, verwirrt – was für eine Entdeckung! Nach einer Weile legte er die Schutzschichten wieder darüber, lehnte das Gemälde an die Wand neben der Tür. Er war verwirrt, benommen. Er stieg die Treppe hinab in die Küche. Dort fand er alles, was ein Mensch zum Kaffeekochen brauchte. Er tigerte durch die Küche, darauf wartend, dass der Kessel pfeifen würde. Erst die Ordner, und nun das Bild! Was würde er hier noch alles entdecken? Halblaut sagte er in die Stille der Küche: „Na, Amadeus, du alter Schwerenöter?“, aber das – fühlte er – das war es nicht. Das Gemälde hatte eine andere Geschichte.

Er schlürfte den heißen Kaffee, verbrannte sich trotz Pustens die Zunge, wanderte über den kleinen Flur mit dem abgeschabten Teppich ins Wohnzimmer und sank in den Sessel. Die Nachmittagssonne schien in den Raum und machte ihn hell und freundlich. Sein Magen knurrte laut und vernehmlich, also sah er sich in der Küche erneut um. Ein steinhartes Brötchen – nein danke. Im Kühlschrank eine nicht geöffnete, aber abgelaufene Packung Edamer. Flugs riss er die Folie weg, roch daran. Er legte den Käse auf einen Teller. Mit dem Messer säbelte er im Stehen große Stücke vom viereckigen Laib, schlang eilig alles hinab. Die Gedanken sprangen nur so umher. Was das Kunstwerk wohl wert war? Er hatte keinen Namen gesehen, wer war der Maler? Wie war es gerahmt? Es fiel ihm jetzt erst auf, auf wie vieles er nicht geachtet hatte, magisch angezogen von diesem Blick. Er musste das Bild einfach genauer untersuchen.

Lange hielt er es in der Küche nicht aus. Das Bildnis der unbekannten Schönen zog ihn magisch an. Die Stufen mit zwei Schritten auf einmal nehmend eilte er die knarzende Treppe wieder hoch, erneut seinem Fund entgegen.

Die Sonne warf rötliche Stahlen und gab dem Zimmer einen warmen Schein. Er entfernte die alten Bettbezüge erneut. Es staubte wieder. Wieder war er fasziniert von diesem Blick, diesem Gesicht. Immer noch gebannt, aber nicht mehr so überwältigt wie beim ersten Mal. Wie er es sich vorgenommen hatte, begutachtete er jetzt alles sehr genau. Das Gemälde war gerahmt. Umlaufend eine Holzleiste, die an den Ecken ähnlich dem Pik Zeichen, das er am Gartenzaun schon gesehen hatte, kleine Auskragungen hatte, die in einer leicht abgerundeten Spitze mündeten. Zwischen den Ecken verlief der Rahmen schmaler, es sah aus, als ob der Leisten eine Taille hätte. In diesen Leisten war – der Außenlinie folgend – innen eine Linie umlaufend graviert. Der Rahmen war auch alt, das sah man, er war bronziert, das blätterte. Wie wurde dieser Stil genannt? Davon hatte er keine Ahnung. Der Rahmen gefiel ihm.

Er besah sich die Malerei selbst nochmals genau. Die kleine, feine weiße Spitze, die hervorblitzte zwischen der rosigen Haut und den blauen Falten des herniedergesunkenen Kleides, das war alles so fein, so zart, aber auch sehr exakt gemalt. Die Falten zeigten Lichtreflexe, der Stoff war tiefblau und glänzend. Das Schimmernde war präzise wiedergeben. Die Haut, so rosig, die Hände so feingliedrig. Hans war überzeugt, das war ein Meisterwerk. Leider fand er keine Signatur. Schließlich kam er auf die Idee, das Bild umzudrehen.

Volltreffer: In einer merkwürdig steilen Schrift, jeder Buchstabe sorgfältig gesetzt, stand dort offenbar eine Widmung. Das Papier, welches auf das Holz des Rahmens geklebt war, sah zerschlissen, gelblich, brüchig aus. Ein Stempel oder Signet daneben. Cara Sophia ... Möller, Höller, Köller, konnte er entziffern, oder war das ein „t"? Mötter, Hötter, Kötter? Er war etwas ratlos. Cara Sophia, das war eindeutig. Eine so schöne Frau konnte nur so einen exotischen Namen haben, fand er. Cara Sophia - las er, sprach es laut in die Stille des Raums. Cara Sophia. Darunter las er „Im Atelier" ... erneut wieder Unleserliches, gefolgt von einer Jahreszahl 1906 - 8.8.1906.

Das Bild war weit über 100 Jahre alt – älter, als Amadeus Glück geworden war. Sie war jung. Und doch so alt. Er schätzte sie auf zwanzig oder jünger. So zart, so knospend, sechzehn? Achtzehn? 1906 unter zwanzig, dann war sie 1886 geboren oder etwas später, oder doch davor?

Ewige Jugend hielt dies Bildnis fest. Cara Sophia war schon lange tot. Das war Gewissheit. Hans fühlte ein Bedauern, gefolgt von einer unendlichen Dankbarkeit: Cara Sophia blühte hier in der unvergänglichen Schönheit ihrer Jugend - für immer. Er fühlte diese unbestimmte Dankbarkeit, dass er eine gealterte Cara Sophia nie hatte kennen lernen müssen. Jetzt sah er die Signatur, einen Namen: Leo Putz. Nie gehört. Leo Putz. Das musste der Maler sein.

Es klingelte! Hans war erstaunt und verblüfft. Eilte die knarzende Treppe hinunter und öffnete die Tür.

Vor ihm standen ein Polizist und ein junger Mann. „Polizeiobermeister Grundler, Polizeiinspektion Ebersberg!“ stellte sich der Uniformierte mit fester Stimme vor „Wer sind Sie, und was haben Sie in diesem Haus zu suchen?“

„Ich bin der Erbe von Amadeus Glück.“ Er bat beide Herren herein und zeigte dem Polizisten die Dokumente des Erbenermittlers, die er zuvor aus seinem Wagen holte. Der Polizist prüfte die Dokumente und fragte nach dem Personalausweis, prüfte erneut alles und schließlich verabschiedete er sich mit einem „Nix für Ungut“. Hans bedankte sich und meinte, der Polizist tue nur seine Pflicht, und das wäre ja gut zu wissen.

Während er die beiden wieder hinaus begleitete, fragte er den jungen Mann nun seinerseits, wer er denn wäre. Der klärte ihn auf, er sei der Mieter im Pavillon. Er heiße Matthias Baumgärtl und studiere im vierten Semester in Rosenheim Holztechnik. Er solle es ihm nicht übel nehmen, aber als er Hans im Haus gesehen habe, habe er gedacht, es sei ein Einbrecher im Haus. Herr Glück habe immer gesagt, dass alle Verwandten im KZ umgekommen seien und er keine Verwandten mehr habe. Im Übrigen kümmere er sich um die beiden Hühner, Berta und Babette, ob er das nun übernähme? Hans nickte und fragte Matthias wo denn die Hühner residierten. Matthias zeigte ihm nun den weitläufigen Garten, und sie gingen zu seinem kleinen Pavillon, der ehemals nur als Sommerfrische gedient hatte. Amadeus Glück hatte den achteckigen Bau, der ursprünglich rundherum Fenster hatte, so umgebaut, das ein kleines Badezimmer mit WC und Dusche Platz fand und eine kleine Küchenzeile unterhalb der Fenster entlang lief. Es war eine Ein-Zimmer Wohnung mit Holzofen und einem sagenhaften Panoramablick in den Garten mit Birken, Trauerweiden und einem kleinen Teich.

Matthias erwähnte auch, dass es im hinteren Teil das alte Kutschenhaus gab, bewohnt von einem Finanzbeamten aus Ebersberg, der am Wochenende immer heimfuhr nach Zwiesel und der gerade im Urlaub sei. Herr Hölzl.

Matthias fragte Hans, was der denn mit dem Haus vorhabe, ob er denn weiter hier wohnen können würde. Hans sagte wahrheitsgemäß, dass er sich erst einmal einen Überblick verschaffen müsse und im Moment noch gar nicht wisse, was er tun würde. Bis auf Weiteres könne er natürlich hier wohnen. Matthias druckste etwas herum, er erwähnte, dass er morgen eine Klausur schreibe und lernen müsse und er wolle ihn ja nicht hinauswerfen, aber er müsse jetzt lernen. Hans bedankte sich bei dem sympathischen jungen Mann und wünschte ihm viel Glück für die morgige Klausur, schüttelte ihm die Hand und ging zurück ins Haus.

Es war spät geworden, die Kirchenglocken riefen zur Abendmesse. Er beschloss im Haus zu übernachten. Er musste ein paar Lebensmittel einkaufen im Stadtzentrum oder einer Tankstelle. Es war ein lauer Abend.

Er rief Erika Prohaska kurz an, fragte nach, wie es denn im Geschäft lief und schilderte die Fahrt. Vom Bild oder Haus sagte er keinen Ton.

Im Auto sah er die Blumen liegen, die schon matt die Köpfe hängen ließen. Friedhof! Das hatte er ganz vergessen.

Amadeus Glück würde ihm nicht davon laufen, andererseits war der Friedhof mitten im Ort. Grafing war eine kleine Stadt, die Kirche mit Zwiebelturm und Friedhof keine fünf Fahrminuten entfernt, also wendete er den Wagen. Der Himmel zeigte jetzt das tiefe, abendliche Blau der aufkommenden Dämmerstunde, rosafarbene Schleier wiesen darauf hin, wo die Sonne gerade untergegangen war, abendliche Kühle und Stille lag über dem Friedhof, als er ihn betrat.

Amadeus Glücks Grab fand er an der Außenmauer. Der Erdhügel war eingesunken, verwelkte Blumen ließen in brauner, zerbrechlicher Trockenheit ihre Köpfe hängen. Ein schlichtes Holzkreuz und ein weißer Zettel unter Folie.

Amadeus Glück geb. 15.11.1915 gest. 5.3.2015. Hans stand davor und legte nun sein kleines Bukett auf den Grabhügel, das neben dem welken Braun der Anderen in neuer Frische erstrahlte. Er dachte: „Na, Hundert wärst du wohl gerne geworden“ Als Kind hatte er im Religionsunterricht das „Vater unser“ gelernt, mühsam stoppelte er sich den Text zusammen, aber er war unkonzentriert und musste wieder von vorne anfangen.

Wer warst du? Warum hatten Mutti oder Oma nie was von dir erzählt? Was hatte es mit dem Kunstwerk auf sich und den Ordnern?

Er wanderte über diesen Friedhof. Viele alte Gräber, Grabplatten mit geschnörkelten Inschriften, schmiedeeiserne Kreuze, schwarzer Granit, segnende Marmorengel, frische Holzkreuze. Ein leises Knirschen vom Kies begleitete jeden seiner Schritte auf zurückweichendem Grund, während er die Wege zwischen den Gräbern abschritt. Er wusste selber nicht, was er da suchte. Las die Namen Wildgruber, Grandauer, Moser, Leitner, Gruber, Kreitmair, Fritzmayer, Huber, Haberer oder Mair. Las Inschriften der Gedenktafel der Gefallenen der beiden Weltkriege und Jahreszahlen auf den Gräbern 1889, 1965, 2001 oder 1977. Er schritt zwischen den Gräbern umher, sah liebevoll gepflegte Grabstätten mit Blumenampeln, ewigem Licht, einem Weihwasserbecken, registrierte schlichte Gräber mit einer Steinplatte aus Granit und einer kleinen Pflanzschale, rote Kerzen und kleine Windlichter, und während er so umherging, ahnte er was er suchte: Das Grab von Cara Sophia. Schließlich fand er das Familiengrab einer Familie Höller im hinteren Teil des Friedhofs, direkt an der Mauer. Ein kleines Mausoleum, eine Familiengruft, die große aus tiefschwarzem Granit, senkrecht aufragende Platte mit den

Namensinschriften, flankiert von zwei gewundenen Steinsäulen, auf denen kleine Engel knieten und um die in Stein gemeißelter Efeu rankte. Die Schrift auf der Gedenktafel mit Blattgold ausgelegt, eine alte, verschnörkelte Schrift. Die Gruft hatte eine Granitumrandung und darauf zwei Platten, die jeweils von einem erhabenen Steinkreuz geziert waren. Obenauf eine steinerne Pflanzschale, die mit verschieden hohen immergrünen Gewächsen bepflanzt war.

In der darunter befindlichen Gruft lagen die sterblichen Überreste der Familie Höller. Die Inschriften leuchteten verhalten golden vom schwarzen Untergrund. Sein Blick sprang unstet umher, dann fand er, was er gesucht hatte: *„Cara Sophia Höller 23.10.1890 gest. 13.7.1909.“*

Es traf ihn trotzdem völlig unvorbereitet. Drei Jahre nach Entstehung des Gemäldes war sie gestorben! Mit neunzehn Jahren? Wie war sie gestorben? Unfall? Krankheit? War sie gar ermordet worden? Er war heute so froh gewesen, dass er einer alten Cara Sophia nicht begegnen musste, aber ihr früher Tod erschütterte ihn, berührte ihn seltsamerweise. Er kannte sie doch gar nicht – und doch sah er sofort diesen koketten und zugleich scheuen Blick aus grau-grünen Augen vor seinem geistigen Auge.

Ihn fröstelte. Was sich hinter solch dürren Zahlen an Schicksalen verbarg!

In Ruhe las er jetzt die ganze Inschrift. *Hier ruhen im Namen des Herren Herr Jakob Höller 21.1.1863 bis 24.3.1939 Großbauer und seiner geliebte Ehefrau Katharina Höller geb. Grundler 19.6.1866 bis 3.5.1948.* Darunter standen weitere Namen *Georg Höller geb. 30.3.1885 gest. 15.5.1945,* es folgten noch drei Geschwister, alle in den sechziger Jahren verstorben.

Die Mutter Katarina Höller, die den Mann und zwei ihrer Kinder beerdigen musste. Er seufzte tief und verließ den Friedhof. In Gedanken war er beschäftigt mit Cara Sophias Schicksal.

Jetzt meldete sich der Magen, aber die Läden waren schon geschossen, also kaufte er an der Tankstelle zwei verpackte Sandwiches, ein Bier und Schokoriegel, hungrig schlang er alles direkt in der Tankstelle herunter.

Zu Hause richtete er sich einen Schlafplatz auf der alten Couch im Wohnzimmer, denn im Bett des Erblassers wollte er nicht schlafen, das konnte er nicht. Die ganze Nacht träumte er von dem Bild. Er schlief schlecht. Cara Sophia, wer warst du? Kann ich nach hundert Jahren etwas über dich erfahren? Wie bist du gestorben? Wieso hing dieses phantastische Bild nicht im Wohnzimmer? Wie kam Amadeus Glück an dieses Kunstwerk? Wie wertvoll war es? Wen konnte er fragen? Wer war Leo Putz?

Im Morgengrauen fiel er in einen traumlosen Schlaf.

Am nächsten Morgen, ehe er in die Stadt zum Frühstücken ging, stieg er die Treppe hoch, enthüllte das Gemälde, schaute lange in diese graugrünen Augen und packte es wieder ein.

In einem kleinen Café am Stadtplatz ging er ordentlich Frühstücken. Es gab Butterbrezeln und Weißwürste, nur das dazugehörige Weißbier lehnte er ab. Er trank lieber Kaffee. Als er gut gestärkt zurückkam, fütterte er zuerst die Hühner, die ihn hungrig und ungeduldig gackernd am Gartentor empfingen. Die hatte er gestern total vergessen. Bei der Fütterung am Abend liefen die Hühner von selbst in den kleinen Stall. Beide waren hochbetagt und legten keine Eier mehr, aber niemand hatte es übers Herz gebracht, sie zu schlachten. Hühner in Rente sozusagen.

Danach holte er sein Tablet, sein Handy und den Laptop aus dem Wagen, ging ins Büro, rückte Block und Rechenmaschine beiseite und legte den Laptop in die Mitte.

Über sein Handy stellte er die Verbindung zum Internet her. Er checkte die Emails, nichts Besonderes.

„Leo Putz Maler“ tippte er in die Suchleiste von Google, und im Nu stand eine gewaltige Auswahl zur Verfügung.

Er las in Wikipedia: „Leo Putz, geboren 18.Juni 1869 in Meran, Südtirol; gestorben 21. Juli 1940 in Meran, Südtirol. Er war ein Tiroler Künstler. Das künstlerische Werk von Leo Putz umfasst den Jugendstil, den Impressionismus und die Anfänge des Expressionismus. Schwerpunkt seines Werkes sind Figuren-, Akt-, und Landschaftsbilder.

Ab 1889 hatte er an der München Akademie der bildenden Künste studiert, später an der Académie Julien in Paris. In München hatte er den Spitznamen „Der Italiener“.

Er las unter anderem, Schwerpunkt des frühen Werks von Leo Putz war „das Bild der schönen Frau“, das er sehr variationsreich behandelte … Hans nickte zustimmend.

Einem plötzlichen Impuls folgend holte er das Bild und stellte es im Büro vor eines der Regale auf. Sie sah ihn an. Die schöne Frau sah ihn an.

Plötzlich fiel ihm auf, dass in der Ordnerreihe hinter dem Gemälde etwas nicht stimmte: Es gab nur einen einzigen Ordner, auf dem „bis April 1943“ stand, das Jahr 1944 fehlte ganz, und gefolgt von ebenfalls nur einem Ordner „Ab Juni 1945“. 1946 hatte dafür sechs Ordner, einer beschriftet mit „Rückübertragung“. Er kippte den Rahmen nach vorne und zog diesen Ordner raus. Er enthielt zahllose Papiere, alle damit befasst, das Vermögen, das einem Bartholomäus Grandauer enteignet und von einem Georg Höller übernommen worden war. - Ein Nazi? schoss es Hans durch den Kopf, und gleich darauf die Frage, ob der etwa ein Bruder von Cara-Sophia war? Grandauer hatte es offenbar seinerseits einem Amadeus Glück abgenommen, einem Juden, der von Juni 1943 bis zur Befreiung durch die Amerikaner am 28. April 1945 im KZ-Außenkommando Kreis Ebersberg-Steinhöring gefangen gehalten worden war. Hans fand ein Dokument darüber, dass es sich um handwerkliche Arbeiten für den Lebensborn handelte und dass 27 männliche Häftlinge befreit wurden.

Schockiert las er, dass allein das KZ Dachau 169 Außenlager für Männer und 24 Außenlager für Frauen in ganz Deutschland unterhalten hatte. Alle KZs hatten solche Außenlager über Deutschland verteilt. Er überschlug für sich, dass es also an die tausend solcher Lager gegeben haben musste. Hans schüttelte den Kopf. Die Eltern und Nachbarn, alle hatten immer erzählt, dass die Bevölkerung davon nichts gewusst habe – aber das konnte er angesichts dieser Unterlagen wirklich nicht mehr glauben!

Dann fand er ein Dokument, das sich mit dem Gemälde beschäftigte, eine Originalrechnung von 1935. Das braune, brüchige Papier vergilbt, ein gedruckter Briefkopf „Firma Grandauer Brauerei & Baustoffhandel", geschnörkelte Buchstaben, Sitz im Markt Grafing, Datum 21.6.1935. Die Schreibmaschinenschrift ungleichmäßig angeschlagen. Herr Professor Leo Putz bezog Dachziegel im Wert von 1200 Reichsmark für einen Hausbau in Gauting bei München – das war alles mit Schreibmaschine geschrieben. Es folgte ein handschriftlicher Zusatz, dass Herr Professor Leo Putz dies mit einem Kunstwerk bezahlen werde, einem Bild mit dem Titel „Dame in Blau": Ein Halbakt in Öl von 1906. Sein Gemälde! Vom Künstler Leo Putz und vom Erwerber Bartholomäus Grandauer unterzeichnet.

Hinter der Rechnung war fein säuberlich gelocht und abgeheftet die Rückübertragungsurkunde aus dem Jahre 1946 durch die amerikanische Standortverwaltung München.

So hatte Amadeus Glück bewiesen, dass das Kunstwerk zwar Herrn Grandauer gehörte, aber wieso hatte er es rückübertragen bekommen? Wieso eigentlich Jude? Amadeus Glück war getaufter Katholik, das hatte der Erbenermittler in den Dokumenten nachgewiesen, zudem lag er auf dem katholischen Friedhof! War er einer Verwechslung zum Opfer gefallen?

Zweifelsfrei war er zwei Jahre im KZ gewesen, aber warum? War er vielleicht politischer Häftling gewesen? Ein Schwuler? Ein Spion? Die Nazis hatten alles verfolgt, eingesperrt und vernichtet, was ihnen nicht passte oder suspekt war.

Auch Leo Putz war als entarteter Künstler verfolgt worden, hatte er beim Überfliegen des Textes gesehen. Und wer war Bartholomäus Grandauer, und was war aus dem geworden? Und der andere – Hans blätterte zurück und las in der Urkunde den Namen: Georg Höller – der Bruder von Cara-Sophia, der sich alles unter den Nagel gerissen hatte und dann enteignet wurde, und das mit erheblicher Geschwindigkeit, denn das war ja bereits 1946 passiert!

Hans ahnte, dass er noch allerlei Überraschendes finden würde! Er stellte den Ordner zurück ins Regal, lehnte das Bild wieder an die Stelle und ging zurück zum Schreibtisch.

Der Laptop zeigte immer noch die Wikipedia Seite mit Leo Putz. Er lehnte sich auf dem Schreibtischstuhl zurück, verschränkte die Arme hinter dem Kopf und schaute an die Decke. Er sinnierte, was wohl aus seinem Leben werden würde, jetzt, wo er steinreich war. Irgendwie fühlte er sich im Moment nicht anders als vorher, vielleicht kam das später.

Neugierig zog er an der Schreibtischschublade. Die war nicht verschlossen, und er musste mit dem Stuhl zurückrutschen, damit er sie ganz herausziehen konnte. Heftklammern, Stifte, Bürokleinkram, und in einem kleinen, länglichen Schälchen zog ein Schlüssel seine ganze Aufmerksamkeit auf sich. Er sah aus wie ein Tresorschlüssel. Sein Jagdinstinkt war geweckt: Irgendwo im Haus gab es einen Tresor! Aber wo? Und wenn er ihn finden würde, wie käme er an die Zahlenkombination?

Amadeus Glück war akribisch gewesen, Hans war sicher, dass er einen Hinweis finden würde, er musste nur verstehen, wie Amadeus gedacht hatte. Er drehte den Schlüssel in den Händen hin und her. All das Ordentliche, das Akribische war hier in diesem Raum, kein anderer

Raum sah auch nur ansatzweise so aus, also tippte er darauf, dass sich der Tresor hier im Raum befinden musste. Am wahrscheinlichsten wohl hinter den Ordern. Er würde das auf einer mittleren Höhe getan haben, also stand Hans auf und zog Reihe für Reihe die Ordner soweit vor, dass er die Wand dahinter sehen konnte. Nichts. Könnte eine dünne Staubschicht ihm den entscheidenden Hinweis offenbaren? Es war hier schon lange nichts mehr herausgezogen worden, also sah er sich die Regale genau an: Wo fehlte die dünne Staubschicht? Das aber war leider nicht sehr hilfreich, denn seit Amadeus‘ Tod hatte niemand mehr Staub gewischt.

Er ging in die Küche, machte sich einen Kaffee und ging mit dem Becher zurück ins Büro. Er rückte den Laptop beiseite und hätte dabei fast die kleine Schreibtischlampe umgeworfen, sie kippte, er fing sie in einem Reflex auf – und entdeckte einen kleinen Zettel auf der Unterseite der Standfläche. 21 04 19 10 stand da in der steilen Handschrift, die ihm inzwischen vertraut war. Ein Geburtsdatum? Der Zahlencode? Aber wo war der verdammte Tresor? Systematisch räumte er nun Ordner für Ordner die Regale aus, sah dahinter und stellte sie wieder zurück, der Vormittag war vorbei - nichts. Der Kaffee war inzwischen kalt.

Frustriert verließ er den Raum. Er trug das Gemälde wieder nach oben, verpackte es und stellte es an seinen ursprünglichen Platz. Klar: In diesem Chaos würde keiner suchen, also musste in diesem Zimmer der Tresor sein! Er begann nun, das Gerümpel von einer Seite auf die andere zu schichten – und nach weiteren zwei Stunden war auch hier die Suche vergebens gewesen!

Wie denken alte Menschen? Wo verstecken die etwas? Vielleicht im Schlafzimmer? Er ging einen Raum weiter, sein Magen knurrte – Mittag war lange vorbei. Im Schlafzimmer stand ein großes Bett, ein schwerer Schrank, beides Jugendstil – eventuell hinter dem Schrank? Er stemmte sich dagegen und schob mit aller Kraft, der Schrank rückte einen Spaltbreit. Er schob und zog ihn ein Stück nach vorn, lugte in den Spalt – und tatsächlich: Hier war das Viereck eines Tresors zu sehen.

Das verlieh ihm neue Kräfte. Der Schrank stand nun quer im Raum, und insgeheim wunderte er sich, dass Amadeus diese Kraftanstrengung als hochbetagter Mann bewältigt haben sollte, aber jetzt entdeckte er des Rätsels Lösung: Der Schrank hatte auf der Rückseite eingelegte Vierecke, das sah aus wie ein Muster in der Rückwand, aber eines dieser Vierecke war herausnehmbar. Amadeus musste also nur die Kleiderbügel rücken, ein Viereck herausnehmen – und schon konnte er an den Tresor.

Jetzt puhlte er erst einmal den Zettel und den Schlüssel aus der Hosentasche, steckte den Schlüssel ins Schloss und drehte das Rädchen 21- 04-19-10: Mit einem leisen Click sprang die Tür auf. Er öffnete sie ganz: Der Tresor war proppenvoll. Im oberen Fach lagen Umschläge, im unteren Fach stapelten sich Bündel von Geldscheinen.

Hans konnte es nicht fassen! Er stand da, starrte auf die Bündel, dann holte er das erste Päckchen raus, Geldscheine sorgfältig gebündelt. Die Banderole trug die inzwischen vertraute, steile Handschrift von Amadeus „2015 - Jahresüberschuss nach Steuern: 4.790 €“. Jedes Geldbündel trug die gleiche Beschriftung: Jahreszahl, Jahresüberschuss nach Steuern: und es folgte ein Wert in €. In DM-Zeiten waren diese Jahre akribisch umgerechnet mit dem Wechselkurs 1,95583 der DM zu €, und vor 1948 Reichsmark in DM.

Der pingelige Amadeus hat offenbar die Konten jedes Jahr auf Null gestellt und den verblieben Überschuss auf- oder abgerundet in den Tresor gepackt. Zweiundsiebzig Jahre lang …

Er begann zu zählen, holte die Rechenmaschine aus dem Büro. Irgendwann endete er bei 213.560 €! In bar! War der Reichtum vorher abstrakt erschienen – jetzt lag er handfest in unzähligen Bündeln auf dem Bett verteilt vor ihm. Er sprang im Raum umher, hörte sich mit überschlagender Stimme juchzen: „Ich fass‘ es nicht“. Er lachte, fasste sich an den Kopf: „Ich bin reich“, „Wow“. Er erinnerte sich an ein Lied aus Kindertagen, sprang auf und grölte lauthals los: „Wenn ich einmal reich wär – o je wi di wi di wi di wi di wi di wi di bum“. Er summte die Melodie weiter, da er den weiteren Text nicht mehr wusste. Dazu tanzte er, was er für Sirtaki hielt. Er stopfte sich ein Bündel in die Tasche, 4.100 € - mal eben so.

Jetzt meldete sich der Verstand wieder. Er rief sich zur Ordnung „Bleib cool! Mach‘ mal halblang Junge! Räum‘ es wieder ein!“.

Das tat er. Denn das hier war nicht unproblematisch, er musste dieses Geld auf ein Konto einzahlen, er konnte ja nicht gut ein Auto bar bezahlen, oder? Versteuert war es offenbar. Erbschaftssteuer und Erbenermittler konnte er nun locker bezahlen.

Jetzt sah er sich die Papiere an. Er nahm eine Reihe von Briefumschlägen heraus – manche fast so dick wie ein

Päckchen. Er schloss den Tresor, verdrehte das Rädchen, zog den Schlüssel heraus, schob den Schrank an seinen Platz. Die alten, etwas abgetragenen Anzüge schaukelten bedächtig. Niemand konnte ahnen, was sich dahinter verbarg. Amadeus hatte offenbar nicht sehr viel für sich genommen.

Sein Magen hing in den Kniekehlen. Er eilte in die Küche, warf unzählige Briefumschläge schwungvoll auf den Küchentisch – einige fielen auf den Boden. Er hob sie wieder auf und legte sie zuoberst auf den Haufen.

Sein Kühlschrank gähnte ihn an. Es war sehr später Nachmittag, als er das Haus verließ, um einkaufen zu gehen. In der Metzgerei am Marktplatz erstand er zwei Brötchen, die Leberkas-Semmeln hießen, gierig aß er sie an Ort und Stelle auf. Dann ging er einkaufen bei einem Discounter.

Um 18.30 Uhr war der Kühlschrank prall gefüllt. Auf dem Tisch stand ein kühles Bier zusammen mit Brot, Butter, Käse, Kassler und Salami. Die Hühner waren gefüttert, und sein innerer Aufruhr hatte sich etwas gelegt.

Er war überwältigt von der Geschwindigkeit, mit der sich die Dinge entwickelten.

Jetzt hatte er die Muße, sich die Papiere anzusehen. Zahllose Schreiben an Herrn Bartholomäus Grandauer, die alle als „unzustellbar“ zurückgesandt worden waren.

Alle Briefe waren in die USA gesandt worden, mit unterschiedlichen Adressen – aber alle waren zurückgekommen. Wieso hatte Amadeus sie alle aufgehoben?

Der Maler und sein Werk

Leo Putz war an diesem Tag ungeduldig gewesen, nervös war er in seinem Atelier hin und her getigert. Er wartete auf Cara-Sophia, seine neue Muse. In seinem eigenen Atelier, seiner Heimat seit 1897 hier in München. Er fühlte sich hier so wohl, im Kreise seiner Freunde Walter, Fritz, Erich und Adolf. Allesamt Maler, Künstler wie er. Mit ihnen konnte er über die neuen Wege in der Kunst diskutieren. Es gab in dieser Zeit so große Umwälzungen in der Kunst, in der Politik, in der Gesellschaft. Er war jetzt 37 Jahre, in den besten Mannesjahren. Mitglied der ‚Secession', Mitbegründer der Künstlervereinigung „Die Scholle". Er arbeitete mit am Wochenblatt ‚Jugend', viele Titelbilder und Illustrationen stammten von ihm. Die Staatsgalerie Dresden und die Neue Königliche Pinakothek München hatten Werke von ihm angekauft. Im Vorjahr hatte er von unterschiedlichen Institutionen mehrere Medaillen für seine Werke verliehen bekommen.

Er wählte eine große Leinwand mit Bedacht aus, prüfte das Licht und wartete voller Ungeduld auf seine Muse, seine Göttin: Cara!

Cara Sophia, sechzehn Lenze jung, eine Schönheit, deren zarter Schmelz der Jugend ahnen ließ, wie schön dieses Mädchen als Frau sein würde. Sie stammte aus einem bürgerlichen Hause. Der Vater war Leiter einer kleinen, gerade gegründeten Sparkasse in der Kleinstadt Grafing vor den Toren Münchens.

Mit seinen Studienkollegen aus der Münchener Akademie der Künste war er – der nur „Der Italiener" genannt wurde, weil er aus Bozen stammte – immer wieder ins Voralpenland gereist. Dort hatten sie Landschaftsbilder gefertigt, Aquarelle, Farbstiftstudien, die Natur studiert und neu interpretiert. Impressionismus, Expressionismus, die paneuropäische Bewegung des Jugendstils – alles war im Aufbruch, Umbruch. Und er mitten drin.

Die Belle Époque ging ihrem Ende zu, und er wollte in der bildenden Kunst seinen Platz festigen. Er würde ein berühmter Maler sein. Er wollte so reich werden und so berühmt wie Franz v. Lembach, der vor zwei Jahren gestorben war, aber seine Epoche geprägt hatte. Oder wie Friedrich von Kaulbach, der mit seinen 56 Jahren der Platzhirsch in der Münchener Kunstszene war.

Aber nun waren sie dran, die Jungen, die Wilden, die Erneuerer, die noch nicht in edlen Villen residierten, die aber fest vorhatten, die alten Platzhirsche, die Beherrscher der Münchner Kunstszene, die Lokalmatadore vom Thron zu stoßen – und er stand am Anfang einer glänzenden Karriere, davon war er überzeugt. Er hatte seit vorigem Jahr einen eigenen Kunsthändler in München, Franz Josef Brakl, ein ehemaliger Opernsänger und ehemaliger Direktor des Gärtnerplatztheaters. Der hatte zusammen mit seinem Freud Thannhauser einen Kunsthandel gegründet. Brakl & Thannhauser in der Goethestraße 64, einen Steinwurf von seiner neuen Wohnung in der Pettenkofer Straße 35. Sie stellten alle Werke der Künstlergruppe „Die Scholle" aus und bewarben sie. Außerdem konnte die ganze Gruppe in Wien in den Räumen der Wiener Secession ausstellen, 150 Gemälde.

Natürlich konnte auch er als Künstler etwas für seine Bekanntheit tun. Er hatte etwas gelernt aus den Berichterstattungen der Vergangenheit. So wurde in verschiedenen Blättern „Ein Befremden" gegenüber neuer Kunst ausgedrückt. Der Zeitungsschnipsel lag noch irgendwo herum.

21.8.1904 „Der Kunstverein ist heute wieder eröffnet worden, und zwar mit einer Kollektion Bilder der französischen Künstler Gauguin und Vincent van Gogh -

Werke, welche nicht verfehlen, Aufsehen oder vielmehr Befremden zu erzeugen."

Das hatte seine Wirkung auf ihn nicht verfehlt. Er hatte mit seinem Gemälde *Bacchanale* ganz gezielt einen Skandal ausgelöst auf der

IX. Internationalen Kunstausstellung im Glaspalast, da er kalkuliert hatte, dass nicht nur das Münchner Publikum Anstoß nehmen würde, sondern die ‚Lex Heinze' – eine Art Pornografie-Paragraph – angewendet werden würde. Das Bild wurde zuerst angenommen und musste dann aufgrund des öffentlichen Drucks abgehängt werden. Der Künstler als Opfer der Zensur? Oder doch Pornografie? In einem großen, fast quadratischen Format 114 x 115 cm wurden drei nackte Frauen von aggressiven, aber vermenschlichten, um nicht zu sagen vermännlichten Tiergestalten wie Eisbär, Leopard, Gepard und einem hinzueilenden Bären bedrängt. Es gab eindeutige Posen! Das Presseecho war wie beabsichtigt gewaltig, „Skandal!", „Sodomie!" oder „Pornografie!" waren in den wütenden Artikeln oft genutzte Wörter - ganz so, wie er es vorausgesehen hatte. Leo Putz war in aller Munde, und die Ausstellung gut besucht wie nie.

Im Anschluss an die Schau hatte die Königliche Pinakothek München das Bildnis eines weiblichen Akts von ihm angekauft, und außerdem war er mit der Goldmedaille II. Klasse ausgezeichnet worden, zusammen mit seinem Freund Walter Püttner.

Eine neue Zeit war angebrochen. Bahnbrechende Erfindungen wie Telefonie und Automobilismus revolutionierten das Leben.

Das Aufkommen der Fotografie ab 1860 zwang die Maler, sich neu zu definieren, denn es endeten nun die Jahrhunderte der Malerei als Mittel der Dokumentation. Welche Bedeutung wollte man der Malerei nun geben? Seit mehr als vierzig Jahren, seit dem Beginn des Impressionismus diskutierten die Künstler die neuen Inhalte der Malerei. Ganz Europa war im Umbruch, im Aufbruch, das Zeitalter der Jugend war angebrochen – von Finnland bis Spanien und von Russland bis Frankreich. Industriell hergestellte Produkte ersetzten teure Einzelanfertigung. Massenhaft hergestellt schufen sie nicht nur Arbeitsplätze und Einkommen für Tausende von Menschen, sie erlaubten auch den weniger begüterten Menschen nun den Besitz von schönen Dingen. Verelendung und Armut der Arbeiterklasse und eine aufstrebende Mittelschicht, für die Herr Thonet aus Wien oder ein Henry van der Felde Dinge entwarfen. Eine Zeit geprägt von Widersprüchen und Erfindungen. Er diskutierte viel mit seinen Malerfreunden, aus dem Münchner Kreis.

Fritz Erler kannte er aus seiner Akademiezeit, viele seiner Malerfreunde hatten sich zu der „Gruppe G“ zusammengeschlossen. Sie verstanden sich als Avantgarde, auch wenn alle damals die Malerei noch studierten, die meisten bei Professor Paul Hoecker. Nach vielen, endlos durchdebattierten Nächten, nach Absinth-Gelagen und enormen Zigarettenkonsum gründete sich die Künstlervereinigung „Die Scholle“, aber das war nun auch schon wieder sieben Jahre her. Im November 1899 – er war erst 1903 beigetreten. Die Anlehnung an den Bauernstand war bewusst gewählt, er hatte hier heiß mit debattiert: Jeder bebaue seine Scholle, eine, die man freilich nur auf der inneren Landkarte finden kann. Er wollte das Kunstdiktat eines Franz v. Lembach überwinden.

Junge Künstler mussten ausstellen können! Ein Maler will und muss seine Werke ausgestellt sehen. Mit Franz Josef Brakl hatte er einen wirklich geschäftstüchtigen Kunsthändler, der ihn protegierte. Leo wusste, dass er auf dem Weg war, ein erfolgreicher, geachteter, hofierter und auch gut bezahlter Künstler zu werden.

Ein gutes Leben zu führen, ein hohes Ansehen zu genießen hatten sicher etwas für sich, aber was Leo antrieb, war sein hoher Anspruch, die individuelle Erfahrung des Wesentlichen darzustellen. Dem widmete er sich mit Hingabe und Leidenschaft.

Cara Sophia war eine solche Erfahrung. Leos Themen waren der Mensch und die Natur. Trotz aller Verschiedenheit der Künstler, die sich in der Gruppe regelmäßig trafen, heftig diskutierten und gelegentlich Malreisen unternahmen, war ihr gemeinsames Anliegen der Naturlyrismus.

Während er wartete, sah er seine Skizzenblätter durch, aber er wusste schon, wie er sie malen würde. Es mussten zwei Gemälde werden, eines für die gut situierten Eltern, die ihn beauftragt hatten; die erwarteten natürlich ein sittsames Portrait der Tochter. Und ein anderes, das die volle Schönheit, den zarten Schmelz, die Wahrheit der Jugend darstellte: Ein Halbakt, den Rücken im Vordergrund, leicht gedrehte Haltung, die zarte Bauchwölbung und die knospenden Brüste sichtbar, den Blick über die entblößte Schulter dem Betrachter zugewandt. Die Leinwand war schon mit Gutta grundiert und geschliffen, so dass er einen perfekt vorbereiteten Malgrund hatte, eine ganz glatte

Fläche. Kein Leinwandfaden würde irgendetwas vergröbern, den filigranen Pinselstrich stören.

Er hatte im Vorfeld unzählige Skizzen angefertigt, Studien der zarten Gesichtszüge mit Bleistift gefertigt, mit Pastellkreide die feingliedrigen Hände studiert, die schwere Lockenpracht mit schnellen Strichen aufs Blatt geworfen. Diese Jugend, diese Schönheit, das Knospende – das war, was er festhalten wollte: Seine individuelle Erfahrung des Wesentlichen, dem er hier begegnet war.

Es läutete, was ihn aus seinen Gedanken riss, er hastete zum Fenster, öffnete und rief auf die Pettenkofer Straße hinunter: „Ich eile“. Sein lichtdurchflutetes Atelier war im Rückgebäude untergebracht.

Cara Sophia trug ein rauschendes Seidenkleid in kräftigem Kornblumenblau, welches so vorzüglich ihren rosigen Teint unterstich und die kastanienbrauen Haare leuchten ließ. Leo war begeistert.

Er geleitete sie galant die Treppen hoch und dann über den Innenhof in sein Atelier. Er bot ihr Tee und Kaffee an. Sie war so jung, so aufgeregt, dass sie vom Markt Grafing mit der königlich Bayerischen Staatsbahn nach München fahren durfte, was die Eltern erlaubt hatten. Schließlich war ein Portrait etwas ganz Besonderes, nur begüterte Leute konnten sich solch eine Auftragsarbeit leisten. Leo Putz war noch kein ganz berühmter Maler, aber er studierte an der renommierten Münchener Kunstakademie und hatte einen günstigen Preis vorgeschlagen. Da hatten die Eltern zugestimmt. Anfangs wollte die Mutter mitkommen, schließlich fuhr ein sittsames Mädchen nicht allein zu einem unbekannten Herrn, schon gar nicht zu einem Künstler und nicht im Jahre 1906, trotz allem Fortschritt!

Leo Putz war immer wieder vorstellig geworden, hatte die Damen charmiert, dem Vater die Vorteile gepriesen. Leo Putz hatte schon damals vor, zwei Varianten eines Bildes zu malen: einmal hochgeschlossen als Bild für den Salon, und einmal als Akt – ein Werk, von dem die Eltern natürlich nichts wissen durften.

Cara wurde dieses Mal vom Hausmädchen Kreszentia begleitet. Leo war nicht sonderlich überrascht, aber begeistert war er nicht: Da jedoch dieses Problem nicht wirklich unerwartet kam, hatte er sich schon im Voraus eine Lösung ausgedacht. Er hatte ohnehin nicht erwartet, dass er mit dem Akt beginnen könnte, dazu musste er mit Fingerspitzengefühl Cara Sophia überzeugen. Das würde mehrere Sitzungen in Anspruch nehmen.

Kreszentia war ein großes, bäuerliches Mädchen von vielleicht achtzehn Jahren mit einem flächigen, gutmütigen Gesicht, in dem Sommersprossen frech aufblitzten. Blaue Augen, gerade Nase, großer Mund. Sie trug einen breiten, blonden Zopf, der in Manier der Dienstboten als Kranz um den Kopf geschlungen festgesteckt war. Sie hatte was Frisches, Warmes, er musste unwillkürlich an Kälbchen denken. Sie hatte ohne Zweifel ihr Festtagsgewand angezogen für diesen besonderen Anlass, eine Fahrt in die Stadt. Breite, runde Hüften in karierten Dirndlstoff, die im Takt der Schritte nun die Treppen hinaufwogten, ein üppiger Busen unter einem roten Dreieckstuch mit Fransen, passend dazu die Schürze. Auch die Fransen wippten im Takt der Schritte. Davor rauschte Cara Sophia im Seidenkleid die Treppe hoch. Sein enger Malerfreund Walter Püttner wohnte quasi um die Ecke, und der würde sich der Zenzi gerne annehmen wollen, da war sich Leo sicher. So kam es, dass Zenzi mit ganz anderen Dingen beschäftigt war in den nächsten Wochen und Monaten, als die Eltern von Cara-Sophia dachten.

Leo Putz hatte nach etlichen Terminen Cara überzeugt, und nun arrangierte er seine Vorstellung, seine Komposition. Cara solle ihm den Kopf zugewandt halten, über die nackte, rosige Schulter blicken. Dieser Blick aus graugrünen Augen faszinierte ihn. Leo war ein Meister des Details, des Lichts! Die feinen Nuancen, wie Licht auf unterschiedlichen Oberflächen reflektiert wird, das reizte ihn. Die Feinheit von Haut, die verschiedene Reflektion aufgrund verschiedener Stoffe und deren Glanzgrade, der Faltenwurf, das Lichtspiel darauf - all das eine malerische Herausforderung. Das lose, herabgesunkene seidene Oberteil ihres Kleides, dessen Stoff sich um die schmale Taille bauschte, in einem glänzenden, den Schimmer des seidigen Materials wiedergebendem Blau. Er wählt ein nachtblau für die Tiefen des Faltenwurfes, das überging in ein royalblau für die Flächen und gipfelte in ein strahlendes Weiß, wo der Schimmer des Lichtes, die weichen Verformungen der Falten in der Seide nachzeichnete. Er ließ die weiße Spitze des Hemdchens dort blitzen, wo dieses strahlende Blau auf die Spitze traf, dieses kräftige Blau ließ den hellen, rosigen Teint der Haut noch zarter erscheinen. Er mischte die feinen Töne der Haut und ließ einen kleinen Bauch sich sanft wölben, lies langgliedrige, schlanke Hände eine knospende Brust bedecken. Bewusst inszenierte er eine kleine Goldkette mit einem blauen Stein als Anhänger, schmückte damit einen edlen, langen Hals und ließ dank dem Kontrast des Blaus im Stein die Haut besonders rosig erscheinen. Ihr offenes, junges, ebenmäßiges Gesicht mit den geschwungenen schwarzen Bögen der Augenbrauen war umgeben von einer fülligen Lockenpracht in kastanienbraun, hochgesteckt in einen kleinen Dutt, der gehalten wurde von einer Perlmuttspange, die durchschimmerte und oben auf dem Kopf thronte, während weich und rund die Fülle der Haare bogenförmig die Kontur des Kopfes umspielten.

Das Gesicht faszinierte Leo Putz, vielmehr der Ausdruck des Gesichts. Sie war jung, sie hatte etwas Faszinierendes. Eine prägnante Nase, ein Kinn, beides nicht zu groß, einen klaren, unerschrockenen Blick, hohe Wangenknochen, kleine Ohren, die ohne Schmuck waren. Die zierte er mit kleinen Perlenohrringen.

Leo Putz setzte einen malerischen Kunstkniff ein: Er malte ihren Blick so, dass sie scheinbar immer den Betrachter ansah, unabhängig davon, wo sich dieser im Raum befand. Die einfache Erklärung war, dass man die Augen der dargestellten Person genau geradeaus schauen ließ. Die Halbnackte und doch Bedeckte blickte den Betrachter an, und der Blick folgte scheinbar dem Betrachter - eine kokette Aufforderung? Dieser Blick war eine bewusste, kleine Provokation. Sittsame Frauen oder tugendhafte Mädchen senkten den Blick, schlugen die

Augen nieder, sahen niemals jemanden direkt ins Gesicht, denn das galt als unschicklich.

Der Blick der Jugend offen, unbefangen, neugierig auf die Zukunft. Nach vielen Sitzungen war das Gemälde fertig. Leo Putz war zufrieden. Er würde es aufwändig rahmen lassen. Auf der Rückseite signiertes er es: Cara Sophia Höller im Atelier 8.8.1906, Leo Putz.

Im Nachgang löste dieses Gemälde einen Skandal aus. Das erste Portrait hatten die Eltern abgenommen, sie ahnten lange nichts vom zweiten Bild, bis Zenzi sich verplapperte. Nach einigen Händeln mit den aufgebrachten Eltern, versprach Leo Putz, das Gemälde zu behalten, es nicht auszustellen und es nicht zu veräußern für mindestens zwanzig Jahre.

Leo Putz wanderte nach Südamerika aus, wo er eine Professur annahm. Erst 1935 kehrte er nach München zurück und baute ein Haus in Gauting. Sein neues Atelier lag in München, und so wanderten all die eingelagerten Gegenstände erst einmal ins neue Atelier.

Dort empfingen Leo Putz und seine Frau einen Herrn, der das Haus bauen sollte, einen Bauunternehmer, einen Bartholomäus Grandauer und einen Münchner Architekten.

Es gab viele Gespräche mit den Herren zur Architektur und zu Gestaltungsfragen sowie deren baulicher Umsetzung. Herr Grandauer bewunderte die Kunstwerke, und eines Tages machte Herr Professor Emeritus Putz eine umfangreiche Atelierführung, dabei zeigte er auch ältere Werke.

Herr Grandauer war von einem Halbakt aus dem Jahre 1906 so fasziniert, dass er fragte, ob er es erwerben könne, nachdem er die Geschichte dazu gehört hatte. Leo Putz hatte inzwischen erfahren, dass Cara Sophia bereits 1909 tragisch verstorben war.

Nach einigem Hin und Her einigten sie sich schließlich darauf, dass das Unternehmen Grandauer dafür Dachziegel liefern werde. 1936 war das Haus bezugsfertig, und Herr Grandauer erhielt das Gemälde.

Amadeus Glück

Noch immer lagen die unzähligen Briefe aus dem Tresor auf dem Küchentisch. Er hatte noch keine Zeit gehabt, sie anzusehen. Alle waren als „unzustellbar“ zurückgekommen. Warum hatte Amadeus die alle aufgehoben?

Jetzt hatte er Zeit und Muße, sich die Briefe anzusehen. Er fuhr mit der Klinge des Küchenmessers unter den Falz eines Umschlags, schnitt ihn vorsichtig auf, ohne den Inhalt zu beschädigen, und entnahm mehrere Blätter.

Wieder sah er die schöne, akkurate Handschrift von Amadeus. Buchstabe um Buchstabe sorgfältig gesetzt, jede Schleife, jeder Anstrich im selben Winkel, derselben Größe, da kippte nichts. Gleichmäßig gefüllt jede Zeile, ein Buchstabe wie der andere, jede Seite wie eine Urkunde, so majestätisch und erhaben wirkte das Ganze.

Hans war beeindruckt, dachte, dass Amadeus mit dieser Handschrift in der Schule sicher die Schönschreibwettbewerbe gewonnen hatte.

Jede Seite war versehen mit Ort, Datum und Seitenzahl.

Er las:

Grafing den 21.9.1942

Lieber sehr geehrter Herr Grandauer,

ich hoffe es geht Ihnen gut und Sie sind gut in Amerika angekommen, wie Sie vermuteten hatten, waren Höller und seine Schläger zwei Tage nach Ihrer Abreise da und wollten Sie verhaften. So kurz nach der Trauerfeier für Ihren werten Herrn Vater und die anderen Gefallenen! Der Höller hatte noch nie Anstand. Es ist schlimm, wenn Menschen die keine Herzensbildung haben, ein Quäntchen Macht in die Finger bekommen. Der Höller hatte Schaum vorm Mund, dass Sie weg waren! Die haben mich ziemlich in die Zange genommen. Dann hat er mich bedroht, dass ich Jude sei und so, aber mit meinen Abstammungsdokumenten konnte ich beweisen, dass ich kein Jude bin, da ist er fast nochmal geplatzt, der konnte einem richtig Angst machen.

Nachdem Sie das Erbe ja aufgrund Ihres Untertauchens nicht antreten konnten und Ihre sehr verehrte Frau Mutter und das ebenso verehrte Fräulein Schwester ja einen Vermögensbesorger brauchten, stand zu befürchten, dass Höller alles konfiszieren würde. Ich habe Ihrer werten Frau Mutter die Vollmacht vorgelegt, aber sie meinte, dass wir beide nicht gegen den Höller ankommen werden. Ich solle die Villa verwalten, die Brauerei – da muss eine andere Lösung her, hat sie gemeint. Da hat Ihre Mutter alles auf Ihren ehrenwerten Großvater Herrn Mittermair Senior umschreiben lassen. Aber die Brauerei heißt weiter Grandauer und zwei Buben aus der Mittermair Familie, der eine vierzehn und der andere fünfzehn Jahre, lernen jetzt das Brauerhandwerk. Es steht zu befürchten, dass die eingezogen werden, wenn sie fertig sind damit.

Es ist gekommen wie Sie es immer vorhergesagt und befürchtet hatten, Deutschland kämpft an so vielen Fronten. Menschen verschwinden irgendwie aus der Stadt, man weiß nicht so recht, mussten die an die Front oder sind sie abgehauen oder wurden die abgeholt? Ich bin sehr vorsichtig mit wem ich was rede. Der Höller ist nicht mehr auszuhalten, so wichtig nimmt sich der.

Ich hoffe die Adresse stimmt, sobald Sie sich bei mir gemeldet haben, sende ich Ihnen Nachricht damit Sie Rechenschaft haben, damit ich über ihr restliches Vermögen Bericht geben kann. Ich werde Ihnen, wie versprochen regelmäßig berichten, wie es steht, über Alles welches ich getreulich zu verwalten gedenke, so wie ich es Ihnen am Tage Ihrer Abreise versprochen habe.

Hans ließ das Blatt sinken. Das war des Pudels Kern, das war der Schlüssel! Amadeus hat das Vermögen von einem Herrn Grandauer verwaltet! Deshalb diese Akribie, die 213.560 € waren also seit 1942/43 angespart – das Ergebnis der Verwaltung – er rechnete kurz nach - erwirtschaftet in über siebzig Jahren. Hatte er alles später von Grandauer geerbt oder geschenkt bekommen?

Er las weiter.

Georg Höller hat alles dran gesetzt und ist tatsächlich der Vorsitzende der Milchbauernvereinigung geworden, als Ortsgruppenführer und Bauernführer kann er walten und schalten wie er will. Ein Nazi durch und durch. Er ist natürlich UK gestellt, während die anderen Männer an die Front müssen. Vermögen speziell von Juden wurden beschlagnahmt, aber damit nicht genug, sie verfolgen alle ob Kommunisten, Zentrumspolitiker, Sozialisten. Wer nicht für sie ist, ist gegen sie – genau wie Sie immer gesagt haben. Es war sehr klug von Ihnen nach Amerika zu gehen. Die Einschüchterung läuft im großen Stil und ich hab Angst, dass sie mich trotzdem, dass ich ein Christ bin, holen. Die beiden Pünktchen sind ja schon weg, ich heiße jetzt Gluck – ob das wohl helfen wird?

Ich bin in das Kutscherhaus gezogen und habe das Haupthaus und den Pavillon an – seien Sie versichert - ordentliche Menschen vermietet. Das Haupthaus habe ich vermietet an Herrn Lehrer Baumann mit Frau und Kindern. Er lehrt an der örtlichen Schule. Er ist Beamter auf Lebenszeit. Den Pavillon habe ich eigenhändig mit Umbaumaßnahmen für eine dauerhafte Bewohnbarkeit nutzbar gemacht. Es wohnt ein lediges Fräulein vom Rathaus drin - Maria Wildgruber. Ich glaube gar, dass Sie sie kennen. Ich selber habe im alten Kutschenhaus das ehemalige Kutscherzimmer bezogen und den Stall umgebaut, mit einer kleinen Küche und einem Bad.

Alle Einnahmen gehen auf ein eigens eingerichtetes Bankkonto bei der örtlichen Sparkasse, der Direktor ist zwar kein Nazi, aber trauen tue ich dem auch nicht. Meine Aufstellungen umfassen die Einnahmen (Miete) und stellen die Ausgaben (meinen Lohn, sonstige Kosten und die Abgaben) dagegen. Einmal pro Jahr werde ich zum Steuerberater Herrn Dr. Baumgärtl am Marktplatz gehen und die Steuer ordnungsgemäß an das Finanzamt entrichten. Von allem werde ich getreulich berichten, so dass Sie sich keine Sorgen machen müssen, da Sie alles nachvollziehen können.

Achten Sie auf Ihre Gesundheit - seit Kindesbeinen ist Ihr Herz ja nicht das Beste - und diese aufregenden Zeiten sind dem Herzen sicherlich nicht zuträglich. Ich hoffe, Ihre Reise ist gut verlaufen und Sie können im fremden Lande sich heimisch machen. Gott segne und beschütze Sie.

Ihr getreulicher Amadeus Glück

P.S. In der Hoffnung bald von Ihnen Nachricht zu haben

Hans erinnerte sich, in der Schule gehört zu haben, dass vor der Machtergreifung der Nazis schon Zehntausende, meist bildende Künstler, Wissenschaftler, Intellektuelle, aber auch politisch Andersdenkende, Schriftsteller, Schauspieler, Theater- und Filmschaffende und eben die besonders verfolgten Juden das Land verlassen hatten und diese Emigration unvermindert anhielt während der ganzen Herrschaftszeit der Nazis. Wie wenig er sich davon gemerkt hatte! Geschichte war langweilig, aber wenn man plötzlich sah, was es für das Leben eines Mannes bedeutet hatte, sah das schon anders aus. Auf jeden Fall dürfte Bartholomäus Grandauer also auf eine große deutschsprachige Gemeinde getroffen sein, egal wohin er in den USA auch gegangen war. Was es wohl für einen Menschen bedeutete, alle Brücken hinter sich abzubrechen? Sich ins Ungewisse zu wagen? Alles neu anzufangen? Selbst die Sprache ist nicht die eigene! Darüber hatte er sich nie wirklich Gedanken gemacht und Gott-sei-Dank auch nie machen müssen. Er schätzte auf einmal sein wohlgeordnetes Leben, unspektakulär, gleichförmig aber eben auch ohne Angst vor Verfolgung.

Die Briefe aus dem Tresor lagen als großer, farbig gesprenkelter wilder Haufen über den Tisch verstreut. Die Umschläge in weiß, braun oder gelblich, größere, schmalere, dickere und flachere: Alle lagen ungeordnet vor ihm. Wahllos griff er nach irgendeinem und öffnete ihn wie zuvor.

Grafing den 1.8.1945

Lieber sehr geehrter Herr Grandauer,

noch immer weiß ich nichts über Ihren Verbleib und wie es Ihnen ergangen ist. Ich mache mir Sorgen, nach so vielen Jahren ohne Nachricht. Jetzt wo wir befreit sind, kommen Sie sicher wieder nach Hause. Oder ich kann mich auf die Suche nach Ihnen machen. Seit drei Monaten sind die Amerikaner hier. Sie glauben gar nicht wie froh wir alle waren.

Die Amerikaner haben mich aus dem KZ befreit. Ich war zwei Jahre im KZ Außenkommando Ebersberg-Steinhöring gefangen, der Höller hat mich da reingebracht. Ich sei Jude hat er behauptet, aber er wollte nur die Villa und das Geld. Er hatte schon Monate gegen mich gehetzt und meine Papiere wurden einfach für ungültig erklärt! Es wurde alles beschlagnahmt und er hat zwei Jahre in der Villa gewohnt. Die konnten nicht glauben, dass ich nichts auf dem Bankkonto habe. Sie haben alles auf den Kopf gestellt, um das Geld zu finden, aber ich hatte ein sicheres Versteck, da ich schon ahnte, dass es so kommen würde. Sie haben nichts gefunden. Der Höller hat natürlich nicht bezahlt und alle anderen Mieter rausgeworfen, es gibt also keine Einnahmen für die Höller-Jahre. Ich war dann im KZ, deshalb habe ich Ihnen zwei Jahre nicht schreiben können, aber der Gedanke, dass Sie sich wenigsten rechtzeitig in Sicherheit gebracht haben, der hat mein Herz erleichtert während all der Zeit.

Ich bin am 21.3.1943 zu Hause um fünf Uhr in der Früh deportiert worden. Am Sonntag. Die haben an der Türe gepoltert und rumgebrüllt. Ich war noch schlaftrunken, im Schlafanzug haben die mich verhaftet. Stellen Sie sich vor, im Schlafanzug. Barfuß. Ich musste auf einen Wagen steigen, da saßen die alte Frau Roth und eine Familie, die ich nicht kannte. Sie brachten uns nach Grafing Bahnhof. Wir sind in einen Güterzug verladen worden und kamen dann in Dachau an. Dort wurden wir registriert, wir wurden alle kahlgeschoren – mit stumpfen

Rasiermessern, ich habe heute noch Narben und Scharten davon. Auch die Frauen haben sie geschoren und die Kinder. Einige haben geweint. Alles immer im Laufschritt und immer wurden alle Befehle gebrüllt. Dann wurden wir selektiert, wir mussten uns ganz nackt ausziehen Männer und Frauen und die Kinder! Ich habe mich so geschämt. Dann wurden alle erneut getrennt. Noch heute höre ich die Mütter und die Kinder, nachts. Ich will nicht klagen, ich lebe. Ich wurde als arbeitsfähig eingestuft und bekam einen Sträflingsanzug und eine Nummer in den Arm eintätowiert und dann wurde ich ins Außenlager Eberberg-Steinhöring verlegt. Wir arbeiteten für den Lebensborn, auch so eine Nazierfindung. Sie wollten besondere Arier züchten, also haben sie Frauen aus Deutschland, aber auch Frauen aus Norwegen, den Niederlanden und so hierher verschleppt, alle blond, blauäugig und groß. Deutsche Männer, die als Arier galten und alle von der Waffen SS, haben dann mit diesen armen Frauen Kinder gezeugt.

Wir haben die dafür benötigten Einrichtungen geschreinert. Kinderwiegen, Kinderbetten, Kommoden und Alles in Stand gehalten. Wieso der Höller gedacht hat, ich sei Schreiner, kann ich nicht sagen, jedenfalls musste ich ganz schnell so tun, als ob ich einer sei.

Am 1. Mai 1945 standen die Amerikaner vor den Toren, die Wachen waren schon vorher abgehauen, aber die Tore waren verschlossen. Die Amerikaner sind einfach mit dem Panzer durchgefahren! Das Geräusch, wie die das Tor niedergemalmt haben, klang wie der schönste Jubelgesang in meinen Ohren. Ich war froh. Mager und hungrig, aber so froh, ich habe geweint vor Freude. Die haben uns registriert, waren nett. Die Ärzte haben mich untersucht und ich habe Brot bekommen und Suppe. Wenn man so verhungert ist, darf man nicht zu schnell zu viel essen, da stirbt man dran. Die ersten Tage war ich in einer Art Lazarett, ich habe nur schöne, dicke Suppen bekommen, sie glauben nicht wie gut das geschmeckt hat. Einer der Offiziere hat Akten angelegt und ich durfte meine Geschichte erzählen. Dann bin ich wieder heimgekommen nach Grafing. Der Höller war weg! Den haben sie ein paar Tage später gefunden, im Gebüsch auf dem Weg nach Grafing-Bahnhof, erstochen. Man munkelt es waren die Zwangsarbeiter - die befreiten. Einer der Lagerdolmetscher lag daneben, auch erstochen. Die Amerikaner haben nicht nur uns KZler befreit sondern auch die Zwangsarbeiter.

Jetzt plant der Offizier, den ich am 4 Mai kennengelernt habe, die Vermögensrückübertragung. Ich werde davon ausführlich berichten und Ihnen die Dokumente senden, sobald ich Ihre Adresse habe. Jetzt kommen Sie doch bald zurück, oder? Ich würd mich so freuen, Sie wohlbehalten wiederzusehen. Ach und das will ich Ihnen auch noch berichten:

Der 4. Mai war ein toller Tag! Die Amerikaner haben in der Nähe der alten Kegelbahnen, hinten beim ehemaligen Wild-Bräu ein Lager mit 40.000 eingemauerten Flaschen Spirituosen gefunden! Eingemauert! 40.000 Flaschen Bier, Wein und Schnaps! Stellen Sie sich das vor. Ich sag Ihnen Herr Grandauer, da haben alle gefeiert! Die Grafinger – also die die noch übrig waren - und die befreiten Zwangsarbeiter und wir die überlebenden KZler aus Steinhöring und die Bauern und alle amerikanischen Soldaten, also das war eine Feier!

Alle haben gefeiert und gesoffen was das Zeug hielt. Die Amerikaner haben dann ihre Musik angemacht, über ihre Lautsprecher auf den Durchsagewagen. Die Soldaten haben dann mit den ‚Froileins' wie sie unsere Mädchen nennen, getanzt. Wir haben getanzt auf der Straße, ich auch, und geweint und gelacht …und wieder getanzt - also nur die, die dazu nicht zu betrunken waren. Ein riesiges Volksfest, auf der Straße ‚Rum and Coca-Cola'. Also eine ganz andere Musik, als wie bei uns, die Röcke der Dirndln sind nur so geflogen.

Hans summte die Melodie vor sich hin, ein Lied das sogar er noch aus seiner Kindheit kannte: „Drinking rum and coca-cola, go down point Koomahnah, both mother and daughter working for the Yankee Dollar." Als Kind hatte er immer auf diese langgezogene Endung gewartet „working for the yaankee dollaaaaar …". Ein echtes Gute-Laune-Lied! Er stellte sich die befreiten Menschen vor, befreit von Angst, befreit von der Last des Krieges, wie sie tanzten vor Freude, Jung und Alt! Alle Überlebende eines unmenschlichen Albtraums, alle Mitwirkende in diesem Albtraum, auf unterschiedlichen Seiten Mitwirkende, wenn er an Amadeus dachte. Er las weiter.

„My dreams are getting better all the time", „Don't fence me in" oder Glenn Miller, hat mir alles gut gefallen. Ich habe einen Offizier kennengelernt. Charles J. Landin, der hat erst versucht gegen diese ‚Fraternisierung' einzuschreiten, aber dann hat er doch selber mit getan. Dem habe ich meine Nummer gezeigt und dann haben wir beide ein bisschen geweint und er hat mir seins erzählt und ich ihm meins und jetzt ist er mein Freund. Er kommt aus Omaha in Nebraska und seine Eltern sind 1930 nach USA gegangen und er heißt eigentlich Karl Johann Landin und er spricht fließend Deutsch, weil er in Dirmstein, Pfalz zur Schule gegangen ist. Wir sind beide Jahrgang 1915, aber nach dem KZ bin ich alt, er nicht. Meine Haare sind ganz grau und dünn geworden und ich bin nur noch Haut und Knochen.

Der Charlie hat dort das Sagen und der ist jetzt mein Freund. Er hat mir versprochen, dass er persönlich die Vermögensrückübertragung veranlasst. Die Höllers sind alle weg, bei Nacht und Nebel abgehauen, keiner weiß wohin, aber der Höller steht noch im Grundbuch. Tot im Gebüsch ist er gelegen – habe ich ja schon geschrieben. Die Hausschlüssel habe ich gekriegt, die hatte er in der Hosentasche. Erstochen haben sie ihn - den Unmenschen. Freuen tut es mich trotzdem nicht, aber fürchten muss ich mich jetzt auch nicht mehr. Das war am 15. Mai, wo sie ihn gefunden haben und der Lagerdolmetscher lag daneben. Aber erstochen haben sie ihn früher – aber da will ich jetzt nicht dran denken.

Aber der 4. Mai war so schön, alle Menschen waren so froh, dass es vorbei war. Alle haben gelacht und geweint und getanzt. Ich habe den ganzen Tag gefeiert. Ich habe allen meine Nummer gezeigt und dann haben die sofort mit mir angestoßen und ja mei, ich vertrag ja nix mehr.

Ihr ergebener Diener Amadeus Glück

PS Ich wohne in der Villa, ziehe aber wieder um ins Kutscherhaus, das ziemt sich besser und ist besser für die Mieteinnahmen, ich kann das Haus vielleicht an die Amerikaner vermieten.

Hans musste lachen bei der Vorstellung, wie es da wohl zugegangen war an diesem 4. Mai 1945 in Grafing bei München.

Jetzt ging er systematisch vor: Als Erstes ordnete er die Briefe nach Jahreszahlen. Er bildete Häufchen je Dekade auf dem Küchentisch. Briefmarken aus allen Dekaden zierten die Umschläge.

In dieser Nacht schlief Hans keine Minute. Die Morgensonne lachte schon längst vom Himmel, als Hans noch lange nicht das letzte Blatt beiseitelegte. Tief war er eingetaucht in die Nazizeit, die Nachkriegszeit und hatte erfahren, wie das Leben des Amadeus Glück verlaufen war.

Grafing den 13. Februar 1949

Lieber sehr geehrter Herr Grandauer,

trotz aller Nachforschungen weiß ich noch immer nichts über Ihren Verbleib und wie es Ihnen ergangen ist. Ich frage mich allmählich ob die Nazi Sie nicht doch gekriegt haben und Sie gar nicht nach USA gekommen sind. Am Ende sind Sie vielleicht schon tot?

So viele Jahre ist das nun alles her. Ich arbeite bei den Amis in der Instandhaltung und ich fahre LKW. So habe ich ein gutes Auskommen. Mein Freund Charlie hat mir damals den Job besorgt. Währungsreform war auch, wir haben jetzt DM. Nach der Reform war alles wieder da, jeder konnte Essen kaufen in Hülle und Fülle, vorher haben wir alles gegen Ami-Zigaretten tauschen müssen.

Das Haus, der Pavillon und das Kutscherhäuschen hatten zuerst einquartierte Flüchtlinge, aber inzwischen sind sie gut vermietet und ich habe schon 1946 die Rückübertragung beantragt. Der Charlie hat das alles ganz schnell und gut erledigt. Jetzt steh halt ich im Grundbuch, aber ich versichere Ihnen, wenn Sie wieder da sind, gehen wir zum Notar und dann schreiben wir es wieder auf Sie um – so wie es seine Richtigkeit hat.

Ich habe schon ganz viele Behörden in USA angeschrieben und der Charlie hat mir die Wörter gesagt und so habe ich über die Arbeit und die Briefe Englisch gelernt. Aber ich finde Sie einfach nicht. Ich habe den Mietern eingebläut, wenn Sie kommen, dass die mich sofort benachrichtigen. Ich wohne ja noch in Grafing.

Ich würde mich sehr freuen, wenn ich Sie wiedersehen würde. Inzwischen werde ich getreulich berichten. Auch dieser Winter war wieder sehr kalt. So allmählich erholt sich Deutschland von den Nachkriegswirren. Die Flüchtlinge sind in Barackenlagern untergebracht, aber es wird auch gebaut, damit die Menschen wohnen können. Grafing und Umgebung hatte ja keine wirklich großen Bombenschäden, da ist München was anderes widerfahren. Lebensmittelkarten hat es auch gegeben aber mit der Einführung der DM war es vorbei, nun gibt es wieder alles. Mein Verdienst bei den Amis ist gut und in den nächsten Jahren sollte es mir nicht schwerfallen eine Frau zu finden. Aber im KZ bin ich so grau geworden und ich sehe viel älter aus. Ich gehe aber regelmäßig zum Tanz und wer weiß…

Lieber sehr verehrter Herr Grandauer, ich vermisse Sie und hoffe, das Gott Ihnen alles zum Guten hat gedeihen lassen. Ich freue mich darauf, Sie hier wiederzusehen. Als nächstes schreibe ich nochmals die Einwanderungsbehörde in San Francisco an, vielleicht habe ich Glück …

Ihnen alles Gute, Ihr ergebener Diener Amadeus Glück

Das Handy klingelte: Frau Prohaska rief an, und Hans hörte die neuesten Nachrichten aus seiner Welt. Er besprach mit ihr, dass er im Laufe der nächsten Woche zurückfahren würde und dass in der Zwischenzeit sie alles so machen sollte wie immer.

Nachdem er das Gespräch beendet hatte, klingelte das Handy erneut– die Nummer kannte er nicht. Er nahm das Gespräch an und sagte vorsichtig fragend „Ja?“

„Spreche ich mit Herrn Glück? Mein Name ist Josef Friedenauer, ich bin Anlage- und Vermögensberater, und ich habe mit Sicherheit ein gutes Angebot für Sie ...“

Hans war irritiert und unterbrach den routinierten Redner schroff „Woher haben Sie meine Nummer?“

„Es spricht sich in einer kleinen Stadt schnell herum, wenn jemand eine solch wertvolle Immobilie erbt, und der Rest hat mit gutem Spürsinn und Recherche zu tun.“ lobte sich der Mann am anderen Ende der Leitung selbst.

Hans schüttelte den Kopf „ich brauche keinen Anlage- und Vermögensberater ...“ dann zögerte er etwas, was dem Gesprächspartner sofort dazu verhalf, die Pause zu füllen.

„Die Bank zahlt Ihnen doch gar nichts, Zinsen sind im Keller, Geld ist ein Geschäft für Profis, wie sie einer sind!“ Es folgte eine kurze Kunstpause. „Zehn Prozent Rendite nach Steuern in Schiffsanlagemodellen oder zwölf Prozent bei offenen oder geschlossenen Immobilienfonds – dies sind die Anlagemodelle von erfolgreichen Unternehmern, einem

Geschäftsmann, wie Sie es sind …“ plapperte er weiter. Hans unterbrach die Verbindung.

Er ging in die Stadt, um bei der Sparkasse nachzufragen, ob Amadeus dort Konten gehabt hatte oder ein Schließfach, denn im Haus fand sich nur, was Herrn Grandauer betraf.

Herr Moritz Huber, der Kundenberater von Herrn Amadeus Glück, lächelte Hans freundlich an „Mein Beileid!“ wurde von einer routiniert ausgestreckten Hand begleitet, die auf den Stuhl vor ihm verwies. Hans setzte sich. Er legte den Erbschein vor und seinen Ausweis, beides wurde kurz geprüft, dann wandte sich Herr Huber seinem Computer zu „Nun wollen wir mal sehen, was wir da so haben …“ Nach ein paar Augenblicken meinte er – konzentriert auf den Computer blickend – „Ja, wir haben ein Konto auf Herrn Amadeus Glück ausgestellt … es hat ein kleines Guthaben von 2.398,17 € … Schließfach haben wir keines … Aktiendepot auch nicht.“

Er blickte Hans offen an und fragte „Was haben Sie denn mit dem Haus vor? Wir, also die Sparkassen, bieten einen regionalen Immobilienservice. Sie können das Haus gerne über uns verkaufen lassen. Die 3,75 %

Maklerprovision zahlt der Käufer, also für Sie sicher ein gutes Geschäft."

„Ich bin noch etwas unentschlossen, der Erbenermittler meinte, die Villa abzureißen und das Grundstück neu zu bebauen." Herrn Hubers Interesse war geweckt, er rutschte auf dem Stuhl nach vorne, der Oberkörper richtete sich auf. Hans registrierte diese kleine Veränderung, sein Banker in Essen behandelte ihn immer wie einen Bittsteller, den kleinen Handwerker, der war dann immer sehr gönnerhaft zu ihm, als ob ein Kredit ein persönlicher Gnadenakt wäre. Der hier war anders, Hans dachte bei sich: Ah, sein Jagdinstinkt ist geweckt!

„Ein schönes Grundstück, wieviel Quadratmeter hat es denn genau?" „2500 laut Grundbuch" „Also da können Sie zwei Dreispänner draufstellen. Sechs Häuser mit 350 - 400 qm Grund. Da könne man ruhig eine engere Bebauung planen, dass kriegen wir beim Stadtrat durch, also zwei Vierspänner, heißt acht Häuser mit 250 qm Grund netto!" Auf Hans' verständnislosen Blick reagierend ergänzte er „Zufahrten und Wege müssen wir ja abziehen." Und mit fester Stimme fuhr er fort: „Als Sparkasse finanzieren wir solche Projekte auch gerne, und wir haben hier einen bevorzugten Bauträger aus der Region, den ich Ihnen nur empfehlen kann“. Er schwieg einen Moment, überlegte und murmelte dann halblaut vor sich hin „8 Häuser zu 620.000 € … 650.000 € je nach Ausstattung … die Eckhäuser teurer … also 5 Millionen sollten drin sein!“ Er nickte Hans aufmunternd zu, griff gut gelaunt zum Telefonhörer, und mit leicht geröteten Wangen sprach er geschäftsmäßig in die Muschel „Frau Gradl, bringen Sie uns doch bitte Kaffee, Plätzchen usw. ins kleine Konferenzzimmer!“ Den Hörer auflegend zu Hans gewandt erklärte er: „Grafing ist Einzugsgebiet von München mit S-Bahn-Anbindung, also da haben sie entsprechend hohe Immobilienpreise. Ich darf Ihnen doch vorstellen, wie wir solche Projekte begleiten und was die üblichen Konditionen wären, oder?“ Hans war etwas überrumpelt, nickte aber und folgte Herrn Huber in das Konferenzzimmer.

Eineinhalb Stunden später verließ er mit rauchendem Kopf und gestärkt mit Kaffee und Plätzchen das Konferenzzimmer mit der Zusicherung, dass Herr Huber ihm jederzeit gerne alle Fragen beantworten würde und er sich jederzeit an Herrn Huber, der ihm eine Visitenkarte reichte, wenden könne. „Meine private Handynummer schreibe ich Ihnen auch noch drauf.“ Er zögerte kurz und ergänzte: „Spielen Sie Golf?“ Die Antwort gar nicht abwartend schlug er vor „Wir haben hier einen wunderschönen Platz, es entspannt und man lernt so viele interessante Menschen kennen, also herzlich gerne führe ich sie dort ein!“ Hans schüttelte bedauernd den Kopf „Nein diesen Sport betreibe ich nicht.“ Nach ein paar weiteren Floskeln verließ Hans die Sparkasse.

In den nächsten Tagen wurde er geradezu bombardiert von zahllosen Anrufern. Bauträger-Gesellschaften, Börsen-Anlagespezialisten, Vermögensberatern, Steuerberatern, Crowd- Finanzierern, Investorenberatern und anderen Experten zum Thema „Geldanlagen aller Art“.

Alle wollten nur sein Bestes – nämlich sein Geld. Sie hofierten ihn „Er als Unternehmer wisse doch sicher, dass ...“ oder schmeichelten ihm „als reicher Anleger“, als „Mann von Welt“ oder malten düstere Untergangsvisionen an den Horizont „ ... wohlüberlegte Splittung in verschiedene Anlageformen hilft einen totalen Vermögensverlust abzuwenden, und dazu benötigt man fachliche Expertise, wie ich sie Ihnen bieten kann!“.

Hans fühlte sich zunehmend unwohl. Dem Banker hatte er von dem vielen Bargeld gar nichts gesagt und auch nicht von dem Kunstwerk. Der Banker hatte von Eigenkapital und Absicherung gesprochen, dass das

Grundstück im Wert die Baukosten sicher abdecken werde und hatte ihn mit zahllosen Details bombardiert.

„Die Eile kommt vom Teufel“ war in seiner Familie ein geflügeltes Wort gewesen, also beschloss er, sich nicht bedrängen zu lassen. „Gut Ding will Weile haben“. Jetzt würde er erst einmal die Briefe weiterlesen und sich um die Wertermittlung des Gemäldes kümmern.

Er setzte Kaffeewasser auf, öffnete seinen Laptop und recherchierte unter dem Stichworten ‚Auktion‘ ‚Bilder‘ ‚Kunst‘ und ‚Leo Putz‘. Tatsächlich fand sich ein hoch renommiertes Haus in München, das vor Jahren auch Werke von Leo Putz aus einem Nachlass versteigert hatte. Er notierte Adresse und Telefonnummer, zückte sein Handy und rief dort an. Nach einigem Hin und Her hatte er einen Termin zur Vorstellung des Kunstwerks vereinbart.

Der Wasserkessel pfiff, er brühte den Kaffee auf und freute sich darauf, in die Welt des Amadeus Glück einzutauchen, seinen Ahnen ein bisschen besser kennenzulernen und vor allem die dahinter liegende Geschichte zu ergründen.

Cosima

Cosima schritt den langen Gang entlang, eine Art gläserner Tunnel. Dieser lichtdurchflutete Tunnel war genial. Wenn es ihn nicht gegeben hätte, hätte man ihn erfinden müssen. Der Klient stand am Ende wartend, passiv. Sie voranschreitend, das Heft des Handelns in der Hand, Autorität ausstrahlend – und das alles ohne etwas sagen zu müssen. Immer ein wirkungsvoller Auftritt. Während dieses Auftritts konnte sie den Klienten am Ende des Flures stehen sehen, erste Einschätzungen treffen. Natürlich hatte sie den Mann schon gegoogelt, nachdem ihr Frau Reitmayr den Termin durchgegeben hatte. Der Mann, der auf sie wartete, trug Jeans, ein rotkariertes Holzfällerhemd und eine Lederjacke. Die Schuhe sahen wie Wanderschuhe aus. Der sah überhaupt nicht nach Geld aus. Er sah auch nicht aus wie einer, der Ahnung von Kunst hätte. Die Internetrecherche hatte auch nichts weiter ergeben. Er hatte wohl einen Namensvetter in Essen, der einen Installationsbetrieb hatte. Er war relativ groß, Bauchansatz um die Mitte, für ihren Geschmack zu pummelig, als Mann guter Durchschnitt. Sie versuchte auf die Entfernung sein Alter abzuschätzen: Ende 40 oder Anfang 50? Frau Reitmayr hatte ihr eine Notiz auf den Tisch gelegt: „Morgen um 9 kommt ein Herr Glück, dahinter stand eine

Handynummer, der will ein Bild begutachten lassen. Einen Leo Putz 1906 Öl, Halbakt in Blau. MfG MR"

MR stand für Marianne Reitmayr, die solche Telefonate entgegennahm und Termine vereinbarte.

Der Kunstmarkt war eine eingeschworene Gemeinschaft mit vielen verschiedenen Beteiligten, und sie gehörte dazu. Ungefähr die Hälfte aller Auktionen wurde ohne öffentliche Beteiligung abgewickelt. Anbieter, Kunstgutachter und Auktionshäuser, Kenner und Käufer – eine verschworene Gesellschaft. Zutritt hatten nur die Reichen und Superreichen. Woher das Geld stammte? Das interessierte niemanden. Briefkastenfirmen und anonyme Bieter am Telefon gehörten ebenso zu den Gepflogenheiten des Geschäfts wie Lagerhallen in den Freihäfen dieser Welt, wo Zoll und Steuerfahndung keinen Zutritt hatten. Kunst als reines Spekulationsobjekt, Kunst als Währung, als Geldanlage, Kunst als Mittel für Geldwäsche und Steuerhinterziehung. Es ging mitnichten um Schönheit, Wahrheit oder andere ‚edle' Inhalte, das war einmal. Kunst war in ihren Augen heutzutage nur eines: Spekulationsobjekt und wurde damit zur sagenhaften Gelddruckmaschine. Seit Kapitalisten Kunstwerke als Möglichkeit für das schnelle, das große Geld identifiziert hatten, spielten Ideale, Werte oder Inhalte keine Rolle mehr. Sammler wie Claribel und Etta Cone, die in den 20iger Jahren des vorigen Jahrhunderts in Paris für ein paar Dollar Kunstwerke von Picasso, Matisse, Braque und anderen völlig unbekannten, armen Künstlern aus Interesse, echter Begeisterung oder Mitleid kauften – das war endgültig Geschichte! Die Sammlung Cone wurde heutzutage auf eine Milliarde US Dollar geschätzt. Und das war es, wovon alle träumten: Einen unbekannten Künstler für einen Apfel und ein Ei einkaufen und später mit ultimativem Gewinn veräußern. Bei Kunst ging es heute nur noch um Geld – das große Geld! Spekulativ kaufende Sammler haben ein großes Interesse daran, dass verstärkt über die Künstler berichtet wurde, die hohe Preise erzielten. In den letzten Jahren trieben besonders Sammler aus China, der arabischen Welt und Russland die Preise in die Höhe. Der Markt lag bei 48 Milliarden US Dollar pro Jahr mit deutlich steigender Tendenz! Große Namen, große Werke, die „Blue Chips" waren gefragt. Aber mit Geschick ließen sich auch neue Künstler „aufbauen", ein Gerhard Richter, eine Francis Bacon oder Damien Hirst brachten heute ebenfalls hohe Auktionserlöse ein. Viel Geld, exzellente Kontakte und Beziehungen, Verschwiegenheit und Diskretion gehörten zu den Insignien des Geschäfts. Sie war Gutachterin, gelegentlich auch Beraterin für Kuratoren der kleineren Museen und deren Ausstellung.

Das Klacken ihrer passend zum Business Kostüm gewählten dunkelblauen High Heels erklang rhythmisch im Gang, den sie hoheitsvoll entlangschritt. Der erste Auftritt zählte.

Seit fünf Jahren war sie Gutachterin für eines der größten Auktionshäuser Europas. Direkt nach dem Studium einen so gut bezahlten Job zu bekommen, dazu gehörte auch Glück. Das Glück des Tüchtigen, wie Cosimas Vater immer zu sagen pflegte, der Baron und Gestütsbesitzer mit anerkannter Pferdezucht. Cosima war Spitze, hatte mit fünfundzwanzig Jahren ihren Magister Artium mit Auszeichnung bestanden, schon während des Studiums hatte sie hospitiert in Auktionshäusern wie Sotheby‘s in London, Christie‘s in New York und immerhin zwei Monate Xiling Yinshe Auction Co., Ltd. Peking - damals ein Newcommer und heute eines der Top 10 Auktionshäuser der Welt. Das Auktionshaus brachte es auf 182,1 Millionen US-Dollar Umsatz pro Jahr. Sie hatte weitere drei Monate bei Beijing Councel International Auctions in Peking absolviert. Sie war mit sich zufrieden, sie vermisste etwas ihren Freund Manfred Tobler, der als Festkörperphysiker derzeit für sechs

Monate an einem Forschungsprojekt am CERN in Genf arbeitete, gefördert von der Carl Duisberg Gesellschaft. Es muss eben jeder an seiner Karriere arbeiten können. Cosimas Leben war in Ordnung und sie wollte wie immer einen guten Job machen, das war ihre Aufgabe.

Leo Putz – es war sicher kein großes Gemälde, wie ein Magritte oder Braque. Aber auch kleinteiliges Alltagsgeschäft muss sein. Kein Werk, das für viel Presserummel und Millionenumsätze sorgen würde, wenn es denn ein echter Putz war. Aber seit den neunziger Jahren hatten die Preise für einen echten Putz angezogen, von 30.000 bis 60.000 € auf bis zu einer viertel Million heutzutage. „Kleinvieh macht auch Mist" wie ihr Vater immer zu sagen pflegte, der Adelige mit den großen Ländereien im Münsterland.

Ein Gemälde von Leo Putz lag heute auktionsmäßig im unteren bis mittleren sechsstelligen Bereich. Da es ein Jugendstilmaler war, stand man hier im Wettbewerb mit Sotheby's, Christies oder kleineren spezialisierten Auktionshäusern. Im Einkauf lag der Gewinn, wenn sie das Bild vorher erwerben konnte, das war das Maximum, die Versteigerungsprovisionen waren aber auch nicht ohne! Kunden gab es zuhauf. Allein in Deutschland gab es

1.350.000 echte Millionäre, d. h. deren Barvermögen lag in dieser Höhe auf Konten mit einem Gesamtvermögen von mehreren Milliarden € in bar.

Als international tätiges Haus offerierten sie ihre Dienste im Kunstmarkt einer weltweiten Zielgruppe von 30 Millionen Dollar-Millionären und 2257 Dollar-Milliardären! Für den hausinternen Infodienst gab es etliche Listen - Hurun, Forbes, World Wealth Report, um nur die wichtigsten zu nennen. Alle hingen im Haus aus, und alle waren im PC, jeder im Haus konnte nach etlichen Suchkriterien auswerten, einschließlich der Klassifizierungen für die Millionäre nach dem World Wealth Report: lower tier millionaires hatten 1-5 Mio. US Dollar auf Konten liegen, mid-tier millionaires zwischen 5-30 Mio. und high-tier hatten mehr als das.

30 Millionen Menschen, die Geld anlegen wollten. Kunst war die ideale Geldanlage mit ihren hohen Wertsteigerungsraten. Cosima hatte Kontakt mit den Eliten. Weltweit. Sie verkehrte mit Bankern, Großindustriellen, russischen Oligarchen, chinesischen Parteilenkern, arabischen Prinzen, Museumskuratoren und Kunstkennern. Viele von denen hatten ziemliche Schrullen, nicht alle wollten als Promi erkannt sein, einige sahen sich als

Koryphäe auf ihrem Gebiet, aber all diese Kunden wollten sich als „bedeutend“ gewürdigt sehen. Deshalb las sie die hausinternen Dossiers und googelte sie die Leute immer, soweit das ging, damit sie aktuelles Hintergrundwissen zur Person hatte.

Der Mann am Ende des Ganges war sicherlich kein Klempner, die Zeit für die Recherche war einfach zu kurz gewesen. Da musste sie vorsichtig sein, da konnte sie nicht vom Äußeren aufs Vermögen schließen. Sie musste an den Russen denken, der immer mit mindestens fünf Bodygards kam und darauf bestand, dass die Tiefgarage komplett leer zu sein hatte, wenn er hineinfuhr. Ihr fiel die milliardenschwere Firmenerbin ein, die keine laufenden Klimaanlagen ertrug und nur Ingwerplätzchen aß, aber ein ungeheures Wissen über Malerei besaß: Die kam immer mit der Straßenbahn. Der Adelige, der in uralten Lederhosen herumlief, oder der Top-Manager eines Konzerns, der immer eine Escort Dame gebucht bekam. Der Italiener, der immer per Telefon bot und nie in Erscheinung trat und dessen richtigen Namen nicht mal sie kannte.

Aber der Mann, der da vorne stand, sah nicht aus wie ein schrulliger Multimillionär oder wie ein professioneller Menschenhändler, Drogendealer oder Waffenschieber, der den Kunsthandel für seine Geldwäsche nutzte, oder wie ein Industrieller, der den Kauf von Kunstobjekten „zur Steuervermeidung“ nutzte, wie es so schön hieß. Viel Geld zieht eben auch viel „Halbseidenes“ an.

Sie rief sich zur Ordnung, konzentrierte sich. Ein Leo Putz – also der konnte heute um die dreihunderttausend bis vierhunderttausend liegen. Den ganzen langen Weg den Gang hinunter hatte sie letztlich nur an eines gedacht: an Geld.

Die einen hatten es, und die anderen wollten es. Sie wollte es.

Hans Glück stand im Foyer des Auktionshauses, das er angerufen hatte. Es war eine unglaublich arrogante Schnepfe am Telefon gewesen, und beinahe wäre er heute nicht gekommen, aber irgendjemand musste ihm was zu dem Kunstwerk sagen können. Es hatte unglaublich gedauert, bis sich die Dame dazu herabließ, seinen Namen zu notieren und ihm einen Termin zu geben. Mindestens dreimal musste er ihre Nachfragen zum Bild beantworten, und sie hatte auch noch kontrolliert ob die Handynummer stimmte. Er war genervt, und sie ebenfalls. Ihre Stimme signalisierte Anspannung, als sie ihm den Ablauf erläuterte. Aber sie blieb höflich, wählte ihre Wort mit Bedacht: „Verstehen Sie doch, bei den Werten, die wir hier bewegen, sind unsere Sicherheitsbestimmungen eine zwingende Sache. In dieses Haus kommt nicht jeder, wenn sie verstehen, was ich meine. Wer hier ein- und ausgeht, ist uns persönlich bekannt. Für Ihr Bild mache ich eine Ausnahme, denn zu Ihrem Namen und Ihrer Person habe ich keinerlei Referenzen in unserer Datei. Das sind Sicherheitsbestimmungen, die auch in Ihrem Sinne sind, denn auch Sie möchten Ihr wertvolles Gemälde in einem sicheren Umfeld wissen.“ Jetzt stand er hier in diesem Palast aus Glas und Marmor, umgeben von Bildern und Skulpturen - alles vom Feinsten, und er fühlte sich etwas deplatziert. Er las in einer ausgelegten Broschüre, dass man im Vorjahr ein Werk (welches selbstverständlich farbig abgebildet war und ihm so gar nichts sagte) für 13,4 Mio. € versteigert hatte. Ein europäischer Rekord.

Er ärgerte sich über sein Outfit, als er diese Frau, mit der er jetzt verabredet war, den Flur heranschreiten sah. Er hatte den Namen notiert: Cosima Freiin zu Twijke, Freifrau von Steijn-Delen. Er rätselte immer noch, wie man so jemanden ansprach. Laut der Telefonistin war sie eine exzellent ausgebildete Gutachterin, Kunsthistorikerin und Provenienzforscherin und arbeitete für die führenden Häuser Europas.

„Eine der renommiertesten Expertinnen!“ hatte die Telefondame betont. Dieser Satz hatte in seiner Vorstellung etwas Ältliches, Vertrocknetes, Bebrilltes, Runzeliges, Grauhaariges hervorgerufen. „Expertin“ hieß für ihn eine „Oberlehrerin“, eine „Frau Neunmalklug“ mit „Brille und Oberlippenbart“. Das hatte er erwartet.

Er sah sie den Gang entlang auf sich zu schweben: So schreitet eine Königin huldvoll ihrem Volk entgegen! Perfekt frisiertes, schimmernd blondes Haar, schlanke Figur, vielleicht dreißig Jahre, kein Gramm zu viel, enganliegender schmaler, dunkelblauer Bleistiftrock, der oberhalb des Knies endete. Makellos - das war das Wort, das eigentlich alles beschrieb. Makellose Haut, makelloses Make-Up, makellose Frisur, unglaubliche Beine auf High Heels, die im Rhythmus der Schritte ein klackerndes Geräusch erzeugten. Ein ebenso dunkelblaues, schmal geschnittenes Jackett mit schmalen langen Revers, gehalten von einem plakativen Knopf, darunter ein strahlend weißes T-Shirt mit geradem Ausschnitt auf sonnenstudiogebräunte Haut. Im Takt der schreitenden Bewegung tanzte eine kurze, doppelreihige Perlenkette mit Diamantverschluss auf und ab.

Im gestylten blonden Bopp, dessen Enden gleichmäßig wippten, thronte eine gefleckte Hornbrille mit tropfenförmigen Gläsern. Sie hatte einen drallen, aber nicht zu üppigen Busen – und erst diese Beine! Er seufzte tief. Während sie den Flur entlangschritt, fragte er sich, wie sie wohl im Bett sein würde. Ob sie rasiert war? Mit Sicherheit hatte sie keinerlei Streifen, makellose Bräune überall. Ellenlange Beine, sicher ein kleiner fester Hintern. Eine Schreierin, eine Beißerin oder Kratzerin? Er befand für sich insgeheim keines von alle dem, dafür wirkte sie zu diszipliniert. Er dachte an guten, lang andauernden Sex, was nicht ganz ohne Wirkung blieb, das war ihm peinlich und er hoffte, dass sie es nicht bemerkte.

Jetzt stand sie vor ihm. Sie war fast so groß wie er. Sie hatte etwas zu weit auseinanderstehende Augen in grau-grün mit bernsteinfarbenen Sprenkeln, Ihr Gesicht war flächig, eine kurze Oberlippe, über der eine sympathisch kleine Knubbelnase thronte. Schön war sie nicht, aber irgendwie apart. Er ahnte, dass sie die Knubbelnase als ihren Schwachpunkt ansehen würde, so wie jede Frau immer etwas an sich auszusetzen hatte. Aber die Figur war einfach top. Natürlich war sie geschminkt und gestylt.

Er bemerkte erst jetzt, dass sie eine kleine, elegante Ledermappe trug. Sie wechselte diese in die linke Hand und streckte ihm eine sonnenstudiogebräunte Hand entgegen mit langen, schlanken Fingern, geschmückt mit teuren Ringen und makellos lackierten Fingernägeln. Ums Handgelenk klimperte reichlich schwerer Goldschmuck. Er blickte auf einen ebenso minutiös gestylten Mund, der Lippenstift im selben Farbton wie die Fingernägel. Ihre Augen lächelten geschäftsmäßig, während ihr Mund jetzt in einem freundlichen Lächeln erstrahlte. Gleichmäßig weiße Zähne, („Wie eine Zahnpasta Werbung!) dachte er unwillkürlich. Er sah in freundliche, distanzierte grau-grün-braune Augen, umgeben von langen, getuschten Wimpern und Lidschatten, nahm den Duft eines frischen, blumigen Parfums wahr und hörte eine angenehme Stimme:

„Grüß Gott, Herr Glück, ich bin Cosima Freifrau von Steijn-Delen.“ Cosima verkürzte ihren Namen immer, das reicht schon. Routiniert flötete sie den wohl hundertmal wiederholten Satz „Ich bin hier Gutachterin, und ich freue mich, dass sie unser Haus gewählt haben, um ihr Gemälde begutachten zu lassen.“ Er räusperte sich und brachte nicht mehr als ein dämliches „Guten Tag, Glück“ heraus und drückte die ihm dargebotene Hand viel zu fest. Sie zuckte nicht, er dachte. „Die ist hart im Nehmen!“.

Also das hier war definitiv nicht seine Welt! Sie flötete weiter: „Ich hoffe sie hatten eine gute Anreise. Wo wohnen Sie denn in München? Sind Sie im Bayerischen Hof abgestiegen?“ Der übliche Smalltalk, er antwortete wie ein braver Schuljunge, dass er in Grafing im geerbten Haus wohne. Cosima schoss es durch den Kopf: Konnte es sein? War er tatsächlich der Klempner? Hatte der wirklich keine Ahnung von Kunst? „Darf ich fragen, Sie kommen aus Essen?“ Er nickte. „Sie sind Unternehmer?“ Wieder nickte er.

Unglaublich: Er war der Klempner! Wie kam der an solch ein Bild? Laut hörte sie sich fragen: „Wo ist denn das gute Stück?“, während ihre Gedanken umherschossen wie der Hecht im Karpfenteich.

Er zeigte Richtung Parkplatz, wo ein in die Jahre gekommener Ford Transit stand. Sie setzte sich sofort in Bewegung. Das war ihre Chance! Einmal in hundert Jahren kommt einer vorbei und hat ein Bild, dessen Wert er nicht kennt. Er beeilte sich, mit ihr Schritt zu halten. Am Wagen öffnete er den Ladebereich, sprang auf die Fläche und hob nun das Gemälde hoch, zog die Schichten von Bettlaken weg – und sie erkannte es sofort: Das war ein sogenanntes „Verschollenes Bild“.

Sie kramte in ihrem Gedächtnis, sie kannte die Listen der Beutekunstbilder und der verschollenen Werke, sie hatte all ihre Studienarbeiten mit Bravour gemeistert, hatte ein glänzendes Gedächtnis. Der Titel würde ihr gleich einfallen, verdammt, der hatte wirklich keine Ahnung. Sie nahm sich fest vor, gleich nach dem Termin in die Lost-Art-Liste im Internet zu schauen.

Im Augenblick verstand sie, was ihr Vater immer meinte, wenn er lästerte „Eine hässliche Frau kann leicht treu bleiben!“ Die Versuchung war übergroß. Sollte sie dem Mann ein Gebot für das Gemälde machen, es ihm abkaufen? Im Einkauf lag der Gewinn! In diesem Fall möglicherweise ein gewaltiger Gewinn. Das konnte sehr sechsstellig werden. „Anonymer, nicht öffentlicher Termin! Der Preis würde sehr hoch gehen ...“. Sie rief sich zu Ordnung. War das Ganze möglicherweise ein geschickt eingefädelter Coup, eine Fälschung, um sie reinzulegen? Ein verschollenes Bild taucht nach mehr als siebzig Jahren wieder auf?!

Zu seinem großen Erstaunen zog die noble Dame den ohnehin kurzen Rock mit einer Hand hoch. Wirklich tolle Beine! Es blitzte Spitze, sie trug keine Strumpfhose wie alle Frauen, die er sonst kannte: Sie trug Einzelstrümpfe, die von einem Band aus Spitzen oben gehalten waren - sehr sexy! Er räusperte sich, ergriff ihre ausgestreckte Hand und zog sie mit Schwung hoch, der Schmuck klimperte leise, und schon stand sie auf der Ladefläche neben ihm.

Sie sah seinen überraschten Gesichtsausdruck und flachste: „Für ein gutes Werk springe ich auch in einen Laster!“ Sie machte eine kleine Pause und ergänzte: „Ihr Kunstwerk will ich mir genau ansehen“. Sie lachte kokett, schlug ihre Mappe auf, die einen Notizblock, eine Lupe groß und einen Fadenzähler klein, einen teuren Füller und eine kleine Kamera beherbergte. Sie notierte das Datum auf dem Block, schoss sofort ein Foto – und dann ging sie in die Knie, befühlte den Rahmen. Sie fing an, sich Notizen zu machen, wirkte sehr konzentriert. Sie wusste genau, was sie tat. Schoss Fotos von Details. Er stand neben ihr. Sie drehte das Bild um, begutachtete die Rückseite der Leinwand, den Rahmen und die Machart des Rahmens. Besonderes Interesse rief der Zettel hervor, der dort klebte, sie las ihn aufmerksam, untersuchte ihn mit der Lupe, und natürlich schoss sie auch davon ein Foto.

Wieso hatte sie auch das Pferd gekauft!, schoss es ihr durch den Kopf. 25.000 oder 30.000 €, dann wäre der Putz ihrer. Sie konnte die Bundesschatzbriefe verkaufen, ihre Altersvorsorge, ein echter Putz wäre ein Mehrfaches an

Altersvorsorge! Der bringt zwischen 200.000 bis 300.000 €! Eine Viertelmillion sicher - ein Werk von der Liste der verschollenen Bilder! Eventuell auch Raubkunst? Das musste sie prüfen. Jetzt musste sie erst einmal Zeit gewinnen und genau hinschauen, ob nicht gerade sie hereingelegt werden sollte. Fälschungen gab es ja schließlich auch.

Sie sah seinen erwartungsvollen Blick, sie musste was tun, sein Vertrauen rechtfertigen. Sie stürzte sich in die üblichen Floskeln. „Sieht gut aus!" Es folgte eine Kunstpause „Der Rahmen könnte aus der Zeit sein." Sie nickte bedeutungsschwanger. „Ja, beim Rahmen lege ich mich fest: der ist Jugendstil. Also restauriert muss es werden, schon wegen des Staubs, größere Beschädigungen sehe ich jetzt nicht, aber das muss ich mir genauer ansehen. Ich kann ihnen jemand empfehlen, Isabella Mignoretti, sie arbeitet schon viele Jahre für das Haus und sie ist spezialisiert auf Gemälde des 19.und 20. Jahrhunderts." Sie war sich 100% sicher: Das Gemälde war echt. Sie war nun ganz in ihrem Element. Sie rutsche buchstäblich mit ihren Knien auf dem Boden der Ladefläche umher, ganz versunken in die Betrachtung des Gemäldes.

„Cara Sophia Höller – so hieß das Modell, stand auf dem Zettel und jetzt fiel es ihr wieder ein! Sie konnte sich auf ihr Gedächtnis verlassen! Das Bild hieß ‚Dame in Blau', war damals ein riesiger Skandal, da das Modell noch minderjährig gewesen war. Putz hatte es gemalt, lange bevor er nach Südamerika ausgewandert ist. Sie lächelte zufrieden in sich hinein. Die Details würde sie auf der Lost-Art-Liste im Internet checken.

Wieder und wieder drehte und wendete sie den Rahmen, begutachtete die Linienführung und die Farben mit der Lupe. Ihre teuren Strümpfe waren zerrissen, hatten Laufmaschen. Das machte sie ungeheuer sexy in seinen Augen, sie bemerkte es offenbar nicht. Er fand es ungemein erregend, dass dieser makellose Auftritt nun befleckt war, die ungeheure Disziplin, die sie ausgestrahlt hatte, die Unnahbarkeit durchbrochen schienen. Er dachte, das sei Interesse und Professionalität, Freude am Kunstwerk und der Entdeckung. Aufgeregtheit.

In Wahrheit rang Cosima mit der in ihr aufsteigenden Gier.

Sie trug jetzt die Brille, der dunkelblaue Rock zeigte Flecken vom Staub. Sie schien es nicht zu bemerken. Sie musste Zeit schinden. Hochkonzentriert begutachtete sie den

Putz. Erneut prüfte sie den Rahmen, vor allem suchte sie nach Beschädigungen in der bemalten Fläche, begutachtete die Signatur auf der Rückseite immer wieder, checkte die Machart des Rahmens. Beiläufig fragte sie: „Wie sind sie denn zu diesem Werk gekommen?“

Er sah dieses Lächeln, wusste es aber nicht zu deuten.

Der Mann, der dieses Bild linkisch in den Händen hielt, erzählte ihr eine umständliche Geschichte und letztlich, dass es eine Art Dachbodenfund sei. Jetzt musste sie vorbauen: „Da müssen wir schauen, ob es nicht doch eventuell ein echter Beltracchi ist!“ erwiderte sie mit ernster Miene und bedeutungsschwanger Strenge in der Stimme.

Ratlosigkeit machte sich auf seinem Gesicht breit. Sie lächelte, jetzt konnte sie erneut glänzen und vor allem Zweifel an der Echtheit sähen und so den Preis drücken.

Es war eher unwahrscheinlich, dass Beltracchi sich mit einem finanziell relativ unbedeutenden Maler wie Leo Putz beschäftigt hatte. Beltracchi hatte nur das ganz große Geld interessiert. Ein Leo Putz brachte im Vergleich zu einem Max Ernst oder einem Campendonk viel zu wenig Geld ein, aber Beltracchi hatte bewusst weniger bekannte Maler mit neuen Werken versehen.

Sie legte los, dozierte über einen der größten Fälscher-Skandale des 20. Jahrhunderts. „Wissen Sie, auf dem Kunstmarkt wird viel Geld bewegt. Kunst der vorigen Jahrhundertwende, Künstler wie Paul Klee, August Macke, Alexej von Jawlensky, Wassily Kandinski, Pablo Picasso oder Emil Nolde erzielen Spitzenpreise, in dreistelliger Millionenhöhe! Kunst ist hier als Kapitalanlage zu sehen, denn Kunst bringt enorme Renditen. In unserer Branche können auch Werke der „zweiten Reihe" – wie wir sagen, zum Beispiel ein Campendonk – Millionensummen erzielen! Unbekanntere Künstler. Je nach Qualität immer noch sechsstellig. Für Fälscher besteht ein großes Risiko, die Künstler der ersten Reihe zu fälschen wegen dem hohen Bekanntheitsgrad der Werke. Weniger bekannte Künstler der zweiten und dritten Reihe bringen immer noch – und hier wählte sie ihre Worte mit Bedacht, denn sie wollte ihm den Putz am Ende des Tages für maximal 30.000 € abluchsen – einige zehntausend Euro." Sie schwieg, ließ die Worte wirken.

„Häufig machen die Käufer in dieser Preisklasse keine teure Echtheitsprüfung oder verlangen auch keinen Provenienznachweis, d. h. die Herkunft eines Werkes bleibt ungeklärt. Und das machen sich Fälscher gern zunutze. Jetzt wurde gerade der Fall Beltracchi vor Gericht verhandelt.

Beltracchi kann sich getrost den größten Kunstfälscher des 20. Jahrhunderts nennen. Er war unglaublich raffiniert, denn er hat nicht wirklich gefälscht, der hat Bilder nicht kopiert. Nein, der hat neue Gemälde im Stil der Maler geschaffen! Sozusagen das Werk ergänzt.“

Sie schwieg, machte eine triumphierende Kunstpause. Hans blickte sie verständnislos an. Ungeduldig erläuterte sie weiter: „Der hat täuschend echt im Stil von Campendonk, Max Ernst, George Braque, Butler, Derain und anderen berühmten Malern gemalt. Im Prozess nannte er das, deren ‚ungemalte Bilder‘. Die Justiz musste daraufhin den Fälschungsbegriff weiter fassen. Die Gemälde wurden über eine eigens eingefädelte, aber frei erfundene ‚Sammlung Jäger‘, die angeblich väterlicherseits von Beltracchi Ehefrau stammte, dann als echte Campendonks, Ernsts usw. verkauft. Beltracchi hat ca. 50 Mio. € für seine Bilder kassiert, ein gewaltiger Schaden.“

Beinahe hätte sie sich verplappert, denn die Gutachter waren sich allesamt einig gewesen, einen jeweils echten Campendonk oder echten Max Ernst vor sich zu haben, ein Gemälde, das so nicht bekannt war, nicht im Werkverzeichnis stand, aber doch echt schien. Die Presse und die Branche feierten jede Neuentdeckung. Eine

Branche, in der sich jeder wünschte, dass ein solches Werk echt sei, denn alle verdienten daran. Beltracchi hatte seine Aktivitäten zeitlich gut gestreckt, er fiel lange Zeit nicht auf.

Sie fuhr fort: „Es besteht seitens der Käufer keinerlei Interesse, den Verbleib der restlichen, noch unentdeckten Beltracchi lückenlos aufzuklären. Stellen Sie sich vor, sie haben einen vermeintlich echten Campendonk gekauft für zwei Mio. €, und nun wäre der auf einmal nichts mehr wert - Sie haben zwei Mio. Euro verloren. In diesem Fall gilt das alte Sprichwort ‚Reden ist Silber, Schweigen ist Gold'. Und wenn in zehn Jahren niemand mehr an Beltracchi denkt, wird so ein Werk geräuschlos weiter verkauft für drei Mio. Euro, z. B. an einen Sammler aus Asien".

Schwungvoll stand sie auf, ohne Schuhe war sie einen Kopf kleiner, strich mit einer Handbewegung den Rock glatt, klopfte den Staub ab und endete: "Jetzt sitzt er und seine Bagage in Haft für sechs Jahre. Und damit Sie als Kunde sicher gehen können, gibt es uns Gutachter und Provenienzforscher" schloss sie mit fester Stimme. Geflissentlich hatte sie es vermieden, deren merkwürdige Rolle im Fall Beltracchi zu erwähnen.

„Also das ist bei diesem Gemälde sicher nicht der Fall, ich bin zwar kein Experte für Beltracchi-Fälschungen …“ Sie lachte kokett und ließ das Ende des Satzes offen.

Hans hatte während ihres Exkurses über Kunstfälschung das Bild wieder verpackt und sprang von der Ladefläche. Er reichte ihr die Hand, und sie landete federnd neben ihm auf dem Pflaster, griff nach ihren Pumps und zog sie an.

Zögernd fragt er sie: „Ich habe da noch ein paar Papiere, eventuell könnten die für Sie wichtig sein?“ Zugleich zog er ein paar zusammengefaltete Dokumente aus der Innentasche seiner Imitatlederjacke.

Cosima stand so nahe bei ihm, dass sie sein Duschgel roch und die Frische des Rasierwassers. Er streckte ihr die Blätter entgegen.

Sie griff nach den beiden Blättern und sah sich die Seiten des ehemals weißen Schreibmaschinenpapiers genauer an. Ein Dokument aus dem Jahre 1946, Schreibmaschinenschrift, vergilbtes dünnes Papier, es bescheinigte einem Amadeus Glück, wohnhaft in Grafing bei München die Rückübertragung eines Kunstwerkes. „Rückübereignungsurkunde der US-Standortverwaltung

München“ stand oben drüber. Es wurde bescheinigt, dass an ihn ein Gemälde des Malers Leo Putz „Dame in blau, Halbakt 1906“ rückübertragen werde und Herr Amadeus Glück der rechtmäßige Eigentümer dieses Bildes sei und dies auch nachweisen konnte mittels einer Rechnung aus dem Jahre 1935. Datum, Stempel, Unterschriften.

Das Dokument war echt, das konnte sie auf den ersten Blick schon sagen. Natürlich würde so ein Dokument durch alle Testverfahren laufen, die zur Verfügung standen, aber die Provenienz stand. Routinemäßig fragte sie, ob es die Rechnung noch gäbe. Er zeigte auf das zweite Blatt.

Sie verstand nicht gleich, was sie da las. Es ging um Baumaterial. Bartholomäus Grandauer stand oben als Firmenlogo, darunter Brauerei und Baustoffhandel und in einer neuen Zeile eine Adresse. Handschriftlich war vermerkt, dass Dachziegel an Herrn Prof. Leo Putz verkauft worden waren und dass Herr Professor Leo Putz, diese mit einem Kunstwerk bezahlen werde, Titel „Dame in blau“, ein Halbakt in Öl 1906. Ein Gemälde aus dem Privatbesitz des Professors.

Cosima erinnerte sich. Sie hatte in der Literatur über den Skandal ausführlich gelesen und dass die Familie Höller nur das offizielle Portrait gekauft hatte. Der Herr Professor hatte nun dieses inoffizielle Bild gegen die Dachziegel getauscht - 1935. Das stand auf der Rechnung! Mit Datum und Unterschriften. Mehr Provenienz geht nicht. Alle Stationen vom Künstler bis zum heutigen Eigentümer lückenlos dokumentiert!

Ihr Herz machte einen Sprung! Es musste ihr nur gelingen den Putz für 30.000 zu kaufen! 350.000 brachte der bestimmt, bei der Aktenlage.

Ihr Handy klingelte, sie lächelte ihn entschuldigend an, dankbar für die Denkpause, die ihr das Telefonat eröffnen würde. Sie angelte danach in der kleinen Mappe und nahm das Gespräch an. Sie sah ihn nochmals an, machte eine, entschuldigende Bewegung mit dem Kopf, wandte sich um und ging etwas abseits. Ihre Gedanken rasten.

Wenn sie den Putz dem Klempner abkaufen könnte, dann könnte sie sich ein anderes Pferd leisten, das hieße, sie könnte sich rund zwei Jahre völlig auf die Vorbereitung ihrer Olympiateilnahme im Dressurreiten widmen, da käme der Bundestrainer an ihr gar nicht mehr vorbei! Olympia! Ihr größter Traum würde wahr werden.

Der Klempner war auch nur ein Mann! Er war schon älter, mindestens 50. Sie hatte seine Blicke schon registriert.

Wieso dachte eigentlich jeder Mann, dass jede Frau nur darauf gewartet hatte, mit ihm in die Kiste zu gehen? Egal wie alt, wie dick, wie hässlich, mit Glatze und Bauch, die hielten sich alle für unwiderstehlich. Aber genau, da konnte sie jetzt sehr gut ansetzen. Bisher hatte flirten schon ausgereicht. Sie war sich sicher, sie würden den Putz kriegen. Sie musste sich nur eine Strategie zurecht legen.

Er sah sie telefonierend über den Parkplatz wandern. Sie hatte einen knackigen, kleinen Apfelpo, der sich deutlich unter dem engen Rock abzeichnete. Zwei stramme Bäckchen, er stellte sich vor, wie diese sich anfühlen würden, wenn er sie anfasste.

Er hörte Wortfetzen, immer unterbrochen von kleinen Pausen „Ich kann jetzt nicht … nein, heute nicht mehr … ja, hmm … ich muss jetzt aufhören, ich habe einen Kunden hier, lass uns einen Termin nächste Woche machen". Sie nickte, lauschte, lächelte „Ja, mail mir das … und augenverdrehend: „Tschau".

Sie kam zurück. „Wie machen wir denn jetzt weiter?" Geschmeidig und routiniert kam diese rein rhetorische Frage Cosima über die Lippen. Sie wartete eine Antwort gar nicht ab, sondern fuhr gleich fort:" Lassen sie es da, ich erstelle ihnen ein Gutachten. Leo Putz ist ja eher vierte oder fünfte Reihe – oder kannten Sie den etwa?“ lächelte sie.

Er schüttelte den Kopf.

„Darüber schließen wir beide einen Vertrag! Sie kriegen natürlich eine Einlieferungsbescheinigung mit Foto von mir. Ich brauche vielleicht einen Monat, das volle Programm, d. h. Rasterelektronenmikroskop für die Farbanalyse, Alterungsanalyse Papier bzw. Leinwand, ferner …“

Er hörte ihre Stimme, sah ihren roten Mund sich bewegen – und auf einmal warnte ihn etwas. Er hatte keine Ahnung von Kunst, aber er war Handwerker! Er wusste, wenn ihm jemand ein schlechtes Geschäft aufschwatzen wollte – und das fühlte sich jetzt exakt so an. Ein schlechtes Geschäft. Er konnte nicht sagen warum.

Sie war gerade dabei, etwas von den Kosten zu sagen, als er sie etwas schroff unterbrach „Nein, das mache ich jetzt nicht. Das muss ich mir noch mal überlegen, eine Nacht drüber schlafen“. Cosimas Lächeln erstarb auf der Stelle. „Wieso …?“ hörte sie sich etwas verwirrt fragen und bereute diese dämliche Frage schon in der nächsten Sekunde.

Er nahm ihr die Papiere aus der Hand und steckte alle sorgfältig in die Innentasche. Er schloss die Hecktüren der Ladefläche. Cosima fragte atemlos „Wollen Sie es wirklich in den alten Laken lassen?“ Sie protestierte, er solle doch lieber mit ihr in die gesicherte Tiefgarage, und sie würde ihm sachgerechtes Material zum Verpacken geben, er müsse bedenken, es könnte ein echter Leo Putz sein, ein Bild für 30.000 €, da sollte er lieber schonend mit umgehen.

Sie musste sein Vertrauen gewinnen! Jetzt fiel ihr noch das vermaledeite Internet ein. Wenn er nun wüsste, wo man Auktionspreise recherchierte? Die 30.000 € für einen echten Leo Putz hatte man in den frühen 1990er Jahren erzielt – was, wenn er ihr auf die Schliche käme? Sie musste verdammt nochmal sein Vertrauen gewinnen.

Von irgendwo schlug eine Turmuhr, es war elf oder zwölf, sie fragte ihn beiläufig: „Haben Sie Lust, einen Happen zu essen? Ich lade alle unsere Kunden ein. Ich kann Ihnen München zeigen. Sie kennen die Stadt ja nicht. Ich könnte Ihnen schöne Plätze zeigen, die die Touristen eher nicht kennen, gerne aber auch die Sehenswürdigkeiten wie den Dom oder den Marienplatz, das entscheiden Sie!“ Und sie strahlte ihn an - mit ihren ebenmäßigen, vom Zahnarzt aufwändig gebleichten Zähnen, einer so makellos wie der andere.

„Warum nicht …“ erwiderte er zögernd. „Und was mache ich mit dem Bild in der Zwischenzeit?“

„Tiefgarage“ kam es wie aus der Pistole geschossen, und sie erklärte ihm, das alles überwacht, gesichert, klimatisiert sei, dass seinem Kunstwerk nichts passieren durfte.

Schließlich stimmte er zu. Sie ging an eine Edelstahlsäule, gab einen Zahlencode ein, sie sprach mit dem Mann vom Sicherheitsdienst. Hans fuhr seinen ältlichen, ehemals weißen Transporter in den Hochsicherheitstrakt der Tiefgarage. Tatsächlich kam keiner da so ohne Weiteres rein, wie die Telefonistin gesagt hatte. Er erhielt ein Dokument, quasi eine Quittung für sein Auto und für das Gemälde, ebenfalls einen Einlieferungsschein mit Foto. Sein ungutes Gefühl hatte sich verflüchtigt.

Cosima lächelte ihn entschuldigend an, machte eine Kopf- und Handbewegung, die auf die zerrissenen Strümpfe und den staubfleckigen Rock verwies. Sie brauche nur fünf Minuten, er solle oben im Foyer warten. Exakt fünf Minuten später war sie wieder da. Das Kostüm gab es offenbar auch in hellgrau, passende Strümpfe, von denen er wettete, dass sie mit einem Band aus Spitze gehalten wurden, dazu graue High Heels, die Frisur saß wieder perfekt.

Sie zeigte ihm den englischen Garten, wo er am Chinesischen Turm Bauerngröstl mit Weißbier zu sich nahm. Die Stimmung zwischen ihnen war sehr entspannt. Sie flirtete mit ihm.

Er wollte auf dem Kleinhesseloher See rudern, sie lieber nicht. Stattdessen fuhren sie zum Dom und zum Marienplatz, besuchten ein kleines Café am Rosenheimer Platz.

Hier ließ sie die Spitze nur so blitzen, er ahnte, dass sie es mit Absicht machte. Es machte ihn wahnsinnig, aber wegsehen konnte er auch nicht. Sie erzählte von ihrem Pferd, das auch irgendwie einen adeligen Namen hatte und ein Stockmaß und dass sie jeden Tag ritt. Er dachte: ‚Mich dürftest du sogar zureiten.‘ Er war so abgelenkt, während sie über ihren Traum als Dressurreiterin an der Olympiade teilzunehmen sprach. Dabei schlug sie die Beine übereinander, und wenige Augenblicke später stellte sie sie wieder nebeneinander. Jedes Mal ließ sie ihn etwas von der Spitze sehen. ‚Wenn sie jetzt nicht aufhört, falle ich über sie her!‘.

Schließlich hatte sie Erbarmen mit ihm, und sie wanderten hinunter zur Isar und standen am späten Nachmittag vor dem Müller'schen Volksbad. Ein aufwändig restauriertes Jugendstilbad, Münchens erstes öffentliches Wannen- und Brausebad, gebaut um die Jahrhundertwende des vorigen Jahrhunderts. Cosima hätte ihm wohl jedes Detail mit Jahreszahl erzählt, sah aber seinen etwas gelangweilten Blick und beschloss, es dabei bewenden zu lassen.

Cosima wusste, jetzt musste sie ihn nur noch etwas zappeln lassen! Gut Ding will Weile haben: Sie würde den Putz ergattern! Also blickte sie auf ihre teure Armbanduhr: „Oh Gott, schon so spät, jetzt muss ich aber, ich habe noch Trainerstunde in Feldkirchen …“

Er erinnerte sich dunkel, dort stand das adelige Pferd, das 25.000 € gekostet hatte. Sie war schon drei, vier Schritte weg, als sie sich nochmals umdrehte und fragte: „Sehen wir uns morgen?“

Er fragte zurück „Wann?“ und ergänzte: „Wie komme ich jetzt an meinen Wagen?“ „Ach Gott ja, ich fahre Sie natürlich“.

Cosima hat es jetzt eilig, ihr Entschluss stand fest. Sie brachte Hans wieder zur Tiefgarage, und während der Autofahrt erschien sie Hans überraschend einsilbig. Sie sprang aus dem Auto, schenkte ihm ein entschuldigendes, um Hilfe heischendes Lächeln und meinte „Termine!“, tippte die Zahlenkombination ein und verabschiedete sich, nicht ohne ihm die Hand zu reichen, und sah ihm dabei tief in die Augen. „Wir sehen uns ohnehin die Tage!“

Den Rest der Woche bezirzte sie ihn nach Strich und Faden. Inzwischen duzten sie sich. Hans und Cosima. Das Gemälde war immer noch nicht im Depot, denn er hatte es wieder nach Grafing mitgenommen.

Nachdem sie Hans bei der Tiefgarage abgeliefert hatte, war Cosima sofort nach Feldafing gefahren zum Reitstall, wo ihr Prinz stand. Das Pferd, dass sie eigentlich liebte, aber das leider nicht gut genug war als Dressurpferd für die Olympiateilnahme. Frank Semmerling, der Leiter des Reitstalls, kannte hunderte Menschen, war sehr gut vernetzt, wie man so sagt, der wüsste mit Sicherheit einen kurzfristig interessierten Käufer, der 30.000 € zahlen würde. Ihre Gedanken wanderten: Wenn das Bild so um die 350.000 € brächte und sie es geschickt anstellte – und sie würde es geschickt anstellen –, dann könnte sie für ein gutes Pferd

100.000 bis 150.000 ausgeben. Keines von Papas Pferden, sie würde eins aus dem Stall Schockemöhle kaufen, da wäre auch gleich die Connection zur deutschen Reiterequipe und damit zum Bundestrainer hergestellt. Man musste schon dazugehören, gute Reiter gab es viele. Es blieben zwei Jahre Vorbereitungszeit, das war knapp, aber wenn sie mit einem guten Pferd sehr diszipliniert täglich arbeitete, dann sollte es gelingen: Die Olympiateilnahme! Ihr großer Traum! Ihre Eltern wären stolz, und das väterliche Gestüt könnte dadurch auch Aufschwung nehmen. Sie sah schon die Fotos von sich in der Zeitung und gerahmt im Gestüt, und wenn sie gar eine Medaille gewönne … Vor lauter Träumerei hätte Cosima um ein Haar die Ausfahrt verpasst.

Frank Semmerling war zunächst überrascht, Cosima unter der Woche zu sehen, und noch mehr, dass sie ihren Prinz verkaufen wollte. Nachdem er seine Überraschung überwunden hatte, wusste er – wie erwartet – gleich mehrere Personen, die ein gutes Dressurpferd suchten, und versprach, sich darum zu kümmern. Und Cosima versprach ihm im Gegenzug eine kleine Provision. Jetzt kam es auf Geschwindigkeit an, sie konnte den Klempner nicht ewig hinhalten, und wer weiß, ob er nicht doch noch anfing zu recherchieren und so irgendwie den tatsächlichen Wert erfahren würde.

Sie hatte ihm geschildert, wie ein Bild restauriert wird, und sie hatte einen Namen genannt, irgendwie italienisch – Mornigetti oder so ähnlich. Hans wollte sie überraschen, das Bild restaurieren lassen. Also hatte er erneut bei der Telefondame angerufen, und die gestrenge Frau Reitmayr gab ihm auf seine Nachfrage die Telefonnummer der Restauratorin.

Erst lief der Anrufbeantworter „Hallo lieber Kunstliebhaber, leider erreichen sie nur den Anrufbeantworter von Isabella Mignoretti! Hinterlassen sie eine Nummer, und ich rufe umgehend zurück.“ Eine dunkle, angenehme Stimme. Er nannte seine Handynummer und seinen Namen. Sie rief zurück und er vereinbarte einen Termin.

Am nächsten Tag fuhr er in die Haidhauser Straße in der Nähe des Ostbahnhofs. Es dauerte, bis er einen Parkplatz fand. Sein Kunstwerk war inzwischen in einem geeigneten Behältnis aus leichtem Kunststoff stoßfest verpackt. Er stand vor einem großen Jugendstilhaus, das Atelier lag im Hinterhaus. Eine steinerne Medusa thronte über dem Tor zum Hinterhaus.

Zu seiner Überraschung kam ihm eine große, massige Frau im Hof entgegen, mindestens 1,80 m groß. Lange graumelierte Haare wallten um ihre Schultern, eine Brille mit feinem Goldrand rahmte zwei wache, braune Augen. Sie strahlte Autorität aus. Schwarzer Pulli, schwarze Hose, Ballerinas, ein großer gemusterter Schal umspann vielfarbig die Schultern – irgendwie erinnerte sie ihn an Erika. Sie sprach ihn an „Herr Glück?“ Er erwiderte den Blick, und sie fuhr mit Bestimmtheit fort „Wir haben einen Termin.“ Sie reichte ihm die Hand und blickte freundlich, geschäftsmäßig. Ihr Interesse galt sofort dem Behältnis und dem Kunstwerk.

Frau Mignoretti zeigte auf die Videokameras, erläuterte die Überwachung im Hof, sie öffnete die gesicherte Stahltür mit einem Zahlencode. Alles war hier gesichert! Sie legte großen Wert darauf, ihn auf diese Dinge aufmerksam zu machen, Panzerglas für die Fenster, Außengitter, Kameras.

„Als Restauratorin habe ich oft echte Kunstschätze, Millionenwerte in den Händen, da wollen die Museen, die Eigentümer und vor allem die Versicherungen schon wissen, dass alles hier gut aufgehoben ist“. Sie erwähnte, dass das Auktionshaus schon Jahre mit ihr zusammenarbeite und man ihm sicher ihre Expertise in diesen Dingen und ihre hervorragende Ausbildung geschildert habe, schließlich überlasse man seine Kunstschätze nicht gerne jemand X-Beliebigen.

Sie betraten gemeinsam das Atelier, helle Räume, große Staffeleien und gigantische Stahlschränke wie man sie von Architekturbüros kennt, mit schmalen Schüben, in denen offenbar die Bilder lagerten. Schwenkbare Leuchten mit flexibler Aufhängung und tellergroße Lupen schwebten über den Staffeleien und Arbeitstischen. Daneben Rollcontainer mit allen möglichen Utensilien, Fadenzählern, eine Brille mit Lupenaufsatz, wie sie Chirurgen haben. Daneben Pinsel, Schwämme, kleine Fläschchen, eine Farbpalette. Alles wirkte auf ihn sehr technisch, sehr professionell.

Sie warf ihre Jacke gekonnt auf den Garderobeständer, und er reichte ihr das Behältnis mit dem Bild.

Sie gingen zu einem der Tische. Ruhig, ja bedächtig streifte sie Gummihandschuhe über. Mit aller denkbaren Sorgfalt entnahm sie das Gemälde. Als es auf dem Tisch lag, sagte sie halblaut mit einer Mischung aus Bewunderung, Respekt und Liebe zum Objekt: „Hallo, da bist Du ja, mein Schätzchen – jetzt wollen wir doch mal sehen …“

Isabellas Konzentration war spürbar. Sie sprach halb zu sich, halb zu ihm, während sie die Malerei Zentimeter für Zentimeter begutachtete. Die Lupenbrille wanderte auf ihre Nase. So stellte er sich einen Pathologen vor, der Satz für Satz diktierte. Durch die Scheiben des Panzerglases zeichneten die Schatten der Außengitter Muster auf den Boden.

„Hmmh … die Leinwand, die Art der Bespannung, der Rahmen … sieht zeitgemäß aus!“ Sie trat etwas zurück, begutachtete das Motiv, wandte sich ihm zu. Begeisterung lag in ihrer Stimme „Also ich bin Restauratorin und kein Gutachter, aber das Sujet passt! Leo Putz und die schönen Damen …“ Sie lachte „Schauen Sie nur die wunderbare Lichtsetzung, die geniale Ausführung, sehen Sie den exzellenten, pointierten Faltenwurf … also wenn das kein echter Leo Putz ist, dann weiß ich es auch nicht …“ sie lächelte ihn strahlend an. „So etwas Schönes …“ Sie stutzte und meinte „Kann es sein, dass dies ein verschollenes Bild ist? Wie sind sie denn an das Gemälde gekommen? Es wäre eine Sensation am Kunstmarkt, wenn ein verschollenes Bild auftaucht“. Sie wartete eine Antwort gar nicht ab, schwatzte gutgelaunt weiter.

Sie begutachtete währenddessen weiter die Leinwand, speziell auf der Rückseite des Rahmens. Sie sah seinen Blick und erläuterte: „Hier kann ich die Leinwand am besten sehen und beurteilen, wie alt das Leinen ist. Auch die Spanntechnik gibt Aufschluss über das Alter.“ Sie besah den Auftrag der Farbschicht, die Farbpartikel, drehte und wendete das Bild im Lichte verschiedener Lampen, um etwaige Beschädigungen, Haarrisse und die Struktur der Malfläche zu untersuchen. „Eine Reinigung der Oberfläche wäre wohl nicht verkehrt!“ stellte sie fest. „Ein bisschen angestaubt, aber soweit sehe ich keine Risse im Firnis oder Löcher oder andere Beschädigungen.“ Ihre Stimme klang geradezu fröhlich. Sie fragte beiläufig, während sie sehr vertieft war „Haben Sie vor, das Gemälde zu behalten? Oder geben Sie es in eine Auktion?“ Hans zuckte mit den Schultern, er hatte sich noch keine Gedanken darüber gemacht. Sie war begeistert und fasziniert, verwies erneut auf die feine, exakte Malerei, lobte die Komposition, man merkte, dass sie ihren Beruf mit jeder Faser ihres Herzens liebte.

Sie erzählte aus dem Leben des Malers, Dinge, die Hans schon in Wikipedia gelesen oder bereits von Cosima gehört hatte, er hörte nur halb zu, sah sich im Raum um, war abgelenkt.

„Wissen Sie, die Restauration lohnt eigentlich immer!“ Isabella summte leise eine ihm unbekannte Melodie. Nach einer kleinen Weile fuhr sie fort, während sie nun ihre ganze Konzentration dem Zettel auf der Rückseite des Rahmens widmete „Bei einem so schönen Gemälde … noch dazu bei einem, dass als ‚verschollenes Bild‘ gilt … Sie machte eine Pause. Versunken in ihre Arbeit fuhr sie nach einer kleinen Weile fort und vollendete den Gedanken: „… übertreffen sie sicher die 235.000 € von der letzten Auktion eines Putz‘ … soweit ich weiß, war das vor mindestens 4 bis 5 Jahren …“ Sie summte weiter. „… Da sollten die Farben wieder strahlen … sie werden staunen, was eine gründliche Reinigung ausmacht! Die Kosten dafür sind auch relativ überschaubar … glauben Sie mir: eine gute Investition!“ Sie summte leise weiter vor sich hin.

Hans stand wie vom Donner gerührt. Hörte das leise Summen, betrachtete die Werkzeuge, die Lupen, die Fadenzähler, die Pinsel. Mindestens 235.000 € - Cosima hatte immer nur von 30.000 € gesprochen, und dass sie einen privaten Sammler habe, da spare er die Auktionsgebühr und hätte das Geld schneller!

Er verstand nichts. Und doch verstand er jetzt im Bruchteil einer Sekunde alles: Cosima wollte ihm, dem

Ahnungslosen, dem Dummkopf, dem Ungebildeten, dem eitlen Einfaltspinsel, dem doofen Klempner das Bild für einen Apfel und ein Ei abluchsen! Deshalb ihr Interesse an ihm. Er war echt getroffen, hatte er doch geglaubt, dass ihr Interesse ihm galt – nein, tatsächlich ging es ihr nur um das Bild, nein, nicht einmal das: Es ging ihr nur um das Geld! 235.000 € – und er abgespeist mit 30.000! Er, der Depp, der ungebildete Klotz – es machte ihn richtig wütend! Er spürte, dass in diesem Stachel ein Körnchen Wahrheit steckte, er hatte ja wirklich keine Ahnung! Er war naiv, hatte ihr vertraut. Er, Hans, war ihr völlig egal! Für dieses Geld würde sie offenbar alles tun … diese Erkenntnis schmerzte.

Einen weiteren Augenblick später wusste er, dass er mit ihr ins Bett gehen würde! Denn genau das würde sie für das Gemälde tun. Nur dass sie nicht wusste, dass sie es nicht kriegen würde!

Er würde sie reinlegen, und nicht sie ihn!

Er beschloss, am Wochenende nach Essen zurückzufahren und sie zappeln zu lassen.

Isabella Mignoretti war soweit offenbar fertig und strahlte ihn freudig an. Sie erläuterte, was eine umfassende

Reinigung beinhaltete, und stellte eine Kostenschätzung für drei Reinigungsstufen auf.

Er sah nur ihre Lippen sich bewegen, er nickte. Innerlich lief sein persönlicher Cosima-Film. Er tauchte erst wieder in der Wirklichkeit auf, als er sie sagen hörte „… also ca. 1.500 € für die Reinigung des Bildes sollten Sie schon rechnen“. Er nickte abwesend: „O.k. … Bis wann haben Sie es denn fertig?“.

Sie hatte registriert, dass sich die Stimmung irgendwie geändert hatte, ließ sich nichts anmerken und meinte: „Zur Zeit habe ich noch ein paar kleinere Arbeiten, ich würde – wenn es Ihnen eilig ist – das aber vorziehen“ Sie sah ihn erwartungsvoll an. „Nein, es eilt mir nicht!“ Er war selbst überrascht wegen der Bestimmtheit, mit der er das sagte, und schickte ein versöhnliches Mundwinkelhochziehen hinterher. Isabella Mignoretti konnte sich keinen Reim darauf machen, erwiderte jedoch sein angedeutetes Lächeln: „Also, ich denke so in vier Wochen …“. Er nickte.

Das Objekt der Begierde wanderte in einen der abschließbaren Architektenschränke. Auch hier erhielt er detaillierte Einlieferungspapiere. Obligatorisches Händeschütteln, gegenseitig versicherten sie sich per Mail und Telefon den Kontakt zu halten.

Verwirrt, verärgert, gekränkt und irgendwie auch wütend verließ er das Atelier. Im Auto drehte er die Musik auf volle Lautstärke, aber das besserte seine Stimmung nicht, das Handy blinkte, der Klingelton ging in der Lautstärke unter. Cosima – erschien auf dem Display, er ließ es klingeln.

In Grafing stürmte er ins Haus und rauf ins Schlafzimmer, nahm aus dem Tresor ein Bündel Geld – von wegen, Einfaltspinsel! Er würde sich jetzt Klamotten kaufen, ein neues Auto, er konnte es sich leisten, er würde es ihr schon zeigen. Das Handy vibrierte in der Hosentasche, Cosima hatte bestimmt schon dreimal angerufen.

Er besann sich, rief zurück und erklärte, dass er wichtige Geschäfte in Essen hätte und deshalb ihre Anrufe nicht beantworten konnte. Er entschuldigte sich, denn er spielte das Spiel nach den Regeln, die er vermutete. Er werde am Wochenende zurück nach Essen fliegen. Er sagte das ganz bewusst, testete ob es Wirkung zeigen würde, wenn er geschäftlich flog. Natürlich würde er mit dem Wagen fahren. Sie reagierte normal, das kannte sie. Er hatte eine Idee, er bat sie, ihn beim Einkauf zu begleiten, zu beraten. Frauen haben da immer so ein gutes Händchen umschmeichelte er sie. Sie verabredeten sich für den nächsten Morgen.

Am Abend, nachdem sich seine Verärgerung und Aufregung etwas gelegt hatte, versuchte er Argumente für Cosima zu finden. Es konnte doch sein, dass die Restauratorin was verwechselt hatte, sie war ja keine Expertin, was Preise anging und den Verkauf! Was, wenn die sich einfach geirrt hatte und er nun zu Unrecht wütend auf Cosima war? Erneut ging er ins Internet, eventuell fand er etwas zu den Auktionen und den Preisen, die ein Leo Putz so erzielt hatte.

Nach einer Stunde Recherche wusste er alles, was er wissen musste: Cosima versuchte ihn nach Strich und Faden reinzulegen. Die Restauratorin hatte mit allem Recht gehabt, was sie gesagt hatte: Vor vier Jahren war ein ähnlich gutes Gemälde von Leo Putz, das ebenfalls dem Zyklus „Bildnis der schönen Frau“ zugeordnet worden war, für 235.000 € versteigert worden. Zu allem Überfluss war es vom selben Auktionshaus versteigert worden, für das Cosima arbeitete! Es gab keine Ausrede mehr für Cosima!

Las man die verschiedenen Artikel dazu, verstand selbst er als Laie, dass dieses Bild heute eher bei 350.000 €

liegen würde. Nachdenklich trank Hans sein Bier, er war sehr enttäuscht, die Wut war verraucht. Die schöne Cosima.

Während seiner Suche nach Auktionsergebnissen für Leo Putz hatte er die anderen Artikel zum Thema Kunst und Auktionen überflogen und war dabei auf einen gestoßen, der ihm vor Augen führte, mit wem er es eigentlich zu tun hat: Haifische war noch eine nette Umschreibung …

2007 war ein Werk Leonardo da Vincis aufgetaucht, das als Gegenstück zur Mona Lisa galt. Es hieß „Salvator Mundi“ und war bis 2007 verschollen – was folgte, entpuppte sich als ein wahrer Krimi. Gebannt hatte er den Artikel gelesen: Ein Gemälde von 1505, übermalt, hing im Treppenhaus eines einfachen Menschen, wurde für fünfundvierzig britische Pfund verkauft und brachte am Ende in einer sensationellen Versteigerung bei Christie‘s in New York nach neunzehn Minuten 450,3 Millionen US Dollar. Käufer war ein saudischer Prinz. Den dicken Geldsegen bekamen aber nicht die Entdecker, die Restauratoren des Werkes oder der ursprüngliche Eigentümer, sondern der russische Oligarch, der das Gemälde in einem Zwischenschritt für 250 Mio. US Dollar gekauft hatte. Diejenigen, die das Bild entdeckt hatten, gefördert hatten bekamen immerhin 80 Mio. US Dollar, dann wanderte es weiter – degradiert zu einem reinen Spekulationsobjekt.

Ein Bild vom Ramsch-Status zu einem von der Fachwelt anerkannten Spitzenwerk Leonardos zu machen kostet Expertise, viel Zeit und noch mehr Geld! Das kann ein Ottonormalbürger nicht. Investorengelder müssen aufgetrieben werden. Regenmacher hießen die Geldprofis, die solche Geschäfte finanzierten. Freeport Kings. Freeport Boxen, die quasi 3-D-gewordene Nummernkonten in den Freihäfen dieser Welt. Milliardäre, die bereit waren zu spekulieren. Kunst als reines Risiko und Spekulationsgeschäft - Hans war bedient.

Da war die Summe, um die es bei ihm ging, geradezu lächerlich – aber trotzdem: Der Stachel saß tief! Cosima, die ihn leimen wollte.

Am nächsten Morgen trafen sie sich am Marienplatz, und Cosima schleppte ihn zu den teuersten Herrenboutiquen, die Münchens Maximilianstraße zu bieten hatte.

Nach gut vier Stunden Einkaufsmarathon hatte er einen fünfstelligen Betrag ausgegeben und besaß jetzt eine exzellente Auswahl an kombinierbaren Hosen, van Laack

Hemden, federleichten Jackets aus Kaschmir, Echtledergürteln, Seidenschals, farbig abgestimmten Pullovern, einen modischen Herrenkurzmantel, drei Paar edle Slipper aus feinstem Leder, Unterwäsche, Socken, Einstecktücher und einen Schlips. Er trug die Sachen, die er zuletzt anprobiert hatte, und irgendwie kam er sich verkleidet vor. Der Mann im Spiegel hatte nur noch wenig Ähnlichkeit mit dem Hans, den er kannte. Eilfertig hatte der eindeutig schwule Verkäufer Hans‘ alte Jeans und T-Shirt eingepackt. Die neuen Schuhe waren so unbequem, wie man es von neuen Schuhen erwarten durfte. Für seine Unterhosen hatte er sich etwas geniert, aber der Verkäufer, der ein gutes Geschäft witterte, ließ es ihn nicht merken.

Wohl bemerkte er, wie sich der Ton ihm gegenüber geändert hatte, als klar war, dass er nicht nur Geld hatte, sondern auch die Absicht, sich hier eine komplette Garderobe zuzulegen. Er musste einige Fragen beantworten. Stets souffliert von Cosima, schließlich einigten sie sich auf einen Stil. „Business Casual“ flötete sie begeistert. Jetzt schleppte der Verkäufer Hose um Hose, Jacke um Jacke und Hemd um Hemd an. Gürtel, Schals zierten in loser Folge drapierte Hemd-Hosen Kombinationen, in die er alle schlüpfen musste. Die Kabine war großzügig, anders als in den Kaufhäusern. Trotzdem kam er ins Schwitzen. Der

Verkäufer bot ihnen Sekt, Mineralwasser und Kaffee zur Erfrischung an. Die Stimmung stieg mit dem Konsum des Sekts, bei allen Beteiligten. Aus alter Gewohnheit blickte er ab und zu auf die Preisschilder und schluckte innerlich, er musste lachen.

Bei einem federleichten Pullover blitzten da in zierlichen Ziffern 299 €, er konnte sich im Leben nicht erinnern, je so viel Geld für einen Pulli ausgegeben zu haben. Ein van Laak Hemd - nie gehört dachte er - 279 €, die Leinenhose 399 €, der Kurzmantel 1799 €. Na, das konnte ja heiter werden. Der Verkäufer staunte nicht schlecht, als Hans bar bezahlte, das war unüblich, seine Kunden zahlten immer alles mit Karte. Es kam ein kleiner Augenblick der Anspannung auf, denn er hatte ein Gerät, in dem er all die Scheine auf Echtheit prüfen konnte, und das tat er.

Das dauerte etwas, Hans und Cosima plauderten entspannt und vernichteten den Rest des Sekts. Er fühlte sich gut. Er hatte so viel Geld für Klamotten ausgegeben wie in den letzten zehn Jahren zusammen nicht mehr! Erben war toll!

Der eilfertige Verkäufer kam mit sorgfältig gepackten Hochglanztragetaschen in edlem Rot und Schwarz. Auf ihnen war ein Firmenlogo geprägt. Er überreichte Hans noch einen sehr schweren Schlüsselanhänger in Silber mit dem Logo des Hauses als Präsent. „Die Visitenkarte stecke in jeder der Taschen, gerne können Sie jederzeit einen Termin vereinbaren, wenn sie wieder in München sind, und selbstverständlich senden wir Ihnen Ware auch zur Anprobe nach Hause oder ins Hotel“. Er lächelte. „Gerne würde ich Ihre Emailadresse aufnehmen, Sie erhalten Informationen von uns über die neuesten Modelle der von Ihnen bevorzugten Marken, Trends und Kollektionen.“ Hans meinte gutgelaunt, dass sei nicht notwendig. Er würde wenigsten gerne den Namen notieren, flötet der Verkäufer, und Cosima lächelte maliziös dazu.

Cosima schleppte ihn noch zu einem angesagten Münchner Frisör, der sich – nach einigem Hin und Her – tatsächlich frei machen konnte. Für Gesichtsmasken und andere Dienstleistungen der Herrenkosmetik war Gott sei Dank keine Zeit mehr geblieben. Hans war darüber alles andere als traurig.

Cosima hatte einen ausgesprochenen Sinn für edle Marken und war durchaus praktisch veranlagt. So erstanden sie im Kaufhof am Marienplatz einen Reise-Trolley, in den Cosima noch vor Ort geschickt alle neu erworbenen Schätze verstaute. Die etwas konsternierte Verkäuferin durfte assistieren.

Hans meinte, er brauche ein neues Auto, was sie ihm denn empfehlen würde. Er war bereit, dieses Spielchen zu spielen. Die neuen Schuhe drückten immer noch, es gab sicher Blasen, egal. Längst wusste er, dass er sich ein Audi Cabrio oder ein Sportcoupé mit 350 PS kaufen wollte. Er wollte nur sehen, wie Cosima jetzt zur Hochform aufliefe. Genauso wie er es vorher gesehen hatte, bugsierte sie ihn zu einem Taxistand, und sie fuhren zu einem mit Cosima befreundeten Autohändler, der die Generalvertretung für Audi in München hatte. Ein guter Kunde des Auktionshauses. Man kannte sich - Bussi hier und Bussi da.

Zwei Stunden später hatte Hans den Kaufvertrag unterzeichnet für ein dunkelblaues Audi Sport Coupé mit weißem Stoffdach und allen Ausstattungsdetails, die man sich vorstellen kann.

Jetzt war er rechtschaffen müde, aber er schlug trotzdem vor, gemeinsam essen zu gehen. Cosima schlug Käfer in der Prinzregentenstraße vor.

Beim Essen erkundigte er sich beiläufig: „Hattest du schon Gelegenheit, deinen Kunden anzusprechen? Ich meine wegen des Bildes?“

Sie nickte, machte eine entschuldigende Handbewegung, da sie gerade den Mund voll hatte, kaute heftig, schluckte und nahm einen großen Schluck vom Weißwein. „Ja.“ Pause. Er blickte sie erwartungsvoll an. Er bot ihr die Gelegenheit, sich anders zu entscheiden. Sie hätte jetzt antworten können, dass es den Kunden nicht interessierte oder irgendwas anderes. Fast wünschte er sich, dass sie sich anders entscheiden würde – quasi im letzten Augenblick.

„Er ist zurzeit in Hamburg, kommt aber nächste Woche nach München. Er zuckt noch etwas beim Preis, aber ich bin zuversichtlich - die 30.000 € sollte ich realisieren können.“ Ihr perfekt geschminkter roter Mund formte die Worte, schickte ein zahnweißes Lächeln hinterher. Sie belog ihn, ohne rot zu werden.

Was hatte er erwartet? Er erwiderte etwas lahm: „Ach - aber ich bin ja auch nicht da!“. Griff zum Weinglas, damit sie seinen Blick nicht sah, und dachte bei sich: „Für 350.000 € werde ich dich vögeln, dass dir hören und sehen vergeht!

Wenn du glaubst du kannst mich reinlegen, irrst du dich gewaltig!“

So kam es! Nach dem Essen schlug er vor, dass Cosima ihm nochmals die Sehenswürdigkeiten der Stadt zeigen solle, oder er grinste anzüglich, ob sie noch anderes zu bieten hätte, was ihn interessieren könnte … dabei griff er nach ihrer Hand.

Cosima verstand, dass nun dieser unausgesprochene Teil einer nie getroffenen Vereinbarung, diese im Raum stehende Erwartung zur Erfüllung anstände. Cosima lächelte. Sie holte Luft, ja sie würde mit ihm ins Bett gehen, denn dieses Bild wollte sie um jeden Preis. Olympia. Erneutes Lächeln, tiefer Blick. Olympia. In den neuen Klamotten machte er wirklich was her, und Geld schien er genug zu haben. 350.000 € würde das Werk bringen, also hab dich nicht so. Hans streichelte die sonnenstudiogebräunte Hand mit den Goldringen und erwiderte den tiefen Blick, dabei stellte er sich vor, wie seine Hände über die Spitze der Strumpfhalter glitten und noch etwas höher.

Cosima schlug also vor, dass sie zu ihr fahren könnten, und sie brachen eilig auf. Keine zwanzig Minuten später fuhren sie in die Tiefgarage eines Jugendstilhauses in

Bogenhausen. Im Lift küsst er sie schon, legte seine Hände endlich auf den kleinen Apfelhintern, von dem er so oft geträumt hatte. Sie angelte die Schlüssel aus der Tasche und sperrte auf, während seine Hände schon überall waren. Die Tür schwang auf und Hans drängte Cosima direkt an die Wand, seine Hände schoben den Kostümrock hoch, er spürte die Spitze. Sie lachte „Gemach, Gemach", schob ihn etwas von sich. Hans ließ sie los.

Die Wohnung hatte hohe Decken mit renoviertem Stuck, alles in Weiß gehalten - sehr nobel. Kassettentüren führten vom Flur – der mit einer modernen Lichtanlage beleuchtet war - in die Zimmer. Skulpturen und Kunstwerke zierten den Flur, und die Lichtanlage beleuchtete diese punktuell wie in einer Galerie. Cosimas Wohnung war wie alles bei Cosima: Edel und vom Feinsten.

Zur modernen Einbauküche war alles offen, und durch eine bodengängige Außentür konnte er von der Küche aus einen rund um die Wohnung laufenden japanischen Dachgarten betreten, der von jedem Zimmer aus zugänglich war. Für all dies hatte er überhaupt keinen Blick.

Sie ging vor ihm her in die Küche, er bewunderte wieder ihre schlanken Beine, den knackigen Po. Cosima bot ihm einen Drink an, er lehnte ab, er trank am Abend mal ein

Bier, aber Drinks am helllichten Tag waren nicht seine Sache nicht. Sie wollte wohl Zeit schinden, aber er wollte jetzt endlich zur Sache kommen.

Hans hob sie einfach hoch und lächelte sie an: „Wo geht's denn hier zum Schlafzimmer?"

Sie küsste ihn aufs Ohr und flüsterte „Am Ende des Flurs links".

Mit dem Ellenbogen drückte er die Klinke nieder und die Tür gab nach, mit seiner Zunge streichelte er ihr Ohr während er sie vorsichtig auf dem Bett drapierte. Sie stöhnte leise und lustvoll. Er legte sich neben sie. Es folgte ein tiefer Zungenkuss, den sie erwiderte, und seine Hände begannen nun mit der Erkundung des Terrains. Er schob den Rock hoch, fand das obere Ende der Strümpfe, spürte die zarte Spitze darüber ihre glatte, feste Haut. Er fühlte die dünne Spitze des Stringtangas und das feuchte Dreieck ihres Höschens. Bereitwillig öffnete Cosima die Beine, seine Hand glitt in die feuchte Wärme und er fing an, sie rhythmisch zu massieren. Cosima stöhnte, bewegte sich mit, spreizte die Beine. Wie er erwartet hatte war sie rasiert, das turnte ihn an. Cosima lag mit geschlossenen Augen vor ihm, aber nun wurde sie aktiv. Sie öffnete seinen Gürtel, den obersten Knopf der Hose und den Reißverschluss, ihre goldberingten Hände griffen beherzt zu. Er war steif, sie massierte ihn, er streifte die Hose runter und unter Verrenkungen auch die Schuhe. Dabei bearbeitete er unentwegt ihre Klitoris, und völlig unverhofft kam Cosima viel zu früh, sie krümmte sich, ein Zittern lief über ihren Körper und ihr Gesicht, erstaunt registrierte er wie anders sie aussah, in diesem Moment der Erfüllung.

Er griff nun die Apfelbäckchen, zog ihren Unterleib zu sich heran - die festen, seidigen Apfelbäckchen fühlten sich so an wie er es erwartet hatte - er hob sie kurz an und drang in sie ein, er stieß kurz und kräftig, rhythmisch immer wieder. Sie sah ihn an, stöhnte lustvoll mit, bis er kam.

Jetzt sah er sich seine Beute genauer an. Er entkleidete sie langsam, vollständig, sie ließ es geschehen. Wie er gedacht hatte, nahtlose Bräune, makellose Figur, keine Härchen, keine Delle, kein Gramm Fett störte, ein straffer kleiner Busen, eine winzig kleine Bauchwölbung mit feinen goldenen Härchen, der knackige Po – sie lag auf dem Bett wie eine griechische Göttin, eine fleischgewordene Statue. Kein Vergleich mit irgendeiner anderen Frau, mit der er je im Bett war.

Cosima genoss seine Bewunderung, schließlich tat sie ja genug dafür: Seit ihrem sechzehnten Lebensjahr jeden

Morgen Pilates, zweimal die Woche Fitness, und am Wochenende Reitertraining. Sorgsam ausgewähltes Essen und eine bewusste Ernährung, viel Wasser und Tee. Sonnenstudio und regelmäßige Massagen im Schönheitssalon gehörten auch dazu. Cosima lächelte und dachte „So, alter Mann, das war's!“ und wollte aufstehen.

Er schien ihre Gedanken gelesen zu haben, denn er rutschte nach unten, so dass er vor dem Bett kniete, zog sie mit einem Ruck nach vorne und legte ihre Schenkel auf seine Schultern – und so schnell konnte Cosima nicht reagieren, schon grub sich seine Zunge tief in ihr Geschlecht. Sie sank zurück und musste zugeben, es gefiel ihr!

An diesem Nachmittag probierten sie wohl so ziemlich alle Stellungen durch, die er kannte. Schnell fand er heraus, dass sie es liebte, mit der Zunge befriedigt zu werden, er nahm sie auch von hinten. Er entdeckte den Vibrator, den Cosima sich gekauft hatte, als ihr Freund nach Genf musste. Er sollte eigentlich für Treue sorgen. Hans sorgte damit für viel Lust und Abwechslung. Aber besonders gerne tauchte er zwischen ihre wohlgeformten Schenkel, versank in ihrem Geschlecht, schmeckte sie. Ihm einen zu Blasen fand sie eher unangenehm.

Irgendwann – es war schon dunkel – stand sie auf, ging in die Küche etwas zu trinken holen.

Später fand Hans im Badezimmer noch eine andere Frage unverhofft beantwortet, die er sich schon die ganze Zeit gestellt hatte: In einem der Badezimmerschränkchen fand er Zahnbürste, Rasierwasser, Herrenduschgel und Herrenshampoo, und als Cosima im Bad war, öffnete er einen Schrank – und da waren Männerklamotten. Er hatte sich schon die ganze Zeit gefragt, ob so eine Frau wie Cosima ohne Beziehung, also ohne Freund sein könnte. Offenbar managte sie auch das virtuos.

Im Laufe der nächsten Woche kostete Hans Cosimas Bereitschaft weidlich aus, alles für das Bild zu tun.

Cosimas Käufer war gefunden, Frank hatte ganze Arbeit geleistet. Da der Käufer aus Hamburg kam, musste ein Spezialtransporter für Dressurpferde organisiert werden. Dies benötigt Vorbereitung und damit eine entsprechende Vorlaufzeit, es waren fast vier Wochen vergangen. Hans und sie hatten kaum noch über das Gemälde gesprochen. An einem Donnerstag bestieg ihr Prinz den Transporter, Cosima zauste ihm zum letzten Mal die Mähne und spürte einen Kloß im Hals. In ihrer Handtasche ruhte ein Briefumschlag mit dem Kaufvertrag und 30.000 € - ihre Eintrittskarte für Olympia.

Am Abend klingelte es bei Cosima an der Tür, Fleurop. Cosima lächelte, Hans war doch ein Gentleman! Er sandte ihr einen großen Blumenstrauß und eine Karte.

Er dankte ihr für eine schöne Zeit in München und die vielen Erfahrungen, die sie ihn hatte machen lassen. Er besäße nun ein frisch gereinigtes Gemälde und eine aktuelle Werteinschätzung bis 350.000 €. Er wünsche ihr für die Zukunft alles Gute.

Seine ‚Rache' verschaffte Hans aber nicht die Genugtuung, die er sich erwartet hatte. Trotz allem hatte er Cosima irgendwie gemocht, und er hätte sich mehr gewünscht. Dabei war sie ein eiskaltes Luder – ein gutaussehendes, eiskaltes Luder.

Er fühlte sich nicht wirklich gut. Die Frage des weiteren Umgangs mit dem Gemälde war immer noch nicht geklärt, aber es gab genügend andere Auktionshäuser. Es störte ihn, das Geld so zu verschleudern – es war einfach nicht seine Welt.

Er hatte in Essen angerufen, und derzeit schmissen Erika und Martin den Laden allein. Hier kannte er nur wenige Menschen, sein Liederzirkel fehlte ihm und das Bowling. Er trug tatsächlich wieder seine alten Jeans und seine alten Klamotten, all die teuren Stücke hingen ungenutzt im Schrank.

Das neue Auto wurde geliefert, das machte etwas mehr Spaß. Er machte einen Ausflug ins bayerische Voralpenland, und auf der Autobahn ließ er den vielen PS freien Lauf, das Radio voll aufgedreht, die Sonne strahlte von einem blauen Himmel, und in der Ferne sah er das Weiß der Berggipfel der Alpen.

„Glück ist aber doch noch etwas anderes!“ dachte er bei sich, als er abends im Biergarten vom Wildbräu vor einem bayerischen Brotzeitteller saß und sein Bier in einem riesigen Krug auf dem Tisch vor ihm stand. Er beschloss den Wagen wieder zurückzugeben, natürlich würde er den Wertverlust tragen. Angeben war einfach nicht seins.

Er spürte das Nagen von Heimweh, fühlte Sehnsucht nach zu Hause, das schmerzliche Ziehen nach vermissten geliebten Gerüchen, Geräuschen und sinnvoller Arbeit – alles derzeit unerreichbar. Das Vertraute fehlte, er gehörte nicht mehr richtig in sein altes Leben, und woanders war er noch nicht angekommen, er war ein bisschen zwischen allen Stühlen.

Sofort rief er sich zu Ordnung: Andere Menschen würden ihn um sein Erbe beneiden.

Er fühlte sich aus seiner Welt gefallen.

Die Suche

Die Abendsonne leuchtete rötlich in die Küche, wärmte sanft und warf längliche Schatten im Papiergebirge auf dem Küchentisch.

Hans nahm einen großen Schluck aus der Mineralwasserflasche und blickte versonnen auf diese Blätter - er hatte nun alle Briefe gelesen. Er hatte geschmunzelt und gelacht, die Stirn gerunzelt und gestaunt. Der Kopf rauchte. Er war durch die Jahrzehnte eines Menschenlebens und ganz nebenbei durch die ersten Jahre der Geschichte der Bundesrepublik gewandert.

Nachdem Hans nun einige Tage in Grafing zugebracht hatte, hatte er im Haus nicht nur das Büro gesichtet, sondern auch im Wohnzimmer Fotoalben gefunden. So sah er Aufnahmen von seinem ihm bis dato unbekannten Gönner.

Ein bräunliches Oval zeigte eine streng dreinblickende Frau mit straffem Scheitel und Knoten im Nacken, die ein Kleinkind im Taufkleid und weißer Haube auf dem Arm hielt - Amadeus als Kind auf dem Arm seiner Mutter. Dann folgten lange Zeit offenbar keine Aufnahmen. Ein anderes Foto zeigte den Zug der Kommunionkinder zur Grafinger Kirche, und ein weiteres zeigte einen ernsthaft dreinblickenden Amadeus mit abstehenden Ohren als schlaksigen Teenager im Anzug mit Kommunionskerze. Es gab Aufnahmen, als die Schule beendet wurde, und die Bildunterschrift besagte auch, dass auf dem Gruppenbild Bartholomäus Grandauer zu sehen war. Leider konnte Hans nicht herausfinden, welches der Kinder Bartholomäus war.

Es folgten nun viele Aufnahmen mit weißem Spitzenrand aus der Nachkriegszeit: Amadeus als Fahrer bei den Amis, Amadeus in München, Amadeus beim Maitanz. Was Amadeus beklagt hatte in den Briefen, zeigte sich in den Aufnahmen – er war kein junger Mann, obwohl er das altersmäßig gewesen wäre. Das KZ hatte ihn weit vor der Zeit alt und grau werden lassen. Amadeus mit den Freunden vom Kegelclub, Amadeus im Garten, Amadeus mit seinem ersten eigenen Auto, einem Opel Kadett B in dunkelblau mit Weißwandreifen. Amadeus an seinem fünfzigsten Geburtstag. Hans hatte alle Alben sorgfältig durchgeblättert.

Die Briefe aber hatten ihn Amadeus besser verstehen lassen, ihn menschlich nähergebracht als die Fotos. Die Briefe enthielten seine Gedanken, seine Wünsche und seine Sichtweise auf die Ereignisse.

Jetzt war ihm Amadeus Glück nicht mehr fremd. Dieser war ein eher schlichtes Gemüt gewesen mit geringer

Schulbildung, wie er den übrigen Dokumenten entnehmen konnte. Dafür war Amadeus ein treuer Freund und Weggefährte! Grandauer müsste sich glücklich geschätzt haben, so jemanden als Freund an seiner Seite zu wissen. Hans wunderte sich insgeheim darüber, dass Bartholomäus seinerseits keinen Kontakt hergestellt hatte – für ihn hätte es ein Einfaches sein müssen! Die Adresse war ihm wohlbekannt. Als ihn keine Briefe von Amadeus erreichten, da hätte er doch die Initiative ergreifen können? Wieso gab es keinen Brief, keine Karte – einfach nichts? Hatten die Nazis ihn doch geschnappt und ermordet? Was war aus ihm geworden?

Nach allem, was er jetzt weiß, hatte die treue Seele Amadeus alles daran gesetzt, das Vermögen im Sinne von Bartholomäus Grandauer ordnungsgemäß zu verwalten. Sein größtes Anliegen bis zu seinem Tode war gewesen, die Früchte seiner Verwaltung Herrn Grandauer bzw. dessen Nachfahren zu übergeben – treu bis zum Schluss.

Hans verstand, dass dies sein eigentliche Erbe war, den Wunsch von Amadeus zu erfüllen, die rechtmäßigen Erben zu finden, die Nachfahren von Bartholomäus Grandauer.

War er ernsthaft bereit, das gesamte Erbe den rechtmäßigen Nachfahren von Bartholomäus Grandauer zu geben? Oder konnte er Teile für sich behalten? Vielleicht das Bild? Oder den Inhalt des Tresors? Fragen über Fragen. Rechtmäßig gehörte alles ihm, das hatte ihm der Erbenermittler detailliert geschildert. Außerdem hatte er im Internet gelesen, dass man z.B. bei Immobilien nach dreißig Jahren den Vermögenswert „ersitzt", wenn man z.B. irrtümlich im Grundbuch eingetragen war. Seit 1949 hatte Amadeus im Grundbuch gestanden, also hatte Amadeus das Eigentum daran rechtmäßig erworben und somit rechtmäßig an seinen Nachfahren vererbt. Es ging hier also eher um eine moralische Frage.

Aber wie sollte er überhaupt die Spuren des Bartholomäus Grandauer finden? Noch dazu in den USA? Fest stand, dass er schon lange tot war. Wo anfangen? Wie betrieb man eine solche Suche?

Da fiel ihm ein, dass es ja so etwas wie Ahnenforschung gab! Es war völlig egal, dass er nicht verwandt war, das wusste ja niemand.

Dann hatte er einen Gedankenblitz: Ich beauftrage einfach den Münchner Erbenermittler, der weiß, wie man so etwas macht! Der kann mich zumindest beraten.

Aber als erstes musste er herausfinden, woran Amadeus bei seiner Suche gescheitert war: Mit welchen Daten konnte er seine Suche untermauern? Welche Quellen konnte man nutzen? Denn Anhaltspunkte würde auch der Erbenermittler brauchen. Die Fragen, ob und was er behalten würde, könnte er dann immer noch beantworten.

Gut gelaunt rief Hans bei Herrn Allmann an, der einigermaßen erstaunt war. Hans schilderte ihm kurz am Telefon sein Anliegen.

Herr Allmann hielt sich zunächst höflich bedeckt: „Also beraten kann ich Sie nicht, denn da würden wir ja unsere Geschäftsprozesse und Geheimnisse preisgeben, da haben Sie bitte Verständnis für!“ Er macht eine kleine Kunstpause und fuhr dann im weniger reservierten Ton fort „Aber gegen ein Honorar könnten wir uns für Sie sehr wohl auf die Suche begeben. Wie schnell das geht und ob wir überhaupt fündig werden, also dazu kann ich keinerlei Aussagen machen. Am besten wäre, wir machen einen Termin diese Woche, und Sie stellen uns alles zusammen, was Sie an möglicherweise hilfreichen Informationen haben wie Geburtsdatum, Stammbaum usw., gegebenenfalls Ausreisedaten oder Zieladressen im Ankunftsland oder was sonst noch nützlich sein könnte. Wo hat denn Herr Glück –

ich meine den Erblasser – denn schon überall gesucht, gibt es da Quellen?“

Sie verabredeten sich für den kommenden Mittwoch, und Hans machte sich an die Arbeit. Er sichtete nochmals alle Briefumschläge, und tatsächlich waren verschiedene Adressen vermerkt: der Erste Brief ging nach San Francisco und kam Monate später als unzustellbar zurück. Hans erstellte eine Liste dieser Adressen und machte sich dann auf die Suche nach Grandauers Daten.

Da es im Ort eine Brauerei gleichen Namens gab, ging er einfach dorthin und fragte nach. Eine junge Bedienung meinte, sie wisse da nichts, aber sie sei auch nicht von hier, sie hole mal die Chefin. Es erschien eine Mittfünfzigerin, etwas füllig im Dirndl, die sich die Hände an der Schürze abwischte und ihm dann mit einer Geste einen Platz in der geräumigen Wirtsstube anwies.

„Wos gibts’n?“ fragte sie freundlich reserviert. Hans fiel mit der Tür ins Haus: Ob sie einen Herrn Bartholomäus Grandauer in der Verwandtschaft gehabt habe, geboren 1910 - schob er weniger forsch noch nach.

Erst wurde er misstrauisch beäugt, dann kam die Nachfrage „Wieso woins des wissn?“ Er versuchte das kurz zu erläutern, kam aber nicht weit. Die Frau meinte sofort „Mei, davon woas i nix, aber gengans amoi ins Heimatmuseum, des is de Straß runter … vielleicht kenne de eana hejfa!“ Mit diesen Worten stand sie auf und verabschiedete sich Richtung Küche.

Hans stand da wie bestellt und nicht abgeholt, aber Heimatmuseum war sicher eine gute Idee. Dort erhielt er von einer jungen engagierten Frau, die sich als ‚Zugroaste‘ outete, den Hinweis, dass das Haus der Bayerischen Geschichte alle Fragen zu Nazizeit, Auswanderung und andere Fragen beantworten könne und gab ihm die Anschrift sowie die Internetadresse.

So ausgerüstet machte sich Hans auf den Heimweg, kaufte unterwegs ein paar „Semmeln“, wie hier die Brötchen hießen, und ein Stück Apfelkuchen.

Daheim setzte er einen Kaffee auf und schlang den Apfelkuchen herunter. Dann holte er den Laptop und startete seinen Streifzug durch die bayrische Geschichte.

Er musste nicht lange suchen und fand tatsächlich mehrere Einträge.

Grandauer war Zentrumspolitiker gewesen und hatte sich sehr gegen die Nazis engagiert. Er stammte aus einer

Brauereifamilie „Also doch!“ schoss es Hans durch den Kopf, und obwohl Grandauer nach dem Wahlerfolg der Nazis sich noch ein paar Jahre halten konnte, musste er schließlich 1942 das Land verlassen. Er wanderte nach San Francisco aus. Hier endete das kurze Dossier.

Hans suchte nun in amerikanischen Vorfahren- und Ahnungsforschungs-Internetseiten und auch hier fand er weitere Informationen: Es gab ganze Kolonien von aus Nazideutschland Geflüchteten – Juden, Schwule, Künstler, Wissenschaftler und Andersdenkende aller Art, so auch der Politiker Grandauer. Diese Zeit ist nicht nur gut in den USA dokumentiert, auch während dieser Jahre gab es Zeitungen, Filme und ausführliche Berichterstattung der Medien von und für Geflüchtete und natürlich auch über Geflüchtete. Deutsche Forscher, Künstler und Schriftsteller belebten die amerikanische Szene maßgeblich.

So fand Hans eine kurze Notiz im San Francisco Chronicle, dass ein Deutscher namens Bartholomäus Grandauer eine Amerikanisierung seines Namens beantragt habe und nun Bart Grand hieße und dass er die Verehelichung am 17.2.1943 mit Fiona O’Keefe, US Bürgerin in der Methodisten–Kirche an der Upper Morgan Street eingehen werde. Beginn der Zeremonie ab 11 Uhr.

Das Paar lädt zum anschließenden Empfang in das Haus der Deutschen Gesellschaft.

Deshalb kamen die Briefe von Amadeus nie an – der Name passte nicht mehr, und die Adresse war offenbar auch eine andere.

Jetzt startete er einen Suchlauf mit ‚Bart Grand' als Stichworten. Grand ist natürlich kein seltener Name, und so kamen hunderte Einträge und Hans musste nachjustieren: Fiona and Bart Grand … Google zeigte unendliche viele Einträge, er suchte, las, vergab neue Stichworte. Der Nachmittag verstrich ergebnislos. Als er schon daran dachte, es doch dem Erbenermittler zu überlassen, stieß er schließlich auf eine Geburtsanzeige, die er sich sinngemäß so übersetzte: „Die glücklichen Eltern Fiona und Bart Grand, Church Fields 1022, Nome, Alaska zeigen die Geburt Ihres Sohnes Parker O'Keefe Grand an, geboren am 11.09.1943." Anscheinend war Bart vom sonnigen San Francisco ins kalte Alaska gezogen – aber warum? Gleich danach stand noch eine solche Anzeige, diesmal wurde die Geburt von James B. Grand 24.10.1944 angezeigt. Nome, Alaska war nun der bevorzugte Ort seiner Recherche, und jetzt folgten weitere Informationen. Hans fand heraus, dass der aus Deutschland stammende Bart Grand ein

Unternehmen gegründet hatte und dies leitete. Es gab mehrere Registerauszüge, Robert Blank und Bart Grand Construction Ltd. und einen Eintrag der Nome-Goldmining Machinery Ltd., die Goldsucherausrüstung verkaufte. Grand war ein angesehenes Mitglied der Gesellschaft.

Er fand noch einen Eintrag aus dem Jahr 1947 - eine Geburtsanzeige einer Tochter Uma Dalsberg, Mutter Greta Dalsberg und Vater der verstorbene Bauunternehmer Bart Grand. Hatte Bart eine uneheliche Tochter?

Völlig überraschend stieß er auf einen kurzen Artikel aus dem Dezember 1946 in der wöchentlich erscheinenden Regionalzeitung „The Nome Nugget“, in dem über den Verlust eines ehrenwerten Bürgers und Mannes berichtet wurde – Bart Grand. Dazu eine Todesanzeige. Noch vor der Scheidung verstarb Bart Grand auf offener Straße – anscheinend an einem Herzinfarkt im Dezember 1946.

Hans atmete tief aus – er fühlte eine Welle von Betroffenheit. Bartholomäus Grandauer - Bart Grand hinterließ zwei Frauen und drei kleine Kinder. Das war der Grund, warum er sich nie gemeldet hatte und warum Amadeus ihn nie hatte finden können! Er war nur sechsunddreißig Jahre alt geworden, knapp vier Jahre baute er an seinem neuen Leben im Exil, und Amadeus hatte fast siebzig Jahre auf ihn gewartet. Und noch etwas fiel Hans auf: Bart war nach seinem Tod Vater einer Tochter geworden, denn die Geburtsanzeige stammte von 1947.

Auf einmal machte sich Neugierde breit – Hans tippte „Parker und James Grand Nome Alaska“ ein. In Google erschien eine Website der „Nome - Goldmining Machinery Ltd.“ Der Laden, der Goldgräberausstattung verkaufte – seit 1943. Er hatte offenbar die rechtmäßigen Nachfahren gefunden. Über die sollte er auch den Kontakt zu der Tochter herstellen können.

Er tippte auf gut Glück „Uma Dalsberg“ ein – es erschienen etliche Einträge, aber alle Artikel bezogen sich auf eine Malerin aus Schweden. Das war dann wohl nicht Barts Tochter!

Brauchte er den Erbenermittler überhaupt noch? Hans überlegte – sollte er James Grand eine Email schreiben? Was war jetzt zu tun? Sollte er einfach hinfahren?

Er kam zur inneren Überzeugung, dass er jetzt erst einmal nach Hause fahren sollte, egal was er danach tun würde: Zunächst musste in Essen alles geregelt sein.

Alaska

Hans stieg die letzte Stufe der Gangway hinunter, dann stand er auf dem Flugfeld des Fairbanks International Airport, 5 km südwestlich außerhalb der City von Fairbanks. Die kleine Propellermaschine leerte sich, die wenigen Fluggäste stiegen in den Bus, der sie zur zentralen Gepäckausgabe bringen würde. Die Luft war klar, aber kühl. Eine große Leuchtanzeige hieß die Gäste willkommen in Fairbanks, der zweitgrößten Stadt Alaskas.

Es war Ende August, in Europa Hochsommer, hier - nahe dem Polarkreis - auch. Eine Leuchtreklame zeigte 10:35 a.m. Er rechnete nach – 22:35 Uhr war es jetzt in Essen, zehn Stunden und tausende Kilometer lagen zwischen ihm und seinem alten Leben.

Die Leuchtanzeige sprang auf einundsechzig Grad Fahrenheit; darüber ein Sonne/Wolkensymbol. Ein Windhauch strich übers Flugfeld, beugte die Gräser, die er in der Ferne stehen sah, er fröstelte etwas und schätzte, dass es keine fünfzehn Grad Celsius waren.

Er beschloss, sich ein Taxi zu nehmen, und stand nun in der kleinen Halle am Gepäckband und wartete auf seinen Rucksack.

Auf einem Monitor über dem Band liefen Informationen und Werbespots, um den Reisenden die Wartezeit zu verkürzen. Er las, dass man den berühmten Botanischen Garten von Fairbanks besuchen sollte, eine junge Frau warb für den Besuch der University of Fairbanks, dazwischen Informationen zur Stadt, 32.000 Einwohner, der Flughafen hatte knapp 913.000 Reisende im Jahr, Air Canada und verschiedene andere Fluglinien bedienten den Flughafen regelmäßig. Es erschienen nun die Städtepartnerschaften auf der Tafel: Aix-le-Bain Frankreich, Erdenet in der Mongolei, Mo i Rana Norwegen, Mombetsu Japan, Washington USA, Pune in Indien, Jarkutsk in Russland. Er dachte bei sich „Mo i Rana – hört sich gar nicht norwegisch an, und erst Mombetsu! Da denke ich an Afrika, und nicht an Japan!“ Leider bewegte sich das Gepäckband immer noch nicht.

Hans dachte an den Grund seiner Reise: Vielleicht war es doch nicht so klug, die Nachfahren von Bart Grand aufzusuchen.

Er hatte einen deutschen Rechtsanwalt aufgesucht, der ihm erklärt hatte, dass die Nachfahren rein juristisch keinerlei Chancen mehr hätten, einen Anspruch geltend zu machen. Amadeus hatte mit der Eintragung ins Grundbuch

1947 nach dreißig Jahren die Immobilie nach §900 BGB besessen, das bewegliche Vermögen wie z.B. das Gemälde sogar weit früher. Jahrzehnte später bestand keine Chance für die Erben, auf dem Klageweg etwas zu erreichen. Über einen moralischen Anspruch wollte sich der Anwalt nicht äußern. Genau den wollte Hans aber hier überprüfen im Sinne von Amadeus, der sich einen guten Verwendungszweck gewünscht hatte, als er endlich aufgegeben hatte, an Grandauers Rückkehr zu glauben. Vielleicht waren die Söhne arm und das Geld würde ihnen helfen, ihre Existenz oder die der eigenen Kinder zu verbessern? Ein Studium für die Enkel Grandauers wäre sicher im Sinne von Amadeus gewesen. Der hätte die Nachfahren sicher besucht, wenn er sie gefunden hätte. Deshalb war er hier, den Willen des Erblassers Amadeus Glück zu erfüllen.

Nach seiner anfänglichen Suche und den ersten Ergebnissen im Internet hatte er relativ schnell Zugang zu den Verzeichnissen der Einwanderer und andere behördlichen Dokumente gefunden. Mit der freundlichen Unterstützung des Erbenermittlers konnte er seine anfänglichen Ergebnisse stichhaltig überprüfen. Er fand heraus, dass Herr Grandauer in New York gearbeitet hatte, er bestätigte, dass Herr Grandauer seinen unaussprechlichen

Vor- und Nachnamen 1943 amerikanisiert hatte und nun Bart Grand hieß. Die Eheschließung erfolgte in San Francisco. Er gründete mit einem anderen Deutschen, den er offenbar in New York kennengelernt hatte, einem Robert Blank, ein Baugeschäft in Fairbanks, Alaska. Er hatte ihm weitere Informationen zugesandt, so hatte Bart schnell geheiratet. 1942 eingewandert, schloss er am 17.2.43 die Ehe mit einer Irin, Fiona O'Keefe, geboren am 13.2.1925 in Queens. Mit ihr hatte Grand zwei Söhne: James, geboren am 11.9.1943, und Parker am 24.10.1944. Dann gab es noch ein uneheliches Kind, eine Tochter, Uma Dalsberg, geboren 1947. Über sie gab es keine weiteren Informationen, wahrscheinlich hieß sie inzwischen anders, hatte z.B. den Namen nach einer Heirat gewechselt.

Ferner stellte sich heraus, dass Grand ziemlich schnell aus dem Baugeschäft Blank & Grand Construction Ltd. ausgeschieden war.

Seine Frau Fiona verstarb 1998. Die Söhne erbten den Laden in Nome und den Claim in der Nähe von Fairbanks, und beide arbeiten im Goldmining-Geschäft.

Mit einem Seufzer rollte das Gepäckband an, und nach einigen anderen Gepäckstücken, schob sein Rucksack die schwarzen Bänder beiseite und fuhr ihm entgegen. Mit

Schwung schulterte er das schwere Stück und ging durch den Zoll. Niemand hielt ihn an. In der Halle wies ihm ein Piktogramm den Weg zu den Taxiständen. Er kramte sein Schulenglisch aus, was gut ging, der Fahrer „Downtown" verstand und ihn im Zentrum von Fairbanks absetzte.

Hans zahlte, suchte sich ein kleines Hotel und checkte fürs Erste ein. Touristen gab es hier offenbar genug. Er blätterte in den verschiedenen Broschüren und Flyern, die an der Rezeption auslagen, und fand einen Hinweis auf Individualtouren in der Wildnis für Touristen, die man buchen konnte; drei Tagestouren zu Lodges, Nordlichtertouren oder Tierbeobachtung. Je nach dem konnte man als erfahrener Trekkingtourist auch individuelle Vereinbarungen treffen. Eine Woche oder zwei – „wild survival trips" mit einem der Angehörigen der First Nations. Der Begriff sagte ihm nichts. Er erkundigte sich, die Dame an der Rezeption lächelte ihn mit etwas Unverständnis an, verstand seine Frage nicht. Also ließ er es dabei bewenden und steckte den Flyer ein. Die Dame sah es und meinte dann: ‚Shall I book a tour for you?' Hans wusste selbst nicht warum, er nickte zustimmend! Die Dame griff zum Telefon, offenbar kannte sie die Nummer der First Alaska Outdoor School auswendig.

Sie lächelte ihn erneut an: „Sir, Mr. Akiak Tranquarnat will be here in an hour, maybe you will wait in the lobby? May I bring you a cup of coffee or a fresh beer?" Die Frage schwang mit in ihrem Tonfall, aber eigentlich war es eher eine Feststellung. „One beer!", sagte er im Umdrehen begriffen, „Please" schob er hinterher.

Er nahm Platz in den etwas abgeschabten Ledersessel, der in der engen Lobby direkt gegenüber der hölzernen Rezeption stand. Daneben ein kleines Tischchen, auf dem verschiedene Zeitungen und Flyer lagen.

„Globe and Mail" kam offenbar aus Kanada, eine „USA Today vom heutigen Tag, ein Hochglanzmagazin „Vanity Fair", ein Frauenmagazin - also damit konnte er nichts anfangen.

„The newsminer - The voice of interior Alaska" berichtete von lokalen Ereignissen in Fairbanks. Neugierig blätterte er in diesem Lokalblättchen. Soweit er es verstand, hatte der Wind ein Buschfeuer am Salcha River von den dortigen Lodges rechtzeitig abgehalten. Es gab Sport, Local News und jede Menge Anzeigen: Todesanzeigen, Geburtsanzeigen, Geschäftsanzeigen. Dann sah er eine Spalte, die fast ein Drittel der Seitenbreite einnahm und über das ganze Blatt lief mit Wettervorhersage, Sonne, Wolken bis 71 Grad Fahrenheit, in Klammern (21 Grad Celsius) und Tageslicht 15 Stunden 51 Minuten. Eine Grafik mit der Nordlicht-Vorhersage schloss diesen Infoblock ab.

Darunter befand sich eine Anzeige mit dem Logo des Flyers und dem Verweis auf die ab Ende August wieder angebotenen Nordlicht–Touren. Er saß entspannt da, trank sein Bier und ließ die Gedanken schweifen.

Vor nicht mal drei Monaten war der Erbenermittler bei ihm gewesen – und er saß jetzt in der Lobby eines Hotels, tausende von Kilometern von Essen entfernt, wollte zu wildfremden Menschen und las Anzeigen über Nordlichttouren. Soviel wie in diesen drei Monaten hatte er in den letzten zwanzig Jahren nicht erlebt!

Er dachte an Cosima und ihren Betrugsversuch oder die Anrufe der Vermögensberater, Bank-Consultants, der Baufirmen und wer sonst noch so alles „heiß“ darauf gewesen war, von diesem Vermögen zu profitieren. Wie hatten sie ihn umschmeichelt, allen voran Cosima! Er hatte zunehmend begriffen, dass er mit dieser Sorte Menschen nichts zu tun haben wollte und dass – sollte er das Vermögen behalten – dies sein zukünftiger Alltag sein könnte. Er hatte auch verstanden, dass er sein bisheriges Leben liebte und dass man das, was man hat, viel zu wenig wertschätzt. Erst wenn man Gefahr läuft, diese zu verlieren, lässt sich ihr Wert erkennen. Er wollte weiter bowlen gehen, er wollte weiter im Chor singen als einer, der dazugehört, nicht beneidet wird wegen seinem Geld! Andererseits musste er zugeben, dass ihm erst dieses Geld viele Dinge ermöglicht hatte, zum Beispiel diese Reise, die er sonst niemals hätte realisieren können. Allerdings wäre diese Reise ohne das Geld auch nicht nötig gewesen.

Plötzlich sprach ihn jemand an, und Hans schrak hoch. „Mr. Gluck?“ Hans nickte und stand auf.

Vor ihm stand ein Indianer! Ein echter Indianer! Das Kinderherz in seiner Brust schlug heftig, machte einen Sprung: Nscho-tschi und Winnetou und Old Shatterhand und Chingachgook und Uncas schossen ihm durch den Kopf! ‚First Nation -klar: Ein Indianer‘!.

Es war kein Indianer, sondern ein Eskimo, hätte man als Europäer gesagt, politisch korrekt ein Inuk.

„Akiak Tranquarnat.“ stellte er sich vor und verwies darauf, dass er zum Stamme der Inupiaq gehörte. „Akiak bedeute in der Sprache der Inupiaq ‚der Mutige‘“ erklärte der Mann mit einer angenehm weichen, singenden Stimme, die so gar nicht zum kernigen, drahtigen Aussehen zu passen schien.

Hans stand steifbeinig da, die Reise saß ihm noch in den Knochen. Der Mann vor ihm war etwas kleiner als er, wirkte drahtig, bronzefarbener Teint, gleichmäßige bart- und alterslose Gesichtszüge mit den typischen schwarzen, mandelförmigen Augen und einer kleinen flachen Nase ohne Nasenrücken, hohe Wangenknochen. Sein tiefschwarzes Haar mit ersten vereinzelten, grauen Fäden hielt ein einfacher Haargummi als Pferdeschwanz zusammen. Er steckte in einem rot-schwarz-karierten, gefütterten Holzfällerhemd, trug eine Hose mit vielen Taschen im Tarn-Design. Bei genauerer Betrachtung waren nicht alle Flecken Camouflage. Ein olivgrüner Parka in rundete die Garderobe ab, auf dem Rücken hing ein speckiger Lederrucksack. Er wirkte wie ein übriggebliebener Alt-Achtundsechziger. Hans konnte ihn altersmäßig nicht abschätzen, Ende Zwanzig bis Mitte vierzig – alles schien möglich.

Er reichte ihm die Hand, und Akiak drückte kräftig zu und lächelte. Hans sah eine Reihe kleiner gelblicher Zähne, fast quadratisch. Wache Augen musterten ihn ebenso aufmerksam wie er Akiak betrachtete, aber auch beider Augen lächelten. Sie versuchten sich gegenseitig ein Bild vom jeweils anderen zu machen, das Gegenüber einzuschätzen. Hans spürte eine Welle von Sympathie.

Akiak ergriff die Initiative und bedeutete Hans, sich wieder zu setzen, er nahm Platz ihm gegenüber in einem der anderen freien Sessel. Auch er bestellte sich ein Heineken und meinte dann, es gäbe eine Menge zu besprechen für die Tour. „Was haben Sie denn so vor?“ Er war wohl gewöhnlich jemand, der nicht viel redete, aber er musste wohl für seinen Veranstalter Werbung machen, denn er fuhr nach einer kleinen Pause fort: „Wollen Sie Nordlicht-Lodges besuchen? Den Polarkreis? Oder lieber wilde Tiere? Hier gibt es Grizzlies, Schwarz- und Braunbären, Wölfe, Elche, Eulen … oder Deers? Ob er zum Fischen oder Jagen gekommen sei? Eine Flussfahrt auf einem der kleineren Flüsse?“

Hans schüttelte den Kopf und hörte sich sagen: „Ich will zu einem Gold Claim namens Good Hope.“

Über Akiaks Miene huschte Ablehnung, wenn nicht gar Verärgerung. Hans sah, wie Akiak seine Gedanken sortierte und schließlich fragte: „Warum?“

Hans erklärte, dass es eine sehr komplizierte Geschichte sei, denn es gehe um irgendwie weit entfernt

Verwandte. Hans machte eine Pause und fragte sich innerlich, in welchem verwandtschaftlichen Verhältnis er eigentlich zu den Grands stand: Großcousins? Nein: in gar keinem!

Zu Akiak gewandt fuhr er in seinem holprigen Englisch fort „Ehe ich dir das alles erzähle, würde ich gerne das Land und die Menschen ein bisschen besser kennenlernen wollen, er wolle besser verstehen, was es mit der heutigen Goldsuche so auf sich habe."

Akiak betrachtete ihn lange nachdenklich, und schließlich meinte er: „Damit eines klar ist: wenn Du Gold suchen willst, dann bin ich nicht Dein Scout! Dann wird niemand von den First Nations Dein Scout!" Er unterstrich seine Aussage sowohl mit der heftigen Betonung jeden einzelnen Wortes als auch mit einer waagrechten Bewegung des Arms.

Hans beeilte sich diese Bedenken zu zerstreuen, er schüttelte den Kopf: „Nein, nein, ich bin ein Tourist!" stammelte er, er war erstaunt über die ziemlich heftige Reaktion, der Mann wirkte sonst so besonnen und strahlte eine ungeheure Ruhe und Zuversicht aus. Hans hatte sich in seiner Gesellschaft gleich wohl gefühlt.

Akiak zog sein Handy heraus, checkte wo der Claim namens Good Hope lag. Er schwieg, überlegte. Er schätzte die Strecke auf fünfundfünfzig oder sechzig Meilen nördlich von Fairbanks, dann fragte er, ob Hans denn zu Fuß dorthin wandern wolle? So sähe er die Landschaft und lerne die Natur Alaskas kennen. Es seien viele, viele Meilen durch die Wildnis. Ob er denn gewohnt sei, solche Tagesmärsche zu machen?

Hans verneinte. Akiak wiegte seinen Kopf in Gedanken hin und her, sprach halblaut vor sich hin, musterte zwischendrin Hans‘ Physiognomie, sah ihm dann unverwandt ins Gesicht: „Ich denke pro Tag schaffst du zehn Meilen, mehr auf keinen Fall, und am Ende sind wir sicher langsamer. Dann brauchen wir sieben Tage. Jeder von uns trägt einen Rucksack von gut 10kg Gewicht. Wir übernachten in Lodges, der Weg ist also ein bisschen länger, dafür können wir schön duschen, und wir schleppen nur unser Mittagessen mit. Je nachdem, wenn du willst, verbringen wir mal eine Nacht in der Wildnis. Traust du dir das zu?“

Hans überlegt kurz. Er war nicht wirklich trainiert, aber harte körperliche Arbeit war er gewohnt, als Klempner stand und lief er den ganzen Tag! Abends die Lodge? – Das klang gut, er nickte.

Akiak fuhr fort: „Ich brauche einen ganzen Tag für die Vorbereitung, pro Tag kriege ich als Scout zweihundert Dollar, die Kosten der Lodges trägst du, eine Anzahlung jetzt in bar von siebenhundert Dollar, den Rest, wenn wir das Ziel erreicht haben."

Er machte erneut eine Pause, neigte den Kopf etwas zur Seite. „Und wie willst du von dort wieder wegkommen?"

Hans war verblüfft: darüber hatte er sich noch gar keine Gedanken gemacht. Akiak lachte „Ok, wir können ein Fahrzeug für die Rückfahrt bestellen oder auch zurück zu Fuß gehen?!" Hans nickte erneut: „Zu Fuß!" hörte er sich sagen.

Unvermittelt stand Akiak auf: „Ich hole dich übermorgen früh um acht Uhr hier im Hotel ab, sei reisebereit." Hans erhob sich und fragte: „Was heißt reisebereit?"

Akiak warf ihm einen langen Blick zu und erwiderte: „Komm in unseren Laden, 1st Alaska Outdoor School in der 2240 Hanson Road. Du erhältst einen fertig gepackten

Backpack, doch feste Schuhe – am besten Wanderstiefel – musst du selbst kaufen. Ebenso ein langärmliges, dickes Hemd und ein langärmliges dünnes Hemd, lange Hose, regenfesten Anorak, Parka oder Vergleichbares. Dicke Wollsocken. Geeignete Kopfbedeckung. Hygieneartikel, aber nur solche, die du *wirklich* brauchst." Er machte eine Pause: „Am besten sagst du denen, was du vorhast und mit wem, dann verkaufen die dir die richtigen Sachen. Alles andere ist im schon gepackten Rucksack für dich, wo wir die wenigen Sachen, die du jetzt kaufst, oben drauf packen können." Bereits schon im Gehen, wandte er sich nochmal um: „Hinterlege einen Umschlag mit der Anzahlung an der Rezeption, ich hole den später ab!" Er tippte sich mit zwei Fingern an die Stirn, als ob er einen Hut aufgehabt hätte, schenkte dem etwas konsterniert dreinblickenden Hans den Anflug eines Lächelns, wandte sich nochmals um und bestätigte: „Hin und zurück, also vierzehn Tage, 2800 US Dollar, 50 % sind also 1400 Dollar für die Anzahlung." Geschäftstüchtig war er.

Hans stand etwas verdattert da: So also sind die Männer des Nordens? Bestimmt, wortkarg? O. k! Er würde damit zurechtkommen. Die Dame an der Rezeption warf ihm einen freundlichen Blick zu und meinte: „Akiak ist ein guter Scout, ein sehr guter sogar!" Hans nickte. Er spürte plötzlich, dass er todmüde war, und beschloss, etwas zu essen und dann sofort ins Bett zu gehen.

Er bestellte einen Hamburger mit Cold slaw und French fries. Er bekam eine riesige Portion, trank dazu ein weiteres Heineken. Um 18 Uhr Ortszeit ging er ins Bett, und gut ausgeschlafen und erfrischt wachte er am nächsten Morgen auf.

Morgendämmerung, die blaue Stunde, und er traute seinen Augen nicht, seine Armbanduhr zeigte 5:15! Er hatte mehr als elf Stunden geschlafen! Die Vögel zwitscherten. Er sprang aus dem Bett, duschte, zog sich an, dann zappte er sich durch das Fernsehprogramm. Schöne junge Frauen, schlank, langhaarig, mit schreiend roten Mündern priesen ‚Total Gym' – ein Sportgerät für die Gymnastik zu Hause. Gymnastik und Body Workout unterlegt mit schwungvoller Musik, gefolgt oder unterbrochen von der dazugehörige Werbung, bestimmten den kompletten Morgen. Um kurz vor sechs Uhr begab er sich in den Frühstücksraum. Um diese Uhrzeit war noch keiner der anderen Gäste auf. Vom Personal war nur ein junges Mädchen da, die ihm freundlich zunickte und erklärte, dass es vor sieben Uhr heute kein Frühstück gäbe. Ob er die Zeitung wolle, während er wartete? Er nickte. Mit Verschwörermiene stellte sie ihm einen Becher heißen Kaffee hin, schwarz, der einen würzigen Duft verströmte, und daneben legte sie den druckfrischen „Newsminer".

Der Aufmacher waren einige Attacken im Denali National Park durch Bären und ein Wildschwein. Mehrere Touristen waren angegriffen worden von einem pubertierenden Grizzly. Da stand tatsächlich „pubertierender". Hans lachte laut: Halbstarke Bären?! Die Parkroute war für zwei Wochen geschlossen worden. Die Zeitung verwies auf die Sicherheitsregeln für Grizzlybären–Kontakt, also mindestens 300 Yards Abstand halten, Geräusche machen, auf keinen Fall weglaufen. Sollte man mit dem Bären Körperkontakt haben, sich zusammenrollen wie ein Ball, Knie in den Magen, Kopf zur Brust, Hände im Nacken verschränken und abwarten.

Hans versuchte sich das vorzustellen: Ein 370 kg schwerer Grizzly, der Körperkontakt sucht? Er würde wohl in die Hose pinkeln, wenn der Bär auf ihn zukäme, oder eher einen Herzinfarkt bekommen. Darunter stand, dass man sich bei Schwarzbären ganz anders verhalten müsse: „Fight back" stand da?! Wie macht man denn das? Beißen? Treten? Boxen? Gegen einen ausgewachsenen Bären?

Für die Touristen gab es noch einen Hinweis, nämlich dass die simple Unterscheidung ‚Braunbären sind Braun' und ‚Schwarzbären sind Schwarz' hier nicht weiterhilft. Hans war verblüfft, er dachte deshalb heißen die doch so? Stattdessen gab die Zeitung für alle Touristen die Information, dass man einen Grizzlybären an seinem ausgeprägten Schulterbuckel und seiner typischen kurzen Nase erkennt, das gäbe das typische Teddybärengesicht der Grizzlies. Ein ausgewachsener Grizzly wiege bis zu 560 kg und hat eine Schulterhöhe bis 1,5 m, Schwarzbären hingegen haben eine lange Nase, sind kleiner mit einer Schulterhöhe bis 1 m und leichter, bis zu 270 kg. So kann auch ein Tourist sie unterscheiden. Dann noch der Hinweis, dass man alle Regeln der Park Rangers tunlichst beachten sollte. Na toll! Fight back - Boxen mit einem 270 kg ‚leichten' Schwarzbären?! Wie rechnet man eigentlich Yards um? Er blätterte weiter.

Es gab nächstes Wochenende ein Fest und ein Bootsrennen „Dawg Gone Canoe Race" am Chena River, dem Fluss, der durch Fairbanks floss. Sein Magen knurrte vernehmlich. In Gedanken hoffte er, dass sie auf ihrer Tour lieber keinen Bären begegneten, insbesondere nicht solchen, die Körperkontakt suchten.

Weitere Hotelgäste füllten jetzt den Raum, Stühle rückten, man nickte sich zu. Pünktlich um sieben gab es ein Frühstücksbuffet nach amerikanischer Art, Rührei, Frühstücksspeck, kleine Würstchen, viel Kaffee, weißer Toast, French Toast, aber auch Joghurt, Obst, Käse, Wurst, Honig und Marmelade. Orangensaft und Apfelsaft in hohen, gläsernen Karaffen. Ein kleiner Samowar stellte heißes Wasser für Tee zur Verfügung, daneben eine geschnitzte Holzschachtel im Indianerstil, in der die Beutel farbig nach Sorten aufgereiht auf den Gast warteten. Für jeden Geschmack etwas. Er langte kräftig zu bei Rührei und Speck, lies sich einen French Toast schmecken, trank dazu zwei große Tassen Milchkaffee. So gestärkt machte er sich gegen halb neun Uhr auf, die Stadt zu erkunden. Er steckte sich einen Touristenfaltplan ein, der an der Rezeption auslag.

Fairbanks war eine Kleinstadt, keine Hochhäuser, bunte Vielfalt der Baustile, fast alle Häuser waren aus Holz. Das älteste Gebäude war eine Holzkirche aus dem Jahre 1911 – Immaculate Conception Catholic Church stand auf einem Schild und der Hinweis, dass die Kirche aus der Gründerzeit Fairbanks stammte, Baujahr 1911.

Weitläufig die Straßen, Flachbauten, beschauliche, fast ländliche Idylle. Die größten Arbeitgeber waren offenbar Automobilfirmen und deren Zulieferer. Hier also war Bartholomäus neue Heimat gewesen.

Er suchte das Geschäft in der Hanson Road auf, erledigte alles so, wie ihm von Akiak aufgetragen. Der Laden quoll über an professionellen Ausrüstungsgegenständen für jedwede Aktivität, die man in der Wildnis ergreifen konnte. Boote, von 2er-Kanus bis zum Kajak, dazugehörige Ruder und Paddel, Angeln, Köderboxen, Messer in allen Größen; Gewehre und Revolver inklusive Munition gab es in einer eigenen Abteilung. Outdoorkleidung, Kompasse, kleine Gasöfen, Zelte, ein Wust von nützlichen Helfern für das Überleben in der Wildnis. In der großen Tüte, die er ca. drei Stunden später ins Hotel trug, waren ein Paar feste Schnürstiefel mit spezieller Bergsteigersohle, alles aus leichtem Material, aber wasserabweisend und atmungsaktiv, er hatte die Schuhe ausführlich getragen, die innere Sohle passte sich exakt dem Fuß an – irgend ein ganz neues Material. Für alle Details hatte sein Englisch doch nicht so ganz ausgereicht. Aber er war gut beraten worden. Zu seinen Neuerwerbungen gehörten ferner eine Hose mit vielen Taschen in graugrün, einige innen aufgeraute Baumwollhemden, das gab bessere

Wärme und Isolierung. Sie waren kariert in rot und blau, ein paar T-Shirts in Weiß und Grau mit V-Ausschnitt zum darunterziehen, sowie eine rot-goldene Baseballkappe, verziert mit dem Logo der Alaska Gold Kings Eishockeymannschaft. Jetzt kam er sich fast wie ein Trapper vor und zumindest wie ein echter Amerikaner. Ein teures Buschmesser hatte er auch erstanden und einen kleinen Kompass. Er hatte nicht widerstehen können, solches Zeug zu kaufen, wissend, das Akiak ihn durch die Wildnis führen würde und er ohnehin keine Ahnung hatte, wie der Kompass zu gebrauchen sei oder das Messer mit seiner dreißig Zentimeter feststehenden Klinge, auf der Rückseite war es mit einer Sägezahnung versehen. Also dünne, kleine Birken würde er sicher damit fällen können. So gerüstet fühlte er sich als Mann, der in die Wildnis zog, um Abenteuer zu erleben: Goldrausch in Alaska.

Hans schlief schlecht in dieser Nacht, lag lange wach, wälzte sich hin und her, eine Mischung aus Anspannung und Aufregung hielt ihn wach. Er würde in die Wildnis ziehen, Geschmack von Freiheit und Abenteuer. Aber wenn er so darüber nachdachte: Er vertraute sein Leben einem Mann an, den er genau zwanzig Minuten in der Lobby gesehen hatte. Klar, einem Mann der Wildnis, der sich auskannte und der seinen Lebensunterhalt mit diesen Führungen verdiente.

Im Halbschlaf wägte er das Für und Wider ab. Er träumte, dass er dem „pubertierenden Grizzly“ begegnete, der mit ihm den „Körperkontakt“ suchte. Im Traum sah er einen gewaltigen, alten kampferprobten Grizzly auf sich zukommen, aber plötzlich verwandelte der Grizzly sich in einen Schwarzbären, und Hans hörte „Fight back“ Rufe, der Bär zeigte ein gewaltiges Gebiss, schüttelte angriffslustig den Kopf, feindselige, kleine schwarze Augen hatten ihn im Visier, Hans brach der Schweiß aus. Aber der Bär war gar kein Bär, es war ein Inuk in einem echten Bärenfell, die lange Nase, Löcher für die Augen, die Klauen, alles von einem echten Bären. Während sie sich umkreisten, konnte er das Gesicht hinter der Maske nur ahnen – konnte es Akiak sein? Um ihn her bildeten trommelschlagende Inuits in traditioneller Kleidung einen Kreis. Er hörte ihre spirituellen Gesänge, es war mehr ein ritueller Tanz, aber zugleich ein Kampf auf Leben und Tod, er hörte sich keuchen, so anstrengend war es, er tänzelte vor und zurück, seine Fäuste schlugen in die Luft, der Bärenmann wich geschickt aus, da sah er, dass es Cosima war, die im blauen Kostüm und Highheels unter dem Bärenfell geschickt seinen Fausthieben auswich, er schlug und stieß ins Leere und fiel dabei aus dem Bett.

Völlig verschwitzt lag er auf dem Boden, er war glücklich! Noch nie war er so erleichtert gewesen, der Kampf war zu Ende.

In diesem Land gab es Wölfe, Bären, Elche, Karibus. Tiere, die sich gegen einen Menschen zu wehren wussten. Begegnungen ohne schützendes Gitter, wie im Zoo, eine ungeschützte Situation mit ungewissem Ausgang. Mensch und Tier. Trotzdem freute er sich auf sein Abenteuer. Der Traum und dessen Intensität gingen ihm nach, er duschte kurz vor vier Uhr morgens. Immer noch Jetlag, seine innere Uhr hatte sich noch nicht so schnell umgestellt. Ein dämmriger Himmel über einer schlafenden Stadt, bläuliches Halbdunkel erfüllte das Zimmer. Die Wärme des fließenden Wassers, die ihn umfing, über seinen Körper rann, nahm er als wohltuend und beruhigend wahr. Lange stand er einfach still unter dem warmen Strom. Nachdenklich zog er dann seine neue Outdoorkleidung an.

Um sieben Uhr nahm er ein opulentes Frühstück zu sich, die Geister der Nacht waren vertrieben. Einen gesunden Appetit verspürend füllte er seinen Teller, mit dampfenden Würstchen, goldgelbem Rührei und braunem, knusprigem Speck. Zu einem mit Zimt bepuderten French Toast gesellte sich ein großer Becher Kaffee. Schließlich hatte er heute Strapazen zu bestehen. Pünktlich um acht Uhr stand Akiak in der Tür zum Frühstücksraum, sah ihn und hob freundlich grüßend die Hand. Er holte sich am Buffet einen Becher Kaffee und kam an seinen Tisch, rückte den Stuhl und setzte sich mit einem kurzes „Hi!“, welches verbunden war mit einem ebenso kurzen Kopfnicken. Er saß nun Hans gegenüber.

Beide schwiegen und tranken ihren Kaffee, und Hans verzehrte noch seine letzten Würstchen. Gesättigt blicke er Akiak erwartungsvoll an. Der nahm einen letzten großen Schluck vom Kaffee und zog aus einer der Hosentaschen eine Karte, schob alles auf dem Tisch beiseite und breitete sie aus. Er zeigte Hans die Lodges, die sie abends immer anlaufen würden, die Route, die er sich ausgesucht hatte, und erklärte, dass man durch ein sehr wildreiches Gebiet gehen würde, am Rande des ehemaligen Mount McKinley, jetzt Denali Nationalparks. Seen, Flüsschen, Wald – wie man sich Alaska eben vorstellt, dachte Hans bei sich.

Akiak besprach mit ihm die Tagesrouten, die er plante: „Der Claim Good Hope liegt vor Miller House, ich schätze gute fünfundzwanzig Meilen davor. Das liegt nördlich von Fairbanks, also gehen wir fünfundfünfzig bis sechzig Meilen. Wir gehen heute knapp zwölf Meilen von Fairbanks nach Fox, teilweise auf dem Old Steese Highway, also die Steese Highway Tour. Wir übernachten in einer Lodge namens Gold Dredge No.8 an einem kleinen See unterhalb von Fox. Am Tag zwei umgehen wir Fox und sind dann auf dem Old Chatanika Trail und gehen diesen bis zur Chatanika Lodge, das sind 16,5 Meilen. Ab Tag drei gehen wir dann Richtung Miller House. Wir nutzen den Jeep Trail. Es sind größere und kleinere Lodges auf den Trails, in denen man Übernachtungen buchen kann. Wir sollten am sechsten Tag am Claim sein. Wie lange willst Du denn bei deinen Verwandten verbringen? Wissen die denn überhaupt, dass Du kommst?“ Auf ersteres wusste Hans noch keine Antwort und meinte vage „Ein paar Tage vielleicht?“, und die zweite Frage musste er verneinen, die Grands wussten noch gar nichts von seiner Existenz! Er war lediglich auf ganz besondere Weise mit ihnen verbunden, aber nicht verwandt.

Sie brachen auf. Hans schulterte seinen schweren Rucksack, und beide traten vor die Tür. Hans fühlte sich frisch, war aufgekratzt und erwartungsfroh.

Vor der Tür stand ein ehemals weißer Ford Pick-up, ein älteres Semester, sah einigermaßen ramponiert aus, erste zarte Rostflecken zierten die Beulen und Schrammen an der Tür. Akiaks Rucksack stand schon auf der Ladefläche, und

Hans wuchtete seinen neuen, prall gefüllten Rucksack mit Schwung daneben. Am Steuer saß ein junger Weißer, der ein „Good morning, my name is George“ lächelte, aber keine Erwiderung abwartete, sondern den Motor startete, und los gings! Schnell hatten sie die Stadtgrenze von Fairbanks erreicht, und ab da ging es nun zu Fuß.

George lenkte den Wagen auf eine Art Parkplatz mit einer riesigen Tafel, auf der die Umgebungskarte nicht nur topgrafische Besonderheiten zeigte, sondern auch die Trails markierte und sonstige Sehenswürdigkeiten. Sie verließen den Wagen, Akiak stieg auf die Ladefläche und reichte die beiden Rucksäcke. George lächelte „Bye! Have a nice day and a good trip!“, und der Wagen rollte über schottrigen Kies, man hörte den Motor sich entfernen.

Dann herrschte Stille. Hans hörte ein leises Rauschen, der Wind in den Bäumen, das fiel als Stadtmensch sofort auf. In einer pulsierenden Stadt wie Essen, die fast so viele Einwohner hatte wie ganz Alaska – da hörte man keine Bäume leise rauschen: Da rauschte höchstens der Verkehr!

Es war leicht bedeckt. Weiße Wölkchen vor stahlblauem Himmel zogen angetrieben vom Wind eilig übers Firmament. Die Temperatur war angenehm. Obwohl

Ende August in dieser Region als Regenzeit galt, hatte es nicht den Anschein, dass es regnen würde.

Ein gekiester Weg führte vom Parkplatz in den Wald, an den Bäumen links und rechts waren etliche Zeichen angebracht – Akiak erklärte ihm, dass die einzelnen Schilder und deren Zeichen die Trails markierten. Ihr Trail hatte als Kennzeichnung ein weißes X über blauem Grund.

Akiak bedeutete ihm, dass er voraus ginge und Hans sich dicht hinter ihm halten solle. So marschierten sie los. Die erste Stunde ging es parallel zum alten Highway, der kaum Verkehr verzeichnete, der Wald war licht. Birken, Buchen, andere Laubbäume, die Hans nicht kannte wechselten mit Nadelbäumen, Gras und Moos zwischen ihnen, alles ziemlich sich selbst überlassen. Hans registrierte, dass der Wald wunderbar duftete, eine feuchte Note nach Moos und Pilzen. Zarte Farne sprießten um morsche, gestürzte Baumriesen, die ihre mächtigen Kronen im Fallen in die Erde gebohrt hatten. Pilze zeigten ihre braunen Kappen entlang der verwitterten Rinde, als ob sie Schutz suchten. Blaubeersträucher trugen pralle Früchte in sattem Blau, rot leuchteten Preiselbeeren aus dem üppigen Grün. Hans fiel zuerst gar nicht auf, dass sie schweigend dahinzogen, so sehr war er mit Schauen beschäftigt. Akiak summte oder sang leise vor sich hin.

Hans fand es zuerst merkwürdig, weil er sich sofort an seinen Traum erinnert fühlte, andererseits hatte es aber auch etwas Beruhigendes, so summten Mütter ihre Kinder in den Schlaf, wiegten sie sanft im Rhythmus der Melodie.

Die beiden Männer schritten durch das Grün der wunderschönen Landschaft in den Farben des Herbstes. Laubbäume, die die beginnende herbstliche Färbung in tiefem Gelb und Rot zeigten, aber auch die Polster der Moose von silbrig fedrig bis rötlich kompakt, die sich wiegenden Gräser – Hans war überwältigt. Die Geräusche der Natur erhöhten diese Stille.

„Was singst du da?“

Akiak wandte sich um. „Ein aya-yait“ und erläuterte: „Das ist ein alter Weggesang der Inuit. So haben sich meine Vorfahren lange Wege gemerkt.“ Er nahm seine Wasserflasche und trank, hielt sie dann Hans hin, der auch einen kräftigen Schluck des kalten Wassers zu sich nahm.

11,7 Meilen sind knapp 20 km, man müsste also vier bis fünf Stunden ohne Pause gehen, um die Logde zu erreichen. Nach knapp eineinhalb Stunden schlug Akiak vor, eine kleine Rast machen. „Ich kenne hier einen kleinen See mit Feuerstelle.“ Hans nickte. Nicht lange, da bogen sie vom Trail ab, folgten einem kleinen Trampelpfad und erreichten diesen kleinen See mitten im Wald.

Ein paar Enten verließen laut protestierend das Ufer und schwammen zur Seemitte. Das Ufer war sumpfig, gesäumt von Moosen und das Schilf stand hoch. Hans konnte gar nicht richtig erkennen, wo der See eigentlich begann oder aufhörte. Wenn er auf den Boden trat, kam braunes Wasser hoch und Mücken schwärmten aus. Akiak störte das nicht. Und Hans gab schnell auf, wild um sich zu schlagen. Durch sein dickes Hemd kamen sie nicht, die langen Ärmel und Hosenbeine boten einen guten und großflächigen Schutz gegen diese Plagegeister. Ein Stück weiter befand sich eine sandige und steinige Uferkante. Fester Grund. Dort hatte jemand eine Feuerstelle mit großen Steinen umrandet, unmittelbar daneben ragte ein schwarzer Pfahl mit einer schwenkbaren Gitterplatte aus dem Boden. Er war tief in den Boden gerammt. Davor lag ein halbierter Baumstamm, die glatte Schnittfläche nach oben gerichtet, und daneben eine Art Bank, ebenfalls aus Baumholz. Hans vermutete die andere Hälfte. Das Holz war seidig grau vom Verwitterungsprozess, Waldameisen hatten ihre Straßen um und auch auf den Stämmen errichtet.

Akiak grinste ihn an: „It‘s coffee time!“ und stellte seinen Rucksack auf den Boden. Ohne sich weiter um Hans zu kümmern, zupfte er trockene Dolden vom Schilf, sammelte dürre, kleine Ästchen, kratzte braunes, vertrocknetes Moos von einem Stein. Das legte er sorgfältig in der Feuerstelle. Dann suchte er größere Hölzer und Äste aus dem Gebüsch und schichtete sie über sein Gras–Moos-Gemisch.

Er öffnete seinen Rucksack, holte eine Aluminium-Kanne aus dem Rucksack, die oben silbrig und unten rabenschwarz verbeult war, ging zum See, und mit einem blubbernden Geräusch wich die Luft aus der Kanne, dafür strömte bräunliches Wasser hinein. Akiak schwenkte die Gitterplatte über die Feuerstelle, stellte den Kessel drauf und entzündete nun, sein Moos-Gras-Gemisch. Es qualmte, eine winzige Flamme fraß sich eher lustlos durch die Feuchtigkeit, Grashalme wurden zur Asche. Akiak pustete behutsam, wie man einen jungen, aus dem nestgefallenen Vogel wärmend anblasen würde. Akiak zupfte Birkenrinde von einem herumliegenden Ast, die Flamme fraß sich nun gieriger durch die Rinde, die Flamme wurde größer, er legte den Birkenstecken darüber. Nun brannte das Feuer, es qualmte nicht mehr, die feuchten Äste knackten und zischten, immer wieder sprangen Funken.

Auf den Tisch stellte Akiak zwei Metallbecher, die schon bessere Tage gesehen hatten, dann zauberte er eine kleine Blechschüssel und eine Tüte Mehl aus den Tiefen seines Backpacks.

Er füllte die Blechschüssel mit ein bisschen Wasser, schüttete das Mehl hinein und knetete einen Teig. Wieder ging er ins Gebüsch, suchte und prüfte die umherliegenden Stecken, entschied sich für zwei, zog sein Bowiemesser und schrägte die unteren Enden stark ab, kehrte zur Blechschüssel zurück und knetete den Teig um die beiden. Dann rammte er die beiden schräg in den Boden, so dass die Spitze mit dem Teig nahe über dem Feuer hing. „No sweet cookie, but a good bread!“. Jetzt holte er eine Dose mit Kaffeepulver. Die kleine Aluminiumkanne hatte vorne tatsächlich eine Pfeife, die nun altersschwach hüstelte: Das Wasser kochte. Akiak nahm die Kanne, klappte den gewölbten Deckel mit dem schwarzen Holzgriff zurück und warf das Pulver in das kochende Wasser. Sofort wurden die zarten Gerüche der Natur überlagert vom Kaffeeduft. Er drehte behände die Stecken, das „Steckenbrot“ war fertig. Knusprig braun umhüllte es den Stecken, die Höhen etwas dunkler als die Täler, die die Finger im Teig hinterlassen hatten.

Schwarz, duftend und heiß floss der Kaffee in die Metalltassen. Eine davon stellte Akiak vor Hans auf den Tisch, zog einen der Stecken raus und reichte ihn Hans. Das Brot war so heiß, dass Hans die Hitze an den Zähnen spürte, er pustete, ähnlich wie bei einer Grillkartoffel, dachte er bei sich. Sie saßen und aßen, zwischendrin stand einer von ihnen auf und warf einen dürren Ast nach, das Feuerchen flackerte, sie kneteten immer wieder Teig an die Stecken.

Über ihnen zogen Wolken über einen tief blauen Himmel, noch wärmte die Sonne . Wind kräuselte den dunklen Waldsee. Sanft ließ er die Gräser sich neigen und das Schilf wogen, verwandelte den gerade emporstrebenden Rauchfaden in einen aufgedröselten, der auf Umwegen dem Himmel entgegenstrebte. Spätes Licht rötete die sich färbenden Wälder.

Hans saß sehr entspannt da, sah sein Gegenüber offen und neugierig an. Akiak erwiderte diesen Blick. Hans sagte, dass er sich freue, ihn als Scout gefunden zu haben und dass er von diesem Land und seinen Menschen keine Ahnung habe. „Wie bist Du denn Touristenführer geworden? Und was machst Du im Winter?“

Akiak lachte, wägte den Augenblick und entschied sich, Hans nicht die übliche Touri-Story zu erzählen. „Ich habe in Physik promoviert. Ich bin ein PhD. Ich habe mit einem Stipendium am renommierten Pomona College in Claremont in Kalifornien studiert. Physik und Astronomie bei Professor Tanenbaum." Als von Hans keine Reaktion kam, wiederholte er mit besonderer Betonung: „DEM Tanenbaum!" Hans nickte, offenbar ein berühmter Lehrmeister. „Ich habe bewiesen, dass ein Mann der First Nations auch denken und den Vorstellungen der weißen Gesellschaft genügen kann. Meine Promotion habe ich über den *Ersten Satz der Thermodynamik* geschrieben." Er ergänzte, weil er schon ahnte, dass dies Hans auch nichts sagen würde: „Besser bekannt als der Energieerhaltungssatz. Aber ich wollte gerne wieder heim, nach Alaska. Leider sind in Alaska Physiker nicht ganz so gefragt." Er lachte, als er Hans' verblüfften Gesichtsausdruck sah. „Am Anfang habe ich als Lehrer gearbeitet, aber es zieht mich in die Natur. Also habe ich umgesattelt. Als Touristenführer habe ich in guten Jahren bis zu zweihundert Tage, die gebucht sind, denn es gibt auch Wintertouren. Damit komme ich sehr gut zurecht."

Hans sah ihn beeindruckt an und meinte: „Ich bin nur Klempner!" Er wusste den englischen Begriff nicht, schlug es nach in seinem kleinen Wörterbuch: „Plumber".

Akiak schüttelte den Kopf: „Es gibt kein *nur!*“ fuhr er fort „Jedes und Jeder ist wertvoll, steht an seinem Platz, fügt sich in das Große und Ganze, egal, wie es uns erscheinen mag.“. Er nahm einen Schluck Kaffee aus seinem Becher, Hans warf verlegen einen Stecken ins Feuer. Akiak hatte recht: Es gab kein *nur*.

„Wie alt bist du eigentlich? Ich kann dich gar nicht schätzen!“

„Zweiundfünfzig.“

„Und ich vierundfünfzig – also sind wir quasi gleichalt.“

„Du bist kein klassischer Touri, was willst du eigentlich bei den Goldgräbern?“

Hans hob den Kopf, griff zur Kaffeekanne und schenkte sich erneut ein. „Das ist eine lange Geschichte …“

Und dann erzählte Hans Akiak vom Erbe, seinen Erfahrungen mit Cosima, wie er der elaborierten Gier des Kapitalismus begegnet war. Die Geschichte von Amadeus‘ Glück, den Nazis, den Amerikanern, die Amadeus alles übertrugen; dass er Angst habe, sein bisheriges Leben zu verlieren. Er sprach von den „moralisch“ rechtmäßigen Erben, die er nun suche, den Goldgräbern Parker und James

Grand, den Söhnen von Grandauer, die er ausfindig gemacht hatte, hier in Alaska.

Zwischendrin benötigte Hans immer wieder einmal sein kleines Taschenlexikon oder bemühte den Google-Übersetzer auf seinem Smartphone, der tatsächlich in der Abgeschiedenheit dieser Wildnis funktionierte.

Akiak hörte genau und aufmerksam zu. Die Sonne stand etwas über dem Zenit, als sie erneut aufbrachen. Sie hatten noch gute drei Stunden Fußmarsch bis zu Dredge No. 8 vor sich.

Akiak ging zum Feuer. „Feuer muss immer gut gelöscht werden, auch in einer geschützten, offiziellen Feuerstelle“! Er holte mit den Kaffeebechern Wasser aus dem See und löschte die restliche Glut, dass es nur so zischte. Akiak zog noch die Asche auseinander, bevor sie aufbrachen.

Sie hatten beide einige Zeit schweigend ihren Weg zurück zum Trail bewältigt. Umgestürzte Bäume und große Felsbrocken zwangen sie manchmal auszuweichen, aber der Trampelpfad war immer gut sichtbar.

Akiak schritt Seite an Seite mit Hans wieder auf dem Trail. „Geld bedeutet Verantwortung! Sehr viel Geld bedeutet also sehr viel Verantwortung.“ stellte Akiak fest „Möchtest du diese Verantwortung einfach loswerden, indem du das Erbe den Goldgräbern gibst? Das ist feige. Warum hast du Angst vor Veränderungen in deinem Leben?

Hans sah Akiak völlig verblüfft an: So hatte er es noch nie gesehen! Er hatte seine Gründe, warum er das Geld zurückgeben wollte, er hatte dies für „moralisch aufrichtig“ gehalten. Er war der Gute, der Ehrliche. Dass ihn die Frage der Verantwortung und der Entscheidungen bedrücken könnte, dass er Angst vor Veränderung haben könnte – so hatte er es noch nie betrachtet.

Hans wusste fürs erste keine Antwort und sagte dies auch. Akiak stellt ihm dann eine Frage, die ihn noch mehr verblüffte: „Was soll mal auf deinem Grabstein stehen?“

„Was meinst du denn damit?“ Diese Frage machte ihm Angst! Wollte der ihm jetzt hier in der Wildnis etwas antun?

„Na so, wie ich es gefragt habe! Wofür soll dein Leben stehen bzw. gestanden haben, wenn du dich verabschiedest? Was hinterlässt du?“

Hans schwieg und starrte auf den Trail, die Steine, die in sein Blickfeld kamen, die unter seinen Schritten knirschten und dann zurückblieben, Meter um Meter.

„Keine Ahnung, ich weiß es nicht“ Es ärgerte ihn auch ein bisschen und so stellte er die Gegenfrage

„Und bei dir? Was wird bei dir draufstehen?“ Akiak lächelte „Weiß ich auch noch nicht so genau, aber da ich und mein Stamm an die Wiedergeburt glauben, mache ich mir natürlich Gedanken“.

Hans war verblüfft: Wiedergeburt? Mit religiösen Fragen wollte er hier eigentlich nicht konfrontiert werden oder der nach dem Sinn des Lebens. Noch mehr überraschte ihn, dass ein promovierter Physiker an Wiedergeburt glaubte.

Akiak schwieg, und eine ganze Weile gingen sie schweigend nebeneinander her. Hans wollte das Thema entkrampfen und fragte schließlich: „Du hast gerade dein Volk erwähnt, von welchem Stamm …“ Er unterbrach sich etwas verlegen „Das sagt man doch so, oder? Von welchem Stamm bist du denn?“

„Inupiaq. Wir sind oben an der North Slope beheimatet.“ Als er sah, dass Hans das nicht wirklich einordnen konnte, ergänzte er: „Ganz oben, an der Küste des Nordmeers, wo fast das ganze Jahr Schnee und Eis liegen, Minustemperaturen das normale sind. Unser Volk ist von alters her ein Volk der Jäger. Wir, die First Nations, die Ureinwohner dieses Landes glauben an viele Götter. In unserem Pantheon spielen Meer, Mond, Sonne, Natur, Tiere eine große Rolle. Der Verantwortung als Mensch können wir uns nicht entziehen, denn wir werden wiedergeboren. Was wir heute unterlassen zu tun oder was wir tun, wird uns in unserem nächsten Leben wiederbegegnen." Nachdenklich fügte er hinzu „Würde der weiße Mann so denken, gäbe es vieles, was wir heute sehen, auf dieser Welt nicht. Wir sind ruhig und gelassen, weil wir wissen, dass unsere Tage endlich sind, dass macht uns frei, das Richtige zu tun. Wir werden nichts mitnehmen in das neue Leben, außer einer reinen Seele. Am Tage unseres Todes wird Anguta uns nach Adlivun bringen, welches auf der Unterseite des Meeres liegt, wo die Seele ein Jahr ruhen muss. Pinga transportiert dann die Seele zu Pana, der Göttin, die sich um die Seelen vor der Wiedergeburt kümmert. Sie wird für uns sorgen, aber sie wird uns auch wägen!"

Hans schritt schweigend weiter. Im Prinzip hatte Akiak Recht. Wie sagt man so schön: *Das letzte Hemd hat keine Taschen*? Der Tod war der Gerechteste von allen, unbestechlich ereilte er alle. Trotzdem war er auch verblüfft. „Du als Naturwissenschaftler, als Physiker, du glaubst an Wiedergeburt?"

Akiak antwortete mit einer Gegenfrage „Kennst du den ersten Satz der Thermodynamik?“ Hans schüttelte den Kopf, mit Physik hatte er nichts zu tun. Akiak hatte sein Kopfschütteln erwartet. „Der erste Hauptsatz der Thermodynamik ist eine besondere Form des Energieerhaltungssatzes der Mechanik. Er sagt aus, dass Energien ineinander umwandelbar sind, aber nicht gebildet bzw. vernichtet werden können. Das heißt, Energie ist immer schon dagewesen und wird immer da sein, nur in unterschiedlicher Form. Er lautet für den Übergang eines geschlossenen Systems vom Zustand A nach B.“

Er sah die Ratlosigkeit in Hans Gesicht „Das bedeutet, dass die innere Energie in einem geschlossenen System konstant ist und bleibt. Nur tritt sie in unterschiedlichen Erscheinungsformen auf. Beispiel: Ein Wagen rollt und wird abgebremst, die Energie wird umgewandelt in Wärme, aber die Energie als solche ist noch da, eben nur in anderer Form. Kinetische Energie wird zu Wärmeenergie.“ Akiak war stehen geblieben und blickte Hans gerade und offen ins Gesicht. Seine Augen strahlten, beseelt von dieser inneren Gewissheit. Seine angenehm weiche Stimme fuhr ruhig fort, als ob er eine Vorlesung vor Studierenden halten würde: „Wenn Lebensenergie in jedem Wesen wohnt, wenn jedes lebende Wesen beseelt ist, nicht nur der Mensch, dann bedeutet Tod nicht, dass diese Energie vernichtet ist, sondern lediglich, dass sie innerhalb des Systems in einer anderen Form vorliegt. Der Tod wandelt innerhalb des Systems diese Seele, diese Lebensenergie vom Zustand A nach B. Aber sie existiert noch.“

Hans hätte gerne widersprochen, wusste aber nicht wie. Zögerlich fragte er: „Und das ist alles in der Physik bewiesen?“ Akiak nickte. „Die Quantenphysik und die Forschung in diesem Bereich haben in den letzten Jahren sogar Modelle von Multiversien statt eines Universums in das Denkbare gerückt. Wir Menschen wissen sehr wenig, auch wenn wir meinen, viel zu wissen.“

Vollständige Verständnislosigkeit lag in Hans‘ Gesichtsausdruck. Akiak ging nun weiter Hans hinterher. Beide Männer schwiegen, aber in Hans Kopf wogte ein Meer von Gedanken, es tat sich eine schier unendliche Anzahl von Fragen auf. Aber stattdessen schritten sie eine ganze Weile schweigend einher.

Dann fragte Hans völlig unvermittelt: „Und warum macht uns die Gewissheit des Todes frei? Wie hast du das gemeint?“

Akiak hob den Kopf und schaute Hans direkt in die Augen: „Weil wir dann Teil des Großen und Ganzen sind, Iinua, der Geist, der in allem wohnt, ist bei uns. Du kommst nackt auf diese Welt und ebenso nackt gehst du von dieser Welt – und was dazwischen liegt, das ist in deiner Verantwortung. Du kannst das Richtige tun, Du hast eine Wahl. Wir Inupiaq vertreten Werte, die diesem Gedanken Rechnung tragen. Es sind eine Vielzahl von Regeln, die wir lernen, weitertragen, mündlich von Generation zu Generation!"

Dann begann Akiak, die Werte in einer Art Sprechgesang aufzulisten. Hans fühlte sich irgendwie an eine katholische Messe erinnert, wenn der Pfarrer in Latein die Liturgie sang – ein monotoner Singsang aufsteigend, abfallend.

Akiak sang in der Sprache der Inupiaq, seine weiche, warme Stimme ließ die für Hans unverständlichen Wörter wie magische Formeln im ebenso weichen und warmen Licht des Altweibersommers schweben. Gesang, Natur und Mann wurden eins.

„Respektiere andere, teile, lerne die Sprache der anderen Völker, kooperiere, liebe die Kinder und respektiere das Alter, arbeite hart, kenne deine Abstammung, vermeide

Konflikte, respektiere die Mutter Natur, sei spirituell, zeige Humor, lebe deine Rolle in der Familie, sei ein erfolgreicher Jäger, zeige Demut, lebe verantwortlich für dich und deine Welt, deinen Stamm".

Akiak übersetzte die Wörter ins Englische für Hans. Hans war eigentümlich berührt, das war doch Weiberkram, das war was für Eso-Tanten … so verscheuchte er seine aufkeimenden Emotionen.

Der Gesang hatte seine Wirkung nicht verfehlt. ‚Also in Deutschland sagen wir kurz und bündig *„Liebe deinen Nächsten wie dich selbst"* oder *„Was du nicht willst, das man dir tu, das füg auch keinem andern zu!"*. Akiak nickte zustimmend. Beide schwiegen jetzt, hingen ihren Gedanken nach und schritten zügig aus. Akiak summte leise vor sich hin, so als ob er seinen Gesang für sich fortsetzte.

Hans und Akiak durchquerten den lichten Wald. Der Wald eine Kathedrale der Natur. Vögel zwitscherten, vorn ferne wehte ein Kuckucksruf herüber, Bäume und auch die niedrigen Sträucher der Heidelbeeren zeigten sich in beginnender herbstlicher Farbenpracht von tiefem Rot bis leuchtendem Gelb, darüber tiefblauer Himmel. Der Wald hatte eine angenehme Kühle, es wehte eine leichte Brise.

Hans merkte, dass seine Beine schwer wurden. Er wollte sich aber keine Blöße geben und schwieg. Als erfahrener Scout bemerkte Akiak sehr wohl, dass Hans langsamer wurde, und schlug eine Pause vor. Er sah auf seine Armbanduhr, dann zog er sein Handy heraus, checkte per GPS ihren Standort und zeigte ihn Hans auf der Karte.

„Wir haben noch vier Meilen vor uns, zwei Drittel haben wir schon geschafft. Ich kenne hier einen kleinen Flusslauf, da können wir pausieren!" Während er noch sprach, bog er schon völlig unvermittelt in den Wald ab. Hans beeilte sich. Sie gingen über weiche Moospolster, die wechselten mit einer kleineren Geröllfläche und dann über normalen Waldboden. Akiak ging so zielstrebig, als wären Wegweiser im Wald aufgestellt worden wären, links, rechts – und die ganze Zeit sang er leise vor sich hin.

Dann hörten sie das Rauschen eines Flusses, und es tat sich ein Waldsaum auf: Das Ufer sprang vor und zurück, der Fluss mäanderte durch die felsige Landschaft. Akiak zeigte Hans einen flachen Felsbrocken, auf den er sich setzen konnte. Hans sah, dass diese Stelle wohl ein Ausflugsziel war, denn im Uferbereich gab es einen aus großen Felsbrocken gelegten Ring, eine Feuerstelle, in der Asche und verkohlte Holzstücke lagen.

Wie beim ersten Mal sammelte Akiak Brennmaterial, und Hans half mit. Die Hölzer federleicht, bleich wie Knochen, ohne Rinde. Der Fluss schwemmte sie im Scheitel einer Kurve an. Sie fühlen sich samtig glatt an, wie geschmirgelt. Manche sahen aus wie Kunstwerke, bizarre Skulpturen vom Wasser geformt, von Wind und Wetter. Akiak legte zwei kleine Stämme über die Feuerstelle und stellte da die kleine Kanne drauf, die er zuvor mit kristallklarem Wasser gefüllt hatte.

Die frühe Nachmittagssonne fiel ins Tal, die Schatten waren noch kurz, allerlei Getier summte hier am Flussufer, lange rosafarbene Blumen wankten leise, wenn Hummeln sich niederließen. Libellen schossen mit akrobatischen Flugmanövern übers Wasser, Schmetterlinge taumelten ihres Weges.

Auf den Steinen sitzend und ins Feuer schauend fragte Hans Akiak, was denn das Lied bedeutete, das er im Wald gesungen habe. Der sah hoch, legte neues Holz nach. „Das war ein Aya-Yait, das ich mir selbst gedichtet habe, damit ich diese Stelle immer wieder finde. Wir prägen uns Wegstrecken durch Gesang ein. In unserer alten Zeit, der Zeit der Väter und Ahnen, gab es keine Schrift, kein Papier, keine Karten – also haben die Vorväter ihre Wanderwege in einem Gesang festgehalten und sich so Strecken von hunderten von Kilometern gemerkt. Im Gesang beschrieben sind die Merkmale der Landschaft oder künstliche Landmarken, Inuktitut. So schichteten wir kleine Steinhaufen als Wegmarken, jeder anders in Form und Ausprägung." Akiak sang nun auf Englisch: „*Gehe am kreisförmig gelegten weißen Steinhaufen nach rechts aya-ya Folge dem Fluss bis du drei Bergspitzen in Reihe siehst aya-ya* - der Gesang wurde von Generation zu Generation überliefert. Im Refrain singen wir immer Aya-ya, deshalb heißen die Gesänge Aya-yait". Akiak holte die beiden Blechtassen und die Kaffeedose aus dem Rucksack „Ich stamme nicht aus der Gegend, und als ich herzog und noch kein Touristenführer war, habe ich mir die Plätze, die mir am Herzen lagen, einfach mit einem aya-yait gemerkt. Da bin ich nicht abhängig von Technologie oder Karten, meinen Kompass habe ich in mir, immer dabei, stets abrufbar".

Hans nickte und meinte „Es klang sehr schön!". Nach einer Pause grinste er Akiak an „Ich hab‘ mich schon gewundert, denn du biegst ab, als ob da Schilder im Wald ständen!" Akiak nickte nur.

Sie trieben im Strom des warmen Nachmittags, an den Stecken bräunte erneut Teig zu Brot. Akiak wickelte dünne

Speckscheiben darum, wenn der Teig gut gebräunt war. Mit einem kleinen Holzspan steckte er den Speck ans Brot und briet kurz knusprig an. Es zischte, wenn das Fett ins Feuer tropfte. Dazu gab es Kaffee aus Flusswasser. Hans verbrannte sich die Zunge mehr als einmal am Speck. „Essen auf Alaska Art" scherzte er. Eine kleine Rauchfahne stieg in die Bläue des nachmittäglichen Himmels. Kleine weiße Wolken ließen ab und zu einen Schatten über sie geleiten ließ.

Vom gegenüberliegenden Ufer kamen plötzlich krachende Laute von brechendem Holz: ein Grizzly bahnte sich seinen Weg durch das Dickicht. Er stieg im Uferbereich in den Fluss, offenbar wollte er Forellen fangen, hielt inne, hob den Kopf, blickte unverwandt in ihre Richtung, nahm Witterung auf. Hans rutschte das Herz in die Hose. Akiak machte eine beruhigende, langsame Handbewegung in Hans Richtung. „Bleib sitzen und rühr dich nicht! Grizzlies sehen schlecht. Wahrscheinlich hat er den Speck gerochen." zischelte er leise in Hans' Richtung, den Bär keine Sekunde aus den Augen lassend. Der Grizzly blickte unverwandt herüber, stand reglos im rauschenden Wasser. Hans' Herz schlug bis zum Hals. Es waren keine hundert Meter Abstand. Je länger er hinsah, desto trockener wurde sein Mund und umso größer der Bär. Akiak zog in Zeitlupe die letzten beiden Stecken, die mit Brot und Speck über dem Feuer hingen, aus dem Boden. Mit einem kurzen Ruck warf er beides in den Fluss. „Jetzt riecht er kein Futter mehr!“ Hans Muskeln schmerzten vor Anspannung. Der Bär schaute immer noch zu ihnen herüber, witterte. Hans hatte sich immer vorgestellt, dass er ein Foto schießen würde, sollte er einem Bären begegnen. Da war er gehörig naiv gewesen! Dieser Grizzly sah tatsächlich aus wie ein Teddybär, so wie es in der Information stand. Jetzt gab es eine Bewegung am Ufer, ein Otter oder eine Bisamratte, irgendetwas, das sich im Wasser schnell und wendig bewegen konnte, war im Uferbereich an Land geeilt. Das zog die Aufmerksamkeit des Bären auf sich. Mit zwei raschen Sprüngen – das Wasser spritzte nur so – setzte der Bär der Beute nach und vergrößerte die Distanz zu ihnen. Hans saß immer noch völlig bewegungslos, seine Muskeln schmerzten, er fühlte wie ihm Schweißperlen den Rücken hinunter liefen bis zur Ritze, es kitzelte etwas. Eine leise Berührung am Unterarm, eine Mücke die die Gunst der Stunde nutzen wollte? Er spürte das Tierchen laufen, keine Mücke, seine Sinne waren aufs äußerste angespannt, sein ganzer Körper arbeitete auf Hochtouren. Der Bär stand nun mit beiden Vorderbeinen auf der Böschung des gegenüberliegenden Ufers, zeigte ihnen quasi seinen

Rücken, die Hinterbeine noch im Wasser. Er wandte sich um, drehte den Oberkörper in ihre Richtung, wiegte den Kopf auf und ab, während er erneut witterte. Dann trollte er sich und verschwand im Gebüsch.

Hans fühlte die Erleichterung. Er hätte sich sofort auf den Boden legen können, um zu schlafen, so erschöpft fühlte er sich nach dieser Begegnung. Aber Dieser Moment dauerte nur kurz.

Akiak stand sofort auf, wobei er das gegenüberliegende Ufer nicht aus den Augen ließ, mahnte Hans leise und langsam zu sein, zog mit einem der Stecken das Feuer auseinander, das ohnehin schon ziemlich niedergebrannt war. Glut leuchtete rötlich in und durch die Asche. Akiak nahm die beiden Becher und schüttete deren Inhalt über die Asche und nahm die Kanne und leerte das restliche Wasser ebenfalls in die Feuerstelle. Sie schulterten ihre Backpacks und machten sich auf dem Rückweg.

Akiak summte sein Aya-ya für den Rückweg. Nach einer Weile meinte Akiak: „Also du bist schon ein Glückskind, gleich am ersten Tag einen Grizzly zu sehen! Auch wir sehen eher selten einen Bären. Die sind scheu und meiden Menschen. Wir sind in der Nähe des Nationalparks, da kann es schon vorkommen, dass Bären auch in der näheren Umgebung auftauchen".

Je weiter sie sich vom Fluss entfernten, umso aufgeregter sprachen die beiden Männer über ihr Erlebnis. Erwogen, wie sie sich verhalten hätten, „wenn", spielten das Erlebte nochmals durch.

Sie erreichten im späten Nachmittagslicht die Gold Dregde No 8. Die Besichtigung war eindrucksvoll. Hans erfuhr, wie der Goldrausch 1902 Fairbanks und Umgebung auf den Kopf gestellt hatte. Die Gold Dredge No. 8 war ein riesiger uralter Schaufelbagger, der mit der Schleife seiner umlaufenden Eimerkette den Grund durchwühlt hatte. 7,5 Mio. Unzen Gold – also satte 210 t Gold – hatte das stählerne Ungetüm von 1928 bis 1959 Mutter Erde aus dem Leib gerissen. Ein Monster, das die Landschaft fraß. Die Technologie war primitiv und hinterließ riesige Geröllhaufen - eine verwüstete Landschaft, durchsetzt mit Tümpeln. Heute ein Museum.

In Fox gab es ein ehemaliges Goldsucherlager, das inzwischen als Touristenattraktion genutzt wurde. Sie aßen dort Hamburger mit French Fries und tranken Bier.

Akiak hatte eine Übernachtungsgelegenheit organisiert, eine sogenannte Cabin. Dafür marschierten sie noch mal ein gutes Stück und gelangten so außerhalb des Örtchens. Die Cabin entpuppte sich als massives Holzhäuschen aus roh behauenen Baumstämmen, das an einem der Tümpel stand. Entgegen dem äußeren Eindruck war das Häuschen voll ausgestattet mit Kühlschrank, Bad, Dusche und zwei Betten. 100 US Dollar die Nacht für zwei Personen, Lori kassierte sofort in bar. Sie war eine gutgelaunte Person, die Akiak offenbar schon lange kannte. Zu dritt standen sie auf der Miniveranda, Hans schaute auf den kleinen See mit Schilf und Gras an den Ufern, einige Seerosen, das Wasser dunkel. Er hörte die Frösche im Schilf quaken. Unterdessen unterhielt sich Akiak mit Lori. Sie war in den Endfünfzigern oder Anfangssechzigern, hatte ihre üppigen Formen in Jeanslatzhose und schwarzes T-Shirt gequetscht, darüber trug sie einen mit traditionellen indianischen Mustern bedruckten Hänger. Sehr bunt. Ein grauer Schopf, endend in zwei langen Zöpfen, die bleistiftdünn an ihr herabhingen, dazu sie eine Hornbrille mit runden Gläsern. Hände mit kurzgeschnittenen Nägeln und ein offener Blick aus einem ungeschminkten Gesicht. Sie war sehr herzlich. Hans überließ Akiak, alles zu regeln.

Der Himmel hatte sich jetzt zugezogen. Später am Abend gab es ein umfangreiches Mahl. Lori hatte Akiak nach Fox zum Dorfladen gefahren und ihn anschließend wieder zur Cabin gebracht. Nachdem Lori weg war, gingen sie schwimmen. Lori hatte wiederholt erklärt, wie verrückt sie es fand, dass die beiden zu Fuß von Fairbanks nach Fox gingen. Schließlich hatte hier jeder ein Auto! Das war keine Feststellung, sondern ein Glaubensbekenntnis hier draußen in der Wildnis.

Hans trieb nackt auf dem Rücken im eher kühlen Wasser des Sees, begleitet vom Froschkonzert und dem Zirpen einiger Grillen, und schaute in den bedeckten Nachthimmel. Fernes Wetterleuchten ließ Gewitter ahnen, die anderswo niedergingen nach diesem sonnigen Tag. Er hatte einen schönen Tag gehabt und reflektierte nun das Erlebte: Der erste Satz der Thermodynamik – Aya-yaits – Der Grizzly – Die Dredge – Die ermordeten Landschaften auf den Schwarz-weiß-Fotografien im Museum …

Akiak hatte etliche Dosen Budweiser und einige Dosen Heineken mitgebracht und ebenfalls im Tümpel gebadet. Nun entzündete er auf der Miniveranda ein Windlicht, klappte den kleinen Tisch hoch, der am Geländer angebracht war, und stellte darauf zwei Dosen Bier. Die restlichen

Dosen legte er in einen Eimer und ließ ihn hinab ins kalte Wasser des Tümpels.

Hans schwamm zum Steg. Erste Regentropfen fielen und malten im Dämmerlicht dunkle Kreise auf das Wasser, das nun schwarz schien. Mückenschwärme umtanzten seinen Kopf. Er hätte auch ans Ufer gekonnt, aber da hätte er erneut durch den knietiefen Moder stapfen müssen, was er beim Reingehen bereits getan hatte: Alte Blätter, abgestorbenes Schilf, angetriebenes Holz - der See hatte es e es in eine dicke Schicht weicher, warmer Biomasse verwandelt. Moder eben.

Er setzte seinen Fuß auf die unterste glitschige Holzstufe, die unterhalb der Wasserlinie lag. Griff mit beiden Händen nach dem hölzernen Handlauf und zog sich aus dem Wasser, das kühl von ihm ablief. Er tropfte, er mochte das Geräusch. Nackt stand er da, spürte das raue Holz unter den Fußsohlen. Der Regen begann nun zu rauschen. Er eilte zum Häuschen, Akiak empfing ihn mit einem Handtuch und einer Dose geöffnetes Heineken.

Akiak zeigte auf das Wetterleuchten „Schade, dass der Himmel so bewölkt ist, sonst hättest du sie sehen können!“ Hans zog die Stirne fragend in Falten. „Die Aurora Borealis. Das Nordlicht.“ Was Hans für das Wetterleuchten ferner

Gewitter gehalten hatte, war tatsächlich das Nordlicht. Akiak erinnerte das an die Unterseite des Meeres - Adlivun, der Ort, wo die Seelen ein Jahr warten mussten.

Vor Hans stand eine weitere Dose kaltes Bier. Die beiden tranken und schwiegen, jeder hing seinen Gedanken nach. Akiak hatte einen ganz guten Zug drauf. Nach einigen Bieren wurde Akiak redselig.

„Weißt du, was Alaska eigentlich heißt?“ Hans schüttelte den Kopf. Canada bedeutet, unsere Hütten‘, aber Alaska? Keine Ahnung“

‚Alaxsxag‘ – heißt *großes Land* in der Sprache der Unangax, ihr nennt sie ‚Alëuten‘.

Akiak wurde sentimental und begann in einer Art anschwellendem und abfallendem Sprechgesang seine Erzählung, schaute dabei Hans ins Gesicht und wechselte ins Englisch. „Wir singen die Lieder der Ahnen.“

Es nieselte. Die kleine Kerze im Windlicht flackerte, und die Frösche quakten.

Akiak hub an zu erzählen, und begann wie jede Erzählung in seinem Volk „In alten Zeiten, als die Leute anders waren als heute, kam am Tag des Todes Anguta, der Vater allen Lebens.“ Er trank einen Schluck und sah Hans prüfend an, ehe er fortfuhr „Er bringt die Toten nach Adlivun. Sedna lebt dort an der Unterseite des Meeres zusammen mit den Seehunden und anderen Seetieren. Ein ganzes Jahr muss die Seele dort warten. Dann kommt Pinga und geleitet die Seele in den Himmel. Vor der Wiedergeburt tanzen die Geister der Verstorbenen am Himmel, zusammen mit Pinga, die die Seelen begleitet. Im Tanz zeigen sich ihre Botschaften an die Menschen in den Farben des Nordlichts." Beide schwiegen, lauschten dem Gesang der einbrechenden Nacht, einem vielstimmigen Konzert aus Zirpen und Quaken. Akiak öffnete eine weitere Dose Bier. „Einst lebte ein böser alter Greis, dessen Geheimnis niemand kannte. Er war älter als zweitausend Jahre und das konnte er nur werden, wenn er Jünglinge fing und sich deren Körper aneignete. Eines Tages fing er wieder einen Jüngling. Seine Macht verdankte er gefangenen Strahlen des Nordlichts.

Vor langer Zeit hatte er drei Strahlen eines Nordlichts in einer Flasche eingefangen. Unvorsichtigerweise hatten die noch über dem Meer getanzt, nach einer Polarlichterscheinung. Er musste seine ganze List aufwenden, so hatte er sie in die Flasche gelockt. Diese drei Strahlen waren in Wahrheit jedoch drei Seelen verstorbener Menschen. Sie baten den alten Mann, sie in der Flasche zu bewahren, da sie nicht mehr zum Polarlicht zurückkehren wollten. Im Himmel oben waren alle edel und gut. Sie waren schon zu ihren Lebzeiten auf der Erde gerne Böse und wollten dies auch weiterhin sein. Die Seelen versprachen dem Mann, ihm jeweils beim Austausch eines Menschenkörpers zu helfen und für diese kurze Zeit jeweils die Flasche zu verlassen.

Der Jüngling betet in seiner größten Not zu seinen verstorbenen Ahnen, die er sehr geliebt hatte und die auch beim Nordlicht weilten. Als der Greis die drei Nordlichtstrahlen aus der Flasche befreite, um den Körper zu tauschen, flammte plötzlich ein gewaltiger Lichterbogen auf, ein gewaltiges Polarlicht erschien am Himmel, trotz heller Mitternachtssonne, und holte die drei Seelen zurück. Der böse Greis fiel augenblicklich tot zu Boden, und der Jüngling kehrte heim zu seiner Sippe." Andere Sagen erzählten, dass die Lichter die Fackeln der Toten seien, die den Jägern bei der Jagd halfen.

Hans lauschte fasziniert den Erzählungen Akiaks und war jetzt ganz begierig, ein Nordlicht zu sehen – aber der Himmel blieb weiter wolkenverhangen. Hinter den Regenwolken konnte man einen fahlen Mond erahnen.

„Die Seelen sehen im Himmel die Sonnengöttin Akycha und treffen auf den Gott des Mondes Alignak. Einst und jetzt – ein untrennbares Geschwisterpaar. Akycha ist die Schwester von Alignak, der sie so sehr liebt, dass er sie vergewaltigte. Sie rettete sich, indem sie in den Himmel floh und zur Sonne wurde. Aber Alignak liebte sie noch immer, also folgte er ihr in den Himmel und jagte sie. So wurde er zum Mond. Wenn er auf der Jagd nach ihr ist, nimmt er ab."

Am nächsten Morgen erinnerte sich Hans undeutlich, dass er vielen Sagen gelauscht hatte und vielen Göttern begegnet war, die teils unaussprechliche Namen hatten: Kadlu, Pana und Tulugaak gingen ja noch, aber Eeyeekalduk, Matshishkapeu, Wentshukumishiteu und Isitoq? Davon schwirrte ihm noch der Kopf – oder kam das vom vielen Bier? Teilweise erinnerte es ihn an Japanisch, obwohl er nie in Japan gewesen war. Soweit er verstanden hatte, glaubten die Eskimos an die Natur, sahen sich als Bestandteil des Großen und Ganzen, sie glaubten an die Seelenwanderung. Ein Dr. der Physik glaubte an Seelenwanderung!

Akiak trug ein vom Schamanen geweihtes, geschnitztes Amulett aus Narvalzahn. Der Narval war eine besondere Walart. Der Jäger verfolgte und jagte ihn allein mit seinem Boot aus Robbenfell, dem Umiaq. Der Narval hatte als einziger Fisch ein langes Horn am Kopf. Akiak hatte als junger Mann mal einen Narval erlegt, und der Schamane hatte aus dem Horn eine Scheibe abgeschnitten. Die wurde mit magischen Zeichen versehen und dann in einem Ritual zum Schutze des Jägers und für den zukünftigen Erfolg der Jagd geweiht. Akiak hatte Hans lange von dieser Jagd erzählt, und Hans hatte lange auf dieses Amulett geschaut.

Die Menschen in der lebensfeindlichen Umwelt des hohen Nordens waren aufeinander angewiesen, sie teilten alles miteinander, denn mal war der eine Jäger erfolgreich und mal ein anderer. Ein erlegtes Tier wurde in einem Ritual gewürdigt und dann vollständig verwertet: Sehnen wurden in Haltebänder oder Bogensehen verwandelt, Fell für Bekleidung genutzt, Knochen wurden zu Nadeln oder Kultgegenständen geschnitzt, Fleisch und Blut gegessen, nichts wurde weggeworfen. Es war ein Fest, an dem das ganze Dorf teilnahm. An langen Abenden wurde das hohe Lied der einsamen Jäger gesungen und den Begegnungen mit den Göttern und Geistern auf der Jagd gehuldigt.

Der Morgen war angenehm kühl, etliche leere Bierdosen standen auf der Veranda, der Geschmack im Mund war nicht wirklich gut. Hans zog sich aus, eilte nackt über den rauen Holzsteg und sprang kopfüber ins Wasser.

Als er auftauchte, sah er die flüchtenden Enten, die er aufgeschreckt hatte. Die Wasserläufer eilten ebenfalls davon. Blätter trieben auf dem Wasser, ein Haubentaucher suchte ebenfalls Abstand. Das Wasser war angenehm frisch. Ein Stück von ihm entfernt nahm er eine Bewegung war. Erst erkannte er nicht, was er da sah, dann war er hellwach, aber auch fasziniert. Er hatte gar nicht gewusst, dass Schlangen gute Schwimmer waren. Den dreieckigen Kopf flach überm Wasser, den starren Blick aufs Ufer gerichtet, trug sie eine durchlaufende, elegante schlängelnde Bewegung mit erstaunlicher Geschwindigkeit dem Ufer zu. Das erinnerte ihn an Bodenturnerinnen, die ein Seidenband am Stecken durch die Luft schlängeln ließen. Als Kind hatte er einmal eine Blindschleiche gesehen, aber das war Ewigkeiten her.

Er machte einige Schwimmzüge, legte sich auf den Rücken und ließ sich treiben.

Er schaute ins das marmorierte Grau des Himmels, sah winzige, vereinzelte Regentropfen, die leise Kreise auf die Wasseroberfläche zauberten. Diese Landschaft atmete Ruhe und Besonnenheit, zeitlose Schönheit: Hier konnte eine Seele zur Ruhe kommen!

Er dachte wieder an sein Gespräch mit Akiak. Die First Nations, wo die Menschen besitzlos zusammenlebten, alles gemeinsam entschieden wurde, alles gemeinsam besessen wurde, weil man nur als Gemeinschaft in dieser grandiosen, aber auch bedrohlichen Natur überleben konnte. Er dachte an Akiak, den Akademiker, der Physiker, der versuchte hatte, den amerikanischen Traum zu leben und sehr erfolgreich gewesen war, bis er den Spagat nicht mehr schaffte, den Spagat zwischen der kapitalistischen Werteordnung und den Werten seiner Herkunft. Er besann sich und kehrte in das Leben ohne Besitz zurück, und nun war er glücklich, ohne riesiges Haus, ohne dickes Auto. Akiak, der zu ihm gesagt hatte, dass am Ende der Tage von der Menschheit nur die Völker überleben würden, die nicht nach Besitz strebten, die frei von Gier und Hass seien, die gemeinsam die Herausforderungen des Lebens und Überlebens meistern würden. Dagegen würden die Weißen mit ihrer Art zu leben langfristig die Natur zerstören bis zu dem Tag, an dem die Natur sie zerstören würde. Als Physiker hatte er sehr ausführlich über Atomkraft, nicht gelöste Endlagerfragen und Strahlungshalbwertszeiten gesprochen. Die Menschheit habe viele gute Lösungen bereits entwickelt, waren aber aus Habgier einiger weniger Reicher nicht verwirklicht worden, sondern verhindert, weil einige wenige ihren Wohlstand, ihren Besitzstand nicht aufgeben wollten. Ein Recht des Individuums auf Glück sei in der kapitalistischen Denkweise nicht verankert, werde aber bei den Naturvölkern gelebt.

Hans hatte an Amadeus denken müssen, der so große innere Skrupel gehabt hatte, aber getreulich das fremde Vermögen verwaltet hatte – und nun lag es an ihm, etwas Sinnvolles mit dem Vermögen anzufangen. Aber was war sinnvoll? Was war ein verantwortungsvoller Umgang? Außerdem konnte er doch das Geld auch brauchen, er habe doch auch ein Recht auf Glück, sagte er trotzig zu sich. Die Schicksalsmacht hatte es doch so gewollt. Er, lebend in Saus und Braus, ein tolles Auto, und dann käme schnell auch eine tolle Frau dazu.

Er schauderte. Nein, das war eine ziemlich naive Vorstellung! Eine Frau, die ihn nur des Geldes wegen nahm? So eine wollte er nicht. Er sah Cosima vor sich – nein danke! Und die anderen? In Grafing hatten sie ihn doch erst hofiert, als klar war, dass er das Erbe antreten würde. Die Anrufe der Bank, der diversen Anlage- und Vermögensberater, der Bau- und Immobilienfirmen – die hatten sich doch nicht für ihn interessiert! Alle hatten nur ihre finanziellen Interessen im Auge gehabt, und Cosima war nur auf das Bild fixiert gewesen, um ebenfalls das Maximum an Geld herauszuholen.

Möglicherweise hatte Akiak Recht, aber was sollte er dann mit dem Geld tun? Es war ja der Zweck seiner Reise, die Erben Grandauers kennenzulernen und ihnen das Vermögen zu geben, dann wäre er heraus aus der moralischen Schuld. Die Grandauers würden dann schon das Richtige tun. Dafür hatte er dann keine Verantwortung mehr.

Er drehte sich auf den Bauch, sah, dass er schon ein gutes Stück vom Ufer weggetrieben worden war, sanft, unmerklich. Mit kräftigen Zügen schwamm er ans Ufer. Immer noch zeichnete Nieselregen Kringel aufs Wasser. Immer noch arbeitete es in seinem Kopf.

Gegen Mittag brachen sie auf. Sie marschierten tagsüber parallel zur Steese Highway Tour, auf verschiedenen Trails. Sie erreichten den Chatanika Trail, passierten die Gold Dredge No 3, gingen Richtung Pinnell Mountain Trail. Sie übernachteten zweimal in einer kostenlosen Hüttenunterkunft auf dem Weg, dann hatten sie wieder eine kleine Cabin, und schließlich übernachteten sie in einer Lodge. Die heiße Dusche empfand Hans als schieren Luxus.

Er und Akiak schlugen sich den Bauch voll: Reindeer Stew with Chestnuts, ein Rentierragout mit Maronen dazu Sourdough bread, ein würziges, noch ofenwarmes Sauerteigbrot, und einige Heinekens mussten auch dran glauben.

Alaska gefiel Hans ausgesprochen, und ihre Männerfreundschaft auch. Die Landschaft war überwältigend. Die ganze Zeit war es bewölkt gewesen. Und er brannte darauf, endlich mal ein Nordlicht zu sehen!

Parker und James Grand

Sie waren jetzt in der Region, die 1902 von den Goldgräbern geradezu gestürmt worden war. 104 Jahre war das her, und doch konnte er erkennen, welche Wunden es in der Landschaft geschlagen hatte.

Sie sahen den Porcupine Dome in der Ferne aufragen, eine 1498 Meter hohen Berg. Die Gegend um Porcupine war auch heute noch eine Goldschürferregion, wie man sehen konnte. Die Landschaft hatte Wülste, ehemalige Geröllhalden, die sich die Natur wiedergeholt hatte, Gräser, Moose, Blumen, kleine Bäume besiedelten den Schutt.

Sie waren nun den sechsten Tag unterwegs und trafen auf eine Straße, die eigentlich ein Hohlweg war. Zwei LKW oder Bagger breit, vielhundertfacher, festgefahrener Schotter mit tiefen Radfurchen. Sie folgten dieser Narbe in staubigem Grau-braun-ocker, die sich durch das Grün der Landschaft schlängelte. Von Ferne hörten sie den Maschinenlärm.

„Also die werden sich nicht freuen, wenn wir da auftauchen! Mach‘ dich darauf gefasst, dass Goldgräber keine Besucher mögen. Ich werde laut rufen, dass wir da sind.“ sagte Akiak, als sie durch die Bäume die Silhouette eines Camps sahen.

Das Camp bestand aus einigen, altersschwachen Wohnwagen und Wohnmobilen. Wütendes Bellen drang aus einem der Wohnwagen. In der Mitte war eine offene Feuerstelle, ein Ring aus großen Steinen, umsäumt von einem Konglomerat von Campingstühlen. Unter jedem Stuhl scharten sich leere Bierdosen wie verängstigte Küken. Es gab einen Müllcontainer, und ein hölzernes Klohäuschen lugte zwischen den Birken hinter dem Camp hervor. Reifenspuren der großen Fahrzeuge durchkreuzten den Platz. Man hörte von Ferne das unablässige Brummen großer Motoren, das Rauschen der gewaltigen Wassermassen von der Waschanlage, das schmirgelnde, schleifende Kreischen des Gerölls beim Abkippen aus gewaltigen Schaufeln.

Ein riesiger VOLVO Radlader mit mannshohen Reifen, kam mit ziemlicher Geschwindigkeit angefahren. Der Weg führte am Camp vorbei weiter in den Claim. Das Camp lag wie die Raststätte einer Autobahn in einer Ausbuchtung an der Seite. Der Mann, der aus dem Fenster des Fahrzeugs die beiden Wanderer sah, stoppte das Fahrzeug abrupt. Akias Warnung bewahrheitete sich: Misstrauisch beäugte der bärtige Fahrer die beiden Fremden. Er blickte grimmig auf die beiden, sprang aus dem

Fahrerhaus, stand breitbeinig kampfbereit vor ihnen und schnauzte „Wha are ya do'in here?"

Hans fragte geistesgegenwärtig „Are you Parker Grand?" Der Bärtige schüttelte den Kopf, musterte sie, machte eine Bewegung rückwärts, stellte den lehmverschmierten Stiefel auf die unterste Stufe der metallenen Trittleiter, die zum Fahrerhaus führte, öffnete die Tür. „Gonna tell him!" und verschwand im Fahrzeug. Der Motor jaulte auf, und das ehemals gelbe Fahrzeug setzte sich schwerfällig in Bewegung und stieß eine schwarze Dieselrauchwolke aus. Keine drei Minuten später rauschte aus der Richtung des Claims ein rostiger und lehmbespritzter Pick-Up ins Camp. Auch dieser Mann war bärtig, langhaarig, trug einen speckigen, ledernen Cowboyhut und eine dunkle Sonnenbrille, Camouflage-Hosen, ein Holzfällerhemd. Er hatte einen ziemlichen Bauch und zwängte nun seine Leibesfülle hinter dem Lenkrad hervor. Hier war nichts behände, er war relativ klein und schien die Fünfzig schon lange hinter sich zu haben. Der Bart grau meliert, das Haar in dünnen, grauen Strähnen. „I am Parker Grand!" Er machte eine Pause, auch er musterte beide anhaltend, als ob er in ihre Gedanken lesen wollte.

Hans preschte wieder vor „I am Hans Glück.“ Mit einer Handbewegung Richtung Akiak „Mr. Tranquarnat - my Scout.“ stellte er Akiak vor. „My granduncle Amadeus Glück worked for Bartholomäus Grandauer, your father.“ Parker Grand schaute von einem zum anderen, reagierte auf den Namen Grandauer nicht, blieb misstrauisch. Einer plötzlichen Eingebung folgend erwähnte Hans nichts von der Erbschaft.

Die drei Männer standen sich eine ganze Weile schweigend gegenüber. Schließlich erklärte Hans Parker, dass er den früheren Arbeitgeber von seinem Großonkel gerne kennengelernt hätte. Parker Grand schob den Cowboyhut etwas in die Höhe, rückte ihn dann wieder an die alte Stelle. Schließlich meinte er, sie könnten es sich auf den Stühlen gemütlich machen und wies mit einer Handbewegung auf die Feuerstelle. Solange Tageslicht sei, würde gearbeitet werden, dann käme er zurück und man könnte sprechen. Er ging zu einem der Wohnwagen, öffnete die Tür, stieß einen scharfen Pfiff aus, und ein Schäferhund sprang aus dem Wagen, der sofort in Richtung Hans und Akiak laufen wollte, Parker Grand schnauzte einen Befehl, und der Hund eilte pflichtbewusst vor die Wohnwagen und legte sich auf den Boden.

Hans und Akiak taten, wie ihnen geheißen. Sie setzten sich auf die klapprigen Stühle. Hans streckte die Beine aus und ließ seinen Blick schweifen: Eine durch und durch ruinierte Landschaft, aufgerissen, aufgeschürft, bis zum Grundgestein abgetragen, von der Waschstraße einmal durchverdaut und dann ausgespuckt, Halden von Geröll. Goldrausch?! Grau, staubig, unansehnlich zogen sich die Würste der weggeworfenen Erde, Steine – eben allem, was nicht Gold war. Ohne Rücksicht auf Verluste. Akiak ließ ebenfalls den Blick schweifen. Beide sahen die vom Bulldozer beiseite geräumten oder schiefgefahrenen jungen, einst weißen Birkenstämme, die nun verdorrtes, braunes Laub statt Grün trugen. Man ahnte, dass die Tiere von Gestank, Krach und Staubschwaden vertrieben die Gegend verlassen hatten.

Mit dem letzten Dämmerlicht kamen die Fahrzeuge zum Camp. Schmutzige, müde, abgekämpfte Männer, alle mit Bart, entstiegen den Fahrzeugen, freudig begrüßt vom schwanzwedelnden Hund, der nun endlich Akiak und Hans vorsichtig beschnüffeln durfte.

Akiak hatte bereits ein Feuer entfacht und Stockbrot mit Speck garte über dem Feuer, es war eine Willkommensgeste von ihm und Hans. Die Männer grüßten, warfen sich müde in die Stühle. Einige von ihnen hatten offenbar Küchendienst und holten Kisten von Bier aus einer kleinen Holzhütte, die im hinteren Teil des Camps am Waldrand stand und mit einem Vorhängeschloss gesichert war. Zwei stellten einen Tisch hin. Jemand deckte Pappteller auf, es gab Brot. Zum Erstaunen von Hans gab es saftige Steaks. Ein kleiner dieselbetriebener und laut brummender Generator hatte für die notwendige Kälte im Inneren eines Kühlschranks in einem der Wohnwagen gesorgt.

Einer legte Fleisch auf eine Gitterplatte, die an einem in den Boden gerammten Eisenstab befestigt war, direkt neben der Feuerstelle. Jetzt schwenkte er sie so, dass sie niedrig über den Flammen stand. Das Fleisch zischte leise. Die Kartoffeln warfen die Männer so ins Feuer. Inzwischen langten die Männer herzhaft beim Stockbrot mit Speck zu. Sie stellten sich kurz vor, Hans aus Deutschland und Akiak, sein Scout. Die Männer nickten, wechselten Blicke und stellten sich dann ihrerseits vor.

Bob, der Mann, der sie entdeckt hatte, fuhr die großen Radlader mit Schürfmaterial oder beseitigte mit dem Bagger alles bis zur goldführenden Schicht. Er war der Mann fürs Grobe. Er machte nicht viel Worte, ein Mann um die vierzig, fünfzig oder älter. Drahtig, zäh, mittelgroß. Typus

Ringer, dachte Hans. Er kam aus Canada, aus Winnipeg. Gelernt hatte er nichts, aber er hatte viele Jahre im Straßenbau gearbeitet und konnte die schweren Maschinen sehr gut bedienen, hatte sämtliche Führerscheine gemacht, vom Arbeitgeber bezahlt.

Jake aus Vermont, um die dreißig Jahre, rotblond, blaue Augen, Sommersprossen in einem kindlichen Gesicht, ein dünner Bart zierte die schmalen Wangen. Er bediente die Waschstraße, ein heikles Geschäft. Er sei Fachmann, er habe eine Praxisausbildung als Automechaniker, er könne so ungefähr jede Maschine wieder in Gang setzen, sagte er zwischen zwei Dosen Bier.

James Grand war älter als sein Bruder Parker, Ende Fünfzig war er sicher oder Mitte sechzig – Hans konnte ihn schlecht schätzen, er erinnerte sich nicht mehr genau an die Daten, die der Erbenermittler per Mail an ihn geschickt hatte. Sechzig bestimmt. Er war grauhaarig, der Bart, die Haare. Er hatte volles Haupthaar im Gegensatz zu seinem Bruder, der eine hohe Stirn hatte, auf der vorne nur noch eine kleine Insel stand. James Grand war offenbar für die Auswahl oder Suche der Schürfstellen im sechzig Hektar umfassenden Claim zuständig. Er hatte ein flächiges Gesicht, eine vom vielen Alkohol gerötete Nase durchzogen von blauen Äderchen, kleine Augen, unbestimmter Farbe, Augen denen nichts entging, er trug eine Kassenbrille, die am Steg mit Klebeband fixiert war.

Parker führte zwar das große Wort, aber Hans ahnte: James war Herrscher aller Reußen hier im Ring. Er suchte den Kontakt zu James, setzte sich neben ihn.

Neben Akiak saß Bill, ein eher stiller Mann, er trank langsam aber stetig, als ob sich zu besaufen eine verantwortungsvolle Aufgabe wäre, die er sorgfältig zu erledigen gedachte. Bill war ein ehemaliger Student der Geologie, der sein Studium aufgegeben hatte. Er hatte mehrere Semester an der Oklahoma State studiert. Er kam aus Oklahoma City, hatte sein ganzes Leben dort verbracht, dann hatte er davon gehört, dass man in Alaska bei den Schürfteams gutes Geld verdienen konnte, und so brach er auf. Er war Ende zwanzig, ein junger Kerl, hager, seine Gesichtszüge ähnelten dem einer Maske auf den Totempfählen, die prägnante Nase, die eingefallenen Wangen, blaue, schrägstehende Augen unter dunklen Brauen. Eine Mischung aus Italienern und Iren, wie er behauptete.

Die Saison war fast zu Ende, die Hoffnungen auf große Ausbeute hatten sich bisher nicht erfüllt. Einige

Maschinen waren kaputt gegangen, hatten dem Geröll nicht standgehalten. Rostenden Ruinen, ausgeschlachtet für Ersatzteile, standen sie wie Mahnmale in der verwüsteten Mondlandschaft. Die Männer waren abgearbeitet, frustriert und entsprechend schlecht gelaunt.

Fünf Mann, die rund um die Uhr der Erde abzuringen versuchten, was diese in sich barg und offenbar nur äußerst ungerne preisgab. Bodenschätze, ausgebeutet mit schwerem Gerät. Die Männer, die in der hereinbrechenden Dunkelheit die Steaks und die Kartoffeln ausgehungert vom Tagwerk in sich hinein schlangen, die Biere kippten und eher wortkarg vor sich hin stierten.

James Parker meinte zu Hans, dass er und Akiak noch einen Tag hier sein könnten, aber dann sollten sie weiterziehen. Sein Vater sei tot, gestorben, als er ein kleines Kind war, Amadeus sei auch tot, da hätten sie beide wohl nicht allzu viel zu reden. Hans nickte.

Der wortkarge James leerte seine Dose Bier, knautschte sie zusammen und warf sie unter den Stuhl. Hans dachte, das wäre es jetzt – da sagte James unvermittelt: „Unsere Mutter hat das Geschäft fortgeführt, zusammen mit Bob Blank."

Es trat eine Pause ein. „Mutter hatte jedes Mal geschäumt, wenn sie von der Geburtsanzeige erzählte. Greta Dalsberg hatte eine Tochter mit unserem Vater, aber der war bei deren Geburt schon lange beerdigt. Uma ist mit uns sogar in die gleiche Schule gegangen! Aber geredet haben wir mit *der* nicht. Später sind die nach Schweden, soweit ich weiß nach Kappelskär oder so ähnlich. Wir haben nie mehr was von denen gehört. Wollten wir ja auch nicht.“ Er öffnete eine weitere Dose Bier. „Als wir beide volljährig wurden, hat Ma alles an uns beide übergeben. Seit vierzig Jahren machen wir das nun, wir haben einen Geschäftsführer in Nome. Unser Geschäft ist schürfen, Gold ist immer noch ein gutes Business.“

Er stieß laut auf und flüsterte Hans zugewandt, so dass es die anderen nicht hören konnten: „Glaub es oder nicht - wir sind Millionäre. Die Frauen kümmern sich, und wir schürfen“. Erneut stieß er auf. Hans hatte den Eindruck, dass er zu sich selbst sprach. Er hatte Hans wohl vergessen. „‚Good hope‘ – der erste Claim hieß ‚Good hope‘ und hat unserem Vater viel Geld eingebracht! In Zeiten, wo ein Mann 75 Cents die Stunde verdiente, machte er Hunderttausende. Also haben wir auch alle späteren Claims ‚Good hope‘ genannt. Dies hier ist Good hope 23. Mein Ältester, Vince, hat Geologie studiert, der will unser Geld in die Suche nach seltenen Erden stecken, er meint, das sei profitabler als Gold. Wir müssten in Dritte–Welt–Länder gehen, da kostet der Grund nichts, und die wüssten oft nicht, was im Boden so an Schätzen verborgen ist. Oder man macht eine „hilfreiche Zahlung“. Er grinste wissend. Hans schwieg, was hätte er auch sagen sollen. Nach einer Weile fragte ihn James völlig unvermittelt, ob Hans eine Postadresse in Fairbanks habe. Hans verstand nicht ganz, worauf das hinauslaufen sollte. „Bei uns im Schrank standen immer vier schwarze Bücher, die Ma hoch und heilig waren, die Tagebücher unseres Pa's“. Er lachte halblaut auf. „Keiner konnte die lesen, die waren auf Deutsch.“

Während er sein Handy zückte, sagte er zu Hans: „Ich ruf‘ meine Frau an. Mary kann Kopien davon machen, du kannst die ja lesen, du bist Deutscher. Dann hat er sie nicht ganz umsonst geschrieben.“ Hans nickte begeistert und nannte seine Hoteladresse. Gesagt – getan. Nachdem er Mary auseinandergesetzt hatte, worum es ging, lehnte er sich erneut in seinen Stuhl zurück und schwieg.

Müde saßen die Männer ums Feuer, jeder mit sich und seinen Gedanken beschäftigt. Hans freute sich auf das Tagebuch, das würde doch eine Menge Aufschluss geben! Die Reise hatte sich also doch gelohnt.

Etliche Bierchen später wurde auch Jake gesprächig. Er erzählte Hans, dass er für die Saison 30.000 USD auf die Hand kriege und zwei Prozent aus dem Schürfergebnis als Prämie. Also das sei gutes Geld und Topp, wenn sie die 2000 Unzen Saisonziel schafften, 70.000 USD in sechs Monaten, da wäre es ihm egal, dass er im Dreischichten-Betrieb quasi rund um die Uhr schuftete. Krankheiten, Einsamkeit, das elende Wetter und wilde Tiere könne man schon ertragen für so viel Geld.

Hans sah ihn interessiert an, schwieg aber. Der angetrunkene Jake grunzte frustriert, dass es derzeit leider nicht nach Erreichen des Saisonziels aussähe. Sie bräuchten „eine gottverdammte Dredge“, lallte er. „Aber die kostete gut eine Mille, und die haben die Grands anscheinend nicht in cash oder auf den Konten.“ James brummte etwas Unverständliches. Jake kicherte „Außerdem haben die Ehefrauen ein gewaltiges Wörtchen mitzureden“. James Brummen wurde zum Knurren, laut und ärgerlich.

Jake sah Hans forschend an: „Ein Dredge!“ lallte er „Kennst Du ein Dredge? Das ist ein schwimmender Bagger mit einer Eimerkette, die unentwegt schürft und schürft und schürft, twentyfourhourssevendays…“ bei den letzten

Worten war er immer leiser geworden. Nach einem tiefen Seufzer sank sein Kinn auf die Brust und er schnarchte.

Bill, Bob und Parker hatten sich schon in ihre Wohnwägen getrollt. James stand schwerfällig auf, er schwankte leicht, rüttelte Jake wach „Time to bed!“.

Akiak und Hans hatten schon am Nachmittag ihr Zelt am Waldesrand aufgestellt. Allein saßen sie nun am Feuer, das schon ziemlich runter gebrannt war. Es war dunkel und empfindlich kalt geworden. Hans starrte in die Flammen und dachte nach, trank sein Bier.

Die Männer, die hier nach Gold schürften, waren auf der Suche nach dem großen Geld. Sie hatten große Ziele, zweitausend Unzen Gold in einer Saison, das waren gut zwei Millionen Dollar.

Hans dachte an all das, was ihm James und Parker kurz geschildert hatten. Ihr Vater hatte viel Geld verdient, zuerst mit einem Geschäftspartner, Robert Blank aus Crailsheim bei Würzburg, später als Miner. Sie hatten einen Laden, und sie verkauften an die Schürfer, an die „Miner“, wie sie hier hießen, alles, was diese benötigten, mit hohen Aufschlägen. Schaufeln, Hosen, Zelte, Siebe, Präzisionswaagen und zu Beginn auch Quecksilber, alles was man brauchte. Sein

Vater hat sich dann von Robert Blank getrennt und sich spezialisiert auf professionelles Mining – er handelte mit schweres Gerät, Maschinen für Mining Companies, die den Goldabbau industrialisierten. Grand Senior hatte die Seite gewechselt, war Miner geworden. Wie James schon gesagt hatte: Kurz nach der Trennung starb der Vater. Die Mutter war dann auf sich gestellt gewesen, hatte aber das Geschäft erhalten, der Claim wurde nicht bewirtschaftet.

Der nie verwirklichte Traum des Vaters war ‚Good hope'. Als die Söhne alt genug waren, beschlossen sie ‚Good hope' auszubeuten. Sie lebten diesen Traum vom ganz großen Geld.

Jeder hatte Frau und Kinder in Florida. Kamen spätestens mit den Herbststürmen ab Mitte September der Schnee und das Eis und die Dunkelheit, fuhren sie heim. Dann war die Saison beendet. Den ganzen Winter plante man für die nächste Saison. Im Frühjahr, meist schon Mitte April, waren sie alle wieder da. In diesen sechs Monaten schufteten die Männer wie besessen. Nach 18-Stunden-Tagen gab es schlechtes Essen, oft garniert mit enttäuschenden Schürfergebnissen. Sie trotzten Wind und Wetter, kämpften mit maroden Maschinen, Erkrankungen und mit wilden Tieren, ob Grizzly, Wildschweinen oder

Waschbären. Es gab etliche Waldbewohner, die sich für ihre Abfälle interessierten.

Sie hatten alles gesetzt, hatten ihre Familien verlassen, lebten ein Leben am Rande der Zivilisation. Sie wühlten in der Erde, hausten in uralten Wohnwägen, Hygiene war rudimentär. Die Gier nach dem Gold ließ sie am Rande der Wildnis wie Asoziale leben. Besessen vom großen Fund investierten sie jeden Cent, den ihre Ehefrauen ihnen nicht vorher abgenommen hatten.

Hans betrachtete die vom Mondlicht beschienenen Maschinen-Ruinen, blickte im kalten Licht auf die gigantischen Ausmaße der Geröllfelder – es wirkte alles so tot, so gespenstisch, hingerichtet bei der unglaublichen Jagd nach Gold. Zerstörung pur. Neben einer der Maschinen–Ruinen eroberte sich aber bereits die Natur ihren Platz zurück.

In der kühlen Nachtbrise, die den Himmel frei räumte und einen unglaublichen Blick auf die Sterne und die Milchstraße frei gab, schwankte eine nun geschlossene Blume vor sich hin.

Plötzlich schleierte ein grünliches Licht wie ein kurzes Leuchten über die Schwärze des nächtlichen Himmels – ein Nordlicht!

Der Auftakt zu einem lautlosen Tanz, zu einem Reigen gewaltiger Lichterbögen, schwebend über der nördlichen Hemisphäre. Das Nordlicht tauchte alles in dieses Grün, wandelte sich dann in einen rötlichen Ton – und das Firmament schien in Flammen zu stehen … Und dahinter der Sternenhimmel! Hans sah und fühlte die Tiefe des Alls. Seine Brust wurde eng. Er verspürte Ehrfurcht angesichts der gewaltigen Dimensionen, die das Licht offenbarte: Raum und Zeit, ein Hauch von Ewigkeit. Hans fühlte sich winzig wie Sternenstaub, und doch eingebunden in das Große, das Ganze. Er war überwältigt. Er legte sich auf die Erde. Er als Bindeglied zwischen geistiger und weltlicher Welt spürte die Verbundenheit mit dem All und dem geschundenen Boden. Er versank ganz in diesem grandiosen Anblick, diese Kathedrale aus Licht, er war eins mit der Schöpfung, in der Größe des Alls, die Seelen der Ahnen sprachen zu ihm.

„Freude, schöner Götterfunken, Tochter aus Elysium, wir betreten feuertrunken, Himmlische, Dein Heiligtum …“

Diese Liedzeilen fielen ihm ein, die Melodie jubilierte in seinem Inneren.

Auch Akiak war versunken in den Anblick, aber die beiden Männer bemerkten sich in diesem einmaligen Augenblick nicht. Jeder für sich war Teil des Universums.

Dann begann Akiak halblaut zu singen: - solange die Lichter schleierten, solange sang der Inuk.

„Hea yoyoyooo eija ijia hea yoyoyooo“ – Klar klang seine Stimme in die Stille, begleitete klagend, einsam, auf und abschwellend im Rhythmus der tanzenden Lichter das Schauspiel in der Weite des Firmaments. Akiak wiegte den Körper, der uralte Gesang verband die lebende Welt mit der ganzen Schöpfung.

Hans lag schweigend, spürte die Härte der Steine im Rücken, Tränen rannen warm seine Wangen herunter, er merkte es kaum: Noch nie hatte er sich so eins mit der Schöpfung gefühlt!

Weiter tanzte der gewaltige Bilderbogen aus Licht und Farbe, schleiernde Vorhänge aus transluszentem Licht, zarte, sich bauschende Bänder hielten ihn gefangen. Er hätte hinterher nicht sagen können ob er da Sekunden, Minuten oder Stunden gelegen hatte, im Augenblick seiend, getragen von Mutter Erde, verbunden mit dem Diesseits, schaute er staunend auf das Ballett der Lichter, den Tanz der Schleier, blickte er ins Universum, ahnte er ein Jenseits, fühlte er die Tiefe des Raums.

Tiefe Gewissheit, verbunden mit einer wissenden Zuversicht, strahlte Frieden in seine Seele, spürte er doch, das Alles mit Allem verbunden ist!

Und so plötzlich, wie es begonnen hatte, war es vorbei.

Hans lag bewegungslos auf dem kalten Boden, er hatte Gott geschaut, nie mehr würde er diesen Augenblick vergessen, und er wünschte für sich, dieses Bild im Augenblick seines Todes zu schauen.

Erloschen war der Lichterreigen, nicht jedoch das Firmament. Dunkel, besetzt mit Milliarden funkelnder Sterne, fern und ebenfalls gewaltig schön. Weißlich strahlte der Nebel der Milchstraße.

Die Härte und Kälte der Steine holten ihn unbarmherzig ins Diesseits zurück. Steif rollte er zur Seite, mühsam stand er auf, ganz eingerostet.

Hans ahnte im Schein des Feuers die verwüstete Landschaft. Geröllhalden, wohin das Auge blickte - Mahnmal der Gier. Ein Menetekel für die Menschheit. Nie würde es genug sein, nie würden sie aufhören zu wühlen, zu zerstören auf der immerwährenden Jagd nach noch mehr Gold.

In diesem Moment wusste Hans, dass er das Erbe nicht an die Brüder geben würde, damit die ihr zerstörerisches Werk noch effektiver betreiben konnten. Hans hatte die Botschaft der Ahnen verstanden.

Akiak reichte ihm wortlos eine Dose Bier und warf zwei Stecken auf die Glut, denn das Feuer war weit heruntergebrannt. Nach einem kurzen Moment sprangen kleine Flämmchen entlang der Rinde hoch, dann brannte es richtig. Beide hielten sie ihre klammen Finger über die Flammen, die nach ihnen züngelten, als wäre ihre Hände neue Nahrung für sie.

Immer noch prangte der Sternenhimmel über ihnen, die wolkige Milchstraße klar zu erkennen. Hans und Akiak saßen lange Zeit schweigend da. Endlich sagte Hans: „Ich habe jetzt verstanden, was du mir erzählt hast, und heute habe ich die Botschaft der Ahnen gehört".

Akiak hob den Kopf schaute ihn mit einer Mischung aus Neugier und Zweifel an.

„Ich werde den Söhnen Grandauers das Erbe nicht geben! Sie würden es nur verwenden, um weiter dem Gold nachzujagen, ihre Gier zu befriedigen. Es wird niemals genug sein! Dabei werden sie die Natur weiter ruinieren. Stell dir vor, die bekämen das Erbe! Was sie als erstes kaufen würden, wäre eine weitere Dredge, um noch mehr Land zu zerstören, zu durchwühlen und Schutthalden, Gebirge aus Geröll zu hinterlassen. Das kann ich nicht verantworten."

Er zögerte, die Worte fanden sich wie von selbst. „Ich werde das Geld aber nicht für mich behalten. Ich suche einen verantwortlichen Umgang mit diesem Erbe, die Zeit wird es zeigen." Jetzt musste er nur noch die Halbschwester der Grand Brüder finden, schließlich wollte er fair sein, es stand auch ihr ein Drittel zu.

Akiak schwieg, musterte ihn „Du meinst es ernst, oder?" Hans nickte, beugte sich vor und stieß – wie zur Bekräftigung eines Geschäfts - mit seiner Bierdose an die Bierdose von Akiak.

„Du bist ein merkwürdiger weißer Mann – Hans, aus Germany".

Hans spürte, dass er vor Kälte zitterte, aber auch vor Aufregung. Wie zur Bekräftigung des gerade Gesagten begann der Tanz der Lichter erneut, Hans fühlte es als Bestätigung dessen, was er gerade gesagt hatte: Er hatte die Ahnen verstanden. Er würde Alaska verlassen und Uma Dalsberg suchen, denn diesen Namen hatte James Grand ihm auch genannt, als er ihn nach der Halbschwester gefragt hatte und einen Ort in Schweden, Kapellskär.

Es war empfindlich kalt geworden, und beide trollten sich in ihr Zelt, stiegen völlig bekleidet in den Schlafsack und waren schnell in tiefen Schlaf gefallen.

Geweckt wurden sie vom Lärm der anspringenden Motoren der Monsterdiesel von Volvo und den Zurufen der Männer. Hans steckte den Kopf aus dem Zelt und konnte der abfahrenden Mannschaft zum Abschied gerade noch kurz zuwinken und „Thank you … good luck“ zurufen.

Akiak entfachte die schwarzen Überreste des gestrigen Feuers erneut, holte Wasser, bereitete Kaffee in der Alukanne und knetete Teig, klebte zwei Batzen davon um zwei Stecken, und als das Feuerchen sie knusprig braun gebrutzelt hatte, war ihr Frühstück fertig. Nach dem Frühstück verstauten sie ihre Sachen und machten sich auf den Rückweg. Die ganze Zeit hatten sie geschwiegen, und schweigend bogen sie auf den Trail ein. Sie würden wieder sechs Tage zurückgehen und Hans freute sich darauf.

Dieses Schweigen war Ausdruck davon, dass die beiden Männer sich verstanden und gegenseitig schätzten.

Akiak sang leise vor sich hin. Sie genossen die Natur, und sie hatten auf dem Rückweg eine schöne Zeit, nicht zu heiß, aber kaum Moskitos und nur gelegentlich mal einen warmen Regenschauer. Sie kamen wieder zu Lori, begrüßt sie mit großem Hallo. Sie scherzten mit ihr, beide genossen die heiße Dusche und das kalte Bier. Hans hätte ewig so weiter machen können.

Akiak trieb am Ende zu etwas zur Eile an, denn Hans wurde unbewusst immer langsamer, beseelt von dem Wunsch, er könnte so das Ende hinauszögern. Akiak hatte einen neuen Auftraggeber, den er laut Handynachricht am Freitag treffen sollte. Am Donnerstagabend trafen sie im Hotel ein.

Nachdem sie die Formalitäten erledigt hatten, verabschiedete Akiak sich mit einer Umarmung: „You‘re a good man! - See you once in a while“. Hans hatte einen Kloß im Hals, ihm war gar nicht klar gewesen, wie sehr er Akiak als Freund betrachtet hatte. Er nickte und erwiderte seinerseits die Umarmung: „You also! Thank you for all, I'll miss you!“

Das Mädchen an der Rezeption meldete sich „Sir? … Sir? There‘s a package for you!“ Hans war erstaunt, ging zum Tresen und nahm ein ziemlich dickes FedEx Paket entgegen. Absenderin Mary Grand aus Florida! James Grands Ehefrau war offenbar ein Ausbund an Zuverlässigkeit.

Oben im Zimmer öffnete er das Päckchen. Es enthielt mehrere Kladden. James‘ Frau hatte offenbar genau die Vorlage kopieren und entsprechend binden lassen. Dicker schwarzer Karton mit einem weißen Einsteckschildchen in der oberen Mitte quasi als Titelblatt, weiße Kunststoffspiralbindung und ein schwarzer Karton als Buchrückseite. Auf den Einsteckschildchen hatte jemand mit schwarzem Filzstift säuberlich die Jahreszahlen notiert, sie waren amerikanisch geschrieben – die eins als gerader Strich und die vier geschlossen.

1942; 1943; 1944 - 1946

Nach zwei Wochen in der Wildnis schien ihm das Zimmer irgendwie ungewohnt. Eine taube Stille füllte das Zimmer. Er schob das Fenster hoch, Straßengeräusche drangen zu ihm – er schloss es Fenster wieder: Er vermisste die Geräusche der Natur.

Er würde sich ein paar Bier kaufen, vorher ein Steak essen und sich dann der Lektüre widmen.

Endlich würde er Bartholomäus Grandauer kennenlernen oder Bart Grand - seine Geschichte oder wenigsten einen Teil davon.

Bart Grand

Hans kehrte gestärkt zurück, ein T-Bone Steak mit reichlich Pommes und Ketchup ruhten nun in seinem Magen. Auf dem Rückweg hatte er sich noch schnell ein paar Dosen Bier besorgt. Die Kladden lagen noch so, wie er sie zurückgelassen hatte auf dem Tisch - 1942; 1943; 1944 – 1946.

Hans öffnete eine Bierdose und griff sich den Band 1942: Nun würde er Bartholomäus Grandauers Geschichte erfahren, anders als Amadeus, dem das ein Leben lang verwehrt geblieben war.

1.3.42

Ich sitze in einer zugigen Unterkunft in Rotterdam und Joke Wiegers, so heißt meine Vermieterin, hat mir einen dünnen Tee hingestellt, man verwendet hier die Teebeutel drei- und viermal. Ich bin froh, daß ich überhaupt einen Platz zum Schlafen in dieser kleinen Pension gefunden habe. Deutschen gegenüber ist man sehr reserviert - verständlicherweise. Versorgung ist ein echtes Problem, auch hier gibt es einen Schwarzmarkt, aber es ist als Deutscher ungleich gefährlicher, wenn man erwischt wird. Die Holländer sind mißtrauisch bis zum schlecht werden, klar sind die deutschen Besatzer alles andere als beliebt – man spricht hier nur von den Moffens.

Zwei Wochen bin ich jetzt hier. Alles mußte so schnell gehen, nach Vaters Tod. Ich bin noch ganz erschlagen von all den neuen Eindrücken, ich fühle mich entwurzelt, spreche die Sprache nicht. Man kann einiges ableiten, da Niederländisch dem Deutschen doch verwandt ist, aber trotzdem fühle ich mich so fremd. Schlimmer finde ich mein Gefühl der Verunsicherung, eine Mischung aus der Angst entdeckt zu werden oder einen Verrat zu provozieren. Dieses Gefühl der Ohnmacht, des verfolgt seins.

Nachdem ich mich erklärt hatte, war das Eis gebrochen. Ich bin gleich mit der Tür ins Haus gefallen und habe nach Rebekka und ihrer Familie gefragt. Alle haben ein Pokerface gemacht, man traute mir nicht. Niemand traut hier irgendjemand. Meine Geschichte, eine Falle der Moffens? Wer weiß. Nach ein paar Tagen - ich versuche eine Schiffspassage zu ergattern - kam am Abend ein Freund der Familie, der Frij heißt, der hat gesagt, daß man sich umgehört habe, zur Familie Goldstein aus Bayern gäbe es keine Informationen, ob ich sicher sei, daß die noch in Rotterdam sind. Mein Herz ist so schwer.

Ich sehe noch Höllers Gesichtsausdruck auf der Trauerfeier, meinen Vater mit 52 Jahren zu den U-Bootfahrern zu schicken - dieses Schwein, er hat sicher alles drangesetzt! Er will unbedingt, daß ich an die Front muß, er will einfach nicht glauben, daß ich einen Herzfehler habe, obwohl das schon in der Schule klar war. Ich durfte ich nie am Sport teilnehmen oder an Wanderungen. Er weiß das, schließlich war er in meiner Klasse. Aber er hat schon immer gegen mich gehetzt, war neiderfüllt, weil meine Eltern eine Brauerei besitzen. Aber eigentlich glaube ich, daß er nur neidisch war, weil ich ein exzellenter Schüler war, weitaus intelligenter als er. Ich war in allen Jahren Klassenbester ob Physik, Mathematik, Chemie. Ich ging als Jahrgangsbester von der Schule ab und mein juristisches Prädikatsexamen wurde sogar im Grafinger Tagblatt erwähnt. Aber Erfolg zieht Neider an, das mußte ich schon früh lernen. Lieber nicht auffallen. Jetzt als Nazi kann er sich an allen rächen, die ihm irgendwann mal irgendwie ‚quer gekommen' sind. Dieses klein karierte …

Ich werde nun dieses Tagebuch führen. Ich will meiner Nachwelt festhalten, was mir widerfahren ist und ein objektives Bild der Geschehnisse zeichnen, soweit mir das möglich ist. Dieses Buch soll bezeugen, wie es wirklich war, ein Schicksal von vielen, festgehalten für die Nachwelt und mein Schicksal steht exemplarisch für das Schicksal der vielen Geflüchteten.

Mein Name ist Bartholomäus Grandauer, ich bin Mitglied der Zentrumspartei und habe mich um ein politisches Amt als Stadtrat in Grafing, einer kleinen Stadt bei München beworben. Ich bin am 21.4.1910 geboren, als zweites Kind des Brauereibesitzers Joseph Grandauer und seiner Ehefrau Martha, geborene Mittermair. Ich habe in München Jura studiert und mit dem zweiten Staatsexamen als Volljurist 1936 abgeschlossen und arbeitete seither als Justiziar in der Brauerei meines Vaters, speziell im weltweiten Export.

Im Sommer 1939 wollte ich heiraten, damals war ich zusätzlich noch Geschäftsführer des Baustoffhandels, denn mein Vater damals auch noch besaß. Die Familie meiner Verlobten Rebekka Goldstein hat sich aufgrund des zunehmenden Drucks kurzfristig zur Ausreise entschlossen und ist in die Niederlande emigriert. Aber die Erleichterung dauerte nur kurz, denn schon 1940 besetzten deutsche Truppen die Niederlande. Es ist furchtbar die Deutschen eilen von einem Sieg zum anderen, Norwegen, Dänemark, Belgien, Frankreich, wer soll diese Barbaren aufhalten? Österreich heimgeholt ins Reich! Die Sudetendeutschen angeschlossen, was soll nur werden?

Mehr als zwei Jahre habe ich nichts mehr von Bekki gehört, täglich schaue ich mir ihre letzte Postkarte an und ihr Foto, es ist schon ganz abgegriffen.

Nachdem Vater den Baustoffhandel verkauft hatte um das weitere Wachstum der Brauerei zu finanzieren, fing ich an mich mit Politik zu befassen. Es verließen spätestens seit 1939 immer mehr Menschen das Land. Das war auch der Grund meines politischen Engagements, man musste dieser Nazi-Sippschaft etwas entgegensetzen. Ich kann nicht zusehen, daß nach und nach alle Freiheitsrechte verschwinden. Maßstäbe - gesetzt vom pöbelnden braunen Mob?! Ich stehe damit im Konflikt mit meiner Familie, die beileibe keine Nazis sind, aber sehr konservativ. Ich bin aus diesem Grund in die Zentrumspartei eingetreten, damit ich diesen innerfamiliären Disput nicht auch noch führen muß. Seit 1933 haben viele meiner Studienkollegen Deutschland verlassen und sind in die

Schweiz, nach Frankreich, Schweden, Norwegen, USA oder in die Türkei gezogen, ich finde diesen intellektuellen Aderlass mehr als bedenklich. Es wurde noch schlimmer nach Beginn des 2. Weltkriegs, angezettelt durch die Nazis. Gibt es einen sicheren Ort für mich? Immerhin bis Rotterdam bin ich schon gekommen. Habe ich zulange gewartet? Was wenn die mich hier in Rotterdam aufgreifen? Ich verlasse kaum die Pension!

Und die Ungewißheit, wo ist Bekki und ihre Familie? So lange habe ich nichts mehr gehört und ich mache mir große Sorgen. Meine letzte Information war Rotterdam, deshalb bin ich hier. Joke hat mir erzählt, daß der letzte Winter hart war. Die deutsche Besatzung hungert die Bevölkerung aus, da wird es für die Illegalen noch enger. Hätte ich doch besser in die Schweiz gehen sollen? Der Zweifel frißt mein Handeln auf. Sitzen – warten- grübeln. Ich muß endlich wieder ins Handeln kommen, aber wie? Egal wo ich hinkomme, als deutscher Jurist bin ich erstmal arbeitslos, aber das bin ich in jedem Land.

Joke meinte Shanghai – denn das geht ohne Visum! Sie hat Verbindungen in den Rotterdamer Hafen. Geschäftlich hatte unsere Brauerei tatsächlich über ein paar Ecken, ein paar Kontakte in Shanghai. Laut Joke leben inzwischen mehr als 130.000 Ausländer in der als Paris Asiens bezeichneten Stadt - davon gut 20.000 Deutsche, vornehmlich geflüchtete Juden. Was wenn Bekki dort ist? Aber was will ich in Shanghai? Ich spreche kein chinesisch, aber von da kann ich meine Einreise in die USA bewerkstelligen. Die Geschäftsfreunde einer deutschenstämmigen Brauerei, die ich auf der Messe kennengelernt habe, die werden mir weiterhelfen - hoffentlich. Joke und ihr Netzwerk. Wir hören BBC. Gott sei Dank spreche ich Englisch. Die USA sind sehr an den deutschen Emigranten interessiert, fast alles sehr gut ausgebildete Wissenschaftler, Künstler, Intellektuelle, Filmschaffende – Zehntausende inzwischen. Die amerikanischen Bürger sind eher skeptisch bis negativ eingestellt, war man so hört. Die Regierung ist sehr interessiert am „brain gain" wie sie das nennen, speziell an Sozialwissenschaftlern, da Roosevelt den „New Deal" nun ans Leben bringen muss. Jedes Konzept ist so gut wie die Umsetzung - und Wähler sind eben Wähler – auch in den USA.

7.3.1942

Gestern Abend kam über BBC eine Warnung an alle Widerständler: ‚…die Gruppe ‚Ebenezer' in Den Haag ist enttarnt worden!...' Joke schlug sich die Hand vor den Mund, Tränen schossen ihr in die Augen – ein Moment atemloser Stille folgte. Alle sprangen auf, sie fingen sofort an, Papiere im Ofen zu verbrennen. Frij verließ wortlos das Haus. Das Radio steht jetzt auf einem besatzerfreundlichen Sender, die selbstgebastelte Antenne wurde versteckt. Die anfängliche Hektik wich bangem Warten. Warten ob es an der Tür klopft, hämmert, deutsche Stimmen brüllend Einlaß fordern würden. Bange Stille herrscht im Haus, alle sind bedrückt. Joke ging einkaufen, wie immer, damit man nicht auffällt. Alles wie immer, mit den Nachbarn ein paar nette Worte wechseln, in den Briefkasten sehen, natürlich, freundlich – ja keinen Blick hinter die Fassade gestatten. Als Joke nach zwei Stunden vom

Markt wiederkam, gab es geflüsterte Botschaften, anscheinend ist das Netzwerk in Rotterdam noch nicht betroffen von der Verhaftungswelle – die Zeit arbeitet hier für den Widerstand, je länger es dauert, desto mehr Spuren sind beseitigt. Ich sitze hier und kann rein gar nichts tun. Warten. Je länger es dauert, desto erstarrter bin ich innerlich.

Ich muß hier weg! Schon wegen Joke. Ich werde nichts erklären können, sollte es zu einer Hausdurchsuchung kommen und für Joke bin ich zu gefährlich. Einen Deutschen zu beherbergen, um nicht zu sagen zu verstecken, da würde sie in Erklärungsnot kommen, auch wenn wir eine abgestimmte Sprachregelung haben. Ich bin deutscher Geschäftsmann, der hier in Geschäften unterwegs ist. Joke kann das schützen, denn sie kann sicher glaubhaft erklären, daß sie einen Deutschen nicht zu hinterfragen hat. Aber diese Legende kann mich nicht wirklich retten, denn ich müßte meine Geschäfte offenlegen und ich habe keine - und dieses Tagebuch müßte in den Ofen gewandert sein und zwar sofort, wenn Einlaß gefordert wird, ich hoffe das gelingt. Noch mehr hoffe ich aber, dass dieser Fall nie eintritt.

Hoffentlich hat Joke bald einen Platz auf irgendeinem Schiff für mich, egal wohin.

19.3.1942

Jetzt ging es schnell. Joke hat eine Schiffspassage ergattert. Die Princess oft the Seas, ein Schiff unter Hongkong Flagge, also britische Kronkolonie, nicht gerade die erste Wahl wenn man durch den

Ärmelkanal muß und dann noch ein gutes Stück durch den Nordatlantik, wo die deutschen U-Bootfahrer lauern. Ich arbeite offiziell als Leichtmatrose, acht bis zehn Wochen werden wir auf See sein, je nachdem. Wir können nicht durch den Suezkanal, denn da hätten wir durchs Mittelmeer gemußt, die Strecke wäre bedeutend kürzer, aber da die Princess oft the Sea offiziell Fracht und inoffiziell etliche Geflüchtete transportiert, fährt sie sicherheitshalber den Umweg ums Horn von Afrika. Italien ist Deutschlands Verbündeter wie Japan, Shanghai steht unter Japanischer Besatzung. Soweit man hört, unternehmen die Japaner aber wenig gegen die Emigranten, es scheint wohl ein paar Schikanen zu geben, aber ich hoffe als Christ und Verbündeter sollte ich keine Schwierigkeiten bekommen und ich werde ohnehin weiterreisen.

Ich kann es immer noch nicht glauben - tatsächlich nach Shanghai und von dort nach USA. Ich habe einen Brief und eine Postkarte an Mutter geschrieben – wie macht man Mut, wie verbreitet man Optimismus, wenn das Herz verzagt ist? Den Brief darf Joke aber erst nach dem Auslaufen des Schiffes einwerfen. Mutter muß postlagernd Geld nach Shanghai transferieren – das sollte gehen. Es wird sicherlich viel kontrolliert, aber Japan ist ein Verbündeter. Ich habe ihr geschrieben, daß Amadeus eine Vollmacht hat, daß ich Amadeus alle Unterlagen gegeben habe und ihn gebeten habe sich zu kümmern, er war stets ein treuer Freund und ein loyaler Mitarbeiter. Ich werde mich melden sobald ich in Shanghai bin.

alles finden, mit Gottes Hilfe. Mein ganzes Hab und Gut paßt in meinen Rucksack. Kaum vorstellbar, mit wie wenig man auskommen kann, wenn man muß. Ich werde, wenn ich in Shanghai bin auf jeden Fall versuchen Mutter und Katharina nachzuholen – Brauerei hin oder her. Ich habe die beiden Frauen ganz alleine gelassen, kann das richtig sein? Gott schütze Euch. Gott schütze Deutschland. Wann wird das ein Ende haben? Und was wird danach sein?

Alle Passagiere, es sind ca. dreißig Personen an Bord, alle sind auf der Flucht vor den Nazis. Man sollte annehmen, daß diese Gemeinsamkeit uns eint, aber das ist nicht so. Jeder ein Schicksal. Jeder ist vorsichtig. Jeder hat so seine Erfahrungen während der Flucht. Höflichkeit und Zurückhaltung prägen den Umgang untereinander. Ich habe mich sehr zurückgezogen. Ich habe bisher so viel Glück gehabt, das kann nicht ewig währen.

25.3.1942

Heute stand ein Kind vor meiner Hängematte und starrte mich an. Als ich es ansprach, drehte es sich ganz schnell um und rannte zur Mutter im hinteren Teil. Beide starrten mich aus sicherer Entfernung an. Beim Essen merkte ich, daß mich alle Passagiere mehr oder weniger verstohlen musterten. Niemand saß an meinem Tisch – was ist los? Die Stimmung gegen mich ist feindselig, das spüre ich. Aber wieso? Ich muss herausfinden was los ist. Ich spreche einen der Asiaten von der Schiffsbesatzung an, frage was das zu bedeuten hat. Er zuckt die

Schultern ,You Nazi? You look like SS' mir fiel der Kinnladen runter. Ich bin blond, ich bin einigermaßen groß, blaue Augen habe ich auch – ist man da automatisch ein Nazi?! SS?! Deshalb das Misstrauen. Alle die hier auf dem Schiff sind, haben unter den Nazis viel erlitten, daß die nicht glücklich wären, wenn ein SS Mann an Bord wäre, das ist für mich absolut nachvollziehbar. Aber was sollte denn ein SS Mann an Bord? Ein Spion? Die Deutschen hätten doch das ganz Schiff in Rotterdam sofort hops genommen, da brauchen die keinen Spion an Bord. Angst ist irrational.

Beim nächsten Essen trat ich die Flucht nach vorne an. ,Ich heiße Bartholomäus Grandauer, ich komme aus Grafing in Bayern. Ich bin 32 Jahre alt und Politiker der Zentrumspartei. Ich werde von den Nazis verfolgt (das stimmte nur bedingt, ich wurde von meinem persönlichen Feind Georg Höller verfolgt wenn man es genau nahm – zugegeben ein Nazi durch und durch) und deshalb emigriere ich in ein anderes Land.' Alle Köpfe waren mir zugewandt, alle haben aufgehört zu essen. Ich nickte und setzte mich wieder hin, aß meinen Reis mit Gemüse, hob meinen Blick nicht. Ich spürte die Schärfe des Essens besonders heftig, Tränen stiegen auf - ich fühlte mich so ungerecht behandelt, ungerecht beschuldigt. Der Rest des Essens verlief schweigend.

27.3.1942

Der Schweiger trat an meine Hängematte. Der Mann hatte bisher kaum mit jemanden Kontakt, er reiste offenbar alleine. Ich habe einigen

Reisenden Spitznamen gegeben. Man redet in dieser zwangsweise entstandenen Schicksalsgemeinschaft nicht so viel miteinander, jeder ist mehr oder weniger mit sich beschäftigt, von daher kenne ich nur wenige Namen. Er trug einen viel zu großen Anzug in braun, der schon mal bessere Tage gesehen hatte. ‚Herr Grandauer?' Ich hob den Kopf, sah in alte Augen. Der Mann ist höchstens fünfzig, aber die Augen sind alt, uralt. Mit den Augen blickt man in die Seele, sagt man so. ‚Ich bedauere, dass sie verdächtigt wurden, das wollte ich ihnen sagen'. Sprach's und ging auf seinen Platz zurück. Das hat mich sehr beeindruckt.

28.3.1942

Der Schweiger setzt sich jetzt beim Essen immer demonstrativ an meinen Tisch. Ich nicke ihm freundlich zu, habe seine Geste der Solidarität mit mir verstanden und ich bin ihm dankbar. Beim Essen sah ich, dass auf seinem Unterarm eine Nummer eintätowiert ist. War er in einem KZ? Höller hat uns oft mit Dachau gedroht, aber alle dachten, das sei eine Art verschärftes Gefängnis und ernst hat es ohnehin keiner genommen. ‚Halt's Maul sonst kommst' nach Dachau' war ein gängiger Spruch, wenn einer der Arbeiter mal was gegen die Nazis wetterte. Mutter hatte erwähnt, daß man als Unternehmen Zwangsarbeiter anfordern konnte, das wären Menschen aus dem KZ oder Kriegsgefangene, um die Ausfälle der Männer, die eingezogen worden waren, zu überbrücken. Wir haben das nicht in Anspruch genommen, aber ehrlicherweise muß ich sagen, viel Gedanken haben wir uns darüber nicht gemacht.

Joke und Frij berichteten von gezielten Ermordungen, von Tausenden von Menschen in Konzentrationslagern. Voriges Jahr, am 22. und 23. Februar 1941, nach einer groß angelegten Razzia gegen Juden in den Niederlanden durch die deutschen Besatzer, die alle deportiert wurden, trat die niederländische Bevölkerung in den „Februarstreik". Solidarität mit den Opfern, es sollten die Deportationen verhindert werden. Der Streik wurde durch die Deutschen blutig niedergeschlagen! Es gab Standgerichte, Erschießungen, wahllos. Das hatten sie erzählt und auch, dass dies der Grund war, warum sie in den Widerstand gegangen sind. Menschen verschwanden spurlos. Juden, Politische, Schwule, Männer, Frauen, Kinder – die KZs seien eigens im Osten errichtet worden. Man munkelte von Gas und Verbrennungsöfen.

Wo war Bekki? Wo waren die Goldsteins? Ich konnte es nicht glauben, das hieße, daß die Nazis nichts als gemeine, abgefeimte Mörder wären. Das war so ungeheuerlich, konnte es wahr sein? Als Joke das erzählt hatte, habe ich mich mit aller Gewalt an den Gedanken geklammert, daß sie ja nicht alle erwischt haben konnten. Frij sprach von immer noch Untergetauchten, von Versteckten in den Städten und auf dem Land.

31.3.1942

Zwölf Tage nach dem wir in Rotterdam abgelegt haben, sind wir nun in freien Gefilden - den Ärmelkanal, Nordatlantik entlang der Küste Frankreichs dann Spanien mit Golf von Biskaya, Gibraltar – all das liegt schon hinter uns. Wir laufen in den Hafen von Dakar ein, Senegal. Schwarzafrika! Kein Hitler weit und breit. Ich hatte einen dicken Kloß im Hals, es fiel Last von meinen Schultern. Ich hätte am liebsten gesungen. Man konnte die Freude und Erleichterung aller Menschen an Bord förmlich mit Händen greifen. Mißtrauen und Vorsicht prägen das Handeln der Geflüchteten, ‚nur nicht auffallen' – jetzt atmen wir freier.

Das Schiff bunkert Proviant, Wasser und Diesel. Wir durften nicht von Bord, aber wir standen alle an der Reling, hier kann uns nichts passieren. Wir blickten auf das bunte Treiben, die schwarzen Menschen in bodenlangen, farbenprächtigen Gewänder in allen möglichen Mustern, Turbane um Häupter geschlungen. Waren wurden feilgeboten. Mir fiel ein alter Mann auf, sehr aufrecht gehend, schwarzer, bodenlanger Kaftan, schwarzer Turban, gefesselt hat mich das Gesicht – wie aus Stein gemeißelt, die Würde des Alters.

Der Maat verließ über die herabsenkbare Gangway das Schiff, in Begleitung vom Koch und zwei Matrosen. Es herrschte emsiges Treiben auf dem Pier. LKWs wurden beladen, schweißgebadete Oberkörper unter Lasten, Eselsschreie, Karren wurden gezogen. Sehr fremd, sehr malerisch. Ein anderer Kontinent. Ich war schon auf Geschäftsreisen in Europa, also ganz fremd ist mir reisen nicht, aber das hier ist schon etwas anderes, sehr exotisch. Ich bedauerte, daß wir nicht von Bord durften, verstand aber auch, daß man zügig weiter möchte. Es dauerte auch nicht lange und

Maat nebst Begleitung kamen zurück. Trotzdem vergingen Stunden bis alles gebunkert war, insbesondere das Betanken nahm viel Zeit in Anspruch.

Am späteren Abend ertönte das Schiffshorn einmal - ein langer, tiefer Ton als Zeichen, dass wir ablegten, ein Zittern ging durchs Schiff als die Motoren ansprangen und wir stachen erneut in See, nächster Halt Kapstadt, nach meiner Einschätzung erneut zwölf bis vierzehn Tage. Danach geht es in den indischen Ozean, das wird ein längeres Teilstück, bis Singapur, vorbei an Indonesien und Malaysia. Von Singapur führt die Strecke dann vorbei an Macao, Formosa an der chinesischen Küste entlang nach Shanghai. Aber jetzt kommt erst der indische Ozean. Ich hoffe, daß wir am 18. Mai in Shanghai einlaufen.

2.4.1942

Ich habe den Schweiger angesprochen, es hat mir keine Ruhe gelassen. Er heißt Moshe Finkelstein und kommt aus Frankfurt. Er war dort Goldschmied mit einem kleinen Laden, den er in der vierten Generation führte, auf der Zeil. Sie hatten ein schönes Haus aus der Gründerzeit in der Nähe des Palmengartens. Er war verheiratet, er lächelte bei der Erinnerung. ‚Meine schöne und herzensgute Frau' er machte eine lange Pause, unvermittelt fuhr er fort ‚Zwei Töchter wärmten mein Vaterherz' – genauso hat er es gesagt. ‚Wärmten sein Vaterherz'. Er hat die Nazis lange nicht ernst genommen, schließlich war er Deutscher, wie jeder Deutsche. Er hatte gekämpft, ein

Weltkriegsteilnehmer. Seine Verwandtschaft reiste über England nach Palästina aus, aber er war blind. Bis zum Schluß wollte er es nicht glauben. Voriges Jahr im September haben sie ihn und seine Familie abgeholt ins KZ Bergen-Belsen, vorher mußte er sein Vermögen überschreiben. Er hatte gehofft, sie würden ihn und seine Familie ausreisen lassen, wenn er ihnen alles in den Rachen geworfen hatte. Er wurde als arbeitsfähig eingestuft und arbeitete auf dem Felde bei einer Gärtnerei, einem Großbetrieb mit Hunderten anderen KZlern und Zwangsarbeitern, die meisten aus Polen und der Ukraine. Die haben vom Gas und den Verbrennungsöfen erzählt, Auschwitz, Birkenau. Nie gehört. Er wußte, daß seine Frau Rachel und die beiden Mädchen Hanna und Judith von Bergen-Belsen aus nach Birkenau transportiert worden waren - dass wußte er.

‚Erst wollte ich einfach sterben – loslaufen, mich von den Wachen abknallen lassen'. Ich weinte und so lagen wir beiden gestrandeten Männer uns weinend in den Armen. Nach einer Weile hat er gesagt ‚ich muss weiterleben, ich muss bezeugen, was diese Verbrecher getan haben, sie dürfen nicht davonkommen' Also ist er geflüchtet. Er sagte selbst, dass er mehr Mazel gehabt hat als ein normaler Mensch haben kann. Er fand einen Unterschlupf und eine streng gläubige Christin hat ihn zu einer der Schleuserorganisationen gebracht. ‚Es ist meine Pflicht als Christenmensch' hat sie gesagt. Die Organisation hat dann alles vorbereitet. Seine Fahrt - versteckt zwischen Möbeln auf einem Laster - nach Rotterdam, seine Schiffspassage. Irgendwas lief schief, die

Kontaktperson hat ihn auf dieses Schiff gebracht und jetzt ist er auf dem Weg nach Shanghai, statt nach Israel. Verkehrte Welt. Er meinte noch, über Shanghai höre man Unterschiedliches. Die Japaner internierten angeblich auch, das mache ihm Sorge.

5.4.1942

Wasser, Wasser, Wasser! Ich grüble, aber das darf man nicht, da wird man schwermütig. Es gibt für mich hier an Bord nichts zu tun. Ich laufe herum. Neben der Fracht sind gut dreißig Personen an Bord, auf den verschiedenen Decks. Ein lukratives Geschäft für die Reedereien, die Menschen illegal aus Europa zu bringen. Die Männer spielen Karten. Ich halte mich zurück, aber inzwischen ist die anfängliche Zurückhaltung gewichen. Es gibt die Redseligen, die jedem ihre ganze Fluchtgeschichte auftischen. Andere sind sehr still. Alle eint, weg aus dem sich in Zerstörung befindlichen Europa, nichts wird mehr so sein wie es vorher war, dass ist gewiß.

Ich habe abgenommen, die Hosen flattern, das Essen besteht hauptsächlich aus Reis und die Portionen sind nicht üppig, Reissuppe zum Frühstück. Meine Leinenhose hat inzwischen sehr gelitten und ich habe mir tatsächlich ein Stück blauen Stricks besorgt als Ersatzgürtel! Pulli, Socken und Hemd wasche ich so gut es geht regelmäßig, ich laufe teilweise barfuß, um die Schuhe zu schonen und zu lüften. Ich bin jetzt braungebrannt. Dort wo die Gesichtsbehaarung das zuläßt, denn mittlerweile bin ich Besitzer eines blonden Vollbarts und die Haare locken sich (!) über den Kragen. Herr Grandauer Junior, Volljurist und Unternehmer, Arbeitgeber von 75 Mann – wer mich in diesem Aufzug sehen würde, der kennt mich nicht wieder! Ich kenne mich selbst nicht wieder. Als Matrose oder Künstler ginge ich wohl durch. Die Körperhygiene muß leider auch etwas zurückstehen und die salzige Seeluft gibt einem ein klebriges Gefühl auf der Haut. Meinen guten Anzug, ein paar gute Schuhe und ein weißes Hemd mit Schlips und Manschettenknöpfen habe ich ganz unten im Rucksack. In Shanghai muß ich unbedingt einen Frisör ausfindig machen.

Ich habe zwei Frauen beobachtet, die für sich und ihre Kinder zusätzliches Essen organisieren. Die Dusche ist dann blockiert - die Männer der Schiffsbesatzung stehen Schlange davor. Einer nach dem anderen geht dann in die Dusche. Unerträglich.

Ich ziehe mich noch mehr zurück, ich will es nicht sehen, nicht wissen, ich kann nichts tun.

Damit ich nicht durchdrehe lerne ich englische Vokabeln, ich habe ein kleines Lexikon mitgenommen. Gott sei Dank hatte ich auf dem Gymnasium Englischunterricht und beruflich habe ich die Sprache ja schon genutzt, trotzdem ist es etwas anderes, in einem englischsprachigen Land zu leben. Die Tage ziehen sich, es wird wärmer, die Tage länger, ansonsten ist es langweilig. Zeit zum Grübeln.

Was wird sein? Was wird werden? Wo ist Bekki? Wie geht es Mutter und meiner Schwester Katharina? Wie kommt Amadeus zu

Recht? Hat Höller ihnen die Hölle heiß gemacht, wegen meines Verschwindens? Und Joke und Frij, wie ist es ihnen inzwischen ergangen? Auschwitz, Birkenau – es liegt auf meiner Seele.

Lernen lenkt ab.

12.4.42

Heute sind Delfine vor dem Bug hergesprungen, elegante Tiere, die ihre Körper behände aus dem Wasser schnellen, sich offenbar einen Spaß machen, mit dem Schiff um die Wette zu schwimmen. Diese Abwechslung hat für viel Aufregung gesorgt, ansonsten ist es schon sehr eintönig. Ich denke an Vater, an Bekki, an Mutter, die wohl vor Sorge umkommen wird. Mein altes Leben liegt so weit zurück, dabei ist es erst wenige Wochen her, daß ich davon bin.

Ich will nach vorne schauen! Ich lerne jeden Tag fleißig Vokabeln. Das kleine Wörterbuch hat stattliche 5.000 Wörter, das sollte reichen meine ich. Um sechs endet die Nachtruhe, vormittags lerne ich jede Stunde einen Block, d.h. ich lerne 10 Wörter z.B. aus dem Buchstaben „p“, weitere 10 aus dem Buchstaben „l“ usw. insgesamt 40 Wörter pro Tag – am Nachmittag wiederhole ich, in dem ich Sätze bilde mit den neuen Wörtern, dann das Wort auf Englisch versuche zu erklären, das Gegenteil des Wortes heraussuche und so weiter. Außerdem schaue ich mir die Wörter der Vortage durch. Da unsere Reise ungefähr sechzig Tage dauern wird, wären dies 2.400 Wörter im Wortschatz und ich habe Sinnvolles zu tun.

Das Horn von Afrika liegt vor uns und wir alle warten sehnsüchtig auf das Anlegen im nächsten Hafen, lechzen nach Abwechslung, dem Ende von Monotonie.

14.4.42

Wir liefen im Hafen von Kapstadt ein, wieder durften wir nicht von Bord. Diesmal ging das bunkern schneller. Alle waren sehr aufgekratzt und wir standen an der Reling, genossen die Landluft und das bunte Treiben zu unseren Füßen. Es gab mir einen Stich, als ich erkannte, welchen Einfluss die niederländischen Kolonialherren auf den Baustil der Stadt hatten und die Sprache der Beschilderung, alles erinnerte mich an Joke und Frij. Es machte mich traurig und ich ging in meine Koje zurück.

15.4.1942

Wir sind im Indischen Ozean. Siebenundzwanzig Tage sind wir nun unterwegs, nicht ganz Halbzeit. Lernen – dösen – Essen fassen. Dann an Deck frische Luft schnappen (bei der Hitze ist ‚frisch' eine glatte Übertreibung) und sich ein bißchen bewegen, dann nachmittags wieder – lernen – dösen - Essen-fassen. Die Besatzung hält sich – bis auf die Dusche - strikt fern von ihrer menschlichen Fracht. Die Flüchtlinge haben sich so gut es geht auf die Decks verteilt, Leinen gespannt und mit Tüchern und Laken sicherte man Privatsphäre. Sie haben uns eine zusätzliche Behelfsdusche eingerichtet, das ist ein Fortschritt. Das Süßwasser ist rationiert. Herr Bergmann, ein ehemaliger Lehrer an der Gewerbeschule für Bankkaufleute, er stammt aus Gütersloh, hat einen genauen Plan erstellt, wer wann dran ist. Alle halten sich dran. Es sind überwiegend Deutsche an Bord, aber auch ein Paar aus Österreich, ein Ungar und zwei Franzosen. Außer mir sind alle Juden und alle irgendwie einerseits beruhigt, daß das Schiff nach Shanghai geht - neben Franco's Spanien - das einzige Land in der Welt, welches Juden ohne Visa aufnimmt. Andererseits besagt die wild brodelnde Gerüchteküche, dass die Japaner, unter deren Verwaltung Shanghai steht, ein Ghetto eingerichtet hätten.

Herr Thaddäus Trautmann, einer der Mitreisenden, hielt einen kleinen Vortrag über Shanghai. Er stammt aus München, er ist Geologe und Kartograf. Vor wenigen Jahren, hat er als angesehenes Mitglied seines Instituts, im Rahmen eines internationalen Eisenbahn-Planungsprojekts Shanghai persönlich besucht. Damals habe er sich natürlich ausführlich vorbereitet und gerne stellte er uns vor, was er dazu noch erinnerte. So kamen wir zu einem veritablen Vortrag zur Geschichte Shanghais mit über tausend Jahren Stadtgeschichte. Trotz des Weltkriegs, eine der größten Städte der Welt mit drei Millionen Einwohnern. Das wichtigstes Handels- und Finanzzentrum Asiens, einer der größten Güterumschlaghäfen. Eine der wenigen geöffneten Städte Chinas. Er schilderte den enormen Einfluß der Europäer und Amerikaner, die ab 1832 in Shanghai ihren Einfluß nicht nur geltend gemacht hatten, sondern sich mit der Gründung ihrer eigenen Kommunen, außerhalb des chinesischen Rechts gestellt hatten und sich eine eigene

Gerichtsbarkeit gaben. Der größte Schachzug war aber 1854 die Gründung des Shanghai Municipal Councils in dem bis 1928 kein einziger Chinese saß. Man hatte sich ein Monopol gesichert und systematisch alle Gasanbieter, elektrizitätserzeugende Betriebe und Wasserfirmen aufgekauft. Ab 1900 hatte man Zugriff auf den Opiumhandel, sowie alle öffentlichen Rikschas und Trambahnen und kontrollierte bis 1920 die Prostitution, bis zu deren Verbot. Die alteingesessenen Briten, Franzosen und Amerikaner nannten und nennen sich ‚Shanghailanders'. Obwohl rein zahlenmäßig eine Minderheit mit knapp fünfzigtausend Menschen, in einer Metropole mit mehr als drei Millionen Einwohnern, kontrollieren die Europäer und Amerikaner so gut wie alles. Ab 1917 seien auch viele Russen in die Stadt gekommen, man schätzte fünfunddreißigtausend Flüchtlinge der Oktoberrevolution, aber deren Einfluß sei eher gering. Insgesamt ist Shanghai ein Schmelztiegel der Nationen, eine westlich geprägte Metropole. Geprägt durch den enormen Einfluss der Briten und Amerikaner, dies zeige sich auch in der Architektur der Stadt, sowie die Anlage der jeweiligen Kommunen, die den westlichen Stadtbildern entsprächen. Er schilderte noch, dass es eine neue aufkommende bürgerliche Schicht seitens der Chinesen gäbe, die Compradors heißen und im Wesentlichen als Mittler zwischen Chinesen und Shanghailanders aufträten. Er, Herr Trautmann, gehe davon aus, daß wir vor allem die Compadores brauchten, um unsere weitere Zukunft in Shanghai zu gestalten. Ich bin gespannt auf ‚das Paris des Osten'.

Ich kann mir kaum vorstellen wie es ist, in einer Stadt mit drei Millionen Einwohnern zu leben, noch dazu wenn man deren Sprache nicht spricht und deren Schriftzeichen nicht lesen kann. Herr Trautmann zerstreute meine Bedenken – es sei eine westlich geprägte internationale Metropole in der alles was Rang und Namen hat Englisch spricht. Ein New York des Ostens. Es gäbe englischsprachige Zeitungen, Kinos, die englischsprachige Filme zeigten, Radiosender, unnötig sich Sorgen zu machen. ‚Sie lernen ja fleißig ihre Vokabeln' bemerkte er mit einem Schmunzeln. Ich war etwas verdutzt, aber auf so engem Raum ist nichts privat.

Na, da kann ich ja beruhigt sein: ich bin mit meiner Vokabelpaukerei gut im Rennen und ich muß nicht mehr so viel Grübeln.

25.4.42

Ich war ein paar Tage außer Gefecht gesetzt, ich hatte Durchfall und Fieber und habe viel geschlafen, heute geht es mir wieder besser. Mein Rücken schmerzt vom langen Liegen in der Hängematte. Wochen auf dem Schiff, das ist nervtötend und es bringt einen an die eigenen Grenzen. Keine Nachrichten. Zeit zu grübeln, Zeit zu Hoffen. Zeit sich auszumalen wie alles werden könnte. Vielleicht hat Hitler den Krieg ja schon verloren bis wir in Shanghai ankommen, schließlich sind die Amerikaner nach Pearl Harbour seit Dezember 41 mit dabei. Es hilft alles Gegrüble nichts.

Die Stimmung schwankt nicht nur bei mir, beim Kartenspielen können die Männer ihre Aggressionen kaum im Zaum halten. Es gibt nichts Tödlicheres als Langeweile. Die Frauen beschäftigen die Kinder vormittags mit einer Art Schulunterricht, den sie selber abwechselnd organisieren und nachmittags mit Sing- und Klatschspielen. Kinder haben Bewegungsdrang, das ist auf dem Schiff nicht so einfach. Mir helfen meine Vokabeln durch den Tag.

1.5.42

Die Tage dümpeln so vor sich hin. Gestern überraschte uns es ein heftiges Unwetter. Schwere Wolken jagten und wo sie ihre Regenlast verloren, sah es aus, als ob ein Vorhang aus Wasser heranrase. Eindrucksvoll zuckten die Blitze, Donnergrollen, der Regen rauschte, wie wenn man eine Dusche aufgedreht hätte, aber es kühlte leider nicht ab, es blieb tropisch schwül. Es war heftig. Das Meer rollte und unser Kahn hob und senkte sich mit einem Ächzen und Stöhnen, dass einem angst und bange werden konnte. Es dauert nicht lange, dann beruhigte sich das Meer und der Regen hörte auf, es blieb eine feuchte Schwüle, die schwer zu ertragen war.

Nach vierundvierzig Tagen werden wir morgen im Hafen von Singapur einlaufen!

Das tropische Klima setzt mir zu. Aber Land zu sehen und sei es aus der Ferne als Linie am Horizont gibt neue Kraft. Indonesien, Malaysia – die Namen klingen nicht nur exotisch, ich habe gespannte

Vorfreude und gleichzeitig bangt mir auch vor dem Ende der Reise. Ich muß mich vorbereiten, was kann und will ich in Shanghai tun? Wie stelle ich es an? Ich beschließe mit Herrn Trautmann nochmal zu sprechen, mir seinen Rat einzuholen.

2.5.42

Herr Trautmann riet mir, mich an die Deutsche Kommune zu wenden, die gibt es nämlich auch dort. Wir diskutierten seinen Rat und kamen doch zu dem Schluß, es lieber zu lassen, wer weiß wie linientreu die deutschstämmigen Shanghailanders sind. Besser gleich zu den Amerikanern, die ja gerne deutsche Wissenschaftler aufnehmen. Ich solle mit meinen Handwerkerkenntnissen argumentieren. Ich war erst etwas verdutzt, Herr Trautmann meinte das ehrenwerte Brauerhandwerk, oder ich solle meine Erfahrung als Unternehmer herausstellen - quasi in Aussicht stellen, daß ich Arbeitsplätze schaffen könne. Das wäre ein Schwerpunkt des ‚New Deal' – also da könnte ich beeindrucken. Das sollte meine Chancen für ein Visum erhöhen. Ich fand seine Argumentation etwas gewöhnungsbedürftig, aber am Ende fand ich die Unternehmeridee überzeugend. Das Geld würde aus Deutschland kommen, ich besaß ja Vermögen. Kein Bittsteller sprach hier vor, sondern ein Investor! Herr Trautmann meinte, dazu brauche ich keinen Compadores, da ich ja nicht in Shanghai bleiben wolle, aber ich müsste trotz allem mit mehreren Wochen Aufenthalt rechnen.

Nachdem Gespräch beschäftigte mich der Gedanke, dass ich mehrere Wochen Aufenthalt irgendwie organisieren muss. Wie mietet man eine Wohnung vor Ort und wo? Also doch einen Compadores anheuern? Ich werde sehen, wie sich die Dinge entwickeln.

Singapur – die Löwenstadt – quasi am Zipfel von Malaysia. Im Hafen ein Gewirr wie bisher in jedem Hafen, Kräne schwenkten, Menschen wimmelten, Rikschas drängelten, Autos hupten, LKWs blieben einfach stehen, Schiffsirenen heulten. Erneut durften wir nicht von Bord.

Die Schriftzeichen an Gebäuden und auf Schiffen sind rund, weich fließend, Herr Trautmann erklärte mir, das sei tamilisch. Singapur sei tamilisch, malaysisch, indonesisch und chinesisch geprägt, auch hier ein Schmelztiegel der Kulturen. Englisch sieht man natürlich auch – denn Singapur ist Kronkolonie der Briten.

Bald ist unsere Reise zu Ende, der nächste Stopp ist Shanghai, ich kann es kaum erwarten.

6.5.42

Seit Tagen folgen wir der Küstenlinie, es sind unzählige Boote unterwegs. Dschunken, Dow-Boote, Segelyachten, Motorboote, Lotsenschiffe, aber auch große Frachter - es herrschte ein ziemliches Gedränge auf dem Meer. Verkehr und Gegenverkehr sozusagen. Wir näherten uns, einem der größten Umschlaghäfen der Welt – Shanghai! Das zeigte sich natürlich im Aufkommen an Schiffen.

Den Hafen, die Metropole vor Augen stoppten die Maschinen und das Schiff warf den Anker. Alle waren irritiert, wieso laufen wir nicht ein? Dann erschien ein kleines Motorboot, drehte bei und man ließ den Außensteg herunter bis auf Höhe des tanzenden und schaukelnden Bootes. Eine Schiebetür ging auf und als erstes betrat ein Asiate in Uniform die Gangway und kletterte am wankenden und schwankenden Schiffsrumpf empor, gefolgt von drei weiteren Asiaten, die aber in Zivil gekleidet waren und Aktentaschen trugen.

Der Uniformierte, ein Japaner wie sich herausstellte, kam vom Immigration Office der japanischen Besatzer. Es herrschte zwar kein Visumszwang, aber wer einreiste wollte man offenbar schon wissen. Ein Chinese – Herr Trautmann, der hinter mir in der Reihe stand flüsterte ‚Herr Grandauer, das ist ein Compadores. Sie können es an der Kleidung sehen und daß er den Offizier begleitet' – baute nun sehr flink in der Essenlaunch Tische um und schon entstand eine Art Einreisestelle. Er zauberte aus einer Tasche diverse Stempel, Papiere, eine Lupe und Stifte. So ausgerüstet kam als erstes die Mannschaft dran, man stand in Reihe. Die Mannschaft war relativ schnell bearbeitet, Chinesen, Malaien und Indonesier, ein niederländischer Kapitän. Alle erhielten Einreisestempel in ihre Papiere und verschwanden dann wieder auf ihre Positionen. Sobald die Einreiseformalitäten beendet seien, würde das Schiff mit Hilfe des Lotsen, der dritte Mann der an Bord gegangen war, anlegen.

Der Japaner stand breitbeinig und unfreundlich blickend hinter dem Chinesen, der nun begann die Papiere zu kontrollieren und in Englisch Fragen stellte „Was ist der Zweck ihrer Einreise?", „Wie lange wird ihr Aufenthalt dauern?", „Wo logieren Sie?", „Verfügen Sie über Rückreisepapiere?"

Nach Intervention des Uniformierten fragte der Chinese auf Englisch in die Runde: „Sind Staatsangehörige von Verbündeten anwesend? „Deutsche, Italiener, Österreicher?" präzisierte er. Es wurden zwei Schlangen gebildet, eine sehr kurze, bestehend aus mir und dem österreichischen Ehepaar und eine sehr lange, bestehend aus all den anderen. Eine bedrückte Stimmung machte sich nun breit, nichts mehr von Euphorie. Ich fühlte mich sehr unwohl. Wir wurden zuerst kontrolliert und ich behauptete, dass ich geschäftlich nach Shanghai gekommen sei und hoffte, dass mein im krassen Gegensatz dazu stehendes verwildertes Aussehen nicht zu Irritationen führte. Ich zeigte meinen Pass und die Urkunde meines Hochschulabschlusses sowie meine Visitenkarte der Brauerei Grandauer. Der Uniformierte musterte zuerst die Papiere, dann mich. Als ob er – wenn er mir nur lange genug und intensiv genug durchdringend in die Augen sah - meine Gedanken lesen könnte. Schließlich nickte er, eilig drückte der Chinese nun mehrere verschiedene Stempel in meinen Pass. Ich durfte passieren, meinen Rucksack schultern und zu meinem großen Erstaunen wies man mir den Weg zur Barke, mit der sie gekommen waren. Einigermaßen verwirrt drehte ich mich um, hob zaghaft die Hand zum Abschied, suchte Blicke – der Schweiger, Herr Trautmann – ich versuchte ein Lächeln.

Es ist nicht so einfach eine Gangway hinunterzugehen, wenn ein Schiff schwankt und man gar nicht so genau einordnen kann, was einem gerade widerfahren ist. Obwohl ich die Einreise hinter mir hatte wollte sich kein Gefühl von Befreiung einstellen, im Gegenteil ein Gefühl von Beklemmung blieb fest verankert in der Magengrube.

Nach einer schier endlosen Ewigkeit, kamen die drei zurück, ich war der einzige der Weggefährten, der auf der Barke mitfuhr. Mir war so unwohl, daß ich kaum mitbekam was sich im Hafen so alles abspielte. Die Barke stampfte durchs Wasser, bahnte sich einen Weg durch hunderte von Booten. Holzboote, flache Kähne, auf denen alte Frauen und Kinder Waren aller Art feilboten, ein schwimmender Marktplatz, Handel fand auf dem Wasser statt. Motorboote, Yachten, Dschunken mit geschnitzten Drachenköpfen, alles was irgendwie schwamm, bewegte sich auf dem Wasser. Ich hatte kaum Augen dafür. ‚War ich verhaftet?' das Verhalten ließ eher nicht darauf schließen. ‚Wieso war ich der einzige auf dieser Barke? Was passierte mit den anderen?' Diese Gedanken beschäftigten mich auf unserer Fahrt zum Pier. Mit einem dumpfen Rumpler, begleitet von einem heftigen Ruck, legte die Barke nun an einem hölzernen Pier an, das Boot schwankte unter dem Rückstoß. Große, arg ramponierte LKW-Reifen dienten als Puffer, sie hielten das Boot auf Abstand. Einer der Chinesen öffnete die Tür, sprang auf den Pier und nahm das Tau zum Festmachen in Empfang, das ihm der Steuermann, der seinen Posten aufgegeben hatte, nun zuwarf. Er nickte mir auffordernd zu, ich schulterte meinen Rucksack und sprang mit wackeligen Knien auf die Pier, völlig verunsichert, was nun als Nächstes kommen würde. Alle waren nun von Bord. Der Japaner würdigte mich keines Blickes, als er an mir vorbeimarschierte, Richtung eines großen Gebäudes, offenbar die Hafenmeisterei. Man ließ mich einfach stehen. Die beiden Chinesen und der Japaner verschwanden in dem roten Ziegelbau, der am Ende der Pier zu sehen war. Ein klassizistischer Bau, eine große Uhr, im Zentrum des Giebelerkers, zeigte mit goldenen Zeigern 11.27 Uhr an. Herr Trautmann hatte Recht, es sah aus wie in Europa – nur das Gewimmel auf dem Wasser stand im krassen Gegensatz dazu.

Ich war in Shanghai. Nach fast zwei Monaten. Allein.

Ich blieb nicht lange alleine. In einer Stadt, in der täglich Menschen aus aller Welt Unterschlupf suchten, gibt es Menschen die sich auf die Gestrandeten spezialisiert haben.

Gestrandete sind ein gutes Geschäft. Neben mir hielt eine Rikscha, ein junger Mann, Chinese mit langem geflochtenem Zopf, schwarzer Pumphose und ehemals wohl hellgrünem Leinenüberwurf, barfuß in Sandaletten stoppte sein Gefährt neben mir. „You need house? You need Hotel? You want Gil? Opium? – all you want, Säi - I will bling you, Säi‘ säuselte er eilfertig, in einem ungewohnten Singsang, „I accept Dollars“. Säi hieß wohl Sir. Er machte eine auffordernde Handbewegung auf den rückwärtigen Teil seines Gefährts – die Rikscha.

Zu meinem eigenen Erstaunen hörte ich mich mit fester Stimme sagen „American Embassy". Es schien mir irgendwie sinnvoll zur amerikanischen Botschaft zu fahren und zwängte mich mit meinem Rucksack in die Rikscha. In der Hosentasche die siebzig Dollar, die mir Joke schwarz getauscht hatte. Meine gute Joke hatte an alles gedacht. Ein Schreck durchfuhr mich, ich musste fragen was es kostet und handeln, das hatte ich versäumt! Ich fragte also von hinten, nach vorne – keine Reaktion. Ich blickte auf den mageren Rücken, der sich rhythmisch bewegte, der Zopf baumelte in einer gegengleichen Bewegung. Was wenn mein Geld nicht reichte? Ich schob den Gedanken beiseite. Unterdessen strampelte sich mein Fahrer tapfer durchs Gewühl, bahnte sich den Weg durch einen Höllenverkehr. Fußgänger, Radler, Rikschas, Autos, LKWs, Mopeds auf denen ganze Familien saßen - alle drei Millionen Einwohner schienen auf der Straße zu sein.

Shanghai eine pulsierende Metropole. Ich, der Weltmann aus der Provinz, kam aus dem Staunen gar nicht mehr heraus. Ich begann mich etwas zu entspannen, fühlte mich in diesem Gefährt relativ sicher, sah die Stadt. Nachdem wir einige Zeit so unterwegs waren, drehte sich mein Vordermann zu mir halb um: „Hungly, Säi? I know nice Lestlant, cheap but tasty". Mit der Frage verspürte ich auf einmal einen Bärenhunger. Seit heute früh - es hatte die obligatorische Schale Reissuppe gegeben - hatte ich nichts mehr gegessen. Ich nickte. Sofort bog er ab, fuhr nicht mehr Richtung amerikanisches Quartier, sondern in eines der Chinesenviertel. ‚Wenn das kein Fehler war' schoss es mir durch den

Kopf. Zu spät. Die Gassen wurden enger, die englischsprachigen Schilder verschwanden vollständig, überall nur noch chinesische Schriftzeichen. Keine Langnasen mehr.

Ich begann mir ernsthafte Sorgen zu machen. Niemand würde mein Fehlen feststellen oder mich vermissen. Keiner wüßte wo ich abgeblieben war, wenn man mich hier um die Ecke brachte. Was war aus den anderen geworden? Ich hätte mich gefreut, eines der vertrauten Gesichter – und nach Wochen auf See, ist man sich schon irgendwie vertraut – zu sehen.

Der Chinese hielt, drehte sich um, sprang vom Rad und zeigte mit einer kleinen Verbeugung auf einen Eingang, vor dem bunte Papierstreifen hingen. „Säi, he, please. Come in." Ich folgt ihm. Im Halbdunkel saßen Chinesen an Tischen, Speisen dampften, leises Stimmengewirr, das sofort abbrach, als ich Langnase den niedrigen Raum betrat. Alle Augen richten sich auf mich, das war mir irgendwie peinlich, also deutete ich eine Verbeugung als Gruß an. Der Chinese führte mich an einen freien Tisch, strahlte mich an „Säi, I olde fol you!", wieder nickte ich. Er verschwand im hinteren Teil des Raumes, sprach eine alte Frau an, die skeptische Blicke in meine Richtung warf. Er kam wieder an meinen Tisch. „Säi, I am youl pelsonal assistent, you like? ‚My name is Zhou." Das war sicherlich eine gute Idee. Warum sollte ich ihm nicht vertrauen, es war ein gutes Geschäft für ihn und für mich eine unverzichtbare Hilfe. Er kannte sich hier aus, wußte wo man was wie bewerkstelligt. „What do you charge per day?" war meine Gegenfrage. Ich sah wie er überlegte, was er mir wohl zumuten konnte „Five Dollars a day" sagte er mit Verhandlungsbereitschaft in der Stimme. Ich überlegte, sollte ich nun handeln oder sollte ich ihm einen großzügigen Tagessatz lassen, denn daß er sich ein großzügiges Salär bemessen hatte, hatte ich schon an der Stimmlage gemerkt. Oder würde er mich als ausländischen Idioten ansehen, wenn ich nicht handelte? In meine Überlegungen hinein kam ein „Four, fifty – Säi?" Jetzt nickte ich „Extlas al extlas and be paid extla." schob er hinterher. Erneut nickte ich, was wohl die Extras sein mochten? Ich streckte ihm meine Hand entgegen, um unser Geschäft zu besiegeln, er sah es mit Verwunderung. Derweil fuhr die Küche auf, was sie hatte. Als erstes kam eine große Schale Reis, eine Platte auf der gedünstete Gemüse angerichtet waren, es folgten Schälchen mit diversen Soßen, Platten mit Meeresfrüchten, aber auch Fleisch und Geflügel. Alles duftete köstlich. Als Getränk wurde eine große Kanne grüner Tee auf den Tisch gestellt nebst einer zierlichen Trinkschale. Ich bot Zhou mit einer Handbewegung an, sich zu mir zu setzen. Das schien ziemlich unüblich zu sein, sein Blick verriet mir das. Er blieb stehen. Ich aß, bis ich dachte ich platze. In Europa war alles rationiert und hier – dieser Überfluß. Alles so köstlich.

Zhou fragte in seinem merkwürdigen Singsang, nachdem ich mein Mahl beendet hatte, „Säi, you go to Amelican Embassy, now?" Ich schüttelte den Kopf. Ich erklärte Zhou, dass ich zuerst einen Friseur brauchte und eine Reinigung für meinen Anzug und das Hemd, die beide noch immer in den Tiefen meines Rucksacks schlummerten. Ich zahlte und wir verließen die gastliche Stätte.

Zhou sah mich an und schlug dann vor, daß ich in ein Badehaus gehen sollte, alle Langnasen machten das - der Barber käme auch dazu. Während dessen würde er meine gesamte Kleidung in die Wäscherei bringen und wenn ich fertig wäre, wäre er wieder da. Ich müsse ihm drei Dollar geben, dann ginge das alles klar. Ich fragte mich wie lange ich im Badehaus sein würde, ob er mit dem Geld abhauen würde? Da wäre er schön dumm, denn ich würde ihm mehr nützen, wenn er sich loyal zeigte und er mich – und das ahnte ich schon – über einen längeren Aufenthalt begleiten würde. Mein Visum für USA würde sicherlich dauern.

Er fuhr mich zu einem Badehaus, das von außen nicht anders aussah als ein normales Haus, allerdings fielen mir die vielen Langnasen auf, die rein und raus gingen.

Zhou regelte alles und keine zehn Minuten später fand ich mich in einem wohltemperierten Raum wieder, in dessen Mitte eine Bank aus schwarz poliertem Granit stand, daneben Holzzuber in verschiedenen Größen und an deren Ränder lehnten die Stile von kupfernen Kellen. Verschiedene Schwämme lagen auf einem kleinen Bord und neben ihnen standen gläserne Flacons, deren verschiedenfarbige Essenzen auf ihren Einsatz warteten. Ich hatte lediglich ein weißes Tuch um die mageren Hüften, meine Haut war blass. Ich setzte mich auf die Bank, die zu meinem Erstaunen leicht angewärmt war. Die Tür ging auf und eine zierliche Asiatin betrat mit gesenktem Haupt den Raum, faltete die Hände vor der Brust und murmelte einen Gruß. Sie trug einen bunten Seidenmantel und ihr tiefschwarzes Haar in einem langen Zopf, der seitlich über die Schulter fiel. Sie ging zu einem der Holztröge, tauchte einen Schwamm ein, nahm einen der Flacons träufelte wenige Tropfen auf den Schwamm und schäumte mit der Hand vor. Sie trat hinter mich, zog mit einer geübten aber sanften Bewegung meinen Kopf in den Nacken, träufelte vorsichtig warmes Wasser in mein Haar und begann mit dem Schwamm meinen Kopf einzuschäumen. Sie stand nur einen Schritt von der Bank entfernt hinter mir und ich ahnte ihre Brüste. Sanft massierte sie meine Kopfhaut, spülte mit klarem Wasser, es duftete nach Sandelholz. Ich schloss die Augen vor Wohlbehagen. Seit der Abschiedsumarmung von Frij hatte ich keine zwischenmenschliche Berührung gehabt, jetzt erst wurde mir bewusst, wie sehr mir das gefehlt hatte. Sie arbeitete sich sanft weiter vor, Hals und Rücken erfuhren eine ebenso sanfte Behandlung, der Schaum duftete und ihre energischen Hände massierten die Muskeln. Sie beugte sich vor, schäumte meine Brust ein, ihre kleinen Brüste berührten meinen Rücken, mein Körper reagierte sofort mit einer Erektion. Es war mir sehr peinlich, das Handtuch verbarg nur wenig, aber immerhin. Ich richtete mich sofort auf, unterbrach die Massage.

Auf einmal ging die Türe auf, eine ältere Chinesin erschien, stark geschminkt, ihr lackschwarzes Haar war zu einer kunstvollen Frisur aufgetürmt - in der tatsächlich kleine Vögelchen in Gelb und Rosa steckten, goldene Kettchen baumelten, neckische Schirmchen zierten den Aufbau. Sie trug ein ebenso buntes Seidengewand und richtete direkt ein paar Worte an das Mädchen, es klang nicht sehr freundlich. Das Mädchen nickte, faltete die Hände vor der Brust und verbeugte sich, ich erntete einen skeptischen Blick und ein „all o. k. Säi?", als ich nickte, schloss sie die Tür.

Das Mädchen begann von neuem meine Brust einzuseifen, zu massieren und mit warmem, klarem Wasser abzuspülen. Es tat sehr wohl, dieses Behutsame, dieses Zeitlose und die Zartheit ihrer Berührungen. Sie verließ ihren Platz hinter mir, kniete sich vor die Bank und begann meine Füße einzuseifen, massierte jede meiner Zehen einzeln, die Fußsohlen, meine Erektion stand. Sie ignorierte es und ich auch – so gut es ging. Sie schäumte mit dem Schwamm sanft meine Waden ein, massierte diese und dann massierte sie beidhändig die Innenseiten meiner Oberschenkel, das war zu viel. Ich sprang auf, dreht mich um, aber ich kam, es war nicht aufzuhalten. Das Mädchen war erschrocken – sie war auch aufgesprungen, aber als sie erkannte, was passiert war, lächelte sie sanft. Bedeutete mir, mich auf die Steinbank zu legen. „You massage, Säi?". Ich war noch keine vierundzwanzig Stunden in dieser Stadt und hatte Sex! Das war das letzte an das ich gedacht hatte, aber ich war so ausgehungert. Ausgehungert nach Liebe, Zuwendung, Zärtlichkeit, Berührung – es schien wie aus einem anderen Leben. Mir dämmerte es, ich war nicht in einem Badehaus der normalen Art gelandet, sondern in einem der vielen Puffs, der Stadt. Deshalb auch die vielen Langnasen.

Ich zahlte stolze zwanzig Dollar, gereinigt von Kopf bis Fuß und tatsächlich auch mit einem gestutzten Bart und einem frischen Haarschnitt, denn nach der Massage kam ein kleiner, alter Mann, der dies mit flinken Händen erledigte. Wünsche konnte ich keine äußern und so erhielt ich offenbar einen Shanghailanders-Standardschnitt und einen sauber getrimmten Bart, der mit Wachs schön geschmeidig in Form gebracht wurde.

Draußen wartete Zhou, es war jetzt früher Abend. In der Rikscha lagen, sauber in weißes Papier eingeschlagen, meine frisch gewaschenen und gebügelten Anziehsachen. Er lächelte und suchte nach Anzeichen meiner Zufriedenheit. Ich lächelte zurück und nickte kaum merklich. „I oooganised an appaltment fo you, clean, chinese city and cheap" strahlte er mich an. Zhou war die beste Entscheidung die ich je getroffen hatte. Er dachte an alles.

Er radelte los. Ich war todmüde, die Lichter der Stadt, das Pulsierende hier, es überforderte mich. Ich merkte kaum wohin er abbog, dann hielt er an und sprang vom Rad. „He Säi." und wies auf einen kleinen Bau aus roten Ziegeln. Mein Apartment entpuppte sich als ein Zimmer mit einem bodengängigen Fenster hinter einer stählernen Schiebetür mit Vorhängeschloß. Die Nachbarn waren vornehmlich Asiaten und offenbar auch der eine oder andere Europäer. Meine Kemenate hatte ein Metallbett mit Gitterstäben an den Frontenden, eine etwas durchgelegene aber saubere Matratze, ein weißes Kopfkissen und eine karierte Wolldecke eingeschlagen in ein weißes Laken – alles gebraucht aber sauber. Ein Metallspind wie man ihn in Werkstätten hat, ebenfalls mit Vorhängeschloß, lehnte sich an die Wand. Ein Tisch und ein Stuhl füllten die Mitte des Raumes. Auf einem kleinen Wandregal standen eine betagte Kochplatte und ein Wasserkocher. Daneben ein Teller, ein Glas, eine Teeschale, ein verbeulter Blechtopf, aus dem Besteck über den Rand ragte. Ein Ventilator zog einsam an der Decke seine langsamen Kreise. Gemütlich ist anders, aber sie verlangten nur zwei Dollar pro Tag. Für den Strom gab es in der Ecke einen Kasten - einen verplombten Münzeinwurfautomaten. War der Strom verbraucht, musste man eine Münze einwerfen. Sehr effektiv. Zhou verabschiedete sich mit einer in Frageform gebrachten Feststellung „Tommolow eight o' clock I pick you up?" Ich stellte den Rucksack in die Mitte des Zimmers, fiel angezogen aufs Bett und schlief sofort ein.

15.5.42

Ich hatte eine unruhige Nacht. Träumte schlecht, träumte von dem namenlosen Mädchen und namenloser Lust, dem Schweiger und Herrn Trautmann, den Juden auf dem Schiff, sah Jokes und Frijs Gesichter, hörte Bekki lachen, dazu die stickige Luft im Raum. Fuhr hoch, schlief wieder ein, sah den Blick des Japaners auf mich gerichtet.

Mit dem Morgengrauen nahmen die Geräusche der Straße zu, beendeten dann den Gedanken an Schlaf sehr schnell. Zhou war einigermaßen pünktlich. In meinem Anzug, frischem Haarschnitt und getrimmten Bart sah ich richtig gut aus. Ich packte Teile meiner

Habseligkeiten in den Wandschrank, vergab eine neue Nummer und schloss ab. Ebenso verfuhr ich mit der großen Schiebtüre. Zhou fuhr mich zuerst zur Chase Manhattan Bank, der Bank an die meine Mutter hoffentlich Geld überwiesen hatte. Nach einigem hin und her, saß ich vor einem Chinesen im Anzug, der meinen Pass aufmerksam begutachtete. Er erläuterte mir, dass Geld eingegangen sei, ich müsse dieses jedoch erst offiziell in chinesische Währung umtauschen, ehe ich es in die üblichen US Dollar umtauschen könne. Ich verstand relativ schnell, das war der Teil bei dem er sein Geschäft machte. Mutter hatte im Gegenwert von 2500 US Dollar Geld überwiesen, das fand ich sehr nobel. Damit müßte ich hier doch einige Zeit zu Recht kommen. Ich bekam eine Kontokarte und eine Übersicht der täglichen Öffnungszeiten. Ich nahm 150 US Dollar in bar mit. Ich nahm mir vor Zhou für zunächst zehn Tage und das Zimmer für zehn Tage zu bezahlen. Es war nun Mittag. Zhou fuhr mich zur amerikanischen Botschaft in der amerikanischen Kommune.

Ich hatte Glück. Als wir ankamen war die Botschaft buchstäblich belagert von Menschen, die alle ein dringendes Anliegen hatten, für Investoren existierte jedoch ein eigener Eingang, der so gut wie keinen Besucherandrang verzeichnete. So kam es, daß ich nach einer knappen Stunde einem amerikanischen Botschaftsangehörigen, aus dem Ressort „Internationale Wirtschaftsbeziehungen, Investoren" gegenüber saß. Den Attaché würde ich natürlich erst einmal nicht sehen. Ich mußte meinen Pass erneut vorzeigen und jetzt wurde das Klima spürbar frostiger. Er befragte mich ausführlich, wieso ich in Shanghai wäre, wie ich hierhergekommen sei, er reagierte ziemlich mißtrauisch. Wahrheitsgemäß berichtete ich, daß ich ein lokaler Politiker sei, der mit den Nazis nicht klarkam. Ich schilderte meine Suche nach Bekki und ihrer Familie in Rotterdam, daß mein Vater gefallen war, mit zweiundfünfzig Jahren.

Mr. Abel M. Clark jr. stand auf seinem Namensschild, welches auf einem großen Schreibtisch vor ihm thronte. Er hörte mir sehr aufmerksam zu und er lobte meine ausgezeichneten, um nicht zu sagen exzellenten Englischkenntnisse. Ich lächelte und erklärte ihm kurz, dass dies das positive Ergebnis meiner zweimonatigen Schiffsreise sei, während der ich ca. 2400 neue Wörter gelernt hatte. Er zog die Augenbrauen kurz hoch, ob das nun ein Ausdruck von Wertschätzung oder Desinteresse war, konnte ich nicht einschätzen. Überhaupt machte er ein Pokerface, ich mußte zum Punkt kommen, also mußte ich nun auf die schnelle ein Investitionsvorhaben erfinden, glaubhaft vortragen. Ich kam gehörig ins Schwitzen, improvisieren war nicht gerade meine Stärke. Brauereigeschäft war offenbar nicht ein Schlüsselvorhaben für den New Deal. Er blieb höflich, ich solle das Investitionsvorhaben in einem Businessplan in den nächsten Tagen schriftlich darlegen, dann könne man es besser beurteilen. Er sei jetzt eine Woche nicht im Hause, seine Sekretärin wird mir einen Termin geben, schon stand ich wieder im Vorzimmer. Eine Dame mit asiatischem Aussehen checkte den Kalender rauf und runter und tatsächlich bekam ich einen Termin für den 29.5.1942 um 14.30 Uhr – bitte den Investorenplan ausgearbeitet bis

22.5.42 an der Pforte einreichen, in zweifacher Ausfertigung und an Mr. Abel persönlich adressiert. Mit dieser Anweisung verließ ich das Haus.

Zhou hatte gewartet. Ich hatte keinen Hunger. Eine Schreibmaschine musste her und Papier. Eine Sekretärin würde es wahrscheinlich nicht geben. Ich schilderte Zhou mein Gespräch und die Herausforderung vor der ich nun stand. Er überlegte „Säi – let me ty, you will see“ Er hielt die Hand auf „twenty bugs“ Ich verstand nicht ganz, er wollte zwanzig Dollar um eine gebrauchte Schreibmaschine aufzutreiben.

Ich hatte plötzlich ein unstillbares Verlangen nach Zärtlichkeit, nach Berührung und nach Sex. Den ganzen Nachmittag verbrachte ich im Badehaus.

Ich bestand darauf, dasselbe Mädchen zu bekommen wie am gestrigen Tage, nur wußte ich ihren Namen nicht. Man präsentierte mir eine Reihe von Mädchen, schließlich kam sie, angeblich hieß sie Ann – aber das bezweifelte ich. Ich buchte das Badeprogramm und Massage. Wieder stand ich einem Raum mit einer Bank aus blank poliertem Granit, Zuber und Schwämme, Essenzen, Öle und Tücher. Bedeckt mit einem lose um die Hüften geschlungenen weichen Tuch, darunter meine Nacktheit.

Sie trat ein, faltete die Hände vor der Brust und verbeugte sich, kein Zeichen von Wiedererkennen. Ich saß auf der Bank, sie trat hinter mich. Ich weiß nicht was ich mehr genoß, die Zartheit der Berührungen, die Sanftheit des Schaums auf meiner Haut, das fließende, warme, weiche Wasser, die Wohltat der Massage. Das zeitlose Treiben durch den Nachmittag, dem sich überlassen ihrer geschickten Hände. Die Dramaturgie der Massage – die raffiniert, alles verspricht und doch über weite Strecken alles zurück hält. Man wartet auf die Berührung, man sehnt die Hände herbei, man hungert auf den Moment, wo Finger und Hände zart aber bestimmt die Oberschenkel nach oben gleiten, gewissenhaft jede Stelle bearbeitend, immer höher kommend - einem aufgerichteten Penis Erlösung versprechend, in wenigen Augenblicken. Es war weit mehr als nur Sex.

An diesem Tag wußte ich, daß ich ein täglicher Besucher werden würde.

Zhou holte mich gegen fünf Uhr ab. Zhou, das Beschaffungsgenie hat tatsächlich eine Reiseschreibmaschine aufgetrieben, allerdings mit amerikanischer Tastatur und was ich noch unglaublicher fand, er meinte, er hätte eine deutsche Sekretärin für mich. Eine Frau aus dem Ghetto, sie komme ursprünglich aus Nürnberg und hatte bei einem Schraubenunternehmen im Büro gearbeitet. Er müsse aber Schmiergeld zahlen, damit sie das Ghetto täglich verlassen könne, arbeiten müsse sie dann bei mir im Apartment. Er würde sie holen und bringen, mehr als fünf Stunden fiele aber auf. Die Japaner hatten ein Ghetto in Shanghai eingerichtet, die Gerüchte hatten gestimmt! Waren alle vom Schiff direkt dorthin gebracht worden? Nur ich nicht, ich der einzige Nicht-Jude, der Deutsche! Das wäre eine Erklärung für die einsame Barkassenfahrt.

Ich hatte noch sechs Tage Zeit ein Investorenpapier vorzulegen, d.h. in dreißig Stunden sollte man ein Investorenkonzept schon formulieren können, schließlich hatte ich genügend in der Brauerei zu Investitionsvorhaben gesehen – das Zahlenwerk war nicht ohne - da war ich nie involviert gewesen. Zuversicht – Probleme lassen sich lösen.

Ich fragte, was denn die Frau pro Stunde oder Tag an US Dollars verlange, Zhou meint, das müsste ich mit ihr verhandeln. Er könnte sie morgen mal holen zu einem Vorgespräch.

Hans hörte die Turmuhr schlagen, er fröstelte, seine Armbanduhr zeigte zwei Uhr früh, leere Bierdosen standen auf dem Tisch. Diese Kladde, die ihn so in Bann schlug, hatte Jahr um Jahr in irgendeinem Wohnzimmerschrank gestanden, war bei jedem Umzug mitgewandert und weder die Ehefrau noch die beiden Söhne konnten lesen, was für eine Odyssee Bartholomäus Grandauer durchlebt hatte und offenbar hatte es auch keinen wirklich interessiert. Beide Söhne hatten gesagt, dass sie nichts wüssten, da sie Kleinkinder waren, als der Vater starb. Hans wanderte vom Sessel ins Bett, aber aufhören wollte er nicht, er musste wissen wie es weiterging.

16.5.42

Wieder hatte ich eine unruhige Nacht hinter mir. Ich war wirklich müde, aber dies alles überwältigte mich. Dass man in Shanghai alles und alles bekam, wie in Friedenzeiten, das pulsierende, das Vielvölkergemisch, die Asiaten und die Shanghailander – es war unglaublich und dann noch Ann! Abel M. Clark jr. geisterte durch meine Träume und ich konnte am Tag der Präsentation kein Wort Englisch mehr, schweißgebadet wachte ich auf.

Zhou kam am frühen Nachmittag mit einer etwas abgehärmt wirkenden Europäerin in der Rikscha zu meinem Apartment. Diesmal war ich am Vormittag im Badehaus gewesen, Ann war nicht da, ich wählte daraufhin ein anderes Mädchen, es war nicht dasselbe.

Die Frau schälte sich aus der Rikscha, sie war schlank, mittelgroß und dunkelblond, sie trug das langgewordene Haar in einem Zopf, sie hatte grau-grüne Augen, die müde aber aufmerksam blickten. Eine schmale Hand streckte sich mir entgegen und mit einer angenehm tiefen Stimme stellte sie sich vor: ‚Johanna Franke, angenehm.' Sie schickte ein kleines angedeutetes Lächeln hinterher, sie hatte formvollendete Manieren. Der Klang der Stimme und der Klang der deutschen Worte - beides tat mir gut, Balsam in dieser Fremde. Diese Begegnung zeigte mir erst jetzt, wie fremd ich mich hier fühlte.

Ich erwiderte den Gruß, nannte meinen Namen und schilderte kurz mein Problem. Ich erklärte, daß wir vorerst sechs Tage hätten um einen Businessplan zu erstellen auf Deutsch und dann auf Englisch und dies in zweifacher Ausfertigung. Sie nickte, verstand worum es ging und erklärte mir, daß sie nicht nur als Sekretärin gearbeitet hatte, sondern auch die englischsprachige Korrespondenz geführt hatte, sie hielt es für machbar. Zhou hatte schon geklärt, daß sie täglich von zehn bis fünfzehn Uhr aus dem Ghetto verschwinden könnte, ich müßte nur das Schmiergeld entrichten und dann wäre das kein Problem. Ich fragte was sie sich denn so vorstelle als Entgelt und sie meinte, einen Teil in Bargeld zehn Dollar pro Tag, ein Teil in Lebensmitteln wie Brot, Hartkäse, Würste und ein Teil Medikamente, die sie mir fallweise sagen würde.

Es fiel mir schwer, aber ich fragte sie nach dem Ghetto. Sie meinte es lebten einige tausend Menschen dort, alles sei streng reglementiert und die Japaner machten alles so, wie es die deutschen Verbündeten vorgäben. Es sei grausam, daß man ausgerechnet hier, wo man ohne Visum hin könnte, nun auf dieselbe unmenschliche Maschinerie träfe. Alle Hoffnungen zerstört, aber sie hoffe darauf bald untertauchen zu können. Ihr Mann sei auch im Ghetto, wo die restliche Familie sei, wisse sie nicht, auf der Flucht hatten sich die Wege getrennt. Völlig unvermittelt murmelte sie halblaut ‚Gott-sei-Dank sind wir kinderlos, früher habe ich darunter gelitten, jetzt bin ich dankbar dafür', drehte sich um und stieg in die Rikscha. Nicht weiter darauf eingehend erwiderte ich ‚Also bis Morgen um zehn Uhr – auf Wiedersehen'.

17.5.42

Da meine Nächte ohnehin in weiten Teilen schlaflos waren, setzte ich mich an den Tisch und arbeitete vor. Ich brauchte eine sinnvolle Gliederung, ich erinnerte mich an die verschiedenen Sitzungen zu Hause.

Markt und Kunden war ein Block, Wettbewerb ein anderer und was uns heraushob gegenüber den Wettbewerbern, zum Produkt mußte man auf jeden Fall was sagen, deutsches Reinheitsgebot, was benötigen wir an Maschinen und Anlagen, wie viele Menschen würden wir einstellen, wieviel Hektoliter würden wir produzieren und zu welchen Preisen verkaufen, und was wäre der zu erwartende Gewinn, wo würden wir verkaufen, Vertriebswege – Vaters Credo, verläßliche Handelspartner… Lieferanten für die Flaschen, Grafik der Etiketten, die Werbebotschaft und Reklame … Es wuchs mir über den Kopf, ich bin Jurist.

Auf dem Tisch lag ein Haufen mit ungeordneten Notizen, als Frau Franke um kurz nach zehn Uhr ankam. Sie sah sich kurz in dem wenig einladenden Raum um, ich zog die Reiseschreibmaschine unterm Bett hervor und das dazugehörige Schreibmaschinenpapier, sowie spezielles Durchschreibepapier – alles besorgt von Zhou, meinem persönlichen Assistenten. Sie zog den Mantel aus und legte ihn aufs Bett. Ihr hellgraues Kostüm war abgetragen, die Ärmel waren an den Bündchen etwas ausgefranst, der Rock hatte entlang der Beine glänzende Stellen, sie trug flache Sandalen, wie Zhou. Alles war sauber.

Sie rückte den Stuhl an den Tisch heran, ‚dann wollen wir mal sehen'. Ich schilderte ihr mein Problem mit der Gliederung und den vielen verschiedenen Aspekten die man alle irgendwie berücksichtigen müßte. Aufmerksam war sie meinen Ausführungen gefolgt und sie schlug vor, erst einmal zu jedem Aspekt eine kurze Stoffsammlung zu machen, wo ich schon Ideen hätte oder Inhalte präzisieren könnte. Das erschien mir irgendwie wahllos, aber sie meinte mit Schere und Kleber hätten wir am Ende des Tages ein Rohskriptum. Das überzeugte mich. Ich sprach – sie tippte. Sie entschuldigte sich anfangs für Tippfehler, da die amerikanische Tastatur eine andere sei, als die deutsche in der Anordnung der einzelnen Buchstaben. Sie war flink und ich sah, daß es ihr Freude bereitete. Als Zhou um kurz vor drei an die Schiebetür klopfte, hatten wir Seite um Seite mit Inhalten gefüllt, wild durcheinander so wie es mir gerade eingefallen war. Ohne es zu merken hatten wir fünf Stunden sehr konzentriert gearbeitet, ich spürte jetzt den Hunger nagen. Zhou hatte europäische Lebensmittel besorgt, in Shanghai gab es nichts, was man nicht besorgen konnte. Ich überreichte zehn Dollar, er zwei italienische Salamis und ein Herzmedikament, das sie auf dem Hinweg offenbar Zhou genannt hatte. Sie wirkte fast fröhlich. ‚Danke, es hat Spaß gemacht wieder eine Aufgabe zu haben und wenn wir in dem Tempo weitermachen, kann ich bald die Reinschrift mit den Durchschlägen tippen.' Sie zog den Mantel über, reichte mir lächelnd die Hand ‚Auf Wiedersehen.' Zhou fuhr sie zurück.

Ich rief mir eine Rikscha, ich mußte ins Badehaus. Ich mußte Ann sehen. Sie war da. Sie verriet mir ihren richtigen Namen: Min Chi. Den restlichen Nachmittag überließ ich mich ihren geschickten Händen, getaucht in eine Welt voll Wohlgeruch, Schaum und raffinierter Lust.

21.5.42

Wir sind so gut wie fertig. Frau Franke ist eine Spitzenkraft, wir haben ein siebzig Seiten starkes Papier erarbeitet und ins Englische übersetzt. Alles wirkt logisch, durchdacht und plausibel. Sie arbeitete an der Reinschrift und den Durchschlägen, denn ich benötigte für mich ebenfalls ein Exemplar. Ich feilte nun an meinem Vortrag zu diesem Papier. Alles wird schön gebunden und morgen Nachmittag liefere ich ein Original und einen Durchschlag in der Botschaft ab. Ich habe Zhou gebeten für mich eine kleine Karte und ein Präsent zu besorgen, welches ich ihr heute überreichen möchte. Schade, dass unsere wirklich gute Zusammenarbeit schon endet.

Übers Ghetto haben wir nie geredet und über Persönliches auch nicht.

Nach fünfzehn Uhr fuhr ich jeden Tag ins Badehaus, meine Belohnung, meine Erholung, meine Sucht. Ja, ich bin süchtig nach diesen Berührungen, nach dieser sich stetig aufbauenden sexuellen Spannung in der Entspannung der Massage, der Erwartung auf Erlösung. Sie hat mir Lust gezeigt, wie ich es nie geahnt habe.

Es kostet mich ein Vermögen. Min Chi will mich überreden, daß ich Opium rauche, aber davon habe ich bisher Abstand genommen. Sie meint das steigere den sexuellen Genuß.

Inzwischen schlafe ich mit ihr. Die Befriedigung durch ihre Hände hat mir irgendwann nicht mehr gereicht und sie verstand das früher als ich.

Ich lag auf dem Bauch auf der glatten Steinbank, die gewärmt ist. Ihre Hände massierten meine Beine, meinen Po, dann stand sie auf und setzte mir ihre bloßen Füße auf den Rücken, ihr Gewicht war gut zu ertragen. Sie setzte die Füße seitlich neben mich, ging in die Hocke, setzte sie sich auf meinen nackten Po - unter ihrem Mantel war sie nackt, die Berührung ihre Schamhaare elektrisierten mich, ich spürte die Feuchte ihres Geschlechts auf meiner Haut. Sie rieb sich an mir, stöhnte leise. Sie stand auf, stand breitbeinig über mir, ich drehte mich sofort um und sie lächelte, wie sie immer lächelte und setzte sich auf mich, so dass mein Penis in sie eindringen konnte. Sie öffnete den Mantel, ich sah die dunklen Brustwarzen aufrecht stehen, den glatten Bauch, ihre schöne olivfarbene Haut und sie bewegte sich langsam, genußvoll, den Kopf nach hinten gebeugt auf und nieder. Sie befriedigte sich an mir und ich mich an ihr.

Jeden Tag trage ich mein Geld ins Badehaus. Das hat Shanghai aus mir gemacht. Einen Sex Junkie. Aber Opium werde ich nicht nehmen, dann bin ich verloren. Ich muß hier weg.

29.5.42

Pünktlich zum Termin bin ich in der amerikanischen Botschaft erschienen. Mr. Abel M. Clark jr. erwartete mich. Er lächelte geschäftsmäßig, das Klima war aber nicht ganz so frostig wie beim ersten Mal. Die Nacht davor hatte ich nicht geschlafen, von diesem Termin hing mein Visum ab, mein weiteres Schicksal, meine Zukunft. Wohl an die hundert Mal habe ich alles durchgegangen, Formulierungen erwogen, verworfen, neu formuliert. Mr. Clark meinte ‚Wir haben Erkundigungen über Sie eingezogen' es folgte eine Kunstpause in der er mich prüfend musterte, wie ich wohl reagieren würde, ich nickte mechanisch. Er fuhr fort ‚weil uns ihre Geschichte irgendwie zu glatt schien, Sie verstehen?' Hochgezogene Augenbrauen, gerunzelte Stirn, eindringlicher Blick. ‚Wir wollen keine Spione vom Dritten Reich in unser Land lassen.' Erneut nickte ich zustimmend. ‚Aber unsere Recherchen und unserer Quellen haben uns überzeugt, daß Sie ein von den Nazis verfolgter Mensch sind, der mit seinem Wissen und seiner Investition unserem Land dienen kann.' Zum dritten Mal in Folge nickte ich, das war dämlich, aber ich wußte nicht, wie ich darauf reagieren sollte.

‚Hey man' Auf einmal wurde er jovial, klopfte vertraulich auf meinen Arm ‚Sie wohnen im chinesischen Teil der Stadt – das ist nicht gut' Er lachte ein tiefes, brummendes Lachen. ‚Aber nicht mehr lange – ich stelle Ihnen ein Visum aus'. Ich fragte nach der Präsentation meines Businessplans, er winkte ab. Ich dankte ihm. Ich bin jetzt noch so glücklich, erleichtert, dankbar. Er schob mich freundlich zur Türe raus. Die Vorzimmerdame kümmerte sich um mein Visum, welches in meinen Pass eingetragen wurde.

Zhou wartete auf mich und ich berichtete freudestrahlend. Er blickte nicht gerade glücklich, was ich verstehen konnte, sein Goldesel zog weiter.

Am 13.6.42 habe ich eine Schiffspassage nach New York, es wird wieder mehrere Wochen dauern, auch diesmal bin ich auf einem Frachtschiff. Nicht zu glauben, es gibt noch normales Leben, außerhalb des Weltkriegs, mit Güter- und Warenverkehr. Ich habe Mutter sofort ein Telegramm geschrieben, damit sie mir erneut Geld auf die Chase Manhattan Bank überweist und eine weitere Überweisung nach New York bei derselben Bank.

Zwei Wochen warten. Zwei Wochen jeden Tag Badehaus – dann ist es vorbei. Ob ich jemals wieder eine normale Frau lieben kann? Sie wird mir fehlen, soll ich sie mitnehmen? Meine private Badefrau? Erschrocken halte ich inne, sie ist ein Mensch, keine Sache! Ich bin nur ein Kunde. Bin ich nur ein Kunde, oder doch mehr? Sie als Geliebte mitzunehmen wäre verwegen, sie zu ehelichen noch mehr.

Ich ging noch ein letztes Mal zu ihr, zu meiner Min Chi. Sie lächelte wie immer, schwieg wie immer, sie beglückte mich in jeder Hinsicht wie immer und blieb mir in ihrem Wesen so unergründlich wie eh und je. Ich habe etwas falsch verstanden und das hatte ich nun begriffen.

Trotzdem denke ich gerne an Min Chi.

13.06.42

Von Zhou habe ich mich verabschiedet, an dem Ort an dem wir uns zum ersten Mal begegnet sind. Er fuhr mich mit der Rikscha zum Hafen, an den Pier an dem die Frachtschiffe nach USA an– und ablegen. Ich hatte ihn nie gefragt, ob er verheiratet ist, oder wie alt er ist, wann er Geburtstag hat oder anderes Privates, trotzdem betrachtete ich ihn als Freund, als wertvollen Menschen der mir geholfen hat, mich geschätzt hat und der mir seine Stadt auf seine Weise näher gebracht hat. ‚Good bye Säï' die Hände vor die Brust gefaltet, es folgte eine Verbeugung ‚Good luck to you, Säï'. Ich umarmte ihn, was ihm sehr suspekt schien, ‚Thank you Zhou, my friend - good luck to you'.

Diesmal musste ich erst durch ein Gebäude, um aufs Schiff zu kommen. Alle Papiere wurden strengstens kontrolliert. Meine Passage war bezahlt. Mutter hatte postlagernd einen langen Brief geschrieben, von Sorge getrieben und wenn der Wahnsinn endlich vorbei sei, soll ich sofort nach Hause kommen.

Als das Schiff ablegte, dachte ich an Frau Franke, ob sie es wohl geschafft hat unterzutauchen?

Mehr als drei Monate bin ich nun unterwegs, habe viel Glück dabei gehabt und ohne Mutters Geld wäre ich beileibe noch nicht auf dem Weg in die USA. Was machen all die armen Teufel, die kein Geld im Rücken haben?

Ich will nicht grübeln – ich sollte froh sein! Ich bin auf dem Weg nach New York, auf dem Weg in die Freiheit! Ich stand auf dem Oberdeck, als sich langsam ein Spalt Wasser zwischen Schiff und Pier zeigte, wir legten ab, vom Schiffshorn ertönte ein langer, tiefer Ton, das ganze Schiff schien zu vibrieren, schwarze Dieselwolken stiegen in den blauen Himmel. Shanghai adé – Rikschas fuhren unbeirrt, LKWs, Mopeds mit vier Personen drauf schlängelte sich durch den ungeordneten Verkehr, Lastkarren von Esel oder auch Mensch gezogen, diese Stadt steht nie still. Ich werde Niemand fehlen. Good bye Zhou, good bye Min Chi. Erwartung breitete sich in mir aus, wie wird wohl New York sein? Amerika, ein weiterer Kontinent. Asien und Afrika hatte ich in dieser kurzen Zeit bereist.

New York auch eine Metropole – ich bin gespannt.

Ich habe tatsächlich eine kleine Kabine auf dem Schiff. Sie ist sehr eng, eine Koje, ein kleiner Spind, in der Wand eingelassen, ein Handwaschbecken. Waschraum und Kombüse nutze ich zusammen mit den Matrosen, außer mir, gibt es noch vier weitere Passagiere. Wie ich erfuhr sind die vier Kabinen eigentlich Mannschaftsunterkünfte für einen ersten und zweiten Offizier, den Maschineningenieur und den Maat. Die hat man kurzer Hand in die Gemeinschaftsunterkünfte umquartiert und so verdient man extra Geld mit den Passagieren. Passagieren, deren oberstes Ziel es ist, die USA zu erreichen, die keine Ansprüche stellen.

Auf dem Schiff sind fast nur Männer, die Crew und zwei der Passagiere sind Männer. Eine Mutter mit Tochter, beide Shanghailanders mit amerikanischen Wurzeln, sind die einzigen Frauen an Bord. Der Druck der Japaner als Besatzungsmacht Shanghais nimmt inzwischen auch auf die Shanghailander zu, so mußten sie jetzt besondere Buchstaben an der Kleidung tragen, wenn man sich in der Öffentlichkeit bewegte. B für Britisch, A für Amerikanisch und N für Niederländisch. Die Japaner fingen an die Villen zu enteignen und wandelten diese in Spielhallen um. Schließlich fingen die Japaner an Shanghailander zu internieren im Lunghua Civilian Assembly Center – da beschlossen Mutter und Tochter zur Verwandtschaft nach Boston zu reisen, buchstäblich in letzter Minute gelang ihnen der Weg aufs Schiff.

Erneut warten, schlafen, grübeln. Es folgten eintönige Tage. Meer in grau, Meer in blau, Meer in grün. Meer mit wenig Wellengang, Meer mit stärkerem Wellengang. Meer bei Sonnenaufgang, Meer bei Sonnenuntergang. Schiffe am Horizont, die einzige Abwechslung. Monotonie, ich sehnte mich nach Min Chi, dem Badehaus, ihren lustspendenden Händen. Ich tagträumte mich zu ihr, roch in meiner Phantasie den Duft der Essenzen, meinte ihre Hände auf meinem Körper zu spüren.

Da wir aus den Tropen herausfuhren, wurde es angenehmer. Luftfeuchtigkeit und Temperatur sanken, die Schwüle, die vorher immer und überall an einem klebte, verschwand allmählich.

28.6.42

Es zeigte sich seitlich vom Schiff die Küstenlinie, fern, schier unerreichbar, in blaugrau und wieder fuhren wir Tage bis wir erst kaum spürbar unsere Position veränderten, dann hielten wir quasi direkt auf die Küste zu, unterquerten den Bogen einer riesigen Brücke, vor uns im Dunst die Skyline von New York und die Freiheitsstatue. Wir wenigen Passagiere standen am Oberdeck, glücklich, erleichtert und erwartungsfroh. Sonnenschein und eine warme Brise umschmeichelten uns. Wir waren unserem Ziel so nah. Wieder steuerte eine kleine Barkasse zielsicher auf unseren Frachter zu. Die Gangway wurde herabgelassen, das Boot drehte bei, eine Schiebetür ging auf und auch hier mehrere Personen des Immigration Offices USA, die begehrten an Bord zu kommen. Die Schlange war diesmal denkbar kurz, die beiden Damen aus Shanghai hatten amerikanische Pässe und nach einer kurzen Befragung hangelten sie sich bei leichter Dünung unsicher die Gangway hinunter, haltsuchend, ängstlich ihre Habseligkeiten festhaltend. Aus der Barkassentür streckte sich Ihnen eine Hand und sie verschwanden im Inneren des Boots.

Ich hatte mich extra umgezogen. Tage vorher hatte ich alles aufgehängt, damit es sich aushängen konnte, die Falten sich streckten, es war nicht ganz gelungen. Ich trug das weiße Hemd, den guten Anzug mit Knitterfalten, Perlmutt-Manschettenknöpfe, einen schmalen Schlips, die Haare nass zurückgekämmt, der Bart von mir mit einer kleinen Schere, die ich mir von den Damen geliehen hatte, einigermaßen getrimmt. Ein Geschäftsmann auf Reisen.

Mein Pass wurde peinlichst genau kontrolliert, ein Deutscher Reichsbürger, ein Zivilist. Ich legte meinen Pass mit dem Visa vor, meinen Businessplan und meine Urkunde des Hochschulabschlusses hielt ich bereit, ich beantwortete Fragen - und dann suchte auch ich mir den sicheren Tritt, den Halt auf der Gangway auf meinem Weg nach unten, ergriff die dargebotene Hand, ein kleiner Sprung und ich war auf der Barkasse. Als wir nach einer kleinen Weile vollzählig waren, drehte die Barkasse bei, der Frachter stieß laute Hornsignale aus und wir dampften Richtung Freiheitsstatue. Ich stand und sah ergriffen auf dieses Symbol der Freiheit, daneben lag eine kleine Insel, dahinter die größer werdende Skyline von New York - Hochhäuser. Die Barkasse drehte bei, der Officer der Immigration wandte sich an uns und verkündete mit erhobener, lauter Stimme um den Motor zu übertönen, ihre Einreise erfolgt über die Port Authority of New York und die Immigration Authority of Ellis Island. Schon tat es einen kleinen Rumps, die Barkasse hatte angelegt, mehrere Uniformierte standen auf der hölzernen Pier. Dahinter erstreckte sich ein Bau im Kolonialstil, die Bäume waren grün und trotzdem hatte das Ganze den Charakter eines Gefängnisses, die Skyline von New York zum Greifen nahe. Ein Mitreisender und ich verließen die Barkasse, die beiden Damen nicht. Die Uniformierten begrüßten uns nicht, sondern wiesen uns den Weg und wir betraten eine riesige Halle, eine Decke wölbte sich hoch über uns, eine wunderschöne Architektur.

Die Halle wimmelte von Menschen – hunderte deutsche Kriegsgefangene! Graue, ausgemergelte Gesichter über einheitlich grauen T-Shirts mit einem großen weißen Aufdruck POW – Prisoner of War, darunter ebenso graue, weite Hosen. Müde, abgekämpfte Augen blickten, sondierten, gedämpftes Flüstern. Ich stand völlig verunsichert und sah den Uniformierten links von mir fragend an, wo sollte ich hin, war ich jetzt auch ein Gefangener, ich in meinem guten, zerknitterten Anzug.

Erst ignorierte er meinen Blick, dann wies er mir mit einer ruckartigen Bewegung des Kopfs die Richtung, ich sah einen leeren Schalter, der unbesetzt war und er bedeutet, dass ich dort warten sollte. Ich ging zu diesem Schalter, durch die graue Menge, in meinem Anzug und die Menschen gaben mir den Weg frei, die Menge spaltete sich.

Niemand am Schalter. Ich stand nun neben den Kriegsgefangenen, die am Schalter daneben abgefertigt wurden. Sie wurden namentlich registriert und ziemlich schnell fand ich mich in der Funktion eines Dolmetschers wieder. Name, Vorname, Geburtsdatum, Herkunftsort, erlernter Beruf oder Ausbildung, Parteimitglied ja, nein? SS Angehöriger? Sondereinheit? Wehrmachtseinheit? Wann und wo gefangen genommen? Schwere Erkrankungen, ansteckende Erkrankungen? … alles wurde in eine Karteikarte eingetragen. Der Gefangene bekam nun eine Nummer und wurde dann weiter geschickt zur medizinischen

Untersuchung. In der Halle herrschte ein gedämpfter, aber permanenter Geräuschpegel, die Gefangenen unterhielten sich flüsternd. Halblaut wurde spekuliert, was mit ihnen geschehen würde, wo sie wohl hinkämen. Ich hörte Bekundungen, daß man froh sei, bei den Amis gelandet zu sein und nicht beim Russen. Zu Essen gäbe es auch genug.

Fast alle waren in Nordafrika in Gefangenschaft geraten, Rommel der Wüstenfuchs war schon lange nicht mehr erfolgreich. Auf diese Weise erfuhr ich, daß kurz vor uns, die Queen Mary II, ein zum Kriegsgefangenentransporter umgebautes Superluxus-Kreuzfahrtschiff aus Europa 850 Männer jeden Alters und aller Berufsgruppe hierher gebracht hatte. Sie kamen aus Lübeck, Pfaffenhofen an der Ilm, Düsseldorf und Salzburg, sie waren Zimmerer, Finanzbeamter, Buchhalter, Klempner, Architekten, Bauzeichner, Bankangestellte, Professor für Mathematik, Abiturienten, Gemeindediener und Krankenpfleger, ich übersetzte. Alter – 53 Jahre, 16, 17, 18, 33, 28 und 41. Familienväter und Jungs mit Notabitur, verheiratete und unverheiratete, Väter, Großväter – ein Querschnitt durch die männliche, deutsche Bevölkerung.

Mein Schalter blieb weiterhin unbesetzt und damit geschlossen. Die Männer hielten mich mit meinem Anzug und meinen exzellenten Englischkenntnissen für einen deutschstämmigen Amerikaner, der für die Behörden arbeitete und der schwarze Mann hinterm Schalter war froh und dankbar, daß ihm hier einer half, die Dinge voranzubringen, er fragte nicht nach.

Die Männer schimpften über die feigen Itaker, die bei Nacht und Nebel abgehauen seien und sie ihrem Schicksal überlassen hätten, über Mussolini, aber über Göring und Hitler hörte ich nichts. Es wurden Befürchtungen geäußert, daß nun die Gräuel des Krieges gerächt werden würden. Manche waren apathisch, in ihr Schicksal ergeben, andere wirkten besorgt und beunruhigt und ein Junge, pickelig, dürr und offensichtlich gerade mal 17 oder 18 Jahre alt, weint leise, wippte mit dem Oberkörper vor sich hin, in sich gekehrt, die Außenwelt kaum wahrnehmend.

Nach einer guten Weile wagte ich den Registrator anzusprechen, was denn mit den Männern hier geschehe? Er war einigermaßen erstaunt, er wollte mich schon zurecht weisen, besann sich dann, daß ich ihm seine Arbeit sehr erleichterte und meinte lapidar, ‚die kommen alle nach Alabama zum Baumwollpflücken nach Fort McClellan. Nachdem sie hier erfasst und registriert sind. Sie werden dann nach Battery Park übergesetzt und dort stehen Züge bereit.' Einen Gefangenenzug nach Alabama voll mit deutschen Zwangsarbeitern! Baumwollpflücken! So sah er also aus - der deutsche Endsieg!

Er nahm seine Arbeit wieder auf. Er fragte und schrieb – ich übersetzte. Nach einer Weile, sah er auf die Uhr, ‚time for a break' und er nickte mir zu, schloß sein Fenster, er öffnete eine kleine Türe, trat aus seiner Kabine und bedeutete mir mit ihm zu kommen, offenbar dachte auch er, daß ich ein Offizieller war. Ich folgte ihm und wir erreichten eine Art Kantine. Gott-sei-Dank hatte ich noch ein paar US Dollar aus

Shanghai in der Tasche – was für ein Segen! Ich aß den ersten Hamburger meines Lebens. Er plauderte. Er hieß George B. Baldwin und er komme aus Queens, wo ich denn herkäme. Ich überlegte, ich antworte wahrheitsgemäß, daß ich aus Deutschland stammte. Er lachte übers ganze Gesicht ‚Hey man, klar - das habe ich an deinem Akzent gehört und Du dolmetschst ja für uns, also wie lange lebst du denn schon in USA? Sonst würdest du nicht so gut Englisch sprechen.' Ich meinte, daß ich eine Zeit lang in Shanghai gelebt habe im amerikanischen Quartier und jetzt in Manhattan (den einzigen Stadtteil von New York den ich überhaupt namentlich kannte) leben würde. Meine Hände wurden schweißig. Er nickte, klatschte in die Hände ‚Time to go, man - what's your name buddy?' Bartholomew – ich antwortete mit der korrekten Übersetzung meines Namens. ‚Bartolomäus Grandauer'. ‚Barth… - what?' er lachte erneut, ‚I will call you Bart – man', er reckte mir seine schwarze Hand mit rosigen Fingernägeln entgegen ‚George' bekräftige er. Ich nickte und drückte kräftig zu ‚Bart'.

Nach etlichen Stunden, schloß der Schalter. George nahm mich mit zur Barkasse und so reiste ich ohne jeden Stempel, als quasi Mitarbeiter der Port Authority of New York über den Hudson River in New York ein. ‚See you tomorrow morning man,' und George eilte zu seinem Bus, der ihn nach Queens brachte - heim zu Frau und Kindern. Ich stand auf dem Pier und wußte nicht so genau wohin. Ich kannte niemanden in New York. Ich merkte mir auf jeden Fall die Anlegestelle, ich hatte fest vor, morgen früh da zu sein, keine Ahnung wann die Fähre ablegte und wann der Dienst begann, aber ich hoffte auf diese Weise erst einmal einen Job zu ergattern, ein Einkommen zu erzielen. Der liebe Gott meinte es offenbar wirklich gut mit mir, zum zweiten Mal durch die Maschen geschlüpft, keine Schwierigkeiten und die beste Idee meines Lebens war gewesen die Vokabeln auf dem Schiff zu pauken. Ich hatte Hunger. Ich schulterte meinen Rucksack, den ich bei aller Dolmetscherei nicht aus den Augen gelassen hatte und machte mich auf, sah mich in Lower Manhattan um. Ich war etliche Kilometer auf schnurgeraden Straßen marschiert, rauf und runter, die Hochhäuser bestaunend, überholt von eiligen Fußgängern, Droschken, Bussen und Autos. NY – eine ebenso pulsierende Metropole wie Shanghai und es gab ein Viertel genannt China Town, bei dem ich mich direkt an Shanghai erinnert fühlte. Alle Schriftzeichen chinesisch, keine englischsprachigen Schilder, alte Chinesen mit langen Zöpfen und bunten, bodenlangen Gewändern, Chinesinnen in traditioneller Kleidung, langem schwarzem Haar. Ob es dort Badehäuser gab?

Ich suchte mir ein kleines Hotel, was einigermaßen erschwinglich war. Das war beileibe nicht so einfach. Schließlich fand ich ein preiswertes, sauberes Hotel 60 East 42 Street. ‚The Beefeater' war außen rot angestrichen, mehrere Stufen führten zum Eingang, innen schwere Holzvertäfelungen und man stieg weitere drei Stufen empor zur Rezeption, einer Festung in dunklem Holz. Ich fragte ob man ein Zimmer für eine Woche buchen könne mit Frühstück. Kein Problem. Ich solle alles im Voraus zahlen. Das überstieg meine Barschaft nun doch.

Ich hatte vor gehabt am nächsten Tag zur Chase Manhatten Bank zu gehen, um mir Mutters Geld abzuheben. Der Concierge lächelte bedauernd, aber bestimmt. Ich fragte nach, für wie viele Nächte mein Geld denn reichen würde? Er lächelte erneut, ‚für drei' mit Frühstück für vier ohne. Ich buchte für drei Nächte. Das Zimmer war klein, das Fenster ging zum Hinterhof hinaus, es war sauber, ein metallenes Bettgestell, eine dicke Patchwork Decke über voluminösen Federbetten und Kopfkissen. Ein kleiner Tisch an der Wand, ein Stuhl, ein schmaler Schrank, die Wände waren mit einer Blümchentapete tapeziert und ein winziges Bad schloß sich an. Klein aber mein, es gefiel mir. Todmüde fiel ich ins Bett und schlief auf der Stelle ein.

29.6.42

Irgendwann war ich wach, es war dunkel, das Haus war still, von ferne lärmte der Straßenverkehr. Ich stand auf, der einzige der ebenfalls auf war, war der Concierge, der einigermaßen verwundert aufsah, als ich die Treppe herunter kam. Es gab noch kein Frühstück, erst ab sechs – beschied er mich. Es war vier. Ich erklärte ihm, daß ich zur Arbeit müßte – es tat mir so gut, diesen Satz zu sagen: ‚Ich muß zur Arbeit'! Nach Monaten, was für ein schöner Satz und was für ein schöner Gedanke. Normalität. Wir kamen ins Gespräch. Er erklärte mir, daß es mit Wohnungen schlecht aussah, alles sehr teuer, aber es gäbe Boarding Houses, die wären günstiger, wenn ich dauerhaft in New York arbeiten würde oder ich solle nach Staten Island ziehen, da wäre es auch billiger und es gäbe eine Fährverbindung in die Stadt, quasi ein Bus zu Wasser.

Er überlegte und schwatzte weiter ‚Coney Island ginge auch, da leben viele Russen, und die Subway fahre auch dort hin, sei alles schön' meinte er. Ich erfuhr auch, wo die Bediensteten der Port Authority ihre Fährverbindung nach Ellis Island hatten und daß diese morgens alle fünfzehn Minuten fuhr, Dienstbeginn sei acht Uhr, soviel er wüßte. Eine junge Frau begann den kleinen Raum, der neben der Rezeption lag, für das Frühstück einzudecken. Es gab Speck, Rühreier und etwas das French Toast hieß. Weißbrot offenbar in einem Teig getaucht in Zucker und Zimt gewälzt – sehr köstlich, dazu trank ich Milchkaffee.

So gestärkt machte ich mich auf den Weg. Eine gewaltige Stadt. An der Straßenecke gab es einen kleinen Shop, dort erstand ich einen kleinen Faltplan von Manhattan, New York, zu meiner Orientierung. Ich fand mich relativ schnell gut zurecht und so machte ich mich auf den Weg zum Fähranleger. Es fiel mir auf, schwarz und weiß fuhren innerhalb der Fähre getrennt. ‚Whites only' Schilder wiesen den Weg. Rassentrennung. George kam mit dem Bus und ich ging sofort auf ihn zu, begrüßte ihn. Er quittierte es mit einem Lachen, die umstehenden Weißen mit Befremden. ‚Ich weiß', sagte er, als er meinen erstaunten Blick sah, ‚die Deutschen machen keinen Unterschied 'Ich fiel aus allen Wolken! ‚Die Deutschen machen keinen Unterschied?! Das Land der Rassenlehre, die Erfinder der Rassenschande, der Rassenhygiene?! Der Judenverfolgung?' Ich schnappte buchstäblich nach Luft. George erläuterte mir, man hatte gedacht es sei eine besondere Demütigung, wenn Schwarze wie er die Deutschen befragten. Aber er habe erlebt, daß alle zu ihm nett und höflich seien, keiner hatte je ‚Nigger', ‚Bimbo' oder ähnlich abfälliges gesagt – da sei er von den eigenen Landsleuten anderes gewohnt. Man merke auch, dass die POWs sich darüber gar keine Gedanken machten und auch ich habe ihn die ganze Zeit mit Respekt behandelt – weil wir nicht rassistisch denken würden. Das finde er gut. Ich konnte nur den Kopf schütteln ‚wir denken nicht rassistisch?!' – das stimmte doch hinten und vorne nicht. Natürlich dachten die Deutschen so! 1936 Olympiade in Berlin – o.k. Jesse Owens, ja das Stadion hatte ihn gefeiert, aber sonst gab es keine Schwarzen im Leben der Deutschen. Es gab berühmte schwarze Jazzmusiker – aber damals in Deutschland war auch das eher selten zu hören und zu sehen. Damals. Deutschland war so unendlich weit weg.

Gemeinsam bestiegen wir das Schiff. Ich stand am Ende des weißen Teils und er am Anfang des schwarzen Teils und so unterhielten wir uns über eine unsichtbare Trennungslinie hinweg. Den ganzen Tag übersetzte ich, mittags gab es einen Hamburger. Ich hatte Vertrauen in George, auch wenn mir jetzt natürlich das Befremden der weißen Kollegen auffiel. Ich beschloss George meine Lage zu erklären, ich brauchte einen Job, ich brauchte gültige Einwanderungspapiere. Er rollte die Augen, zog die Augenbrauen hoch, murmelte zwischen drin ‚man … oh man', dass ich ihn gehörig in die Klemme bringen könne. Aber dann versprach er alles zu tun, damit ich an eine Sozialversicherungsnummer käme. ‚They need stuff, urgently … Americans are pragmatic …' Er erzählte, daß die Briten und Amerikaner in Afrika mehr als 210.000 Männer - Italiener und vor allem Deutsche - gefangen genommen hatten und daß ein großer Teil von ihnen nach USA zur Zwangsarbeit verschifft wurden und werden. Die brauchen Leute wie dich, die Englisch und Deutsch können, also ein Job wäre wahrscheinlich und das wäre eine der wichtigsten Voraussetzungen, um eine Sozialversicherungsnummer zu ergattern und das könnte die Sache sehr beschleunigen. Er werde mit seinem Boss sprechen.

Die Gelegenheit ergab sich früher, als erwartet. Ich war aufgefallen. Es kam ein fülliger Weißer, in Uniform auf mich zu, gerade als George das Fenster an seinem Schalter hochschob und wir begannen, mit den Registrierungen der Neuzugänge fortzufahren.

George nickte kurz ‚Morning Sir', tippte sich an seine Uniformmütze und es gab eine entsprechende Kopfbewegung in meine Richtung. Der Mann stellte sich nicht vor, sondern sprach mich an, ich solle mal mitkommen und wir gingen durch die große Halle, die sich gerade mit POWs füllte und stiegen eine Treppe hinauf. Umlaufend unter der Decke gab es eine Art Balustrade und von der gingen Büroräume ab. Ich wurde einer Art Verhör unterzogen, ich hatte meine Papiere dabei. Ich war Zivilist, das war ein sehr gravierender Unterschied, mit einem amerikanischen Visum im Pass, ein noch bedeutenderer Unterschied. Ich erläuterte nochmals meinen Businessplan kurz und ich unterzeichnete diverse Erklärungen, daß ich nicht bei der Wehrmacht war, nicht in der Partei sei, kein SSler, nicht gekämpft hatte oder an Kriegsverbrechen beteiligt gewesen sei.

Ein Segen, daß ich in der Einwanderungsbehörde war – meinen Englischtest konnte ich gleich vor Ort ablegen.

Nach einigem hin und her kam es wie George es vorausgesehen hatte, ich bekam eine vorübergehende Arbeitserlaubnis. Die nächsten Stunden verbrachte ich mit der Erledigung von Papierkram. So füllte ich mehrere Fragebögen und Karteikarten aus - meinen Lebenslauf und erneut Erklärungen, daß ich keiner Naziorganisation angehört habe und auch nie bei der Wehrmacht war. Stunden später hielt ich meinen Arbeitsvertrag in den Händen, der mich als Mitarbeiter der Port Authority von New York auswies. Es war ein wirklich erhebender, glücklicher Moment – angekommen, endlich angekommen. Es würde wieder einen Alltag geben, Normalität, aufstehen, arbeiten, ein zu Hause.

Ich solle in den nächsten Tagen ein Konto einrichten für den Weekly Pay check mit stattlichen 51,36 US Dollar, ich verdiente 1,07 Dollar die Stunde. Außerdem brauchte ich eine Meldeadresse, also eine Wohnung, Pension oder ähnliches in den nächsten Tagen. Arbeitsbeginn sei acht Uhr, sechs Tage die Woche werde gearbeitet, achtundvierzig Stunden Woche, es gäbe gelegentlich Schichtdienste. Sieben Tage Urlaub im Jahr plus die gesetzlichen Feiertage. Morgen könne ich hier anfangen, ich würde keine Uniform bekommen, sondern ich solle in sauberer Kleidung erscheinen. Hemd, Krawatte, Hose und geputzte Schuhe reichten.

So kam es, daß ich als Dolmetscher auf Ellis Island arbeitete, um mitzuhelfen die Deutschen Kriegsgefangenen, die innerhalb der USA verteilt wurden, zu registrieren.

Ich besorgte mir ein Zimmer in Coney Island – dem Russenviertel, welches direkt an der Atlantikküste lag. Es kostete 17 Dollar die Woche und lag über einem Russian Shop. Obwohl es ein Viertel gab, das ‚Little Germany' genannt wurde und im östlichen Teil der Stadt lag, zog es mich da überhaupt nicht hin, im Gegenteil ich versuchte so amerikanisch wie möglich zu sein. In ‚Little Russia', wie Coney Island auch hieß, gab es kyrillische Schriftzeichen an den Läden in den Straßen. Man konnte warme Piroggen am Straßenrand kaufen und Süßigkeiten. Die Subway wurde hier zur Hochbahn und fuhr zwischen den Häusern auf Stelzen über der Straße.

Ich wohnte nun W 19th Street 109 / 2nd Floor, meine Subway Station hieß Neptune Ave – man musste zehn Minuten laufen. Ich fuhr täglich eine Stunde zur Arbeit, also kaufte ich täglich die New York Times, einen Kaffee und eine warme Pirogge. Ich erfuhr alles was in der Welt so geschah und ich unterstrich alle Wörter die ich nicht kannte, schlug sie im Wörterbruch nach. Eine staatliche Summe hatte ich in ein Websters Dictionary investiert, eine Art Duden auf Englisch, in ihm konnte ich die Bedeutung des Worts nachschlagen, Synonyme und Antinyme sehen. Es war mir extrem wichtig, meine Aussprache so zu trainieren, dass man mir den Ausländer nicht mehr anhörte, ich wollte

Amerikaner sein - durch und durch. Mit diesen deutschen Barbaren will ich nicht in Verbindung gebracht werden, nichts zu tun haben.

Um mein neues zu Hause zu erreichen, mußte ich im hinteren Teil des Ladens, am Lieferanteneingang eine Treppe erklimmen, die an der Wand hoch ging. Sie führte in einen Flur, der ins Rückgebäude führte und dort lag mein Zimmer - mit Meeresblick. Das Zimmer war ein ehemaliges Büro oder ein Lagerraum, es war ziemlich groß. Der Vormieter hatte ein Küchenbuffet in eine Zimmerecke plaziert, einen Tisch mit Spüle unter einem aus der Wand kommenden Wasserhahn gestellt. Ein bulliger, brummender Kühlschrank füllte eine Ecke, davor stand ein viereckiger Holztisch mit vier Stühlen. In der anderen Ecke stand ein abgewohntes Sofa, davor ein Couchtischchen, ein Schrank. Eine Schiene mit Vorhang trennte ein Bett vom übrigen Raum. Zwei große Fenster gaben einen Blick frei, auf den Strand und die Mole, auf der Menschen spazierten. WC und Bad waren in der unteren Etage, benutzt von allen Angestellten des Ladens.

Coney Island - die Freizeithochburg der New Yorker.

„Alles o. k. Sir?“ – Hans schreckte hoch, es rumpelte und rappelte an der Zimmertür, er war eingeschlafen, hing in seinem Sessel, den Daumen als Lesezeichen im Tagebuch, das geschlossen auf seinen Schoß lag. Er musste erst seine Orientierung wiederfinden. Er war im Hotel in Fairbanks, er war überm Lesen eingeschlafen. „Yes, everything is fine!“

rief er mit vom Schlaf belegter, halblauter Stimme Richtung Tür. „Good morning, breakfast till ten, Sir!“ erklang es munter von der Tür, er hörte Schritte, die sich entfernten und die Treppe runter stiegen. Er sah auf die Uhr neun Uhr dreißig. Steifbeinig streckte er sich, der Rücken schmerzte, er reckte sich, öffnete das Fenster. Ab ins Badezimmer, duschen und dann frühstücken. Er merkte, dass er richtig hungrig war.

Beim Frühstück sann er darüber nach, was er wirklich gelesen hatte und was er wohl geträumt haben könnte. Was für eine Geschichte, von Grafing nach Rotterdam, von Schanghai nach New York! Neugier, wie es wohl weiter ging. Er ließ sich aber trotzdem Zeit, genoss seinen Kaffee, den French Toast und das Rührei mit Speck.

Er musste heute noch, seinen Flug nach Schweden buchen, um Uma Dalsberg, die Tochter zu finden. Dann wollte er weiterlesen. Die Kladden 1942 und 1943 waren die dicksten und, die erste hatte er fast schon durch, und im Flieger konnte er auch lesen.

Im Internet fand er eine Flugverbindung von Fairbanks nach Chicago, von dort nach Stockholm. Es würde mehr als sechzehn Stunden dauern und heute machte es keinen Sinn mehr. Er buchte für den übernächsten Tag und zahlte mit

Kreditkarte. Er hatte hier noch einen Tag und eine Nacht – viel Zeit zum Lesen.

Er kaufte ein paar fertige Sandwiches, etwas Obst und Chips. Ein Sixpack Heineken musste auch sein. So ausgerüstet startete er die Fortsetzung seiner ‚Lesereise', wie er es für sich nannte.

31.7.1942

Ich bin inzwischen etwas heimisch geworden, habe mir Routinen aufgebaut, samstags nach der Arbeit wasche ich im Waschsalon gegenüber.

Morgens kaufe ich die NYT, einen Coffee-to-go und eine warme Pirogge, die esse ich in der Sub und lese meine Zeitung, bei einer Stunde Fahrzeit ist das gut genutzt. Mittags einen Hamburger oder ein Sandwich in Ellis Island, abends meistens Salat.

Abends gehe ich gerne an den Atlantik, flaniere auf der hölzernen Promenade und schnuppere die Seeluft, zu schwimmen habe ich mich noch nicht getraut, obwohl etliche Menschen sich morgens und abends in die Fluten stürzen.

Es ist sommerlich warm, aber stets weht eine steife Brise. Meine Stelle gefällt mir gut, die Deutschen erkennen mich nicht als Deutschen, für die bin ich ein Dolmetscher, ein Amerikaner mit guten deutschen Sprachkenntnissen.

7.8.1942 Purple Heart Day

Amerika ist im Krieg und obwohl der Purple Heart Day kein offizieller Feiertag ist, wurde uns Bediensteten frei gegeben. George erklärte mir, was es damit auf sich hat.

Das Purple Heart – das ‚Violette Herz' wurde von George Washington 1782 zur Ehrung von Soldaten gestiftet. Dieser Orden ist die einzige Verwundetenauszeichnung der Streitkräfte der Vereinigten Staaten. Er geriet fast 150 Jahre lang in Vergessenheit. Erst 1932 wurde die Auszeichnung anlässlich des zweihundertsten Geburtstages Washingtons vom US-Kriegsministerium wiederbelebt. Der Orden wird an Soldaten verliehen, die im Kampf durch gegnerische Kräfte verwundet wurden, ebenso posthum an gefallene Soldaten.

Jetzt in Kriegszeiten umso wichtiger, diesen Orden und seinen Gedenktag, die Soldaten zu ehren. Coney Island platzte fast vor Besuchern und auch ich mischte mich unters Volk.

Ich lief einer Fotografin vor die Linse, die mich ansprach, ob sie ein Foto machen dürfe. Sie hatte hörbar einen Akzent, sie gefiel mir sofort. Klein, drahtig, wilde Wuschelhaare, dunkle Augen und sie strahlte ungeheure Energie aus. Sie trug einen Nadelstreifenanzug(!) mit einem weißen Herrenhemd, Kragen offen, schwarze Lackschuhe und einen Rucksack mit ihrer Fotoausrüstung, eine getigerte Sonnenbrille klemmte im Gewuschel aus kurzem, braunem Haar. Sie raucht! Wir kamen ins Gespräch, flanierten am Atlantik, ich spendierte ein Eis.

Sie heißt Greta Dalsberg, sie ist 26 Jahre jung und kommt aus der Nähe von Stockholm, sie ist also Schwedin und sie arbeitet als freie Fotografin und sie trägt grundsätzlich Herrenanzüge, wie sie mir erklärte. Greta Garbo ist ihr großes Vorbild. Sie schwärmte mir von dem Film ‚Die Frau mit den zwei Gesichtern' vor. Ich mußte zugeben, daß ich den nicht kannte. Greta, also meine Greta, hat etwas sehr Selbstbewußtes, Herausforderndes. Es war ein so schöner Tag, ich bin verliebt, ich werde sie wiedersehen.

8.8.1942

Gestern war Freitag, nur der heutige Arbeitstag läge zwischen unserem Wiedersehen – dachte ich. Sie stand am Fähranleger, als ich von Ellis Island rüber kam, sie hat mich überrascht und abgeholt. Ich war so glücklich, daß ich sie umarmt habe und sie ließ es nicht nur geschehen, sie umarmte mich und küßte mich auf die Wange. Wir sind Richtung Central Park gelaufen, Hand in Hand, wie die Teenager, die wir beide nicht mehr sind. Ich lud sie zum Essen ein, in Little Italy, welches zwischen Tribeca und Soho liegt, in einem italienischen Restaurant. Wir saßen draußen, an einem kleinen Tisch und tranken Rotwein, aßen Pizza und redeten und redeten und redeten, der Kellner mußte uns rausschmeißen. Wir kriegten gerade noch die letzte Subway nach Coney Island. Es war eine so schöne, laue Sommernacht und wir saßen am Strand, sahen auf das Meer und wir küßten uns. Es war so selbstverständlich. Ich liebe diese Frau, das kann ich jetzt schon sagen.

Ich bin glücklich – wie lange ist es her, daß ich mich glücklich gefühlt habe? Hundert Jahre?

Ich danke Gott, daß ich in Amerika bin, ich bin Amerika unendlich dankbar, daß ich hier sein darf und daß ich Greta traf.

9.8.42

Der heutige Sonntag gehört uns auch noch ganz. Sie wohnt leider nicht in New York, sondern ist nur im Rahmen einer großen Fotoreportage nach New York gekommen. In zwei Wochen fährt sie wieder nach Stockholm zurück. Sie findet es nicht schlimm, daß ich Deutscher bin, denn das habe ich ihr gestanden. Sie meinte, Du mußtest vor den Nazis abhauen, wie viele Deutsche, die hier in USA leben. Die Schweden haben gehörig Angst vor den Nazis, denn Norwegen wurde besetzt in einer Blitzaktion und Finnland ist inzwischen verbündet, aus Angst vor den Russen. Schweden ist neutral, aber viele Juden setzten von Dänemark über und man hat Angst, daß dies einen Angriffsgrund liefern könnte. Es gibt auch in Schweden aktive Nazis, geführt von einem Birger Furugard. Sie findet es beängstigend und ich auch. Dann lächelte sie mich an mit ihrem unnachahmlichen Lächeln. „Unsere Tage sind zu kurz, um uns über solche Dinge die Laune verderben zu lassen, lass uns leben, lachen, lieben" und sie küßte mich mitten auf den Mund. Sie hat bei mir übernachtet.

25.8.42

Die ganzen zwei Wochen war sie bei mir - ich habe wenig Schlaf bekommen. Ich liebe jeden Zentimeter dieses Energiebündels. Morgens gingen wir zu unserer Arbeit - ich zu meiner Arbeit und sie zu ihrer. Abends holt sie mich am Anleger ab und ich war zum ersten Mal in einer Galerie bei einer Ausstellungseröffnung. Wir gingen ins Kino, ins Theater und bei unserem Italiener essen, wir besuchten ein Jazzlokal und tanzten. Sie kannte in der Stadt mehr Locations und Menschen als ich, obwohl sie gerade einmal zwei Wochen da war. Ich wollte nicht mehr, daß sie wieder wegfährt. Ich habe ihr einen Heiratsantrag gemacht mit einem Ring aus Gänseblümchen, unten am Meeresstrand, wo die in der Anlage blühen. Es ging ihr entschieden zu schnell. Sie hat nicht ‚nein' gesagt, aber ‚ja' leider auch nicht, sie hat mich nur angesehen, gelächelt und mich geküßt.

Dann waren die zwei Wochen um und sie verschwand aus meinem Leben, ebenso plötzlich wie sie in es gekommen war. Ich fühle mich einsam und leer. Zwei Wochen wie im Rausch. Greta.

27.8.42

Ich vermisse sie so sehr. Es ist anders als bei Min Chi, die mich in das hier und jetzt, in die Schwerelosigkeit von Raum und Zeit entführte, als ich Grübeln durch Sinnlichkeit überwand. Greta liebe ich, die will ich ganz, auch inklusive einem Alltag. Ich will eine Frau an meiner Seite, eine Familie gründen. Das kann ich mir mit Greta gut vorstellen. Mit

Min Chi war es vor allem der Sex der mich mit ihr verband. Auch der Sex mit Greta war anders, es war Hingabe. Nicht erlernte Raffinesse, Technik. Greta bitte komm' wieder zurück, ich sehne mich nach Dir, Du hast mir eine Adresse da gelassen, ich schreibe Dir jeden Tag einen Brief.

07.09.42 Labour Day

Mehr und mehr glaube ich, dass Greta nur ein Traum war und sie nicht wiederkommen wird. Meine Briefe hat sie nicht beantwortet. Heute ist wieder viel los in der Stadt und speziell in Coney Island. Labour Day markiert das Ende des Sommers, wurde mir erklärt. Also alles was irgendwie Beine hat ist unterwegs. Ich wollte ein bisschen Ruhe und bin in den Zoo von New York gefahren.

10.10.42

Wir haben eine neue Arbeitskollegin bekommen, eine fesche Rothaarige – Fiona O'Keefe. Sie stammt von Iren ab, worauf sie sehr stolz ist. Sie wirft mir Blicke zu. Sie hat sehr dickes Haar, rotbraun, das sie meist als breiten Zopf trägt, helle Haut und helle Augen, neckische Sommersprossen zieren ihre Stupsnase. Sie ist niedlich, so wie man sich eine Irin vorstellt. Sie setzt sich in der Pause zu mir, sucht das Gespräch, das schmeichelt mir. Sie ist höchstens dreiundzwanzig, hat eine gute, wenn auch etwas üppige Figur. Busen – Taille –Po, wie man so sagt.

Sie wohnt mit ihrer Familie in Queens, sie hat einen Bruder John und eine Schwester Cathrine. Ihr Vater arbeitet als Busfahrer und ihre

Mutter im Büro eines Anwalts. Sie hat die Highschool besucht und abgeschlossen und ist danach bei der Port Authority ins Büro gegangen. Sie himmelt mich an und versucht immer und überall in meine Nähe zukommen. Ach Greta – es wäre mir so lieb, wenn Du es wärst, die mich so vergöttern würde. Sie erzählt mir, was sie alles gerne unternimmt, ein Wink mit dem Zaunpfahl ich solle sie einladen. Natürlich schmeichelt es mir und ich flirte auch zurück, aber lieber wäre mir Greta käme zurück.

14.12.42

Heute war Weihnachtsfeier, wir waren alle eingeladen zum Essen und es gab einen Punsch, ich war ganz gut betankt. Irgendwie fand ich mich mit Fiona alleine im Lagerraum wieder. Sie hat mir erklärt, dass sie vom ersten Tag an in mich verliebt war. Ich finde sie ganz nett, sie hat einen schönen Busen und so kam es irgendwie dazu, dass wir heftig geknutscht haben. Sie hat ihren Rock hochgeschoben und meine Hand auf ihr Höschen gelegt, sie trug Strapse, wie alle Frauen. Das machte mich wahnsinnig, ich hatte mich überhaupt nicht unter Kontrolle, also habe ich es ihr mit der Hand gemacht, dann hat sie mir einen geblasen. Ich war ganz erstaunt was Fiona über diese Dinge so alles wusste. Wir kehrten zur Weihnachtsfeier zurück und dann brachte mich Fiona nach Hause. Wir landeten in meinem Bett, hier reißt der Film der Erinnerung endgültig ab. Am nächsten Morgen hatte ich einen wahnsinnigen Brummschädel, das kann ich gar nicht beschreiben. Fiona lag überglücklich neben mir im Bett. Sie hat große weiche Brüste mit großen

Warzenvorhöfen und roten Busch von Haaren am Geschlecht, sie ist ein nettes Mädchen.

23.1.43

Fiona ist seit mehr als einem Monat meine Geliebte, teilt das Bett mit mir und ich komme mir etwas überrumpelt vor. Sie hat mich schon zu ihrer Familie geschleppt, mich dort vorgestellt und ich habe einfach nicht die Kraft, das zu beenden. Ich glaube, sie will, dass ich sie heirate.

30.1.43

Ich hatte es geahnt - sie ist schwanger! Sie will mich heiraten! Sie will auf keinen Fall das Kind abtreiben! Ich bin in der Zwickmühle, als anständiger Mensch muss ich sie heiraten. Da sie Amerikanerin ist, steht damit auch meiner dauerhaften Einbürgerung nichts mehr im Wege. Greta. Greta, warum höre ich nichts mehr von Dir? Ich kann Fiona auf keinen Fall alleine sitzenlassen, das kann ich nicht machen. Ich wollte doch auch Kinder, eine Familie. Keine Ahnung was ich jetzt tun werde.

1.3.43

Vor einem Jahr bin ich aus Deutschland fort – jetzt bin ich verheiratet seit 17.2.43! Nach der Mitteilung der Schwangerschaft überschlugen sich die Ereignisse. Ihr Vater tauchte bei mir auf, redete mir ins Gewissen. So schnell konnte ich nicht bis zehn zählen, schon war die Hochzeit arrangiert. Wir sind dazu nach San Francisco gefahren, denn dort leben Fionas Verwandte und wir hatten unseren Honey Moon dort.

Fiona organisierte alles, ich musste mich um nichts kümmern. Ich habe meinen Namen amerikanisiert in Bart Grand und bin nun Kraft Eheschließung amerikanischer Staatsbürger. Ich werde Vater im Herbst - was für ein Irrsinn! Ich kann mir kaum vorstellen, dass dies auf die Dauer gut geht. Fiona ist ein nettes Mädchen, sie vergöttert mich und ich bin das personifizierte schlechte Gewissen. Sie will jeden Tag ihren ehelichen Pflichten nachkommen, wie sie das nennt, es gefällt ihr offenbar sehr. Sie versucht mir jeden Wunsch von den Augen abzulesen und bin ich mal brummig oder schweigsam, dann versucht sie alles um herauszufinden warum ich so bin und natürlich alles um mich aufzumuntern. Sie legt dann meine Hand auf ihren Bauch, lässt mich das Kind spüren. Ich spüre nur nichts.

Fiona ist nun meine Ehefrau, sie geht auseinander wie ein Hefekloß.

1.5.43

Ich warte die Geburt ab und dann muß ich über Scheidung reden. Mir wird es zu viel. Fiona kann nichts dafür, sie bemüht sich mir ein schönes Heim zu geben, sie kocht und putzt, näht und bügelt – alles damit sie dem Ideal einer amerikanischen Hausfrau und Mutter entspricht. Permanent ist jemand von ihrer Familie zu Besuch, die Mutter, die Brüder oder die Schwestern, dazu entfernte Verwandte die vorbeischauen. Ein gigantischer Wanderzirkus an Verwandtschaft. Wir sind natürlich nach der Ehe umgezogen in ein Haus und auf dem

Kaminsims stehen unzählige Bilderrahmen, unzählige rothaarige Iren und Irinnen und mittendrin eine Aufnahme meiner Eltern, welches ich mitgenommen hatte.

Die Katastrophe ist vorprogrammiert.

3.5.1943

Ich habe unverhofft Kontakt zur deutschen Community bekommen, obwohl ich ‚Little Germany' nie besucht habe und ich merke, daß ich alles was ‚Deutsch' ist meide. Meine Tätigkeit als Übersetzer hat sich herumgesprochen, wie überhaupt der ‚Buschfunk' in den jeweiligen Communities immer gut funktioniert. Ein Herr Blank, Robert Blank aus Crailsheim ist auf mich zugekommen, er wohnt in ‚Little Germany' und hat von mir gehört und er stand am Anleger mit einem Schild ‚Bart Grand'. Er hat mich eingeladen, er müsse mit mir eine Sache besprechen, er habe vor ein Unternehmen zu gründen und er benötige jemand der die amerikanischen Dokumente für die Firmengründung übersetzen würde. Ein sympathischer junger Mann, in meinem Alter, aber noch unverheiratet. Wir haben weitere Termine vereinbart. Ich werde also abends und samstags, sonntags arbeiten, das wird Fiona sicherlich nicht gefallen. Es ist gut bezahlt, das wird sie überzeugen.

5.5.43

Robert Blank hat die ersten Dokumente vorbei gebracht, wir verstehen uns sehr gut. Er wird nach Alaska gehen, nach Nome und dort ein Baugeschäft gründen. Nome deshalb, weil er dort entfernte Verwandte hat.

Er ist erst seit sechs Monaten im Land, er ist auch vor den Nazis abgehauen. Seine Mutter ist Halbjüdin gewesen, der Vater Katholik. Einer der Ober-Nazis von Crailsheim hatte sich das Unternehmen seiner Eltern zu einem sehr günstigen Preis gesichert, das Wohnhaus wurde ebenfalls an einen Arier verkauft. Nach dem Verkauf hatte man seinen Eltern die Ausreise zugesichert, sie wollten ursprünglich in die Schweiz ausreisen, aber der Vater regte sich so sehr auf, daß er an einem Herzinfarkt verstarb, noch ehe sie in die Schweiz reisen konnten. Seine Mutter hatte darauf bestanden, daß er nun schnellstens das Land verließ. In New York, erhielt er den Abschiedsbrief seiner Mutter, sie hatte sich - nach dem sie beruhigt war, daß ihr einziges Kind in Sicherheit sei - das Leben genommen. Ich finde es nur noch furchtbar.

Robert und ich haben uns angefreundet, ich denke wir haben viele Gemeinsamkeiten.

14.5.43

Robert und ich, wir sehen uns fast jeden Tag und ich übersetze eifrig. Ich habe immer noch Mutters Geld auf der Chase Manhattan liegen, ich denke daran in Roberts Geschäft einzusteigen – ein Justiziar in einem Bauunternehmen. Ich müsste mich über amerikanisches Baurecht, Vertragsrecht und anderes informieren, aber das sollte mit einem Abendstudium kein Problem sein.

17.5.43

In der New York Times wurde ausführlich über den Durchführungsstatus der Executive Order 9066 berichtet. Ich hatte schon davon gelesen, daß nach dem Angriff auf Pearl Harbor durch die Japaner, die Amerikaner nicht nur in den 2. Weltkrieg eintraten, sondern besondere Vorsichtsmaßnahmen walten ließen. Man mißtraute auch den amerikanischen Staatsbürgern japanischer Abstammung und im Februar vorigen Jahres hatte Roosevelt die Executive Order 9066 erlassen.

Sie besagte, daß alle US Bürger mit japanischen Vorfahren insbesondere die Bewohner Kaliforniens, die Bewohner des westlichen Oregons und Washingtons sowie eines kleinen Streifens im Süden Arizonas und Alaskas zu internieren sind.

Nun berichtete die NYT über den aktuellen Stand. Die War Relocation Authority vollzog das Gesetz und hatte inzwischen 110.000 US Bürger, Menschen mit japanischer Abstammung in Internierungslager östlich der Pazifik-Region eingewiesen.

Ich war entsetzt, meine Amerikaner, mein neues Heimatland, das Land, das die Rechte der Menschen im Krieg mit dem Blut seiner Männer verteidigte, dieses Land diskriminierte Schwarze mit einer strikten Rassentrennung, verbannte die Ureinwohner in Reservate, verfolgte Homosexuelle und internierte japanischstämmige US Bürger in KZs? Das war kein bisschen anders, als Deutschland?! Ich rief mich zur

Ordnung, doch, es gab Unterschiede, sie brachten niemanden um und sie raubten niemanden aus.

Zu meiner größten Sorge sprach der Artikel auch davon, dass es Überlegungen für die aktive Umsetzung von 9066 auch für US Bürger mit italienischen Wurzeln oder deutscher Abstammung gäbe. Meine größte Angst ist, dass ich interniert werde.

Die NYT berichtete, daß die Gerichte, in den unteren Instanzen, die diese Orders in der Umsetzung zu entscheiden hatten doch sehr unterschiedlich urteilten. Es gab wenige internierte Deutsche und Italiener, da die USA am ‚Brain gain', wie das genannt wurde interessiert waren und zahllose deutsche Wissenschaftler die Amerikaner in ihren Bemühungen um die Atombombe unterstützten, so traf diese Order vor allem Amerikaner japanischer Abstammung und geflüchtete Japaner.

Trotzdem saß eine tiefe Sorge, eine Angst in meiner Magengrube. Ich ging äußerst ungern in die Wochenschauen, schreckliche Bilder und die furchtbare Tatsache, daß wirklich die ganze Welt im Krieg war. Ich wollte nur ein normales Leben haben, keine Gewalt, keine Angst.

Ich war so amerikanisch wie man nur sein kann, nur nicht auffallen, ich war ja nicht kriegswichtig. Zudem hatte Robert in den letzten Tagen über Gerüchte berichtet, die mich zutiefst beunruhigten.

Die Amerikaner versuchten unter den geflüchteten Deutschen Spione zu rekrutieren, die sie wieder nach Deutschland schicken könnten.

Deutsche, da diese als Muttersprachler eben nicht auffallen, die kennen die Gewohnheiten und die Üblichkeiten des ‚Deutschen Lebens', haben keinen Akzent. Sie suchen vor allem Leute, die gleichzeitig sehr gut englisch sprechen, da diese dann die ‚Feinheiten', die Dinge auf die es ankommt', entsprechend guten übermitteln könnten! Ob denn noch niemand an mich herangetreten sei, wollte Robert wissen. Ich war vollkommen schockiert. Ich bin vor den Nazis geflohen, damit ich eben nicht in deren Mühlen gerate, ein Spion riskiert sein Leben, wird er erwischt, gibt es ein Standgericht und die hängen den auf oder erschießen ihn, da braucht es kein ordentliches Gerichtsverfahren in diesen Zeiten! Oder noch einfacher ab ins KZ. Auf keinen Fall will ich für die Amerikaner als Spion arbeiten, ich will nie mehr nach Deutschland zurück! Robert machte ein ernstes Gesicht, wir überlegten gemeinsam. Schließlich schlug Robert vor ‚tauche doch einfach ab', gehe mit mir nach Alaska, Amerika ist ein freies Land, werde mein Compagnon. Wir erzählen niemand, daß du eigentlich Deutscher bist, hören tut man es ohnehin nicht mehr und Fiona ist irisch-stämmige Amerikanerin. Kein Mensch kommt auf die Idee, dass du Deutscher bist.' ‚Warst' korrigiere ich ihn, ‚mit meiner Heirat wurde ich amerikanischer Staatsbürger und einen Pass habe ich auch!'

Ich überlege jetzt, ob das nicht wirklich eine gute Option für uns wäre.

31.7.43

Die Würfel sind gefallen, ich gehe mit Fiona nach Nome in Alaska und ich beteilige mich an Roberts Unternehmen.

Es war ein hartes Stück Arbeit, Fiona zu überzeugen, aber Robert hat es so dramatisiert, daß ich als Spion verpflichtet werden würde und daß mich die Deutschen hängen, wenn sie mich erwischen, er hat ihr so viel Angst gemacht, dass sie mir schon fast leid tat.

Meinen Job bei der Port Authority habe ich gekündigt. Wir haben alle unsere Sachen in den letzten Tagen verkauft, das ging schneller als erwartet. Kleidung, ein paar Fotos und ein paar Dokumente haben Platz gefunden und sind gut verstaut in zwei Koffern. Wir fliegen mit Pan Am von New York nach Nome in Alaska. Wir haben nachgefragt, und trotz Schwangerschaft ist es möglich, dass Fiona fliegt. Meine erste Aufgabe wird sein, ein Haus oder eine Wohnung für uns zu finden und ein Auto zu erstehen. Der Flug kostet uns ein kleines Vermögen, aber Nome kann man nur per Flugzeug erreichen, Straßen gehen bis Fairbanks und auch das liegt von New York mehr als 5.000 Meilen entfernt – was für ein Land! Morgen fliegen wir – ich sehe mir die Tickets immer und immer wieder an. Pan Am. Wir nehmen Bus und Subway, ich trage die beiden Koffer und einen Rucksack, Fiona soll nicht schwer tragen, sie hat nur einen kleinen Rucksack.

Der New York Municipal Airport liegt in Queens. Hatten anfangs die Zweifel überwogen, freue ich mich auf die Zukunft, auf mein Unternehmen, auf ein zu Hause in Alaska.

01.08.43

Nach mehr als einer Stunde in der Subway und dem Bus, standen wir staunend in der Halle des New York Municipal Airports. Überall freundliche, uniformierte Damen, die uns lächelnd begrüßten und jedweden Service andienten, den man sich vorstellen kann. Ich zeigte unsere Tickets, unser Gepäck wurde uns abgenommen und wurde zum Flugzeug gebracht. Fiona war genauso aufgeregt wie ich, denn keiner von uns beiden war je geflogen. Nach San Francisco waren wir mit dem Zug gefahren. Amtrak brachte uns hin und zurück nach New York, das war – wie es mir schien – schon sehr lange her. Piloten in Uniformen, strebten zielstrebig an uns vorbei, besprachen sich noch mit dem Kollegen. In der Halle prangte eine große Anzeigentafel, Buchstaben blätterten, es rauschte leise wie das Plätschern eines Bachs. Aufruf der Flüge über Lautsprecher ‚Passagiere nach Nome in Alaska begeben sich bitte zu Gate A 8‘, , Passagier Mr. Henry Barnes bitte zum Flugsteig A 6 – letzter Aufruf Passagier Mr. Henry Barnes gebucht nach Miami bitte zum Flugsteig A 6‘. Mit einem Mal kam ich mir bedeutend vor und Fiona kicherte ‚Ich fühle mich wie ein Filmstar‘.

An unserem Schalter warteten bereits etliche Personen, das Filmstargefühl erhielt einen kleinen Dämpfer. Manche der Passagiere hatten zum Teil abenteuerliche Kleidung, einer sah aus wie ein Trapper aus einem Wildwestfilm, anderen sah man an, dass sie aus den Wäldern kamen. Was immer sie auch nach New York verschlagen haben mochte, sie waren auf dem Heimweg.

Es lag eine Broschüre von Pan Am aus, wir flogen mit einer nagelneuen Boeing 307 Stratoliner, mit einer maximalen Geschwindigkeit von 241 mph. Ich rechnete um auf sagenhafte 400 Stundekilometer und einer üblichen Reisegeschwindigkeit von 215 mph, nach meiner Berechnung also knapp 350 km/h. Die Maschine hatte 38 Sitzplätze. Ein chromblitzendes, technisches Wunderwerk mit vier Triebwerken, einer großen Pilotenkanzel mit 180 Grad Frontfenstern. Wir mussten eine Treppe hinabsteigen, vor dem Gebäude wartete ein Bus, der uns zum Rollfeld fuhr. Der Bus stoppte, öffnete aber nicht die Türen, sondern wartete ab, daß ein Fahrzeug eine Treppe an das Flugzeug fuhr, an die geöffnete Luke. Während dessen luden Arbeiter die Koffer in den Bauch des Flugzeugs, auf einem eigenen Wagen lagen unzählige Gepäckstücke, die sich die Arbeiter zuwarfen - unsere Koffer sah ich nicht, sie lagen sicher im Berg der übrigen noch auf dem Wagen. Die Bustüren wurden geöffnet und die Passagiere eilten Richtung Aufgang. Fiona drückte aufgeregt meine Hand, hielt ihr kleines Hütchen mit der anderen fest, denn auf dem Rollfeld war es windig. Wir erklommen diese steile Treppe, oben begrüßt von einer Stewardess ‚Welcome on Board' gefolgt von einem ‚Enjoy your flight', so bestiegen wir die Kabine. Eine andere Stewardess geleitete uns zu unseren Plätzen, nachdem ich ihr unsere Boardingpässe überreicht hatte. Drinnen war es etwas dämmrig, es gab beidseits Sitzplätze die entlang der Fensterreihe gingen, dazwischen der Gang und im hinteren Teil gab es noch einen Block mit mehreren Sitzen im mittleren Teil, so dass sich der Gang quasi teilte.

Fiona saß vor mir am Fenster und ich hinter ihr, ebenfalls am Fenster. Es gab eine kleine Begrüßungsansprache durch den Piloten, dann drehten sich die Propeller, erst langsam, begleitet vom Lärm der Motoren. Fast schwerfällig setzte sich das Flugzeug in Bewegung. Rollte Richtung Startbahn, faszinierend, daß so schwere Ungetüme sich in die Lüfte erheben können.

Unser Flug enthielt insgesamt drei Zwischenstopps. Am ersten Tag Great Falls Montana und Seattle Washington mit einer Übernachtung im Flughafenhotel. Am nächsten Tag dann nach Fairbanks Alaska mit Weiterflug nach Nome, denn die Reichweite der Maschine lag bei 1.750 Meilen. Wir würden am späten Nachmittag des nächsten Tages in Nome landen.

Die Maschine hatte gestoppt, es gab noch Sicherheitshinweise von den beiden Stewardessen und dann setzten auch die sich und schnallten sich an. Das Dröhnen der Motoren schwoll an, ich sah die Rotation der Propeller als milchigen Kreis verschwimmen, die Maschine rollte an und wurde schneller, es rumpelte auf der Startbahn. Fiona hatte ihre Hand nach hinten zu mir gestreckt, ich war nach vorne gebeugt und hielt diese Hand, die schweißfeucht war vor Angst. Dann hoben wir ab, schwebten, das Geräusch der Motoren hörte sich jetzt anders an, aber laut war es weiterhin.

Ich riskierte einen Blick aus dem Fenster, der Boden schwand, die Häuser und Gebäude waren schon klein, Spielzeugautos fuhren auf dem Highway, wir erreichten die Wolkengrenze, wir flogen durch graue Watte, es rumpelte wieder. Der Pilot meldete sich und sprach über die Reisegeschwindigkeit und dass unser nächster Flughafen Great Falls ist. Ein Flughafen der seit 1928 ein wichtiger Reiseknotenpunkt für alle Reisen nach Canada und Alaska ist. Dort hatten wir eine Stunde Aufenthalt fürs Betanken, aber leider durfte niemand die Maschine verlassen, da dies ein militärischer Flughafen ist.

Über der Wolkendecke strahlte ein blauer Himmel, die Wolkendecke von oben, erinnerte mich an das Meer, viele kleine Wellen. Fiona ließ meine Hand los, beugte sich aus ihrem Sitz zu mir und schenkte mir ein Lächeln, sie war so erleichtert, daß alles gut gegangen war. Die Stewardessen servierten Essen auf weißem Porzellan, die Getränke im Kristallglas mit Goldrand, Silberbesteck - es war alles ungemein luxuriös. Great Falls. Der Blick durch die kleinen Fenster war irgendwie staubig und grau. Viele Militärmaschinen standen auf eigenen Flugfeldern. Fiona ging den Gang auf und ab, um sich die Füße zu vertreten. Ihrem Beispiel folgten andere Passagiere, man kam ins Gespräch, Small talk eben. Ich hatte tatsächlich 31 Personen gezählt.

In Seattle kamen wir am frühen Abend an und wir bekamen ein Hotelzimmer im Flughafengebäude – Washington International Residence Hotel. Ein komfortables Doppelzimmer mit Radio wartete auf unsere müden Gestalten. Im hoteleigenen Restaurant gingen wir Abendessen und danach wollten wir eigentlich noch eine beliebte Radiocomedy anhören, aber wir waren so müde, dass wir gleich schlafen gingen.

2.8.43

Wir standen früh auf, nahmen ein umfangreiches Frühstück zu uns und dann stiegen wir wieder in das Flugzeug - wir kommen uns schon vor wie die Profis. Fiona ist guter Dinge, aber Angst vorm Start hat sie immer noch, also hielt ich erneut die schweißnasse Hand. Das Wetter war schön und unter uns zog die unberührte Landschaft Canadas vorbei. Am späten Nachmittag erreichten wir Fairbanks. Aus der Luft sind Straßen winzige Striche, Autos kann man kaum erkennen, wir sahen die Rauchfahne eines Zuges. Die Motoren dröhnten, aber es gab keine Turbulenzen, die Stewardessen verteilten wieder Getränke und warmes Essen, aber auch Decken, Nackenkissen und Zeitungen, damit einem nicht so langweilig war. Fiona schlief über weite Teile des Fluges – es ist doch anstrengender für sie als wir dachten. Fairbanks. Die Landung ist holperig, dann steht die Maschine. Wieder kein Aussteigen erlaubt, erneut vertreten sich die Menschen im Gang die Beine, Fiona auch. Nach einer Stunde hoben wir erneut ab mit dem Wissen daß wir in zweieinhalb Stunden unser Ziel erreicht haben werden. Nome.

Zur Vorbereitung unseres Vorhabens war ich in der New York Library und hatte mich kundig gemacht über Alaska, die Menschen und natürlich über Nome.

Nome ist eine Stadt im Nome Census Area des US-Bundesstaats Alaska. Nome liegt an der Südküste der Seward-Halbinsel an der Mündung des Snake River. Die Region von Nome wurde von den Iñupiat jahrhundertelang zur Jagd genutzt, es gab jedoch nie eine feste Ansiedlung.

1889 fanden der Norweger Jafet Lindeberg sowie die Schweden Erik Lindblöm und John Brynteson Gold in der Nähe des heutigen Orts, das den Nome-Goldrausch auslöste (1896 hatte der Klondike-Goldrausch begonnen). In der Folge entstand eine Siedlung, die 1899 10.000 Einwohner hatte.

Große Brände in den Jahren 1905 und 1934 und schwere Stürme 1900 und 1913 zerstörten die Goldgräber-Architektur der Stadt, von der heute nichts mehr erhalten ist.

Nome ist der Zielort des Iditarod, des längsten Schlittenhunderennens der Welt. Start ist jeweils am 1. Samstag im März in Anchorage. Die ersten Gespanne erreichen das 1500 km entfernte Ziel nach neun Tagen. Das Rennen erinnert an die Hundeschlittenstaffeln, die zu Anfang des Jahrhunderts auf dem Iditarod Trail Waren und Post transportierten. Auch der dramatische Transport von Serum zur Bekämpfung einer Diphtherieepidemie, die im

Januar 1925 in der Stadt ausgebrochen war, wird mit dem berühmten Hundeschlittenrennen in Verbindung gebracht.

Wir schwebten über dem Meer, der Bering Sea. Das Meer war grün, der Strand weiß, es wirkte alles sehr flach, sehr weit - sehr leer. Einsam, verlassen, schutzbedürftig waren die Wörter, die mir spontan einfielen.

1925 war noch keine zwanzig Jahre her, wer weiß wie es uns hier ergehen wird, in der Einsamkeit der Wildnis.

Die Häuser standen klein, geduckt, man erkennt die symmetrische Anordnung der Straßen aus der Luft sehr gut. Viereck an Viereck, kleine Fahrzeuge krochen die Straßen entlang, ich konnte zwei Kirchen erkennen und einen Friedhof. Die Vegetation schien nicht üppig. Es gab eine Reihe größerer Gebäude, wahrscheinlich irgendwelche Bauten der Gemeinde, Rathaus oder ähnliches.

Um 18.30 Ortszeit landete unser Pan Am Flug in Nome.

Eine Anzeige am Flughafengebäude zeigte 11 Grad, es war taghell, da es Sommer ist, 18 Stunden Tageslicht.

Robert Blank stand im Ausgangsbereich des Flughafens und begrüßte uns, er war bereits vor zwei Wochen abgereist, die Vorhut sozusagen. Er hatte so einiges vorbereitet. Wir konnten bei ihm vorübergehend wohnen, er hatte ein weitläufiges Farmerhaus, etwas außerhalb von Nome mieten können, am Nome-Teller Highway. Er brachte uns mit seinem General Motors Van, den er gebraucht gekauft hatte, zu seinem Hause. Ein Holzhaus. Später erfuhr ich, daß in Amerika und Canada die Holzkonstruktion als Bauweise üblich ist, Gebäude aus Stein oder Beton gibt es nur in den Großstädten. Alles ist doch sehr anders als in Europa, zum ersten Mal vermisse ich Deutschland. New York und San Francisco sind Metropolen und die sind anscheinend auf der ganzen Welt ähnlich. Das hier ist ‚flaches Land', hier zeigten sich die Unterschiede deutlicher.

3.8.43

Heimisch werden in Nome? In Alaska? Wie kam Robert auf die Idee hier ein Bauunternehmen gründen zu wollen? Fuchs und Hase sagen sich hier gute Nacht, es gibt auch kein Entwicklungsprojekt, das uns hier weiterhelfen könnte. Ich bin enttäuscht. Ich hatte Robert mit seinem Vorhaben nie hinterfragt. Ich bin auch enttäuscht über mich selbst, dass ich mich von dem Spionage Szenario so hatte ins ‚Boxhorn' jagen lassen. Nun waren wir also hier, in der Weite der Natur, der Einsamkeit des Nordens. Das hier ist schon etwas ganz anderes als das pulsierende New York, aber ein Neuanfang?! Wie sollte der gelingen?

Sehr viel Landschaft, Bäume, zwitschernde Vögel, keine Hochhäuser, keine Cafés, keine Subway – mir fehlt mein Coney Island, die russisch sprechenden alten Frauen, die Piroggies und das Dröhnen der Hochbahn, die sich wälzenden Menschenmassen in den Stationen, die permanente Geräuschkulisse der Großstadt. Ja, sogar das Meer ist hier anders, grüner, rauer, kälter, abweisender.

Es hilft nichts, jetzt muß ich zu meiner Entscheidung stehen. Fiona ist etwas weniger skeptisch, was ihr gut gefällt, daß man sehr schnell Kontakt zu den Menschen bekommt. Claire, die Herrscherin des Supermarkts hat uns sofort als Fremde identifiziert und von vorne bis hinten ausgequetscht, wo wir herkommen, was wir hier machen, wann das Baby kommt. Mit Verschwörermiene hat sie Fiona erklärt, daß man bei ihr alles bestellen kann – was immer es auch sei - und sie organisiert es. ‚Kommt alles per Flugzeug'.

Ich habe von Robert, den hier alle nur Bob nennen, eine Makleradresse bekommen, es gilt ein Haus zu finden. Der Makler entpuppt sich als ein ‚Hans Dampf in allen Gassen', bei ihm kann ich auch ein Auto mieten, gerne auch kaufen. Er handelt mit Versicherungen, betreibt einen Glashandel (Fensterscheiben) und wer Holz benötigt, bei ihm kann man es erwerben. Riesige Bretterstapel bevölkern seinen weitläufigen Hof. Er kennt Gott und die Welt. Ross, ein Mittfünfziger, verheiratet mit Melly - einer dicken, gemütlichen Blondine. Vater zweier Söhne und dreier Töchter, Herrchen eines fidelen Mischlingshundes namens Roy, der ihn auf Schritt und Tritt begleitet. In seinem Holzhaus hängen Felle und Gewehre an der Wand. Zuerst mal gibt es einen Kaffee und Kuchen. Egal wohin man kommt, es gibt immer Kaffee und Blechkuchen, die Häuser sind offen, die Menschen auch. Fiona und Melly verstehen sich auf Anhieb gut.

Relativ schnell fanden wir, etwas außerhalb von Nome ein Farmerhaus, das zum Verkauf stand, da die jetzigen Eigentümer Marge und Frank Hozier nach Seattle ziehen und die Farm aufgeben. Bei Kaffee und Blechkuchen in der Küche verhandelten wir den Kauf.

Das Haus ist ein Blockhaus aus massiven Baumstämmen. Die Fenster sind klein, innen ist es immer dämmrig. Wir können das Farmland verpachten und das Haus ist groß, weitläufig – insbesondere wenn man aus einer so kleinen Wohnung wie der unseren kommt. Fiona ist begeistert. Am Haus ist ein Garten, in dem Marge, in einem gläsernen Gewächshaus selbst Gemüse gezogen hat. Obstbäume überleben die harten Winter nicht. Wir Männer einigen uns auf einen Kaufpreis, wobei ich die Ratschläge von Ross noch im Hinterkopf habe. Das Haus kostet uns 8.000 US Dollar inklusive der gesamten Einrichtung, aber das dazugehörige Farmland schlägt mit 9.000 Dollar zu Buche. Ich dachte so bei mir, wenn wir das Land verkaufen könnten, dann wäre dies eventuell ein gutes Geschäft. Frank meinte, daß es einen möglichen Pächter gäbe. Ich bin mir nicht sicher, ob ich hier blieben will. Ich würde lieber mieten.

Zum Blockhaus gehört ein Geräteschuppen und eine kleine Halle – das Holzhaus. Hier wird das Holz, das man nicht nur im Winter verfeuert, gelagert – und mir schießt durch den Kopf, dass dieses Holz auch jemand schlagen, sägen und lagern muss. Dieser jemand sollte ich sein?! Fiona besichtigt derweil die große Wohnküche. Eigentlich ist unten im Haus, alles mehr oder weniger ein Raum, in dessen Mitte ein großer, aus Ziegeln gemauerter Ofen-Herd steht – das Herzstück des Raumes, des Hauses. Er wird mit Holz befeuert und heizt das gesamte Haus, er hat verschiedene Ebenen mit gußeisernen Klappen und metallenen Kochplatten. Daneben Abstellflächen, die die dort abgestellte Kannen und Töpfe warm halten.

Es gibt auch einen gemauerten, offenen Kamin, der einen Vorhang aus lauter Eisenketten hat, die auf einem schwenkbaren Arm montiert sind. Man sieht das Feuer, schwenkt den Arm beiseite, kann Holz nachlegen, schwenkt den Arm wieder davor – die Ketten hindern die Funken daran herausfliegen, auf den hölzernen Boden, alles in Brand zu setzen. Sehr praktisch. Ein langer Tisch mit zwei langen Bänken steht im Raum. Ein Holzschaukelstuhl, davor ein Rentierfell.

Die Balken haben einen hellen, warmen rötlichen Ton, der ganze Raum wirkt behaglich. Im hinteren Teil schließt die Küche an den gemauerten Ofen-Herd an. Alles ist praktikabel und durchdacht in seiner Anordnung. Stolz hat uns Ann das neu eingerichtete Bad gezeigt und ein WC. Beides endet in einer hauseigenen Sickergrube. In Sichtweite zum Haus gibt es einen kleinen See, ein altersschwacher Steg führt durch Schilf zum Wasser. Eine hölzerne Schaukel steht am Ufer. Es gefällt uns.

17.000 US Dollar, das sind sieben New Yorker Jahresgehälter. Kann Frank den Grund nicht extra verkaufen? Ich ernte Kopfschütteln.

Im oberen Geschoß gibt es insgesamt drei Zimmer, ein Schlafzimmer der Eltern, eins für die Jungs und eins für die Mädchen. Die Treppe nach oben ist aus halbrunden Baumstämmen.

Fiona will das Haus haben, ich will Bedenkzeit. ‚Somewhere in the middle of nowhere' - will ich hier wirklich leben?

Das Unternehmen ist bereits gegründet und Robert hat es eintragen lassen im Handelsregister der Stadt Nome, er hat den Firmenzweck neben Bau erweitert, wir handeln auch mit Werkzeugen aller Art. Ich hoffe, daß dies alles gutgehen wird.

18.8.43

Die Nachfrage nach Bauleistungen ist gleich Null, zu meiner großen Überraschung geht aber das Geschäft mit Werkzeugen aller Art glänzend. Niemals hätte ich das gedacht.

Es gibt immer noch Miners – Goldschürfer. Abenteurer, die drauf hoffen, daß eine Goldader übersehen wurde, damals als der große Goldrausch aus Nome eine Stadt – besser gesagt eine Zeltstadt – mit mehr als 10.000 Bewohnern machte. 1896. Knapp fünfzig Jahre her. In einer einzigen Pfanne wusch man Gold für 1500 Dollar! Und das in einer Zeit, wo ein Arbeiter weniger als 50 Cents die Stunde verdiente!

Diese Funde versprachen unendlichen Reichtum und das zog Menschen aus aller Welt an. Diese Glücksritter benötigen so ziemlich alles an Werkzeug was man sich vorstellen kann.

Die heutigen Miners benötigen wie ehe und je Eimer, Briefwagen, Schraubgläser, Schrauben, Meisel, Hämmer, Seile, Schweißgeräte und Töpfe, Blechtassen, Blechteller. Robuste Trinkflaschen sind für sie ebenso unentbehrlich, wie Taschenlampen, Schwenkpfannen oder Klebebänder. All das importieren wir, einmal in der Woche kommt unser Flugzeug mit unseren Waren, meist Vorbestellungen. Robert kalkulierte mit saftigem Aufschlag. Wenn das so bleibt, wird es uns in Nome nicht schlecht gehen.

Ich habe schließlich das Haus von Frank gekauft, für 15.700 Dollar – eine Stange Geld. Fiona war überglücklich, ein eigenes Haus, jetzt wo das Baby bald kommen wird. Ich war auch froh, Bob und ich verstehen uns zwar gut, aber gemeinsam unter einem Dach wohnen ist dann auf Dauer keine gute Lösung.

11.9.43

Ich bin Vater geworden. James O'Keefe Grand. James O. Grand ein verschrumpelter, rotgesichtiger kleiner Greis, mit einem mächtigen Organ erblickte an einem strahlenden Septembertag das Licht der Welt. Irgendwie ist es komisch Vater zu werden. Fiona ist überglücklich.

Fiona hat sich gleich nach unserer Ankunft in Nome bei der einzigen ortsansässigen Hebamme vorgestellt. Mrs. Joanna Frazer, ich schätze sie auf Ende dreißig, Anfang vierzig. Sie kam dann mehrfach zu uns ins Haus, erklärte, was sie benötigen würde, hörte den Bauch ab. Mir war das eher unangenehm und so verließ ich immer das Haus, wenn sie kam. Fiona war nun bestens vorbereitet, welche Anzeichen sie beachten sollte und als es in den frühen Morgenstunden regelmäßige Wehen gab, weckte sie mich.

Nervös wie ich war, fuhr ich pflichtbewußt Mrs. Frazer abholen. Die Hebamme eilte behänden Schrittes die Treppe hinauf, nicht ohne weitere Anweisungen zu erteilen. Sie rief mir zu, heißes Wasser aufzusetzen, eine große Schere benötige sie auch, die solle ich im kochenden Wasser sterilisieren. Sie nahm im Vorbeigehen noch einen von Fiona bereits vorbereiteten Stapel an Handtüchern mit ins Schlafzimmer. Ich tat wie mir geheißen, ich suchte eine Schere, lege diese in einen kleinen Kochtopf, lies kaltes Wasser einlaufen und schürte den Herd ein. Bald köchelte das Wasser munter vor sich hin. Ich nahm ein sauberes Leinentuch, das Fiona ebenfalls schon bereit gelegt hatte und angelte mit einer Gabel die heiße Schere, die nun steril war, aus dem Wasser. Ich ging leise die Treppe hoch, klopfte an die Schlafzimmertüre und die Hebamme öffnete die Türe einen Spalt breit, ich hörte Fiona stöhnen. Später hörte ich Fiona schreien und stöhnen in einer nie gekannten Lautstärke und mir wurde himmelangst. Ich eilte nach oben, fragte ob ich einen Arzt holen solle, aber die Hebamme beruhigte mich, alles ganz normal.

‚Trink' einen Schnaps' lautete ihre Anweisung ‚Einen Vater, der uns umfällt, brauchen wir hier oben nicht', also ging ich runter. Schnaps oder andere Alkoholika hatte ich nicht im Haus, also fuhr ich ins Geschäft. Bob hatte einen guten Whiskey und wir beide tranken auf die

Ankunft des neuen Erdenbürgers – wie ich nach Hause kam, weiß ich nicht mehr.

Fionas Hausgeburt saß mir in den Knochen. Mrs. Frazer besuchte uns nun täglich und der kleine Schrumpelgreis hatte sich entknittert, er war nun glatt und rosig.

Die gute Nachricht vom neuen Erdenbürger sprach sich schnell herum. Unsere neuen Nachbarn, die wir eigentlich so noch gar nicht gut kannten, haben uns in einer sogenannten ‚Baby Shower' alles Mögliche an nützlichen Sachen geschenkt, die man für so ein Kind braucht. Flaschen, Windeln, Gummihose, winzige Hemdchen und Strampler, eine Babybadewanne, ein gebrauchtes Kinderbett, Rasseln und Schnuller. Die Frauen haben Fiona ihre Hilfe zugesagt. Hier in der Einsamkeit hilft man sich, wird mir immer wieder gesagt, da hält man zusammen. Es stapelte sich und Fiona ist offensichtlich glücklich, sie sitzt im Bett, hält Hof und die Frauen kommen offenbar gerne zur ihr.

Er hat mit seinem winzigen Fingerchen meinen Zeigefinger fest umklammert und dann gelächelt. Mein Sohn, mein Kind. Vatergefühle. Er ist übrigens rotblond und hat den hellen Teint seiner Mutter, die Nase und den Körperbau hat er von mir und Hunger hat er für zehn Männer.

11.10.43

Die Zeit vergeht wie im Flug, die Tage sind nun deutlich kürzer und die Temperaturen sind im Keller, erster Schnee pudert die

Landschaft. Ich habe sehr viel zu tun im Geschäft, denn noch ist kein Bodenfrost und solange wird geschürft. Je kälter es wird, desto mehr geht kaputt, also ist unsere Auftragslage gut. Wenn der erste Bodenfrost da ist, werden die Glücksritter ihre Wohnmobile nehmen und Richtung USA steuern und sobald der Frühling kommt, werden sich alle wieder auf den Weg machen und nach Nome kommen. Immer in der Hoffnung nach dem großen Goldfund.

11.11.43

Die Saison ist seit Mitte Oktober zu Ende, jetzt habe ich Zeit für das Baby und Fiona. Das Geld müßte über den Winter reichen, große Sprünge können wir nicht machen, aber es ist o.k. Im kleinen See gibt es stattliche Fische, ich habe das Eisangeln für mich entdeckt und Bob kommt auch des Öfteren dazu. Richtig warm angezogen macht es Spaß. Minus 30 Grad, strahlend blauer Himmel, es ist so kalt, daß die Fische die man rauszieht binnen wenigen Minuten tiefgefroren sind. Die Kälte zeigt an, dass es keine Wolken gibt, tagsüber glitzert der Pulverschnee im Sonnenlicht, wie tausend Brillanten unter stahlblauem Himmel, nachts sieht man einen gewaltigen Sternenhimmel und die Nordlichter tanzen. Wir haben jetzt knapp sieben Stunden Tageslicht und im Dezember noch weniger. Der Atem steht in grauen Wolken in der klirrendkalten Luft, die Kälte kriecht überall hinein.

Eishockey ist eine der Lieblingsbeschäftigung der Kinder und Jugendlichen, es finden sich stets eine Handvoll Zuschauer ein und feuern die jeweilige Mannschaft an.

Die Stromversorgung ist schwankend, da die Leitungen oberirdisch laufen sind sie anfällig. Umfallende Bäume oder auch die schiere Schneelast lassen die Leitungen reißen, dann kann es Tage dauern bis der Strom wieder da ist. Wir haben hunderte Kerzen in Reserve, Petroleumlampen haben wir auch, aber die rußen sehr stark und riechen unangenehm. Kleine Laternen, in die Kerzen gesetzt werden, stehen praktisch auf jedem Sims. Unsere Frischwasserpumpe funktioniert im Winter ohnehin nicht, da der kleine See und der Brunnen zugefroren sind. Wir schmelzen Schnee in den Wasserbecken, die im Herd eingelassen sind. Das Haus ist immer mollig warm, dank des großen Holzofens in der Mitte des Hauses, Frank hatte mir gesagt, daß wir ca. 15 bis 20 Ster Holz verbrauchen in einem Winter, je nachdem wie streng der wird. Im Sommer muß ich Holz machen oder kaufen. Ich denke ich werde Holz kaufen.

Wir haben noch fünf Stunden Tageslicht, eine blaue Stunde in der Früh und eine blaue Stunde am Abend. Das Licht ist phantastisch. Das Haus ist warm und gut isoliert. Es ist üblich, daß man sich gegenseitig besucht, die Nachbarn bringen Kuchen mit, wir bewirten sie mit Tee und Kaffee und die Männer manchmal auch mit einem Whiskey oder mehreren.

Gemeinschaft ist hier eine wichtige Sache, in der Einsamkeit ist man aufeinander angewiesen. Jeder kennt jeden und seine Geschichten. Jeder hilft, unaufgefordert wenn er sieht, da steht etwas an. Man hat sozusagen auf einmal Nachbarschafts-Familie. Anfangs sehr gewöhnungsbedürftig, aber jetzt bin ich Mitglied dieser Gemeinschaft. Man schließt nachts nicht einmal die Türen ab.

Bei den Sonntags-Kaffees beginnen Fiona und ich zu erzählen, von New York und irgendwann erzähle ich von Shanghai und Europa, die Nachbarn hängen an unseren Lippen. Mein Leben in diesen Metropolen, so fern wie Galaxien, Geschichten aus einer anderen Zeit. Von Deutschland rede ich nie und keiner fragt.

Es gibt ein Kino in Nome und es gibt die Wochenschauen. In New York bin ich nie in die Wochenschau gegangen, da gab es so viele andere Freizeitangebote von Museen, über die Bibliothek, Parks, Zoos – da mußte ich mich nicht mit dem Krieg konfrontieren. Da ich in NY täglich meine Zeitung las, war ich soweit informiert. Hier gingen die Nachbarn gemeinsam in die Wochenschau und das war Abwechslung.

Ich fahre täglich ins Büro. Bob und ich analysieren dann die Zahlen der letzten Monate, machen Pläne, was man an Neuerungen einbringen könnte. Wir sprechen über Deutschland, den Krieg. Ich habe eine andere Vorstellung wie man die Geschäfte weiterentwickeln könnte, Bob zieht nicht mit. Das Unternehmen ernährte unsere zwei Familien mehr Recht als schlecht, aber ein Mann würde sehr gut davon leben können.

Wir beschließen uns zu trennen, Bob wird mir meinen Geschäftsanteil auszahlen.

Vorerst sage ich Fiona nichts. Meine Idee ist die, daß man das Geschäft mit den Goldschürfern professionalisieren kann, Voraussetzung ist, daß man das Goldmining professionalisieren kann. Man kann. Ich werde Radlader, Bagger, Caterpillars, LKWs und große Waschtrommeln an die Goldschürfer verkaufen.

Es ist schlicht eine Frage der Menge die man waschen kann. Ist das Ziel 1.000 Unzen Gold zu schürfen in einer Saison, derzeitiger Wert bei 348.500 Dollar – mehr als der Gegenwert einer Boeing 307 Stratoliner - dann muß man ca. eine Tonne Gestein waschen, denn eine Tonne Gestein ergibt eine Unze. Um das Ziel zu erreichen, muss ich 1.000 Tonnen Gestein, Erde, Geröll bewegen. Das schafft man nicht mit Schaufel und Spitzhacke. Je mehr Gestein man durch Waschtrommeln jagen kann, desto mehr Ausbeute wird man haben – es ist eine Frage der Menge in Abhängigkeit von Zeit. In welcher Zeit kann ich welche Menge an Erdreich waschen? Der limitierende Faktor ist die Jahreszeit, gefriert der Boden, ist Saisonende, taut der Boden wieder auf, dann ist Saisonbeginn. All in all ca. sieben bis maximal acht Monate. Die Maschinen sind teuer, also eine Investition. Aber nach Abzug aller Kosten bleiben sicherlich an die 180.000 US Dollar, ein riesiger Profit.

Am Anfang wird es ein Geschäft auf Provisionsbasis sein. Es ist riskant, aber wer nichts wagt, der nichts gewinnt.

27.1.44

Fiona ist erneut schwanger. Ich gehe auf Geschäftsreise zu den großen Herstellern, der schweren Maschinen, Catarpillar, Volvo USA, General Motors und andere. Alle Maschinen müssen auf dem Seeweg kommen. Die Trennung von Bob haben wir in verschiedene Phasen eingeteilt, so dass ich sukzessive weniger Einkommen habe und parallel Einkommen aus dem neuen Geschäft aufbauen kann.

21.03.44

Die Dinge entwickeln sich gut, wir stehen vor Saisonbeginn und ich habe etliche Gespräche mit mir bekannten Miners geführt und so habe ich bereits einige Vorbestellungen. Ich bin sehr zuversichtlich, dass mein neues Geschäft gut laufen wird. Parallel dazu habe ich in der Region um Fairbanks einen Claim gekauft, er heißt Good Hope. Ich habe einen erfahrenen Miner namens Jack Burges angeworben. Jack ist seit Jahrzehnten im Mining Business, ein erfahrener Mann, der für mich ein Bodengutachten erstellt hat, dann habe ich das Areal gekauft. Jack ist an sich Geologe, und vor etlichen Jahren hier hängen geblieben. Er hat sich verschiedene Männer ausgesucht, die Erfahrung haben. Männer, die bereit sind vierzehn bis sechzehn oder mehr Stunden am Tag zu arbeiten und unterschiedliches Know-How einzubringen – schweißen oder sich mit Wissen zu Motoren, Elektrik oder Anderem nützlich machen zu können. Der Lohn basiert auf den Schürfergebnissen. Insgesamt werde ich dreißig Prozent zum Saisonende an sie auszahlen, wenn die Ziele erreicht werden, zwanzig Prozent wenn es weniger ist und dreiunddreißig Prozent, wenn die Ziele übertroffen werden.

Für jeden ein Mehrfaches eines normalen Lohns. Der Männer arbeiten für mich als Lohnarbeiter, betreiben das Mining Geschäft. Ich stelle die Ausrüstung, die Maschinen kommen von mir. Es werden insgesamt fünf Leute dort bis zu acht Monaten beschäftigt sein. Die Saison hat begonnen. Mit dieser Aktion, über die überall geredet wird, habe ich quasi ‚Werbung' für mein neues Unternehmen gemacht.

Miners können Maschinen bei mir leihen, zusammen mit dem Abschluß einer hohen Schadensversicherung. Ich habe jetzt auch eine Bürokraft, die Schwester von Mrs. Frazer, der Hebamme. Brenda Frazer, sie ist fünfundzwanzig Jahre, unscheinbar und hat mehrere Jahre nach der Schule im Stadtbüro gearbeitet. Ich bin zuversichtlich, daß es klappen wird.

An manchen Tagen packt mich auch der Kleinmut, wenn es schief gehen sollte, dann bin ich ruiniert. Dann besuche ich Bob und wir trinken einen Whiskey oder zwei, aber nie rede ich mit ihm über Geschäftliches.

Fiona unterstützt mich so gut sie kann, sie organisiert alles zu Hause und unser Sozialleben, James ist ein glatzköpfiges Kleinkind, das anfängt sich bemerkbar zu machen, brabbelt und sich das Haus erobert.

24.10.44

Erneut bin ich Vater geworden – wieder ein strammer Knabe. Er wird nach Fionas Großvater Parker heißen. Die Geburt ging schnell von statten. Ich war mal wieder nicht zu Hause, wie so oft. Fiona ist selbst mit dem zweiten Wagen, den ich inzwischen angeschafft habe, zur Praxis von Mrs. Frazer gefahren. Das Kind hatte es offenbar sehr eilig, es kam noch in den Räumen der Hebamme zur Welt. Fiona hatte James zu unseren nächsten Nachbarn gebracht und als ich heimkam lag ein Zettel auf dem Tisch. Fiona ist so umsichtig, hält mir als gute Ehefrau den Rücken frei. Mrs. Frazer hat für solche Fälle ein kleines Zimmer für Mutter und Kind, Fiona blieb zwei Tage dort.

In den zwei Tagen kümmerte ich mich um James, der gerade mal vierzehn Monate alt ist. Ich nahm ihn einfach mit ins Büro, Brenda kümmerte sich rührend und nahm mir auch das Wickeln ab. James ist ein ruhiges Kind, er spielte mit den Miniaturversionen der Bagger, Radlader, LKWs und Waschtrommeln, die in meinem Büro auf dem Sideboard stehen. Alle Firmen die ich vertrete haben mir solche Miniaturversionen zur Verfügung gestellt, damit Kunden sich besser vorstellen können, was das jeweilige Gerät so leisten kann, dazu gab es immer entsprechende Datenblätter, wie Gewicht, Dieselverbrauch, Hubkraft, Schwenkradien und anderes.

Ich bin echt froh, daß Fiona hart im Nehmen ist, am dritten Tag war sie wieder daheim.

Unsere Nachbarschaft kümmert sich und Fiona pflegt die Beziehungen zu allen intensiv, so ist sie nicht alleine, denn ich bin eigentlich nur noch unterwegs.

12. 12. 44

Ich erhielt einen Brief aus Deutschland von einem entfernten Verwandten, meinem Cousin Hans Mittermeir, aus Grafing. Sie haben meine Adresse bei Mutters Unterlagen gefunden. Es gibt nun einen Luftkrieg der Alliierten gegen deutsche Städte. Mutter und Katharina sind bei einem solchen Bombenangriff auf München umgekommen. Mutter und Katharina seien beerdigt, es gäbe nichts mehr zu erben, ich brauchte nicht nach Deutschland zurückzukommen. Ein Foto in schwarz-weiß vom Grab war auch dabei. Die Friedhofgebühr sei von ihm bezahlt worden für dreißig Jahre, die könne ich ihm wieder gegeben, wenn der Endsieg errungen sei und ich zurückkäme. Zwischen den Zeilen war klar zu verstehen, dass er nicht erwartete, dass ein solcher Drückeberger wie ich, je zurückkäme. Heil Hitler stand unter dem Brief – Heil Hitler!

P.S.: Der Glück ist ins KZ gekommen und der Höller wohnt jetzt in der Villa.

Ich konnte nicht weinen, ich war wie versteinert. Ich hatte keine Familie mehr, nur meine jetzige. Fiona und die Kinder.

8.Mai 1945

Aus dem Radio ertönte immer wieder ‚Stars and Stripes for ever', und die Nationalhymne ‚Star spangled banner', ‚Ballade of the Green Barets', ‚The Hall of Montezuma' und Marschmusik - die Meldungen überschlugen sich! Deutschland hat bedingungslos kapituliert. Der Krieg ist zu Ende. Alles jubelt. Hitler sei tot und etliche der Führungsnazis verhaftet. Die Russen haben Berlin erobert. Es wird Prozesse geben.

9. Mai 1945

Zu früh gejubelt - die Japaner sind zäh! Die kapitulieren nicht, der Wahnsinn geht weiter.

6. 8.1945

Der Welt wird ein Name ins Gedächtnis gebrannt für immer - Hiroshima. Selbst im fernen Nome folgt dem Jubel über den Abwurf von ‚Little Boy' ein tiefes, erschrockenes Entsetzen. Robert Oppenheimer, ein Deutscher der maßgeblich am Alamos Projekt beteiligt war, sagt betroffen in die laufenden Kameras der Wochenschau ‚Wir Physiker haben gelernt was Sünde ist'.

9.8.1945

Nagasaki - die Welt wird nie mehr so sein, wie sie war. Nach dem Abwurf der zweiten Atombombe namens ‚Fat man' auf Nagasaki, einer kleinen Stadt in Japan, erfolgte die Kapitulation Japans - der Krieg ist endgültig vorbei. Die Welt atmet auf. Nun gilt es das Vergangene zu verstehen und zu verarbeiten. Ich bin Amerikaner, ich gehe nicht nach Deutschland zurück, wo niemand mehr auf mich wartet. Ich habe hier mein Leben. Meine Firma läuft, ich habe Frau und Kinder, verdiene sehr gutes Geld. Alles im Lot.

3.9.1945

Brenda hat mir eine Anfrage auf den Tisch gelegt. Das Time Magazin möchte eine Reportage über den Goldrausch am Klondike und in Nome 1896 machen und dazu ein Interview führen über die heutigen Goldgräber. Der Arbeitstitel wäre ‚Goldgräber einst und jetzt – 50 Jahre nach dem Goldrausch'. Ein Mr. Steven Anderson hat angefragt ob man den Geschäftsführer der Nome - Goldmining Machinery Ltd. dazu interviewen dürfe? Eine Fotografin würde mitkommen. Die Reportage würde landesweit erscheinen, was doch eine tolle Werbung wäre für das Unternehmen.

Der Terminvorschlag wäre für übermorgen, das Interview würde vielleicht eine Stunde dauern, aber selbstverständlich richtet man sich nach dem Terminplan des Geschäftsführers.

5.9.1945

Greta steht vor mir – unverkennbar Greta, ich verwechsle hier nichts. Greta - sie ist die Fotografin! Die Lippen von Mr. Anderson bewegen sich unentwegt, ich höre nicht was er sagt - meine Ohren rauschen, die Gedanken jagen.

Irgendwie schaffe ich es, beide in die Sitzecke zu bugsieren. Ich fasse mich, beantworte Fragen. Greta und ich sehen uns immer wieder verstohlen an. Die alte Faszination ist sofort wieder da. Ich schicke Greta mit Brenda raus auf den Lagerplatz, sie kann Fotos schießen, von den gigantischen Maschinen. Ich empfehle Mr. Anderson das kleine Museum, das sich mit dem Goldrausch befasst. Wie werde ich den Mann nur los? Ich sage, dass ich keine Zeit mehr habe, wenn seine Fotografin von mir ein Foto braucht für die Reportage, dann soll sie heute Abend ins Büro kommen.

Ich frage ihn, ob er von einem echten Claim Fotos haben möchte? Er sagt ja. Ich schlage ihm vor, dass seine Fotografin mit mir nach Fairbanks fliegen kann, dann weiter zu einem Claim namens Good Hope, ich sage nicht daß es mein Claim ist. Leider sei im Flieger nur Platz für zwei und man müsste sich schnell entscheiden, denn ich könnte das zeitlich nur Morgen noch einschieben. Er überlegte, nickte, meinte daß solche Fotos gut wären. Er würde eben nachkommen, eventuell am nächsten Tag. Ich schlug ihm vor, daß er lieber eine ausführliche Recherche bei den hier in Nome wohnenden Nachfahren des ersten Goldrauschs von 1896 machen sollte – im Museum seien genügend Familiennamen zu ermitteln. Die Adressen der Nachfahren konnte er bei Brenda erfragen, die war auch sicher bereit, Termine für ihn zu vereinbaren. Es lohne sich, den man hielt hier viel auf Tradition und so gab es sicher viele alte Fotos und viele mündlich überlieferte Goldgräbergeschichten. Er solle sich diesbezüglich gleich mit Brenda besprechen. Er war restlos begeistert, wie unglaublich wir ihn unterstützen würden, strahlte übers ganze Gesicht und schüttelte mir die Hand.

Ich wußte, dass ich nun zwei Tage mit Greta alleine haben würde.

6.9.45

Greta war pünktlich am Flughafen, sie ließ es sich Nichts anmerken und ich auch nicht. Ich hatte keinen Flugschein, aber ich hatte die verschiedensten Nachbarn begleitet und die hatten mich immer wieder fliegen lassen und ich hatte Starts und Landungen hingelegt und auch nicht zum ersten Mal lieh ich mir eine Maschine aus. Verdammt ich sollte jetzt mal unbedingt den Flugschein machen.

Fiona hatte ich gesagt, dass ich für ein paar Tage weg müsste nach Fairbanks, es gäbe Schwierigkeiten auf dem Claim und daß ich begleitet werden würde von der Fotografin, denn natürlich hatte der Buschfunk die Ankunft eines Reporters und einer Fotografin längst in den hintersten Winkel von Nome getragen. So gesehen mußte ich Fiona nicht wirklich anlügen, aber sonst hatte ich über Greta nichts erzählt.

Greta und ich verhielten uns distanziert und korrekt – solange wir am Boden waren. Ich reichte ihr die Hand, damit sie einsteigen konnte. Sie mußte auf eine Strebe treten und sich dann mit einer kraftvollen Bewegung nach oben durch die kleine Einstiegsluke ins Innere der Maschine schwingen. Als ich ihre Hand berührte war es wie ein Blitzschlag. Das war die Frau meines Lebens, die, die ich begehrte, die,

die mich zurückgewiesen hatte. Greta schenkte mir einen unergründlichen Blick.

Ich konzentrierte mich auf den Start, in der Luft fiel die Spannung von mir ab, wir flogen ein Stück entlang der Küste, tiefgrüne Bering Sea unter uns, weite Landschaft vor uns. Alaska ist traumhaft schön, man sah die verwehenden Gischtfahnen der Wale, wenn sie bliesen. Im Meer zeichneten sich die Körper einer großen Gruppe von Orkas deutlich im klaren Wasser ab. Ich wies Greta drauf hin und sie schoß einige Fotos davon. Ich tat so, als ob nie etwas geschehen wäre, aber lange hielt ich das nicht durch.

‚Warum?' fragte ich sie. Sie griff einfach nach meiner Hand. ‚Was glaubst Du, wie oft ich es bereut habe, daß ich so große Angst vor einer Bindung hatte'. ‚Als ich verstanden habe, daß ich mit Dir zusammen sein möchte, bin ich sofort nach Coney Island – aber Du warst weg. Deine Nachbarin hat mir gesagt, dass Du verheiratet bist und weggezogen seist, aber eine Adresse hatte sie nicht.' ‚Bist Du verheiratet, stimmt das?' ‚Ja, bin ich - zwei Kinder habe ich auch. Greta! Ich habe in Fairbanks zwei Hotelzimmer gebucht, eines für dich und eines für mich - aber wir müssen sehr vorsichtig sein. Der Buschfunk weiß einfach alles'. Sie nickte und schwieg.

Ich bin in einer echten Zwickmühle, ich liebe Greta, keine Frage. Aber ich kann Fiona das nicht antun. Scheidung - und was wird mit den

Kindern? Jetzt wo es geschäftlich aufwärts geht. Keine Ahnung was ich tun soll.

Fairbanks ist von Nome 1050 km entfernt. Vier Flugstunden, in denen wir uns unser Leben nach Coney Island erzählten. Schließlich landete ich. Ein Taxi fuhr uns die kurze Strecke zum Hotel. Greta legte ihren Pass vor, ich bin hier bestens bekannt. An der Rezeption erhielten wir die Zimmerschlüssel, unsere Zimmer lagen in zwei verschiedenen Stockwerken. Mit dem kleinen Handgepäck gingen wir beide zum Lift. Schon im Taxi hatten wir geschwiegen, das setzte sich im Lift fort. Greta drückte die eins, ich die zwei. Der Lift setzte sich in Bewegung, es herrschte eine angespannte Atmosphäre, die Tür ging auf, Greta verließ den Lift, im Hinausgehen flüsterte sie mir zu ‚Warte oben auf mich'.

Ich wartete und wartete. Sie kam nicht. Ich wurde richtig wütend. Endlich ein leises Klopfen an der Zimmertüre, ich sprang auf, riß die Türe auf. Sie war direkt in meinen Armen. Wir kamen den ganzen Abend und die ganze Nacht nicht aus dem Bett.

Was tue ich? Was tue ich!

15.10.45

Ich habe meine Beziehung zu Greta wieder aufgenommen. Ich kann ohne Greta nicht sein, will nicht ohne sie sein. Wir sind sehr vorsichtig. Ich bin glücklich, wenn sei bei mir ist, ansonsten frißt mich mein schlechtes Gewissen auf. Es ist nur eine Frage der Zeit, Fiona wird es herausbekommen. Der Buschfunk hat seine Augen und Ohren überall.

Ich habe wieder Herzbeschwerden, meine Reaktion auf Stress und diese Situation, diese Lügerei und Geheimniskrämerei ist Stress pur.

Ich wollte Greta unbedingt etwas Schönes schenken, also habe ich eine Brosche gekauft im einzigen Juwelierladen von Nome. Um nicht aufzufallen bin ich einen Tag später wieder hin und habe gesagt, ich habe leider die Schachtel mit dem Geschenk verloren und ich bräuchte die gleiche Brosche nochmal, so dass ich Fiona dasselbe Stück schenken konnte. Ich hoffte, so Fehler zu vermeiden, einer Entdeckung zu entgehen. Ich beschenke beide Frauen gleich, aber ich komme mir dabei wirklich schlecht vor. Im Grunde meines Herzens fürchte ich den Tag an dem Fiona es entdeckt.

Fiona scheint es zu ahnen, jedenfalls ist sie immer anschmiegsam, wenn ich heimkomme. Sie hat mich neulich überraschend im Büro besucht, einfach so – das hat sie noch nie getan. Sie macht – aus ihrer Sicht frivole Scherze - über ihre ehelichen Pflichten. Als ich ihr die Brosche geschenkt habe, mußte ich mit ihr ins Bett, da gab es keine Ausrede mehr.

Greta sitzt derweil in Fairbanks und ich habe keine Ahnung wie viele Flugstunden ich jetzt schon nach Fairbanks auf dem Buckel habe. John Barnes, unser Sheriff, der eigentlich weiß, dass ich keinen Flugschein habe, sieht mich neuerdings durchdringend an. Vielleicht bilde ich mir das auch nur ein. Ich bin gespannt wie lange er sich das noch anschaut.

27.11.45

Greta ist nach Nome zurückgekehrt. Es war schon dämmrig und es lag viel Schnee, minus fünfzehn Grad, sie trug einen fast bodenlangen Mantel aus Wolf, dazu eine Trappermütze aus dem gleichen Fell - sah wie immer toll aus. Sie war mit dem Postflugzeug gekommen.

Sie kam direkt zu mir ins Büro. Ich ließ bewußt die Türe offen. Es ging erneut um den Artikel, wobei der Reporter schon lange abgereist war. Greta plant eine Fotoausstellung ‚Gesichter des Nordens' über dieses Projekt hat sie ganz offiziell mit mir gesprochen. In USA duzen sich fast alle, beziehungsweise man nennt sich beim Vornamen, also das war nicht auffällig.

Brenda saß an ihrem Schreibtisch im Vorzimmer, ich konnte sehen, daß sie zuhörte, was da so gesprochen wurde. Ich bat Brenda sogar reinzukommen, eventuell Vorschläge zu unterbreiten, welche Personen oder Familien Frau Dalsberg, ansprechen könnte für dieses Fotoprojekt. ‚Brenda kennt glaube ich, alle Geschichten des Nordens.' scherzte ich.

Brenda war sehr nett und hilfsbereit, wie immer. Ich bemerkte auf einmal, dass sie mitten im Satz einen ganz starren Blick bekam, sich auf das Revers von Greta konzentrierte und dann sah ich es auch. Greta trug die Brosche!

Ich Idiot! Wahrscheinlich kannte halb Nome die Geschichte von der verlorenen Brosche. Fiona hatte ihre Brosche sämtlichen Freundinnen gezeigt und trug sie immer und überall.

„Sie tragen aber eine hübsche Brosche, wo haben sie die denn gefunden?" fragte Brenda völlig unvermittelt. Leider warf mir Greta keinen Blick zu, sondern lächelte geschmeichelt „Ein Geschenk von einem Mann, der mir sehr nahe steht".

Brenda nickte mit einem Anflug von Lächeln. Ich konnte förmlich sehen, wie Brenda darauf brannte nun schleunigst diese Neuigkeit unter die Leute zu bringen. Ich warf ihr einen strengen Blick zu.

Ich musßte schleunigst nach Hause, ich mußte der Gerüchteküche zuvor kommen, das war ich Fiona schuldig. Es klappte nicht, Buschfunk per Telefon, da hatte ich keine Chance.

Als ich zu Hause ankam, saß Melly in der Küche, einen Pott Kaffee vor sich, Fiona stand mit rotverweintem Gesicht am Herd, James spielte am Boden. Melly beeilte sich, als ich den Raum betrat, schleunigst aufzubrechen. Sie sah mich an als ob ich ein Ungeheuer wäre und verschwand, drückte noch eilig Fionas Hand „… das wird schon" und draußen war sie.

„Fiona …" ich hatte keine Ahnung was ich sagen sollte, sie tat mir so leid. Fiona reagierte erst nicht, dann kam ein Schwall von völlig berechtigten Vorwürfen. Ja, sie war mir immer treu zur Seite gestanden, ja, sie hatte mir immer den Rücken frei gehalten, ja, sie hatte mir ein schönes Zuhause bereitet, sich um alles gekümmert. Ich konnte es nicht erklären.

Wie erklärt man die Liebe? Wie konnte ich ihr erklären, dass ich Greta von Anfang an geliebt hatte? Ich konnte Fiona schlecht sagen, daß sie mich geheiratet hatte, der Lagerraum, die Weihnachtsfeier … ich war einfach zu feige gewesen oder zu bequem, oder beides. Aber verdient hatte Fiona das hier nicht. Ihre Träume lagen in Trümmern. Sie, die Praktische, die immer einen Weg wußte, sie die anderen gute Ratschläge erteilte und wußte wie man das Leben anpackte, sie war auf einmal hilflos, zart, zerbrechlich. So kannte ich sie nicht. Schweigend standen wir so eine Weile, die Sprachlosigkeit zwischen uns, wie eine unüberwindliche Mauer. Ich war ihr noch nie so nahe gewesen, wie in diesem Moment.

Ich verließ das Haus. Greta wartete am Flughafen, wir flogen nach Fairbanks. Ich musste mich entscheiden. Wie ging es mit dem Geschäft weiter, wie mit meiner Ehe, meinen Kindern?

Am Abend im Hotel in Fairbanks meldete sich mein Herz wieder, nach all den Jahren meldete sich mein schwaches Herz. Der Doktor kam, untersuchte mich gründlich, machte eine ernste Miene, befragte mich ausführlich. Ich berichtete von meiner Herzschwäche in der Kindheit, ich musste nach Jahren das erst Mal wieder an Grafing denken, an Deutschland, an meine Kindheit. Ich nehme nun Medikamente und ich solle Aufregung und Stress meiden.

24.12.1945

Weihnachten war eine Katastrophe. Nach meinem letzten Besuch zu Hause bin ich ins Hotel gezogen. Greta hat sich eine Wohnung in

Nome gesucht und bereitet ihre Fotoserie vor. Greta drängt mich zu nichts. Fiona versucht mich zu halten. Jedes Mal wenn ich die Kinder besuche. Sie ist dann wie aus dem Ei gepellt, Haare frisch frisiert, geschminkt, ich glaube sie hat abgenommen, sie trägt dann ein neues Kleid oder Jacke. Sie versucht mir keine Vorwürfe zu machen. Ich habe ihr ein Konto eingerichtet, ich zahle regelmäßig Unterhalt und sie kann natürlich im Haus bleiben, schon damit die Jungs ein zu Hause haben. An Weihnachten haben wir gemeinsam Bescherung gefeiert, sie hat dann die Kinder ins Bett gebracht und dann hat sie mich bedrängt zu bleiben, sie liebe mich immer noch.

Es war nur furchtbar.

15.1.1946

Ich wohne weiterhin im Hotel. Greta braucht ihre Unabhängigkeit, also ziehe ich nicht zu ihr. So vermeide ich auch, Fiona noch mehr zu brüskieren. Ich besuche Greta, wir lieben uns, aber ich übernachte nie!

Greta erzählte mir heute so ganz nebenbei, dass Fiona bei ihr war. Das gehe nicht. Ich müßte schon für klare Verhältnisse sorgen, sie könne Fiona gegenüber keine Aussagen treffen, was unser Verhältnis anginge, dass müßte ich erledigen. Dabei sah sie mich richtig streng an. Am Ende stehe ich ohne eine Frau da, ohne Greta?!

11.2.1946

Ich habe Fiona besucht und versucht mit ihr ein klärendes Gespräch zu führen, daß sie Greta besucht habe, hat sie eingeräumt. Fiona schäumte ‚Ich hasse diese Frau', ihre Augen blitzten.

Ich wollte sie trösten, ich hielt sie in den Armen, irgendwie hatten wir Sex, Abschiedssex. Es war so anders als sonst, wir wußten beide, dies ist das Ende.

23.2.1945

Ich werde die Scheidung einreichen, Ich habe einen Anwalt genommen. Meine Dosis für die Herztabletten mußte gesteigert werden, aber wenn die ganze Sache mal hinter uns liegt, dann wird sicher auch mein Herz besser. Greta will keine Heirat und offenbar auch keine Kinder.

Die Geschäfte laufen gut, ich denke ich kann ein anderes Haus kaufen, hier in Nome - besser in Fairbanks, denn viele meiner Kunden sind ohnehin eher in der Region um Fairbanks aktiv.

14.3.1945

Fiona hat mir eine Riesenszene im Büro hingelegt, sie hat den Scheidungsantrag bekommen.

5.4.1945

Es gibt einen Anhörungstermin zur Scheidung. Ich mußte erneut die Dosis erhöhen für meine Herztabletten und der Arzt ist nicht zufrieden, ich solle Stress vermeiden.

17.6.1945

Fiona hat nun auf Totalangriff umgeschaltet, wenn sie mich nicht haben kann, dann macht sie mir das Leben zur Hölle, war ihre Ansage.

Ich bereue es nicht mit Greta zu leben, Greta ist eine kluge Frau, eine die nichts fordert, die unabhängig lebt, frei entscheidet. Ihre Fotokunst steht über Allem. Sie will keinen Cent von mir annehmen! Das würde sich sehr falsch anfühlen für sie. Ich überhäufe sie mit Blumen, die hier ein Vermögen kosten, überrasche sie mit Ausflügen zu entfernten Lodges. Ich mache parallel meinen Flugschein, John hat es mit Wohlwollen quittiert. Ich arrangiere Termine für Greta, so habe ich ihr einen Inuk als Führer organisiert und sie ist zwei Wochen lang mit ihm auf einem alten Trail gewandert und hat diese Fotodokumentation an National Geographic verkauft. Ich bewundere ihre Arbeiten, die Fotos sind toll.

Greta hat sich ein eigenes Entwicklungslabor eingerichtet und die Chemikalien, Wannen, Zangen und was man so alles braucht extra einfliegen lassen. Sie hat den kleinen Raum neben der Küche dafür hergenommen. Innen wurde das ohnehin kleine Fenster lichtdicht abgeklebt und alle Ritzen, durch die Licht einfallen könnte. Eine rote Birne erleuchtet alles innen, Leinen mit Wäscheklammern, an denen die entwickelten Abzüge hängen, eine Maschine in die man die Negativstreifen einlegt und bei der man die Dauer der Belichtung einstellt, Schärfe justieren, Fotopapier drunter, belichten und dann ab ins Chemiebad, verschiedene Wannen. Entwickler, Fixierer, Wasser. Greta hat mir ihre Welt gezeigt – dafür liebe ich sie.

Konzentriert stand sie da, ich glaube sie hatte völlig vergessen, daß ich auch noch im Raum herumstand. Sie hat Wandregale, voll mit Kodak Schachteln in allen Größen - das Fotopapier, auf das belichtet wird. Draußen an der Tür zum Entwicklungsraum hängt ein Schild – das anzeigt ob ich rein darf oder nicht.

Ich bewundere und liebe Greta jeden Tag mehr.

18.7.1946

Die Scheidung belastet mich sehr. Ich kann es kaum in Worte fassen. Fiona hat die Kinder gegen mich aufgehetzt, die Jungs wollen nicht mehr zu mir kommen, es macht mich so traurig.

Das war der letzte Eintrag.

Hans blätterte um, eine andere Handschrift, die Sprache Englisch, das musste von Fiona sein. Ein eingeklebtes schwarz-weiß Foto von einem mit Blumen geschmückten Sarg.

Darunter ein Zeitungsausschnitt aus ‚The Nugget‘ und ebenfalls aus ‚The Nugget‘ die Todesanzeige.

Bart Grand, ein angesehener Mitbürger und Unternehmer aus Nome, ein geliebter Familienvater und Ehemann, war am gestrigen Samstag, auf offener Straße einfach tot umgefallen – Herzversagen.

Auf den nächsten Seiten hatte Fiona etliche Beileidskarten und Briefe eingeklebt.

Hans rieb sich die Augen, er reckte und streckte sich. Was für ein Leben! Er hatte nun zwei Tage und zwei Nächte sein Hotelzimmer nur verlassen um zu Essen, ansonsten hatte er gelesen, gelesen und gelesen.

Bart hatte angenommen, dass Amadeus im KZ umgekommen sei, von seiner Familie hatte niemand den Krieg überlebt, er glaubte die Villa in Höllers Hand. Verständlich, dass er sich nicht mehr gemeldet hatte.

Nun hieß es Uma suchen, die Tochter von der Bart Grand nichts gewusst hatte.

Uma in Schweden

Hans hatte auf dem Sofa gesessen und erzählt und erzählt. Er hatte geschilderte wie er über die Briefe von Amadeus Glück erfahren hatte, dass dieses Vermögen im Laufe der Jahrzehnte rechtmäßig ersessen worden sei, aber Amadeus eigentlich sein Leben lang auf die Rückkehr des Bartholomäus Grandauer gewartet hatte. Wie Amadeus über Jahre und Jahre versucht hatte herauszufinden, wo Herr Grandauer denn nun in den USA lebte, dass er aber aufgrund der Namensänderung dieses Rätsel bis zu seinem Lebensende nicht gelöst hatte.

Uma war eine aufmerksame Zuhörerin, die ihn selten unterbrach. Während er sprach, schnitt sie Apfelschiffchen und Bananenscheiben, die Zimtschnecken waren alle schon vertilgt. Der Kaffee war ausgetrunken und Uma stellte nun Wasser, Saft und Bier auf den Tisch. Sie schnitt ein Baguette in Scheiben, schmierte Butter und Streichkäse drauf. Sie folgte aufmerksam seinen Worten.

So kam es, dass Hans ungeachtet der Tatsache, dass Uma eigentlich ein wildfremder Mensch war, sein Innerstes offenbarte. Oder war es so, dass gerade, weil er sie nicht kannte und er davon ausgehen konnte, sie nie wieder zu sehen nach dieser Begegnung, er ihr alles schonungslos offenbaren konnte?

Hans schilderte wie sehr das Erbe sein bisheriges Leben auf den Kopf gestellt hatte. „Weißt Du, anfangs war ich von dem vielen Geld irritiert und ich wusste nicht genau, wie ich mich verhalten sollte. Ich habe ungeheuer nette, gebildete, einflussreiche Menschen kennengelernt. Alle ungemein höflich. Ich habe mich hofiert gefühlt und ich gebe zu, das habe ich genossen. Ich war so geschmeichelt von all der Aufmerksamkeit der Akademiker, der Unternehmer, der Doktoren, der Rechtsanwälte und Vermögensberater. Die Einladungen, die folgten, mit dem Banker zum Golf spielen, eine Einladung zur Grillparty des Rotarier Clubs und eine Einladung zum Konzert des Lions Clubs. Es folgten Gespräche mit Anlageexperten, Vermögensberatern und Baulöwen. Ich hatte auf einmal das Gefühl von Bedeutung und Wichtigkeit. Und dazu mein Techtelmechtel mit Cosima, einer Adeligen, einer Kunstexpertin. Ich betrat eine völlig fremde Welt, und ich begriff die Spielregeln dieser Welt erst spät. Ich habe erst spät erkannt, dass es niemals um mich als Person, als Mensch ging, sondern in erster Linie war ich interessant, weil ich ein Millionär war. Ich hatte das, wonach sie alle strebten - Geld! Mit mir könnte man gute Geschäfte machen und gutes Geld verdienen. Man könnte einen Kreislauf anstoßen, in dem Geld immer wieder Geld verdient – dann würde ich zu Ihnen gehören. Der Club der Reichen, diejenigen, die die Miete erhöhen – nicht weil es nötig wäre, nein, weil man es kann!" Hans hielt inne, er versuchte all seine verschwurbelten Bauchgefühle der letzten Monate in Worte zu fassen. „Das Geld hat mir meine schlechten Eigenschaften gezeigt!" hörte er sich sagen. Er griff nach einem Bier, öffnete es und nahm einen tiefen Schluck direkt aus der Dose, spürte die Frische des Biers und die angenehme Wärme des Alkohols. Sah Uma über den Rand der Dose direkt in die Augen. Uma erwiderte den Blick und nickte wissend.

„Dieses viele Geld macht mit dir Dinge, die du nicht ahnst!" fuhr er fort „Du kennst dich nicht wieder. Erst habe ich die Kohle rausgehauen und Klamotten gekauft, in denen ich mich eigentlich nicht wohlgefühlt habe, aber ich wollte dazugehören." Er lachte kurz auf bei der Erinnerung an den eilfertigen Verkäufer, und weil er an Cosima dachte. „Ein 350PS–Audi–Cabrio musste natürlich auch sein. Also erst Verschwendung, aber statt Freude blieb ein schaler Nachgeschmack. Ich wusste gar nicht, was meine wirklichen Wünsche waren, und ich habe zunächst das getan, was man als reicher Mensch vermeintlich tut. Dann musste ich feststellen, dass ich buchstäblich geizig wurde, aus Angst, ich könnte das viele Geld verlieren.“ Er machte eine nachdenkliche Pause „Das war, nachdem ich Cosimas Betrugsversuch entdeckt hatte.“ Er sah Umas fragenden Gesichtsausdruck.

„Kurz und knapp: Als sie festgestellt hat, dass ich keine Ahnung von Kunst habe, hat sie versucht mich beim Kaufpreis eines Bildes übers Ohr zu hauen.“ Er räusperte sich „200.000 bis 300.000 € - also ab da war ich nur noch misstrauisch. Hinter jedem, der mit mir über das Haus, das Grundstück oder über Geld gesprochen hat, habe ich nur noch einen abgezockten Kapitalistenhai gesehen, der nur eines will, nämlich mich betrügen. Mir das Geld abnehmen.“

„An Cosima habe ich mich gerächt!“ Er hörte eine gewisse Befriedigung in seiner Stimme, das erstaunte ihn immer noch. „Ich bin noch nie nachtragend oder gar rachsüchtig gewesen – und dann ziehe ich das durch, über Wochen! Ich habe zugesehen, wie Cosima ihr Pferd opferte, um den Kaufpreis zu bekommen, und dann ließ ich ihren Traum von Olympia platzen, weil ich ihr das Bild eben nicht verkauft habe! Ich habe sie sexuell benutzt, ausgenutzt, weil ich genau wusste, dass sie für das Bild alles tun würde. Ich habe mich nicht wiedererkannt!“ Es folgte ein tiefer Seufzer.

Uma sagte nichts, sah in lange an. „Na ja, so wie ich es sehe, hat sie es doch provoziert! Sie hätte dir dieses Bild abgejagt ohne mit der Wimper zu zucken. Eine erwachsene Frau, die weiß was sie tut, muss doch damit rechnen, dass ihr Plan eventuell nicht aufgeht. Mein Mitleid hält sich in Grenzen“

„Das ist sicher richtig, aber ich stelle mich auf die gleiche Stufe wie Cosima, wenn ich meine Erkenntnis wochenlang dazu nutze, mich zu rächen, statt einen klaren Schlussstrich zu ziehen. Wie kann ich sie verurteilen, wenn ich in gewisser Weise das Gleiche tue? Mich ärgert nicht, dass ich ihr geschadet habe, sondern dass ich meine Werte aufgegeben habe.“ Erneut nahm er einen tiefen Schluck Bier. „Und dass ich nicht gemerkt habe, wie mich dieses Geld verändert hat.“

„Über alle dem habe ich meine kleine Firma und meine echten Freunde vernachlässigt. Was mir früher wichtig war, habe ich einfach aufgegeben, ohne Grund. Ich bin wochenlang nicht mehr in meinen Liederzirkel gegangen, da hätte ich sinnvoller Weise Allen eine Reise nach Osaka zu Sylvester spendieren können – das ist mir nicht mal eingefallen! Das war mal mein größter Wunsch gewesen – Aber jetzt biste reich und machst genau das nicht?!"

„Noch so eine Ruhmestat!" Nun klangen Bitterkeit und Scham in seiner Stimme. „Ich bin dem Rat des Bankers gefolgt und habe den beiden Mietern sofort die Miete, weil der ‚*alte Amadeus ja viel zu gutherzig war und nie die Miete erhöht hat*'. Der Banker hatte richtige Verachtung in der Stimme, als er über Amadeus herzog, wie unfähig der gewesen sei, mit Geld umzugehen und am Jahresende immer das Konto abgeräumt hatte und wie viele schöne Geldanlagen abgelehnt, die er ihm angeboten hätte, eben alt und stur und dumm sei der gewesen. Ich wollte also gefallen, nicht so unfähig sein, ich habe überhaupt nicht nachgedacht, ob es die Mieter in Nöte bringen könnte, Hauptsache, ich habe die Erwartung eines Bankers erfüllt.

„Die Mieterhöhung hat meinen beiden Mietern Sorgen gemacht, aber darüber habe ich nie nachgedacht. Ich konnte es, und ich wollte gefallen – also habe ich auch das mitleidlos und gedankenlos durchgezogen." Er hob die Dose und stieß imaginär mit Uma an, die kein Bier trank.

Schließlich sei er darauf gekommen, dass er eigentlich sein altes Leben wiederhaben wollte, vor allem nachdem er die zahlreichen Briefe von Amadeus gelesen hatte.

Er berichtete Uma von der Flucht Grandauers vor den Nazis, wie er die Briefe Amadeus‘ an Grandauer gefunden hatte, die alle zurückgekommen waren. Er berichtet von seinen Internetrecherchen.

Eines Nachts hatte er die Lösung für sein Problem geträumt: Er würde das Geld an die rechtmäßigen Nachfahren Grandauers übergeben und so den letzten Willen von Amadeus Glück erfüllen, und dafür würde er sein altes Leben wieder bekommen. Auch wenn er nicht juristisch dazu verpflichtet gewesen wäre, das Erbe rechtmäßig war, konnte er den eigentlichen Wunsch und Willen von Amadeus Glück erfüllen. Soweit so gut.

Schließlich schilderte er sein Treffen mit Parker und James Grand in Fairbanks Alaska. Er beschwor seine Not, wenn er bedachte, dass die Grand Brüder jeden Cent des Erbes in die Suche nach Gold stecken würden. Ohne Rücksicht auf Verluste. So wie bisher, achtzehn Stunden und um Mittsommer sogar in drei Schichten vierundzwanzig Stunden Schürfbetrieb! Keiner wurde auf der Jagd nach dem Gold geschont, weder Mensch, Maschine noch Pflanzen,

Tieren oder gar Landschaft. Man hauste in den letzten, abgewrackten Wohnwagen, pisste und schiss in den Wald, wusch sich im Fluss, aß am offenen Feuer gegrilltes Fleisch und am Stockbrot, soff Bier nach achtzehn Stunden Schichten. Alles Streben nur auf eines gerichtet: der Erde noch mehr Unzen Gold abzuringen. Stunde um Stunde, Tag für Tag und Jahr für Jahr. Einzig der Winterfrost schuf mit dem Gefrieren der Böden gewaltsam eine Pause, denn wenn es nach James und Parker Grand gegangen wäre, hätte man Winter getrost abschaffen können und bitte vierundzwanzig Stunden Tageslicht! Sie hatten schon Millionen aus dem Boden geholt und alles in immer größere Bagger, Laster und Waschanlagen investiert. Man träumte von einer Dredge, der noch mehr Boden umwühlen könnte. Raue, knallharte Männer, die mit Waffen hantierten und ihre Interessen gegenüber Dritten unerbittlich vertraten. Männer, die in den letzten Jahrzehnten ihres Lebens nichts anderes gemacht hatten, als in ihrer Gier nach Gold die Natur zu zerstören und die bis an ihr Lebensende nichts anderes tun würden. Alte Männer, die eigentlich als liebevolle Opas ihren Enkeln auf dem Schoß etwas erzählen sollten. Stattdessen krochen sie in kaputte Schwimmbagger, kontrollierten Eimerketten, fluchten wie die Kesselflicker und trieben alles und jedes unermüdlich zur Arbeit an. Zerstörerischer Wille, angetrieben von zerstörerischer Gier.

Hans erzählte Uma, wie sehr ihn Akiaks Gesang berührt hatte. Er schilderte ihr, wie überwältigt er gewesen war von den Nordlichtern, die er gesehen hatte. Ebenso beeindruckend hatten die Sagen der Ahnen auf ihn gewirkt. Dass er verstanden hatte, dass Amadeus‘ Erbe im verantwortungsvollem Umgang mit dem Geld lag. Dies hieß nicht zwangsläufig, dass eine Übergabe an die Nachfahren dieses Ansinnen erfüllte. Er hatte dann den Entschluss gefasst, verantwortungsvoll mit dem Geld umzugehen. Er wollte auf keinen Fall, dass das Erbe zur Zerstörung der Natur beitrug, das war nicht im Sinne von Amadeus. „Und jetzt bin ich hier, bei dir, der unehelichen Tochter“ schloss er erwartungsvoll.

Uma nickte, dann stand sie auf und streckte die steif gewordenen Glieder. Das Sonnenlicht stand inzwischen tief in der Tür. Sie ging an einen Schrank, holte eine volle Flasche Whiskey aus dem Fach, holte eine Eiswürfelschale aus dem Tiefkühlfach und ließ Wasser drüber laufen. In der Würfelschale knackte es leise, lief weiß an. Sie kippte die Würfel, in eine Schale, es gab ein klirrendes Geräusch. Sie holte zwei Wassergläser aus dem Schrank und stellte sie auf den Tisch. „So viel habe ich noch nie über meinen Vater und meine Brüder erfahren wie heute. Zeit, was zu trinken!" Sie zog ein Zigarillo aus einer Packung, steckte es an und schenkte ihm ein fragendes Kopfnicken: Ob er auch ein Zigarillo zum Whiskey wolle? Er nickte zustimmend, obwohl er eigentlich nie rauchte.

Uma schloss irgendwann das Rolltor, weil die Nacht kalt hereinzog. Sie waren beide ziemlich angetrunken, rauchten und hörten nun über Umas Tablet und einer kleinen Bose-Anlage lautstark Musik. Uma hatte als allererstes traditionelle Joiks der Samen gespielt, was Hans an Akiaks Gesang erinnerte, und er war sehr sentimental geworden.

Nach ein paar weiteren Whiskeys waren sie jetzt bei der Musik ihrer Sturm- und Drangzeit: AC/DC, Queen, Abba – alles blies die kleine Anlage in die Weiträumigkeit der Halle. Dunkelgrau standen die Bilder im Halbschatten, denn nur der wohnliche Teil des Ateliers stand im Licht einer kleinen Stehlampe, und ein paar Kerzen trugen flackernd zur Beleuchtung bei. Uma hatte einen breit gestreuten Musik Geschmack: Jazz, Cole Porter und Wagners Liebestod, der Ritt der Walküren – alles füllte die Halle. Er erinnerte sich dunkel, dass er ihr von seinem sehnlichsten Wunsch erzählt hatte. Einmal Beethovens „Ode an die Freude“ im Stadion von Osaka mit zehntausenden Japanern zu singen.

Also erschallte kurze Zeit später schon der vertraute Ruf „Freude“, auf dem Tablet sahen sie einen Flash Mob der Nürnberger Symphoniker in der Nürnberger Fußgängerzone. Später stieg Uma auf den Ohrenbackensessel und dirigierte ‚Die Morgenstimmung‘ von Peer Gynt.

Er erfuhr, dass sie zweimal verheiratet gewesen war, dass sie einen erwachsenen Sohn hatte und demnächst Oma werden würde. Sie hatte Ausstellungen und auch einen Galeristen in Stockholm und früher einen in London, aber für das große Spiel „Raubtier Kapitalismus“ besaß sie nicht genügend Skrupellosigkeit, vielleicht auch zu wenig Talent und nicht genügend ‚Connections‘. Aber vor allem fehlte es ihr an Skrupellosigkeit. Sie war mit ihrer Malerei nicht unbekannt, aber auch keine wirkliche Größe in der Szene. Ab und zu organisierte der Galerist für sie Ausstellungen. Sie war frei und unabhängig, seit ihr einer ihrer Exmänner diese alte Schiffswerft geschenkt hatte. Sie verdiente gerade so ihren Lebensunterhalt. Im Winter arbeitete sie auch bei ICA im Verkauf, wenn es sein musste.

Uma hatte ihn provoziert, daran erinnerte er sich, und auch daran, dass sie eine hitzige Debatte gehabt hatten darüber, was Reichtum eigentlich sei. „Reichtum ist relativ: Ich habe nichts, und du 5 Millionen, also bin ich arm im Vergleich zu dir. Aber du bist arm im Vergleich zu einem, der 50 Millionen hat oder noch mehr." Sie hatte gelacht, und er hatte protestiert. „Du kennst ja gar keine wirklich Reichen." fuhr sie fort. „Die haben ganz andere Probleme als wir. Es gibt verschiedene Arten von Reichen." dozierte sie. „Ich habe sie alle kennengelernt." Sie seufzte: „Entweder sind sie unendlich misstrauisch, haben Angst, dass jeder nur hinter ihrem Geld her ist, niemand sie wirklich mag, da es immer nur um ihr Geld geht." Sie lachte ihn an: „So hast Du ja auch gedacht! Die anderen würdigen nicht, was sie haben, sie schmeißen damit nur so um sich, um es zu präsentieren: Anzugeben mit ihren goldenen Wasserhähnen, sich zu sonnen im Neid der anderen, sich zu definieren über die aufmerksamen Blicke der anderen, die man als Reicher bekommt. Und dann gibt es noch die reichen Klugscheißer, die ihre Bildung raushängen lassen, Kunst sammeln, Experten, die zu jeder Ausstellung auf der Welt reisen, in jeder Auktion was ersteigern und zu allem und jedem einen unheimlich druckreif gesprochenen Kommentar abgeben können." Uma lachte schallend.

„Was ist Luxus, wenn du alles haben kannst?" Sie erwartete offenbar keine Erwiderung von ihm sondern gab gleich die Antwort „Alles wird beliebig! Wenn man alles haben kann, dann verliert es seinen Wert. Wer nach dem Preis fragen muss, ist arm, aber wer nicht nach dem Preis fragen muss, ist es in gewisser Weise auch. Alle Reichen haben mehr oder weniger das gleiche. Die gleichen tollen Villen mit Pool, die gleichen riesigen Yachten, Privatjets und Autos. Und da geht das Problem schon los. Wie individualisiert man sich als Milliardär? Entweder man entwickelt einen Spleen wie Richard Branson …“ Sie stockte, sah ihn an, nahm noch einen Schluck aus dem Glas: „Kennst du Richard Branson?“ Er schüttelte den Kopf, seine Zunge war so schwer „Ne, den kenn ich nicht“

„Der hat eine Airline gegründet und ist Milliardär, der steckt viel Geld und Zeit in seine fixe Idee: Er will unbedingt den Tourismus ins All bringen, für schlappe 200.000 € kann man eine Stunde ins All fliegen, ich glaube 100 km hoch“.

„Woher kennst Du denn Richard Branson? Aus der Zeitung?“

„Ich bin ihm einmal begegnet auf einer Vernissage. Ich habe mit ihm über Kunst gesprochen, er fand meine Bilder ganz gut.“ Sie lachte erneut auf, wie über einen guten Witz. „Weißt Du, ich hätte was ganz Großes werden können in der internationalen Sammlerszene, wenn ich bereit gewesen wäre, mich zum Affen zu machen" Sie schenkte ihm einen langen vielsagenden Blick. „Die laden dich dann nach Hause ein, du bist *ihre* Entdeckung, ihr Vorzeigekünstler, und du musst da mitspielen. Sammelt dich einer von denen, dann sammeln alle! Dann bist du ‚in', und dann machst du richtig Asche. Aber du musst jede Einladung annehmen, die richtige Inszenierungshöhe bieten, also schrille Outfits tragen." Sie machte eine kurze Pause, blickte quasi nach innen. „Papageiengelbes Sakko oder in den Pool pinkeln oder so. Inszenierungshöhe eben. Man muss mit pseudo-intellektuellem Geschwätz jedes Bild interpretieren und aufladen." Sie verdrehte die Augen „Geld war mir immer egal. Glück ist nicht Geld für mich, sondern die Freiheit, dass ich das tun kann, was mir am Herzen liegt. Sie schenkte nach, hob das Glas „Auf die Freiheit!", und nach einer kurzen Pause sehr nachdenklich: „Vermögen ist das, was man vermag.' hat mal ein kluger Mann gesagt".

Sie war aufgesprungen und tanzte jetzt zu den Klängen von Mama Mia durch die Halle. Sie schenkte erneut nach und stellte dann fest: „Du leidest wahrscheinlich am Sudden Wealth Syndrom!"

Er schüttelte benommen den Kopf „Hä? Wie kommst du denn darauf?".

„Manche Menschen verkraften plötzlichen Reichtum nicht, sie haben Angst, alles zu verlieren, und misstrauen auf einmal ihrer eigenen Familie, bekommen Paranoia oder Depressionen."

„Na ja, vielleicht nicht ganz zu Unrecht, es gibt doch Fälle, wo Familienmitglieder andere um einen Lottogewinn betrogen haben. Kinder oder Ehefrauen Killer beauftragten, um an das Geld zu kommen. Ich hatte zu Hauf Anrufe von allen möglichen Leuten, die unbedingt Geld- und Vermögensanlage für mich betreiben wollten, Investitionsangebote ohne Ende oder ganz plump Geld geschenkt haben wollten".

Uma nickte. „Der Fluch vom Reichtum ist das Eine, was Geld möglich macht ist das Andere. Das ist dein Dilemma. Du weißt noch nicht, was du damit machen kannst. Fünf Millionen sind viel und wenig zu gleich. Arme Menschen, wie ich" –sie lachte kokett – „haben noch Wünsche, Hoffnungen, Ziele, Träume. Ich erlebe noch Überraschungen und Wunder, weil eben nicht alles möglich ist."

Hans nickte: Genau das war es! „Was ist Luxus, wenn ich alles kaufen kann? Immaterielle Dinge! Exklusivität wäre eines davon. Der einzige, der einen vergoldeten Maserati fährt, der mit Diamanten besetzt ist – aber das ist dekadent! Es sind doch eher die Dinge, die man ohnehin geschenkt bekommt: Ein Vogel, der in den Bäumen singt und den Beginn des Frühlings verkündet, ein Buch lesen und in die fremde Welt eintauchen, die Sonne auf der Haut spüren, eine helle Mondnacht am Meer …“.

Mit schwerer Zunge und Bitterkeit in der Stimme gab er ihr Recht: „Statt Glück, Sorglosigkeit und Freude ist mir zuerst Neid, Härte, Verschlagenheit und Missgunst begegnet. Cosima, die mich um das Bild betrügen wollte.“ Der Stachel der Enttäuschung brannte immer noch in seinem Innersten.

Passend zu seiner schwermütigen Stimmung hatten sie nochmals die Gesänge der schwedischen Sami gehört, klagend, auf und abschwellend. Irgendwie hat es ihn an Wölfe erinnert, so weit, so fern, so einsam … und doch verbindend. Es gab noch ein Musikstück, das irgendwie japanisch klang und tatsächlich mit minutenlangem Quaken von Fröschen endete. Das war das Letzte, woran er sich erinnerte. Trunken hatten sie sich aneinander gelehnt und sich gestützt. Die Flasche war leer.

Er erwachte, sein Kopf dröhnte. Umas Bauchdecke hob und senkte sich gleichmäßig, begleitet von einem Schnarchen. Er hielt sie um die Hüften gefasst, lag mit dem Kopf auf ihrem Bauch, sie waren beide noch vollständig angezogen. Sein Schädel brummte. Er musste mal pinkeln. Aber Aufstehen – nicht jetzt.

Als er erneut die Augenlieder hob, lag er allein auf der Couch. Er wankte hoch, das Rolltor war wieder offen, Sonnenschein sehr hell, das Licht schmerzte in den Augen. Da er nicht mehr wusste, wo die Toilette war, ging er raus in die mittägliche Wärme und pinkelte an die sonnenbeschienene, wärmeabstrahlende und irgendwie harzig nach Holzlack duftende Hauswand. Wohlig räkelte und streckte er sich, die Wärme tat gut. Dann machte er sich auf die Suche nach Uma.

Er bog ums Eck, hörte die Kiesel unter der gleichmäßigen Bewegung der Wellen wieder rascheln und rauschen.

Uma trug einen einteiligen, etwas verblichenen Badeanzug in graublau und stand Kopf. Die Arme bildeten ein Dreieck. Der Kopf ruhte auf einem Moospolster. Die wettergegerbten Beine lehnten kerzengerade an der roten, sonnenbeschienen Ziegelmauer – offenbar war sie vorher ins Meer gesprungen, denn es tropfte nass an ihr herunter, und es hatte sich eine kleine dunkle Lache gebildet. Der Wind strich über sie und sie bekam eine Gänsehaut.

Immer noch auf dem Kopf stehend verzog Uma das Gesicht zu einer Art Grinsen: „Na? Wie geht es dir?“ Eine Antwort wartete sie gar nicht ab! „Du solltest auch hineinspringen, es erfrischt und macht den Kopf frei.“ Er nickte lahm. Peinlich fand er, dass er einen Filmriss hatte. ‚Hoffentlich habe ich nicht zu viel Unsinn geredet oder gemacht!‘, dachte er bei sich.

Die kleine drahtige Frau kam wieder auf die Beine. „Man sollte einfach keine Zigarillos rauchen, wenn man säuft!“ und zu ihm gewandt: „Aspirin habe ich drinnen.“. Nachdem er verarztet war, schlug Uma vor, sich draußen an die Luft zu setzen. Sie öffnete auch das zweite Rolltor, sodass es nun Durchzug gab. „Lüften! „Im Winter ist es zu kalt, da muss ich im Steinhaus wohnen.“ Sie machte eine Kopfbewegung in Richtung des halbrunden Baus. „Da kannst du auch duschen, wenn du willst. Dort ist auch die Toilette. Ich will jetzt arbeiten, weitermachen.“

Den Rest des Tages saß er auf der ausklappbaren Bank an der Halle, lehnte mit schmerzenden Gliedern an der Hauswand, ließ sich von der späten Sonne den Bauch bescheinen und lauschte den rollenden Steinen und dem stetigen Auf und Ab der Wellen, dachte nach über Gott und die Welt an diesem abgeschiedenen Platz mit Meeresblick. Er tankte den ganzen Nachmittag Sonne und Wohlbefinden.

Am Abend tauchte Uma wieder auf. Sie schlug vor, in der kleinen Bucht zu grillen, sie habe Fleisch und Brot und Bier.

Bei der Vorstellung Alkohol zu trinken dreht sich ihm buchstäblich der Magen um. Uma stellte eine Flasche Ramlösa Vatten vor ihn auf den Tisch. Fachmännisch entzündete sie in einer eigens dafür gemauerten offenen Feuerstelle die Grillkohle an, blies immer wieder hinein, und als genügend Glut war, setzte sie Kartoffeln und Zwiebeln in Alufolie verpackt zwischen die glühenden Kohlestücke.

Hatten sie beide am Abend vorher ununterbrochen geredet, herrschte nun ein friedvolles Schweigen, alles Notwendige war gesagt. Gemeinsam genoss man die blauen Abendstunden, den Blick auf ein friedliches, sich in sanfter Dünung wiegendes Meer, fast so, als ob ein riesiges Tier im

Schlaf atmen würde. Sie lauschten dem leisen Klickern der Kiesel.

Uma machte Frühstück im Atelier. Jetzt war Hans schon drei Tage hier! Er fühlte sich wie im Urlaub … alles so entspannt, so selbstverständlich.

Uma wandte sich ihm zu: „Ich habe nachgedacht über das, was du erzählt hast. Ich war zwar blau, aber trotzdem habe ich alles mitgekriegt. Amadeus wollte, dass mit dem Geld Gutes geschieht. Aber was ist Gutes?“ Sie hob den Kopf sah ihn fragend an. „Kennst du ‚The Giving Pledge‘?“ Er köpfte mit dem Messer sein Ei und schüttelte verneinend den Kopf. „Eine Initiative von Warren Buffett und Bill Gates und dessen Frau Melinda. Gegründet 2010. Ein Versprechen von inzwischen 170 Milliardären und Superreichen, wesentliche Teile ihres Vermögens zu spenden. Dies kann man zu Lebzeiten tun oder nach dem Tod. Als Stiftung oder als Spende. Bill und Melinda Gates haben z.B. eine Stiftung mit Schwerpunkt Gesundheit gegründet. Mit der Initiative wird auch eine Debatte über Reichtum angeregt, über Vermögen und den Umgang damit. Kritiker meinen, dass die Reichen damit auch wieder alles bestimmen, indem sie festlegten wohin das Geld geht, was gefördert wird. Ob in Bildungsprojekte, Kunst, Kultur,

Gesundheit, Ökologie usw. Dass sei undemokratisch. Aber ich finde das Projekt trotzdem gut."

Er bewunderte ihre Energie und ihre Begeisterung. Uma fuhr unbeirrt fort „Zeigt es doch auch, dass ein immer weiteres Anhäufen von Geld irgendwann völlig sinnlos wird. Geld verpflichtet uns, Dinge zu ermöglichen, und wir müssen beantworten, was wir damit möglich machen wollen! Das ist die Herausforderung. Geld an sich ist neutral, ob wir damit Gutes oder Böses bewirken, liegt an uns! Der Sohn, der die Geschwister ums Erbe betrügt, oder der Mann, der mit seinem Lotteriegewinn die Firma rettete, in der er angestellt ist und damit auch den Kollegen den Arbeitsplatz erhält – das ist das Spektrum."

Er strich nachdenklich Butter auf sein Brot, legte Käse und Schinken darauf und lauschte aufmerksam.

„Was für Superreiche gilt, kann man auch mit weniger Vermögen machen. Also ich könnte mir vorstellen, dass du alles verkaufst und den Erlös in eine Stiftung einbringst. Eine Stiftung, die Projekte unterstützt, die z. B. Umweltschutz beinhalten oder Wiederaufforstung oder so. Wieder renaturieren, was mein Vater und später meine Brüder zerstört haben oder so." Sie blickte ihn erwartungsvoll an. „Du kannst die Stiftung leiten und bestimmen, welches Projekt wieviel Geld bekommt. Natürlich muss das Geld nach den Spielregeln der Kapitalisten angelegt werden, das ist der nicht ganz so gute Teil an meinem Plan. Aber das Stiftungskapital muss eben Geld erwirtschaften, das für den guten Zweck eingesetzt werden kann und so die Schäden mildert und damit dauerhaft Gutes tut. Natürlich kann man das Geld auch auf einmal ausgeben, aber dann ist es eben nicht so nachhaltig".

Auf so eine Idee wäre Hans nie gekommen. Den ganzen Tag recherchierte er im Internet zum Thema Stiftungen, Satzungen, Gründungen, steuerliche Behandlung in Deutschland. Es gab bereits zahllose Stiftungen, die Umweltschutz in den Mittelpunkt stellten.

Er besprach sich ausführlich mit Uma. Seine Idee sah im Kern so aus: Er würde in Alaska die Gebiete wieder aufforsten, die die Grands nachhaltig ruiniert hatten bei ihrer Goldsuche. Renaturierung war das Erbe für die Grand Brüder. Ein Erbe warf auch die Frage auf, was man der Welt hinterlässt, etwas, das nicht nur materiell, sondern eben auch ideell ist. Was nützt es den Nachfahren, viel Geld zu haben, wenn eine lebenswerte Natur nicht mehr vorhanden wäre? Erbe hieß auch für die Generation danach zu denken und zu handeln, ohne diese zu entmündigen. Uma und er hatten lange darüber gesprochen. Uma sah es ähnlich, wobei sie betonte, dass die Menschheit – seit man Aufzeichnungen lesen konnte – Zukunftsangst gehabt hatte, ob im Mittelalter oder in der Neuzeit. Sie beschlossen beide, dass er Akiak antragen solle, die Stiftung vor Ort zu leiten, und Hans würde in der Stiftung mitarbeiten.

Uma war nach dem Frühstück einfach aufgestanden und in die Halle gegangen und hatte sich den weißen Overall und die Schutzbrille übergestreift. Uma verschwand quasi in ihrer Malerei, und dann war sie für die äußere Welt nicht mehr erreichbar. Dafür klang in der Halle Begleitmusik aller Stilrichtungen.

Er besorgte Brot, Wurst, Käse, Bier, Obst – alles, was ihm für eine abendliche Mahlzeit passend schien.

In einem seiner Tagträume sah er sich hier in Schweden bei Uma leben, aber darüber hatte er mit ihr noch nicht gesprochen und das würde auch kein leichtes Stück Arbeit sein, sie davon zu überzeugen. Hier war ein Platz zum Leben und Wohlfühlen.

Wenige Tage später war es Zeit heimzufahren.

Er schenkte Uma die schwarzen Kladden, denn er wusste, dass sie diese aufmerksam lesen würde, Deutsch hatte sie in der Schule gelernt.

Epilog

Hans stand jetzt in der langen Schlange vor der Konzerthalle von Osaka. Tausende festlich gewandete Sänger, meist Japaner, aber auch etliche Langnasen. Notenblätter raschelten, wurden in vor Aufregung feuchten Händen gerollt und entrollt, freudige Erwartung. Glänzende Augen, geflüsterte Anspannung und Vorfreude. Sein Traum wurde heute wahr, er würde Beethovens „Ode an die Freude“ singen – in Osaka.

Seine Gedanken schweiften kurz zurück auf das abgelaufene Jahr, das ereignisreichste in seinem bisherigen Leben.

Das Bildnis der ewig jungen und schönen Cara-Sophia, dieses unglaublich schöne Gemälde hing nun in einer öffentlich zugänglichen Sammlung im Museum Schäfer in Schweinfurt. Versteigert bei Sotheby’s, als Lot 106 aufgerufen, ersteigert von einem privaten Stifter, der 320.000 € bei der Versteigerung hingeblättert hatte. Hans erinnerte sich, dass er damals sehr spät kam, einen Platz ganz hinten im Saal fand und glaubte, den gepflegten blonden Bopp von Cosima in den vorderen Reihen erspäht zu haben, aber sicher war er sich nicht.

Nachdem das Grundstück in Grafing verkauft war, hatte er ein Stiftungskapital von insgesamt 2,8 Mio. € einbringen können. Den Abriss der alten Villa konnte er nicht mit ansehen, das hätte ihm das Herz gebrochen. Das restliche Geld aus dem Tresor hatte er sich mit Uma geteilt.

Er gründete eine Stiftung zur Renaturierung ausgebeuteter Landschaften – sei es durch Bergbau, Kohle-, Kies- Diamantenabbau, Minen zur Suche nach seltenen Erden oder Goldsuche, der Stiftungszweck war bewusst weit gefasst, damit man überall in der Welt Landschaften nach dem Zugriff durch den Menschen wieder lebenswert gestalten konnte. Dazu benötigte man die Expertise von Biologen und Pflanzenkundlern, aber auch Landschaftsarchitekten, Geologen und Historikern. Hans war es gelungen, solche Experten ehrenamtlich als unabhängiges Beratergremium zu gewinnen.

Uma Dalsberg war die Stiftungsvorsitzende der „B. Grand & A. Glück – Stiftung".

Akiak konnte er ebenfalls für die Stiftung gewinnen. Der Mann, der ihm mit seinen Gesprächen die Bewahrung der Natur nähergebracht, ihm die Schönheiten der Natur gezeigt hatte. Nicht zuletzt Akiak verdankte er, dass er die Botschaft der Ahnen verstanden hatte, als er im Lichtertanz der Aurora Borealis die eigentliche Bestimmung des Erbes – nämlich die Bewahrung der Erde erkannt hatte. Akiak würde das erste Projekt betreuen - die Renaturierung einer alten Goldmine in der Nähe von Fairbanks - und wollte zukünftig auch für andere Projekte vor Ort als Projektleiter zur Verfügung stehen und die tätige Umsetzung betreuen.

Solche Projekte benötigten weitaus mehr Geld, als die Stiftung selbst aufbringen konnte, also hatte man auch eine junge Frau eingestellt, deren Hauptaufgabe es war, ihm Rahmen der Projekte Fördertöpfe von Regierungen, Regionen, Gemeinden, anderen Stiftungen und auch betuchter Bürger zum Sprudeln zu bringen. Er erinnerte sich erneut an Cosima: Wie viele Millionäre weltweit gab es laut ihrer Schilderung? Weltweit gab es zehn Million Millionäre und gut 2500 Milliardäre – also da sollte man doch jemanden für das Projekt begeistern können. Hans war sehr zuversichtlich.

Einmal im Jahr würde er Uma in Schweden besuchen, die als Vorsitzende der Stiftung fungierte und ihm neue Projekte vorschlagen würde, und Akiak würde er bei seinen laufenden Projekten besuchen, der würde über den Stand aktueller Projekte berichten. Er würde im Kontakt bleiben mit ihm zwei sehr wertvollen Menschen. Er war in sein altes

Leben zurückgekehrt, er war Hans Glück, Klempner in Essen, der sich jetzt einen seit Jahren gehegten Herzenswunsch erfüllte.

Wie hieß es doch gleich im Text den er singen würde „Wem der große Wurf gelungen, eines Freundes Freund zu sein“?

Der Dirigent wurde über Saallautsprecher angekündigt, und Hans schreckte aus seinen Gedanken hoch, er verstand nur den Namen, Yutaka Sado. Beifall aus 10.000 Händepaaren brandete auf.

Eine knappe Verbeugung in alle Richtungen.

Jetzt hob der Dirigent den Stab, die Kakophonie die aus dem Orchestergraben geklungen war, verstummte augenblicklich, es wurde mucksmäuschenstill im Saal, keine Huster mehr, kein Räuspern – Nichts!

Der berühmte Ruf durchbrach die Stille: „Freude“! schallte es von einem der oberen Ränge. Eine kurze Pause, und erneut der Ruf „Freude“ – jetzt aus dem Parkett.

Es setzte das erste Instrument ein, es folgten weitere, schließlich kam der Einsatz des Chors der Zehntausend.

Hans sang voller Inbrunst:

Freude, schöner Götterfunken,

Tochter aus Elysium,

Wir betreten feuertrunken,

Himmlische, dein Heiligtum.

Deine Zauber binden wieder,

Was die Mode streng geteilt,

Alle Menschen werden Brüder,

Wo dein sanfter Flügel weilt.

Wem der große Wurf gelungen,

Eines Freundes Freund zu sein,

…

Während er so sang, erinnerte er sich an das schleiernde, tanzende Nordlicht, an die Tiefe des Alls, das Gefühl nicht mehr zu sein als Sternenstaub und doch eins zu sein im unendlichen Raum, unsterblich und geborgen.

…*'Freude trinken alle Wesen*

An den Brüsten der Natur;

Alle Guten, alle Bösen

Folgen ihrer Rosenspur.

… ' Brüder! überm Sternenzelt,

Muß ein lieber Vater wohnen.'

Hans' warmer Bass intonierte die Schlusszeile:

‚schwört es bei dem Sternenrichter'

Ende

Inhaltsverzeichnis

Danksagung

Ich danke meinen Testlesenden, die mit ihrem Feedback meine Aufmerksamkeit auf unterschiedlichste Fragestellungen gelenkt haben: Frau Elisabeth Schmierler, Frau Isa Kurz-Richter, Frau Sedelscu, Frau Martina Schmadalla, Frau Michaela Busch, Herr Victor Schmadalla, Herr Lion Schmadalla, Frau Silvia Müller (CH), Frau Angermeier, Frau Kalcher und meinem stets mit mir geduldigen Ehegatte Niki Schmadalla.

Fragen, Anmerkungen und Anregungen führten zu einer Überarbeitung, zu Feinschliff und Präzisierung, sowohl was Sprachliches betraf als auch Inhaltliches.

Alle Figuren sind frei erfunden, ebenso die Handlung. Jede Ähnlichkeit mit lebenden oder bereits verstorbenen Menschen, wäre reiner Zufall. Der geschichtliche Kontext, in dem sich die Figuren bewegen ist recherchiert.

Impressum

Dompfaffstr. 140 in 91056 Erlangen

2019

Kurzbiografie der Autorin

Die Autorin ist Jahrgang 1958, verheiratet, Mutter zweier erwachsener Söhne und begeisterte Großmutter, sie lebt abwechselnd in Erlangen, Bayern und in Kiesimä, Finnland. Nach ihrer Ausbildung zur Diplom Betriebswirtin und Dipl. Industriedesignerin war sie langjährig berufstätig in führenden Positionen. Ab 2015 entdeckt sie das Schreiben für sich.

Der Erbe ...und die Glücksritter ist der zweite Roman.

ISBN 978-3-7485-8650-0
9 783748 586500
www.epubli.de